ullstein

Das Buch

Wie jedes Jahr verbringen Vanessa und ihre Schwester Justine die Ferien in Winter Harbor an der Küste Maines. Gemeinsam mit den beiden Brüdern Simon und Caleb erkunden sie die Steilklippen und genießen den Sommer. Die Ferienidylle endet jedoch abrupt, als Justine eines Abends verschwindet und ihre Leiche am nächsten Tag an den Strand gespült wird. Zunächst geht die Familie von einem Unfall aus, aber Vanessa glaubt, dass mehr dahintersteckt. Als Caleb ebenfalls verschwindet, macht sie sich gemeinsam mit Simon auf die Suche – und verliebt sich Hals über Kopf in ihn.
Bald werden weitere Opfer am Strand gefunden. Vanessa glaubt, dass die Familie ihrer neuen Freundin Paige etwas damit zu tun haben könnte. Paige Marchand lebt mit Mutter, Schwester und Großmutter in einem Haus am Meer. Alle vier sind nicht nur atemberaubend schön, sondern haben auch eine fast schon übernatürliche Verbindung zum Wasser …

Die Autorin

Tricia Rayburn hat bereits mehrere Kinder- und Jugendbücher veröffentlicht. Sie lebt gemeinsam mit ihrem Verlobten auf Long Island. *Erwartung* ist der erste Band der *Ocean-Rose*-Trilogie.

Tricia Rayburn

Ocean Rose
Erwartung

Roman

Ullstein

Besuchen Sie uns im Internet:
www.ullstein-taschenbuch.de

Dieser Roman erschien 2010 unter dem Titel
Im Zauber der Sirenen

FSC www.fsc.org
MIX
Papier aus verantwortungsvollen Quellen
FSC® C006701

Neuausgabe im Ullstein Taschenbuch
1. Auflage November 2012

Published by Arrangement with Tricia Rayburn
Titel der amerikanischen Originalausgabe:
Siren (Egmont USA, New York)
Umschlaggestaltung: ZERO Werbeagentur, München
Titelabbildung: © Wessel Wessels/Arcangel Images;
Design by JDRIFT DESIGN
Satz: LVD GmbH, Berlin
Gesetzt aus der Bembo
Papier: Holmen Book Cream von
Holmen Paper Central Europe, Hamburg GmbH
Druck und Bindearbeiten: CPI – Ebner & Spiegel, Ulm
Printed in Germany
ISBN 978-3-548-28511-5

Für Michael

Kapitel 1

Meine Schwester Justine war immer der Meinung, Angst vor der Dunkelheit ließe sich am besten bekämpfen, indem man so tat, als sei es in Wirklichkeit ganz hell.

Schon vor Jahren versuchte sie, diese Theorie in die Praxis umzusetzen: Wir lagen in unseren Betten und waren umgeben von Schwärze. Ich hatte mich hinter einem Schutzwall aus Kissen versteckt und war überzeugt, dass in den Schatten das Böse lauerte und nur auf die Verlangsamung meiner Atemzüge wartete, um sich auf mich zu stürzen. Und jede Nacht versuchte Justine, die nur ein Jahr älter, aber um Jahre reifer war als ich, mich geduldig abzulenken.

»Hast du gesehen, was für ein tolles Kleid Erin Klein heute anhatte?«, fragte sie zum Beispiel. Wie immer begann sie mit einer einfachen Frage, um abschätzen zu können, wie schlimm es diesmal war.

In seltenen Fällen – meistens wenn wir nach einem ereignisreichen Tag erst sehr spät im Bett lagen – war ich zu müde, um mich panisch zu fühlen. An diesen Abenden antwortete ich mit Ja oder Nein, und dann unterhielten wir uns ganz normal, bis wir einschliefen.

Aber meistens flüsterte ich stattdessen etwas wie »Hast du das gehört?« oder »Tut es weh, wenn man von einem Vampir gebissen wird?« oder »Können Monster eigentlich riechen, ob man Angst hat?«. Dann machte Justine mit Strategie Nummer zwei weiter.

»Wie hell es hier ist«, behauptete sie. »Ich sehe einfach alles – meinen Rucksack, mein blaues Glitzerarmband, unseren Goldfisch im Glas. Und was siehst du, Vanessa?«

Also zwang ich mich, mir ganz genau vorzustellen, wie unser Zimmer ausgesehen hatte, bevor Mom das Licht ausgeknipst und die Tür geschlossen hatte. Darüber vergaß ich irgendwann, dass das Böse nur auf seinen Auftritt wartete, und schlief ein. Jede Nacht war ich überzeugt, dieser Trick würde niemals funktionieren, und jedes Mal funktionierte er doch.

Justines Methode war genauso hilfreich, um meine vielen anderen Ängste in Schach zu halten. Aber als ich nun mehrere Jahre später oben auf einer Klippe stand und auf den Atlantik schaute, war mir klar, dass sie mit dem alten Trick diesmal keine Chance hatte.

»Simon sieht diesen Sommer ganz verändert aus, findest du nicht?«, fragte sie, als sie an meine Seite trat und sich das nasse Haar auswrang. »Älter. Richtig süß.«

Ich antwortete nicht, gab ihr aber recht. Als er und sein jüngerer Bruder Caleb vor kurzem an unsere Haustür geklopft hatten, war mir Simons äußere Verwandlung sofort ins Auge gefallen. Doch dieser Gesprächsstoff musste bis später warten, am besten bis zum Aufwärmen an dem alten, steinernen Kamin in unserem Haus am See. Dazu allerdings mussten wir erst einmal heil zurückkommen.

»Bei Caleb ist es genauso«, startete sie einen neuen Versuch. »Die gebrochenen Mädchenherzen in Maine müssen sich dieses Jahr mindestens vervierfacht haben.«

Ich versuchte zu nicken, während meine Augen starr auf das strudelnde Wasser und die weißen Schaumkronen in fünfzehn Metern Tiefe gerichtet waren.

Justine wickelte sich ein Handtuch um die Schultern und stellte sich direkt neben mich. Sie war mir so nah, dass ich das Meersalz riechen konnte, das in ihrem Haar und ihren Poren haftete, und ihre feuchte Haut kühlte mich, als würden wir uns aneinanderschmiegen. Wasser tropfte von ihren Haarspitzen, fiel hörbar auf den warmen grauen Schiefer und ließ Spritzer auf meinen Füßen landen. Eine plötzliche Windböe blies die Gischt zu uns herauf und hüllte uns ein. Mein Frösteln verwandelte sich in einen Angstschauder. Irgendwo weit unten hörte ich Simon und Caleb lachen. Sie suchten den steilen Pfad, der durch den Wald zurück zu uns führte.

»Das ist nur ein Swimmingpool«, sagte sie. »Du stehst auf einem Sprungbrett einen Meter über dem Wasser.«

Ich nickte. Hier war der Moment, an den ich die gesamte Sechsstundenfahrt von Boston gedacht hatte und der mir seit dem letzten Sommer mindestens einmal täglich vor Augen gestanden hatte. Mir war klar, dass der Sprung schlimmer aussah, als er war. In den zwei Jahren, seit wir das morsche Schild entdeckt hatten, das auf diesen einsamen Aussichtspunkt fern der üblichen Touristen- und Wanderrouten hinwies, waren Justine, Simon und Caleb schon Dutzende Male von der Klippe gesprungen und hatten nie auch nur einen Kratzer davongetragen. Noch wichtiger war die Gewissheit, dass ich mich immer nur wie ein halbes Mitglied unserer kleinen Sommerclique fühlen würde, solange ich nicht buchstäblich den Sprung ins kalte Wasser gewagt hatte.

»Der Swimmingpool ist geheizt«, fuhr Justin fort. »Wenn du untergetaucht bist, brauchst du nur zwei kurze Schwimmzüge zu machen und du bist bei der Treppe, die dich zu deiner gemütlichen Sonnenliege führt.«

»Und gibt es auch einen süßen Poolboy, der mir an dieser Liege fruchtige Cocktails serviert?«

Sie warf mir einen belustigten Blick zu und lächelte mich

an. Wir wussten beide, dass sich die Sache damit erledigt hatte. Wenn mein Kopf klar genug für Witze war, dann hatte ich innerlich bereits das Handtuch geworfen.

»Tut mir leid, die Ananas habe ich zu Hause vergessen«, sagte Caleb hinter uns. »Aber ansonsten steht der süße Poolboy ganz zu eurer Verfügung.«

Justine wandte sich ihm zu. »Wurde auch Zeit. Ich friere mich fast zu Tode!«

Als sie dem Klippenrand den Rücken kehrte, beugte ich mich vor und schaute hinunter. Zwar fühlte ich mich erst einmal erleichtert, aber das war nur vorübergehend. Sobald wir die Chione Cliffs hinter uns ließen, würde die Enttäuschung einsetzen, dass ich es nicht geschafft hatte. Dabei hatte ich es mir ein ganzes Jahr lang geschworen! Heute Nacht würde ich wach liegen und nicht schlafen können, weil es so frustrierend war, wieder einmal als Angsthase und Baby dazustehen.

»Deine Lippen werden schon ganz blau«, stellte Caleb fest.

Ich drehte mich um und sah zu, wie er das Badehandtuch ausschüttelte, das er am liebsten mochte und daher ausschließlich benutzte – ein großer Cartoon-Hummer mit Sonnenbrille und Badehose –, und Justine darin einwickelte. Er zog sie an sich und rubbelte ihr Arme und Schultern warm.

»Lügner.« Sie lächelte ihn unter der Frotteehaube an.

»Da hast du recht. In Wirklichkeit sind sie eher lavendel. Oder fliederfarben. Weil Lippen wie deine nämlich viel zu hübsch sind, um sich einfach langweilig blau zu färben. Aber egal, jedenfalls sollte ich sie vermutlich aufwärmen.«

Ich verdrehte die Augen und marschierte davon, um mir mein T-Shirt und die Shorts zu holen. Justine hatte sich für diesen Sommer ebenfalls etwas vorgenommen … nämlich nicht wieder etwas mit Caleb anzufangen wie den Sommer davor und den Sommer davor. »Er ist viel zu jung«, hatte sie verkündet. »Ich bin mit der Highschool fertig, und er braucht noch ein ganzes Jahr. Außerdem klimpert er die ganze Zeit nur auf seiner schäbigen Gitarre rum, wenn er nicht gerade vor einem Computerspiel hockt. Ich kann es mir nicht leisten, meine wertvolle Zeit mit einem Flirt zu verschwenden, bei dem nie etwas Ernstes herauskommen wird, abgesehen von endlosen Stunden Knutscherei ... ganz egal, wie toll diese Stunden auch sind.«

Als ich sie fragte, warum sie dann nicht mit Simon ausging, der sein zweites Studienjahr am Bates College begann und damit offenbar altersmäßig und intellektuell besser zu ihr passte, hatte sie das Gesicht verzogen.

»Simon?«, hatte sie wiederholt. »Das menschliche Wetterradio? Das Superhirn, für das die Collegezeit nur ein Vorwand ist, um Wolken zu beobachten? Nein, danke.«

Aber dann hatte Justine keine halbe Stunde gebraucht – gerade lange genug, um das Auto auszuladen, einen Happen zu essen und schnurstracks in Simons klapprigen Allrad-Kombi zu springen –, bis auch dieser Schwur gebrochen war. Sie hatte Caleb allerdings nicht gleich abgeknutscht, auch wenn das Aufleuchten ihrer Augen bei seinem Anblick keinen Zweifel ließ, dass sie es wollte. Nein, immerhin hatte sie gewartet, bis wir im Auto ein Stück die Straße heruntergefahren waren. Erst da hatte sie sich ihm an den Hals geworfen und ihn so fest gedrückt, dass sein Gesicht rot angelaufen war.

Als sie jetzt an seiner Brust herumknabberte, zog ich mir meine Kleidung über und schnappte mir ein Handtuch. Obwohl die Sonne am Himmel stand und ich nicht einmal nass geworden war, zitterte ich trotzdem vor Kälte. So weit nördlich in Maine stiegen die Temperaturen im Hochsommer selten über zweiundzwanzig Grad, und der schneidende Wind ließ es immer noch um fünf Grad kühler erscheinen.

»Wir sollten los«, sagte Simon plötzlich und trat aus dem Dickicht der Pfadöffnung.

Simon war immer der stillere, ältere, nachdenklichere der beiden Carmichael-Brüder gewesen und hatte dazu passend eine schlaksige Figur und eine gebeugte Haltung gehabt. Aber im Laufe des letzten Jahres hatte er sich verändert. Seine Arme, Beine und die Brust waren kräftiger geworden, und da er sein Shirt ausgezogen hatte, konnte ich sogar einen Ansatz von Bauchmuskeln erkennen. Er wirkte größer, stand aufrechter. Er sah mehr wie ein Mann aus, nicht wie ein Teenager.

»Die Gezeiten ändern sich, und Wolken ziehen auf.«

Ich fing Justines Blick auf und wusste genau, was sie dachte: Der neue Sender bringt auch nur das Wetter.

»Wir sind doch gerade erst angekommen«, meinte Caleb.

»Und was ist mit dem Sonnenuntergang?«, fragte Justine. »Jedes Jahr nehmen wir uns vor, ihn von hier oben anzuschauen, und nie wird was draus.«

Simon holte ein Shirt aus seinem Rucksack und zog es über, ohne sich erst lange abzutrocknen. »Sonnenuntergänge gibt es noch viele. Heute wird ihn die riesige Sturmfront verdecken, die gerade auf uns zugerast kommt.«

Er wies mit einem Nicken auf den Horizont, und ich folgte seinem Blick. Entweder war ich zu sehr auf das Wasser konzentriert gewesen, um den Himmel zu bemerken, oder die schwarze Wolkenbank war aus dem Nichts aufgetaucht.

»Ich habe mich über das Wetter informiert, bevor wir losgefahren sind – laut Ansage sollte der Himmel bis spätabends klar bleiben. Aber wie es aussieht, haben wir nur gut zwanzig Minuten, um vom Berg runterzukommen, bevor hier die Blitze einschlagen.« Simon schüttelte den Kopf. »Ich wünschte, Professor Beakman könnte das sehen.«

Bevor ich fragen konnte, was er damit meinte, begannen Caleb und Justine, mit gesenkten Stimmen zu diskutieren. Ich saß mit angezogenen Knien da, um mich warm zu halten. Simon hockte sich neben mich und fragte: »Alles okay?«

Ich nickte und versuchte zu lächeln. Im Laufe der Jahre war Simon nicht nur für Caleb, sondern auch für Justine und mich so etwas wie ein großer Bruder und Beschützer geworden. »Mir ist ein bisschen kalt, und ich wäre froh, wenn ich dickere Gummisohlen unter den Turnschuhen hätte, aber sonst geht es mir prima.«

Er zog einen weinroten Fleecepulli aus dem Rucksack und reichte ihn mir. »Das ist kein großes Drama, weißt du. Heute ist nur der erste Tag. Wir haben den ganzen Sommer. Und den nächsten Sommer und den nächsten.«

»Danke.« Ich schaute beschämt beiseite. Er meinte es ehrlich, aber so kurz nach meinem Versagen wollte ich nicht daran erinnert werden.

»Nein, wirklich«, sagte er mit leiser, aber fester Stimme. »Du solltest erst dann den Sprung wagen, wenn du bereit bist. Oder vielleicht auch nie, das ist völlig in Ordnung.«

Ich zog den Fleecepulli über und war dankbar, dadurch eine Ablenkung zu haben.

»Neuer Plan«, verkündete Justine.

Ich griff nach Simons ausgestreckter Hand und zog mich auf die Füße. Justine und Caleb hatten sich voneinander losreißen können, aber nur lange genug, damit Justine sich aus den Handtüchern schälen konnte. Jetzt standen sie Hand in Hand am Klippenrand, und zwar rückwärts.

Justine grinste. »Auch wenn uns die Zeit wegläuft: Das hier ist der erste Tag im voraussichtlich besten Sommer unseres Lebens, und er verdient einen würdigen Abschluss.«

»Damit meinst du, wir gehen zurück zum Haus und wärmen uns mit heißer Schokolade auf?«, schlug ich vor.

»Meine alberne kleine Nessa.« Justine warf mir eine Kusshand zu. »Caleb und ich werden noch einen letzten Sprung wagen.«

»Mit dem gewissen Extra«, fügte Caleb hinzu.

Während die beiden verschwörerische Blicke tauschten, schaute ich zu Simon hinüber. Ihm stand der Mund offen, als warte sein Gehirn auf die richtigen Worte, um dieser Idee möglichst schnell den Todesstoß zu versetzen. Seine ungewohnt breiten Schultern spannten sich unter dem dünnen Stoff des T-Shirts. Seine Hände, mit denen er mir aufgeholfen hatte, ballten sich an den Seiten krampfhaft zusammen.

»Rückwärtsrolle!«, rief Justine.

»Nein«, sagte Simon. »Kommt nicht in Frage.«

Ich konnte ein Lächeln nicht unterdrücken. Genau das liebte ich so an Justine, auch wenn ich sie gleichzeitig darum beneidete. Während ich immer noch ein Nachtlicht zum Schlafen brauchte, keinen Stephen-King-Roman lesen konnte und mein Körper sich weigerte, von einer völlig ungefährlichen Klippe zu springen, lebte Justine genau für diese Momente voller Herzklopfen und Adrenalin, die ich krampfhaft vermied. Hier standen wir, nur ein paar Minuten davon entfernt, klitschnass und vom Blitz verkohlt zu enden, und sie wollte sich einen tödlichen Elektroschock sichern, indem sie in einen Wasserstrudel sprang – rückwärts.

»Das dauert nur zwei Minuten«, sagte Caleb. »Ihr könnt mit dem Abstieg beginnen, sobald wir gesprungen sind, und wir treffen euch dann auf dem Wanderpfad.«

»Du weißt doch, wie gefährlich die Strömung bei so einem Wetter wird«, gab Simon zu bedenken. »Das Wasser ist schon viel flacher als bei unserem letzten Sprung.«

Justine schaute hinter sich in die Tiefe. »So schlimm kann es noch nicht sein. Wir kommen schon zurecht.«

Ich betrachtete sie, meine wunderschöne, ältere Schwester, deren langes braunes Haar nun trocken genug war, um ihren Kopf zu umflattern. Es gab nichts, was ich sagen konnte. Wenn Justine sich zu etwas entschlossen hatte, war jedes Argument vergebens. Als sie mich anlächelte, leuchteten ihre Augen vor dem Hintergrund der schwarzen Wolkenmassen, die den Rest des Himmels zu verschlucken schienen.

Ein gezackter Splitter aus neonweißem Licht schoss plötzlich durch die Luft und schlug nah genug ein, um den Boden zum Dröhnen zu bringen. Der Wind nahm zu, wirbelte Blätter von den Zweigen und Staub vom Boden auf. Ein langer Ast kam auf mich zugeschossen wie ein Pfeil von einem Flitzebogen. Ich schützte meinen Kopf mit beiden Händen und ließ mich auf die Erde fallen. Der Regen setzte ein, zuerst sanft, dann immer stärker, bis Simons Fleecepulli an meinem Rücken klebte und kaltes Wasser mir übers Gesicht lief. Ich hielt ganz still in der Hoffnung, dass der Gewitterüberfall so schnell enden würde, wie er begonnen hatte, aber die Luft wurde nur noch kälter, der Wind schärfer, der Donner lauter.

Der Felsboden bebte unter mir und ließ mich noch mehr zittern, als ich es sowieso schon tat. Ein paar Meter entfernt stemmte sich Simon gegen den Wind. Er musste sein ganzes Gewicht einsetzen, um nicht umgeworfen zu werden, während er auf der Klippe die Handtücher und die Kleidung von Justine und Caleb zusammensuchte. Ich rief nach ihm, aber meine Stimme ging im Prasseln des Regens und den heulenden Sturmböen unter.

Eng an den Boden geduckt, rappelte ich mich auf und versuchte, durch die Dunkelheit und das herumwirbelnde

Blätterchaos bis zum Klippenrand zu schauen. Als ein weiterer gezackter Blitz den Horizont zerriss, sah ich alles so deutlich, als würde die Sonne strahlend vom Himmel scheinen.

Justine war verschwunden.

Ich hielt die Arme vor mein Gesicht und rannte auf den Klippenrand zu. Ein dritter Blitz zuckte vor mir über den Himmel, und ich stellte fest, wie nah ich dem Ziel meiner Anstrengung war – denn ich wäre schon fast über die Felsen hinweg in die leere Luft hineingelaufen.

Ich versuchte zu bremsen, aber der Boden war zu glitschig. Stattdessen knallte ich hart auf den Rücken, und eins meiner Beine rutschte nach vorn. Die silbernen Streifen auf meinem Turnschuh glitzerten im Licht des nächsten Blitzes, und ich sah, dass mein Fuß über die Klippe ins Leere ragte. Mit einem Schrei krallte ich beide Hände hinter mir in die Erde.

Einundzwanzig, zweiundzwanzig ...

Das Krachen ließ die Klippen unter mir erbeben. Normalerweise konnte ich mich bei heftigen Gewittern damit beruhigen, dass ich die Sekunden zwischen den Blitzschlägen und dem nachfolgenden Donner zählte – aber das funktionierte nur, weil sich die meisten Unwetter nicht direkt über mir befanden.

»Mit den beiden ist alles okay!«

Simon. Er packte mich an der Taille, zog mich hoch und vom Abgrund weg. Dann nahm er meine Hand und trat vorsichtig bis an den Rand. Nach mehreren langen Sekunden drückte er meine Hand und zeigte auf etwas.

Die Blitze kamen jetzt noch häufiger, so dass man das Wasser besser sehen konnte. Es hatte sich in einen regelrechten Strudel verwandelt, eingerahmt von kleinen Wellen, die gegen die umliegenden Felsen brandeten. Die vereinzelten dünnen Bäume am unteren Kliffende bogen sich und peitschten zurück, ihre schmalen Stämme sahen im Wind wie biegsame Strohhalme aus. Ich schüttelte den Kopf und war überzeugt, dass Simon sich nur etwas einbildete – und dann entdeckte ich sie, zuerst nur als einen winzigen weißen Fleck, der sich durch die Dunkelheit bewegte. Caleb hatte schützend seinen Arm um Justine gelegt, während sie halb rannten, halb krochen, um zum Wanderpfad zu gelangen.

Mit ihr war alles okay. Natürlich war alles okay.

Simon überzeugte sich mit einem Blick, dass ich die beiden gesehen hatte, dann zog er mich zurück. Irgendwie brachte ich meine Füße dazu, sich zu bewegen, und eilte ihm über die Lichtung bis zu der überwachsenen Pfadöffnung nach. Die Äste und Wurzeln, die wir auf dem Hinweg sorgfältig beiseitegeschoben hatten, schlugen uns nun entgegen und drohten, uns zu Fall zu bringen, aber wir wurden trotzdem nicht langsamer. Mir hämmerte das Herz in der Brust, und ich versuchte, das Gefühl zu unterdrücken, dass wir bei der Hetzjagd durch den Wald von etwas oder jemandem verfolgt wurden, das noch schneller laufen konnte als wir.

Ungefähr fünfhundert Meter weiter traf unser Pfad auf einen anderen, den ich auf dem Hinweg nicht bemerkt hatte. Jetzt hätte ich ihn ebenfalls fast übersehen, wäre Simon nicht plötzlich links abgebogen.

Ich blieb wie angewurzelt stehen, als ich den Grund für diesen Umweg sah.

Justine. Sie lag in Calebs Armen, und ein breites Rinnsal aus Blut lief aus einer Kniewunde ihre Wade hinunter bis zum Fuß.

Bestimmt war es nur Schmutz oder Seetang.

»Nessa.« Als Simon sie aus Calebs Armen hob, griff sie nach meiner Hand und drückte einen Kuss darauf. »Mir geht es gut, großes Ehrenwort. Ich hätte den Weg auch allein gehen können, aber jemand wollte unbedingt den Helden spielen.«

»Ich habe einen Erste-Hilfe-Kasten im Wagen«, sagte Simon und marschierte mit Justine in den Armen auf den Hauptpfad zu.

Ich betrachtete Caleb. Sein Gesicht war so angespannt, als er die beiden verschwinden sah, dass man ihn sich kaum als den lachenden, übermütigen Jungen vorstellen konnte, der noch vor wenigen Minuten mit Justine herumgeflirtet hatte.

»Deine Schwester …« Er schüttelte den Kopf und sah mich an.

»Ich weiß.« Wir wussten es beide. Die Sache war nicht seine Schuld. Auch nicht meine oder die von jemand anderem. Wenn Justine splitternackt durch Feuerreifen springen wollte, würde sie das tun. Man konnte in der Nähe mit einem Bademantel und Feuerlöscher bereitstehen, aber mehr ließ sich nicht machen.

Wir liefen den beiden nach. Je länger wir rannten, desto harmloser wurde der Regen. Das Donnergrollen wurde leiser und die Abstände zwischen den Einschlägen länger. Als wir schließlich Simons alten grünen Kombi erreichten, der am Rand der Schotterstraße geparkt war, hatten sich die Wolken schon genug verzogen, um Flecken von blauem Himmel durchscheinen zu lassen.

»Seht ihr?«, rief Justine, als wir bei ihr angelangt waren. Sie saß hinten in der geöffneten Heckklappe und ließ die Beine vor- und zurückbaumeln, während Simon das verletzte Knie bandagierte. »Ist nur ein Kratzer.«

»Das ist mehr als ein Kratzer«, erklärte Simon, »aber zur Notaufnahme müssen wir trotzdem nicht gleich fahren.«

Caleb legte ihr eine Hand auf den Nacken und küsste sie auf die Stirn. »Baby ... du musst vorsichtiger sein.«

Sie öffnete den Mund, schloss ihn aber wieder, als Calebs Hand zu ihrer Wange weiterwanderte. Sie legte den Kopf zur Seite, während sein Daumen zärtlich über ihre Haut fuhr, und ihr Blick wurde sanfter.

»Du weißt, für ein kleines Abenteuer bin ich immer zu haben, aber es würde mich glatt umbringen, wenn du –«

»Ich weiß.« Sie ergriff die Hand an ihrer Wange und küsste die Innenfläche. »Tut mir leid. Ich weiß.«

Ich schaute dieser Szene mit einer Mischung aus Erleichterung und Verwirrung zu. Natürlich war ich froh, dass es ihr gutging, und ich fand es süß von Caleb, so besorgt zu sein, aber vor dem heutigen Tag hatten sich die beiden das letzte Mal bei unserem Weihnachtsausflug an die Nordküste gesehen. Für ein Paar, das nur gelegentlich rumknutschte, wirkten sie sehr eng verbunden.

Was mich zu dem Schluss brachte, dass entweder das Rumknutschen ungewöhnlich gut sein musste oder dass sich Menschen durch aufregende Nahtoderfahrungen zwangsläufig näherkamen. Mit keinem davon hatte ich praktische Erfahrungen.

»Später musst du die Wunde noch auswaschen«, meinte Simon und befestigte Justines Verband. »Aber so kommst du erst mal nach Hause.«

»Vielen Dank, Dr. Carmichael.« Justine nahm Calebs Hand und hüpfte aus dem Kofferraum, wobei sie auf ihrem unverletzten Bein landete. »Bekomme ich jetzt einen Lutscher?«

Simon warf ihr einen Blick zu, der Caleb dazu brachte, sie um das Auto herumzuführen und auf die Rückbank zu setzen.

Ich half Simon, das Verbandszeug und die Pflaster einzupacken. »Dieses Jahr legen wir früh los, was?«

Seine Hände stockten in der Bewegung, dann drückte er den Inhalt des Erste-Hilfe-Kastens nach unten und klappte den Deckel zu. Er schaute mich an, und sein Blick ließ mich nicht wieder los. Als wolle er etwas sagen, aber könne sich nicht entscheiden, ob er sollte oder nicht. Am Ende griff er nur nach meiner Schulter und drückte sie kurz. »Auf dem Vordersitz liegt eine alte Decke, falls du dich abtrocknen möchtest.«

Er schloss die Heckklappe und ging zur Fahrertür. Ich schaute noch einmal zum Himmel hoch, der nun so blau war wie bei unserer Ankunft, dann ging ich auf die andere Seite des Wagens und stieg ein. Drinnen schälte ich mich aus dem Fleecepulli, während Simon zusammengesunken auf dem Fahrersitz wartete und Caleb und Justine auf der Rückbank möglichst leise mit wer weiß was beschäftigt waren.

»Okay …«, sagte ich, als sich ein paar Minuten später immer noch niemand gerührt oder gesprochen hatte. »Was war das?«

Simon schaute mich an und ließ seinen Blick durch die Windschutzscheibe zu dem Waldpfad wandern. Er stieß ein kurzes Lachen aus und danach einen langen, tiefen Atemzug. »Das war euer ›Herzlich willkommen auf den Chione Cliffs‹. Schön, dass ihr wieder hier seid.«

Ich rutschte herum und wusste schon, was ich auf der Rückbank sehen würde, wenn ich über die Schulter schaute.

Justine hatte es sich in Calebs Arm gemütlich gemacht, ihr verletztes Bein auf einer gefalteten Wolldecke gelagert und grinste von einem Ohr zum anderen.

»Wow. Genialer Trip!«, sagte sie fröhlich.

»Wow. Genialer Trick.«

»Trick?« Justine hielt ihren Teller hoch, als Dad mit einer weiteren Portion frisch gegrillter Steaks herumkam.

»Vielleicht sollte ich besser ›Finte‹ sagen.«

»Ich weiß nicht, was du damit meinst.«

Dad spießte zwei Fleischstücke mit der Gabel auf und schaute gedankenvoll über das Verandageländer auf den Lake Kantaka. »Eine Finte. Ein Täuschungsmanöver, das gewöhnlich angewendet wird, wenn man sich nicht schnappen lassen will.«

»Ich weiß, was das Wort bedeutet, Daddy. Aber glaubst du wirklich, ich habe mir beim Klettern über die Strandfelsen diesen Kratzer am Bein geholt, damit niemand mich wegschnappt? Seit wann lassen sich Kidnapper von ein bisschen Blut abschrecken? Und wer sollte mich wohl entführen wollen? Durchgeknallte Rettungsschwimmer? Irre Muschelsammler? Der menschenscheue Yeti von Winter Harbor?«

Ich grinste in meinen Teebecher hinein. Eine Person gab es schon, die Justine bestimmt gern bei erster Gelegenheit gekidnappt hätte, und meinen Beobachtungen zufolge wäre Justine ohne Gegenwehr mitgegangen. Über dieses Thema konnte ich allerdings keine lauten Witze machen, da unsere Eltern in Caleb und Simon immer noch die »süßen Carmichael-Jungs« sahen, die sie seit Babyalter kannten. Ihnen war klar, dass wir in den Sommermonaten viel Zeit zusammen verbrachten, aber sie hatten bestimmt keinen Schimmer, wie die eine Hälfte unserer Clique in den letzten Jahren diese Freizeit verbrachte. Und Justine hatte deutlich gemacht, dass es auch so bleiben sollte.

»Aha. Der menschenscheue Yeti von Winter Harbor.« Dad ließ ein Steak auf Justines Teller plumpsen und plazierte eine neue Grillpfanne auf dem Kugelgrill. »Ist das mein neuester Spitzname?«

Justine und ich schauten uns über den Tisch hinweg an und lachten. Dad war fast zwei Meter groß und ging meist vornübergebeugt – was er selbst auf die niedrigeren Türen »damals zu seiner Zeit« zurückführte, aber vermutlich eher mit vierzig Jahren Arbeit am Computer zusammenhing. Seine geduckte, imposante Gestalt zusammen mit einer wirren weißen Haarmähne und dem passenden Vollbart erinnerten tatsächlich an das Fabelwesen.

»Was ist mit Superpaps? Papa Phantasticus? Mad Dad?« Er setzte sich und schenkte sich ein neues Glas Rotwein ein. »Und wie lautete noch der letzte? Irgendwas mit Übergröße …«

»Big Papa«, sagte Justine mit gespielter Empörung, als könne sie nicht glauben, dass er einen von ihr erfundenen Spitznamen vergessen hatte.

»Ja, genau. Ich weiß immer noch nicht recht, ob ich deshalb beleidigt sein sollte.« Er rieb sich über den runden Bauch. »Aber auf der Fahrt hierher ist mir tatsächlich ein neuer Name eingefallen, den wir so bald wie möglich in unser alltägliches Vokabular einfließen lassen sollten, finde ich.«

»Wir werden es in Betracht ziehen«, meinte Justine.

Dad nahm ein Brötchen aus dem Korb in der Mitte des Tisches, riss ein Stück ab und schob es sich in den Mund. »King.«

»King?«, fragte Justine. »Das ist alles?«

Er zuckte mit den Schultern. »Das ist alles. Einfach nur King.«

»Na ja … aber dann wäre Mum automatisch deine Queen. Und ich kann mir nicht vorstellen, dass sie sich damit zufriedengibt, die Nummer zwei in der Familie zu sein – nicht mal pro forma.« Sie schaute Mom beifallheischend an.

Mom, die an ihrem Steak herumgesäbelt hatte, als sei es aus Metall statt aus Rindfleisch, schwieg einen Moment. »Ich kann nicht glauben, dass ihr das immer noch macht.«

»Unsere Mädchen werden älter«, gab Dad zu, »aber trotzdem werde ich immer ihr Big Papa bleiben. Bis mich das Alter eingeholt hat und ich zu schrumpfen beginne. Dann bin ich ihr … Little Papa? Medium Papa? Papa the Great?«

»Meinetwegen kannst du der größte Papa des Universums sein. Das ist nicht der Punkt.«

Dad hob die Augenbrauen und dachte über diesen Titel nach anstatt über die Tatsache, dass Mom nicht amüsiert war. Andererseits war das auch nichts Besonderes, denn Mom war selten amüsiert. Von unseren beiden Eltern war sie immer die Ernsthaftere gewesen und hatte Wert auf Disziplin gelegt. Sie war in Boston Vorstandspräsidentin der Firma Franklin Capital – ein Finanzdienstleister –, während Dad als Schriftsteller und Professor für Amerikanische Literatur am Newton Community College tätig war. Die typischen Charakterzüge, die für ihre jeweiligen Berufe nötig waren, brachten sie üblicherweise auch mit nach Hause.

»Und was ist der Punkt, Schatz?« Er beugte sich über den Tisch, nahm ihr sanft das Besteck aus den Händen und begann an ihrer Stelle mit der offenbar schweißtreibenden Aufgabe, das Steak zu zerschneiden.

»Dass sie achtzehn Jahre alt ist«, Mom betrachtete meine Schwester mit einem Stirnrunzeln, »und damit eine erwachsene Person. Justine, wenn du dir heutzutage Fehler erlaubst, haben sie Konsequenzen.«

»Okay, dann behalte ich eben für den Rest des Lebens eine kleine Narbe«, verkündete Justine. »Wie schlimm.«

»Du kannst von Glück sagen, dass du so heil davongekommen bist.«

Justine warf mir einen Seitenblick zu. Das Lächeln, das sie seit dem ersten Blick auf Simons Kombi getragen hatte, erstarb. »Mom, wir sind in ein Gewitter geraten, und ich bin auf den Steinen ausgerutscht. Unfälle passieren nun mal.«

»Das stimmt. Und wenn du acht Jahre alt und tatsächlich am Strand gewesen wärest, würde ich dir einen Kuss auf dein Knie geben, und alles wäre wieder gut.«

»Wow«, rief ich und zeigte auf den See. »Die Beazleys haben sich endlich ein neues Kanu gekauft. Schaut mal, wie ... lang es ist.«

Dad hatte Moms Steak zu Ende geschnitten, legte das Besteck auf ihren Teller zurück und beugte sich zu mir vor. »Guter Versuch, Kleines. Eine glatte A-Note.«

Justine schüttelte den Kopf. »Jetzt bin ich verwirrt.«

Ich versuchte, Moms Blick aufzufangen, mit der stummen Bitte, nicht das zu sagen, was sie gerade sagen wollte. Aber es hatte keinen Zweck. Sie war auf einem Feldzug – und kurz davor, mir ernsthaften Ärger mit der Person einzuhandeln, die ich am allerwenigsten unglücklich machen wollte.

»Du warst nicht am Strand, Justine. Du warst bei den Chione Cliffs.«

Ich hielt den Atem an. Auf Moms Worte folgte Schweigen.

»Das kann gar nicht sein«, widersprach Justine schließlich und zupfte an der Serviette herum, die auf ihrem Schoß lag. »Von so einem Ort habe ich noch nie gehört.«

»Ach ja? Und von welcher lebensgefährlichen Klippenwand hat deine Schwester wohl sonst gesprochen?«

Ich schloss die Augen und sackte auf meinem Stuhl zurück. Auch ohne Justine anzusehen, wusste ich, dass sie mich mit einem Blick anstarrte, der gleichzeitig überrascht, ungläubig und verletzt war.

»Letzten Sommer«, fuhr Mom fort, »als du einmal nicht da warst, wirkte Vanessa ganz durcheinander, und ich habe gefragt, was los ist. Sie hat mir von den Klippen erzählt, die ihr entdeckt habt und zu denen ihr jedes Jahr geht. Sie fühlte sich schlecht, weil sie zu ängstlich war, um herunterzuspringen.«

»Wo wir schon beim Thema sind, vielleicht würde uns nach dem Essen ein kleiner Sprung in den See guttun«, schlug Dad leichthin vor. »Was meint ihr?«

»Wir haben uns geschworen, nichts zu verraten«, zischte Justine mir zu, als wären wir die Einzigen am Tisch. »Wir wollten diesen Ort für uns behalten. Das hat ihn so besonders gemacht.«

Ich schaute auf. »Ja, ich weiß, aber –«

»Gib Vanessa nicht die Schuld«, sagte Mom.

Während Justine auf ihrem Stuhl zusammensank, Dad sich ein Brötchen schmierte und Mom ihr Weinglas leer trank, durchsuchte ich mein Gehirn panisch nach Worten, mit denen ich alles wiedergutmachen konnte. Ich wollte Justine sagen, dass ich nicht die Absicht gehabt hatte zu petzen. Ich war letzten Sommer nach unserem Ausflug zu den Klippen nur so frustriert gewesen. Und so war die ganze Verbitterung aus mir herausgebrochen, die sich aufgestaut hatte, weil ich mich seit sechzehn Jahren vor allem und jedem fürchtete. Ich wollte ihr erklären, dass Mom nur im falschen Moment am falschen Ort gewesen war und mir versprochen hatte, nichts zu sagen, solange ich Justine nur davon abhielt, beim nächsten Mal wieder zu springen – und dass ich das gar nicht erst versucht hatte, weil ich meine Schwester nie von etwas abbringen wollte, was sie glücklich machte. Vor allem wollte ich ihr sagen, dass mir alles leidtat, ganz furchtbar leid.

Aber ich konnte nicht. Ich konnte einfach nichts sagen. Vielleicht hatte ich Angst, dass die Worte falsch herauskommen würden, jedenfalls war mein Kopf ganz leer.

»Und was hast du für Pläne mit diesem Carmichael-Jungen?«, wollte Mom wissen.

Ich riss die Augen auf und schaute zwischen Mom und Justine hin und her. Von Caleb hatte ich definitiv nichts erzählt.

Justine wurde rot. »Pläne?«

»Während du von Klippen springst und wer weiß was mit einem netten Jungen anstellst, der kaum den Unterschied zwischen einer Spielkonsole und einem Notebook kennt, riskierst du deine gesamte Zukunft. Dartmouth College. Exklusive Ausbildung. Medizinstudium. Erfolg und Zufriedenheit für viele Jahre.«

»Schmeckt das Steak nicht wunderbar?«, fragte Dad. »Nicht zu kross und nicht zu saftig.«

»Ich glaube kaum, dass ich mein Leben ruiniere, nur weil ich ein bisschen Spaß habe.« Justine schob ihren Stuhl zurück, ihre blauen Augen blitzten in der grauen Dämmerung. »Im Übrigen gibt es Dinge, die wichtiger sind als eine Ausbildung an einer überschätzten Eliteschule und ein Beruf zum Geldscheffeln.«

»Big Papa hat eine Idee«, warf Dad ein und leckte sich die Finger ab. »Was haltet ihr von einem Waffenstillstand bis morgen, wenn wir alle eine Nacht voll Schlaf hinter uns haben?«

Justine stand auf, wobei ihr unverletztes Knie gegen den Tisch stieß und die Teller und Gläser zum Scheppern brachte. Beim Vorbeigehen beugte sie sich in meine Richtung, und ihre Augen schienen noch heller als gewöhnlich, als würde ein inneres Licht sie erleuchten. Sie hielt ihren Kopf so, dass Mom und Dad ihr Gesicht nicht sahen, und sagte nur ein einziges Wort, gerade laut genug, damit ich es hören konnte.

»Buh.«

Meine Augen füllten sich mit Tränen. Wie betäubt schaute ich zu, während sie die Veranda überquerte und ins Haus verschwand. Die Tür fiel krachend hinter ihr zu.

»Ich will ja nur, dass sie nicht auf eine falsche Bahn gerät«, sagte Mom nach einer Pause.

»Und ich wollte nur, dass mir jemand beim Streichen des Hauseingangs hilft«, fügte Dad hinzu. »Ich habe sie damit aufgezogen, dass der Kratzer am Bein ein Trick ist, um sich vor der Arbeit zu drücken, aber jetzt sieht es ganz so aus, als ob ich wirklich allein loslegen muss.«

Ohne sie zu beachten, starrte ich auf den See.

Buh. Nicht etwa »vielen Dank auch« oder »diesmal hast du es wirklich vermasselt« oder sogar »in Zukunft kannst du allein zurechtkommen«. Das alles hätte vermutlich ausgereicht, mir Tränen in die Augen zu treiben, aber nichts davon hätte so ein Kribbeln auf meiner Haut erzeugt wie dieses eine Wort.

Damals konnte ich es noch nicht wissen, aber das war das Letzte, was Justine jemals zu mir sagen würde. In den Tagen und Wochen, die darauf folgten, würde ich diesen Moment immer und immer wieder in meinem Kopf zurückspulen, den Blick in ihren blauen Augen sehen, ihre leise Stimme hören und aus irgendeinem Grund Salzwasser riechen … so als stände sie noch neben mir oben auf dem Kliff mit der Feuchtigkeit des Meeres auf der Haut und im Haar.

Kapitel 2

Als ich das erste Mal die Sirene hörte, stand ich im Sand und betrachtete die Wellen, die nach meinen nackten Füßen leckten. Ein schneidender Wind ließ mir den Rock um die Knöchel flattern und trug das Geräusch von Mom, Dad und Justine zu mir her, die über etwas lachten. Der leise, singende Heulton begann, sobald der Schaum sich um meine Füße wand, genau wie jeden Abend bei Einbruch der Dunkelheit in den letzten zwei Jahren. Nur dieses Mal verebbte er nicht, als mich das Wasser hinaus und in die Tiefe zog. Er klang lauter, näher. Und dann kam eine weitere Sirene hinzu und eine weitere, bis ich sie nicht nur hören, sondern sehen konnte, rot-weiß-blau flackernde Lichter, als seien die Polizeiwagen direkt bis ins Meer gefahren.

»Du solltest wirklich etwas essen.«

Ich blinzelte. Die flackernden Lichter waren verschwunden und wurden von einer Reihe grüner Kaffeebecher ersetzt. Neben mir lehnte ein Mann im grauen Anzug am Küchentresen und schaufelte sich Schmalzgebäck in den Mund.

»Eine gute Mahlzeit ist die beste Medizin«, meinte er.

Medizin. Als hätte ich eine Krankheit. Als sei alles nur eine Halluzination, die der Realität Platz machen würde, sobald mein Fieber sank.

»Danke«, sagte ich und versuchte, die Bilder von dem Unglück abzuschütteln, das ich im Schlaf ständig von Neuem erlebte, seit die Polizei uns mitgeteilt hatte, dass Justine gefunden worden war. Ich griff nach einem Becher und drehte mich zur Kaffeemaschine um.

Es war nicht seine Schuld. Schließlich war er nur einer von Moms Mitarbeitern. Er kannte weder mich, noch hatte er Justine gekannt, aber er fühlte sich verpflichtet, ein paar Worte zu sagen, während er zusammen mit anderen Kollegen italienisches Ricottagebäck genoss. Was sonst hätte ihm schon einfallen sollen? »Eine echte Tragödie!« »Sie hatte doch noch ihr ganzes Leben vor sich.« »Wie haben eigentlich die Red Sox diese Saison abgeschnitten?«

»Eine einsame Stimme in der Wildnis«, sagte ich, als ich beim Umdrehen feststellte, dass er immer noch da war. Nicht die richtigen Worte zu finden war eine Sache. Weiter rumzustehen und auf einen Nachschlag Kaffee zu warten ging dann doch zu weit.

»Wie bitte?«, fragte er.

Ich hielt den Becher in die Höhe. »Vox clamantis in deserto. Der Slogan von Dartmouth. Irgendwie passend, finden Sie nicht?«

»Vanessa, Schatz, hilfst du mir bitte mal mit den Muffins?« Mom fasste mich am Ellbogen und führte mich ans andere Ende der Küche. »Liebling, ich weiß, wie schwer das für dich ist, aber wir haben Gäste. Deshalb wäre ich dankbar, wenn du dich wie eine höfliche Gastgeberin benehmen könntest.«

»Tut mir leid«, sagte ich, als wir an dem Küchentisch voller Kuchen stehen blieben. »Ich weiß bloß nicht, was ich reden soll. Ein Teil von mir möchte sich den Rest des Tages im Bad einschließen, und ein anderer Teil –«

»Hast du schon was gegessen?«, erkundigte sie sich und pikte in einen Muffin. »Hier ist einer mit Honignüssen.«

Ich nahm ihn entgegen. Mir fiel nichts ein, was ich sagen

konnte. Mom hatte fünf Tage lang geweint – von dem Moment an, als die Polizei an unsere Tür geklopft hatte, bis zu dem Augenblick, als wir bei unserem Stadthaus angekommen waren –, und dann hatte sie auf effektive Partyplanerin umgeschaltet. Selbst beim Begräbnis hatte sie keine Träne vergossen, obwohl die lautstarke Trauer von Justines Freunden und Klassenkameraden gereicht hatte, um die Vögel von den Bäumen fliegen zu lassen und der Priester das Gebet eher hatte schreien müssen. Ich selbst hatte beim Begräbnis auch nicht geweint, ebenso wenig wie in den Tagen davor oder danach, aber meine Gründe waren andere.

»Kannst du bitte nach deinem Vater schauen?« Mom hob ein Blech vom Küchentresen. »Ich habe ihn seit einer Stunde nicht mehr gesehen, und die Gäste fangen schon an zu reden.«

Ich setzte an zu sagen: Wenn unsere *Gäste* nicht verstehen, dass Big Papa eine kurze Auszeit braucht, dann sollten sie sich vielleicht eine andere Party suchen. Aber bevor ich den Mund aufmachen konnte, hatte Mom bereits auf einem hohen Absatz kehrtgemacht und war durch die Küchentür verschwunden.

Ich ließ den Muffin in den Mülleimer fallen und ging zurück zur Kaffeemaschine, wobei ich den Blick gesenkt hielt, um weitere hilfreiche Tipps von irgendwelchen Mitarbeitern zu vermeiden. Die Becher mit dem Dartmouth-Logo füllten noch immer das untere Regal. Dort hatte Mom sie sofort zur Schau gestellt, als vor zwei Wochen das Paket mit dem Merchandising-Krimskrams vom College angekommen war.

»Vox clamantis in deserto«, hatte Justine mir laut vorgelesen. »Ist schon toll, wie diese Privatschulen ihre Begeisterung für tote Sprachen herauskehren. Ich meine, warum der Aufwand? Könnten sie nicht einfach schreiben: ›Vielen

Dank für die zusätzlichen fünfzehn Dollar, die Sie uns in den Rachen werfen, um allen zu beweisen, wie wichtig Sie sind und dass Sie zweihunderttausend Dollar Schulgebühren zahlen können, nur damit Ihre reichen Sprösslinge die Chance bekommen, sich mit anderen verwöhnten Gören irgendwo im Nirgendwo zu besaufen‹?«

»Na ja«, hatte ich gesagt, »das würde vermutlich nicht als Spruch auf einen Schlüsselanhänger passen.« Von denen hatte Mom auch zwei Dutzend bestellt, um sie im Firmenbüro zu verteilen.

Jetzt nahm ich mir den Dartmouth-Becher in der Mitte und füllte ihn mit Kaffee. Ohne den Blick vom Boden zu heben, eilte ich mit beiden Tassen durch die Tür zur Hintertreppe.

Die Hintertreppe war für Justine und mich immer die Fluchtroute gewesen – vor Cocktailpartys, vornehmen Dinners oder manchmal auch streitenden Eltern. Als ich nach oben stieg, dachte ich an das letzte Mal, als wir uns im Schutz der Treppe verborgen hatten, nämlich bei Moms jährlicher Weihnachtsparty. Während zweihundert Gäste Champagner in sich hineinschütteten, hockten Justine und ich auf den Stufen, hatten eine Daunendecke um unsere Schultern gelegt, lutschten an Zuckerstangen und tranken uns mit Eierpunsch einen Schwips an. Wir hatten so getan, als säßen wir nicht mitten in Boston und würden uns vor Moms betrunkenen Kollegen verstecken, sondern als hätten wir uns im Haus am See ohne Wissen unserer Eltern aus den Betten geschlichen und würden atemlos vor Spannung darauf warten, dass Santa Claus durch den alten Kamin gefallen kam.

Ich stieg langsam die Stufen hoch, umgeben von beruhigendem Dämmerlicht und dunkler Holztäfelung. Ein Gedanke tauchte in meinem Kopf auf, den ich sofort zu verdrängen versuchte. Trotzdem war mir für einen flüchtigen Moment bewusst, wie seltsam es sich anfühlte, hier zu sein … so völlig allein. Die ganze Woche war ich nirgendwo allein gewesen, und erst recht nicht an einem Ort, den ich sonst nur mit Justine geteilt hatte.

Als ich oben angekommen war, blieb ich stehen und wartete. Nach ein paar Sekunden blinzelte ich und wartete wieder. Nichts. Selbst hier, an einem unserer gemeinsamen Lieblingsplätze, wollten die Tränen nicht kommen.

Ich ging weiter durch den Flur, und mein Herzschlag beschleunigte sich. In Justines Zimmer war ich nicht mehr gewesen, seit wir uns die Woche davor für die Fahrt nach Maine fertiggemacht hatten und ich zuschaute, wie sie ihren gesamten Kleiderschrank nach dem perfekten Outfit durchsuchte, das sie auf der Reise anziehen konnte. Am Ende hatten Röcke, Sommerkleidchen und Tops den Fußboden bedeckt wie Seetang die Küste bei Ebbe. Jetzt war ich mir nicht sicher, welcher Gedanke mich mehr erschreckte: dass alles noch genauso dalag, wie sie es verlassen hatte … oder nicht.

Mit geschlossenen Augen drehte ich mich in Richtung ihrer Tür. Ich streckte die Hand aus, bis ich den Türknauf fand. Das Messing fühlte sich unter meinen Fingern kalt an, und ich wartete, bis sich meine Haut an die Temperatur gewöhnt hatte, bevor ich den Knauf richtig umfasste.

Es ist doch nur Justine, sagte ich mir. Nur ihre Klamotten. Natürlich sieht alles so aus, wie sie es liegen lassen hat, weil Justine nämlich wiederkommt. Bald werden wir zum Haus am See zurückfahren. Dann wird alles so sein, wie es sein sollte.

Ich öffnete die Tür. Ein leises Geräusch drang über meine Lippen.

Der Grund waren nicht meine tiefsitzenden Ängste, die

ihren Weg an die Oberfläche fanden. Es war nicht einmal die Tatsache, dass Justines Zimmer im Vergleich zum Flur so heiß wie ein Brennofen war.

Es war das Salzwasser. Der Geruch war so stark, die Luft so voller Feuchtigkeit, dass ich mit meinen geschlossenen Augen fast glaubte, ich würde an der Meeresküste stehen.

»Man gewöhnt sich daran.«

Ich schlug die Augen auf. Big Papa saß auf dem Fußboden in der Mitte des Raumes.

»Anscheinend gibt es ein Problem mit den Rohren. Ich rufe morgen den Klempner an.« Er klang erschöpft und sah auch so aus. Seine Mundwinkel sackten nach unten in Richtung Kinn, seine blauen Augen waren stumpf und seine Schultern gebeugt. Unser bärenstarker Yeti hatte seine Kraft verloren.

»Big Papa«, sagte ich und trat ein. »Ich weiß, wie schwer das für dich ist, aber wir haben Gäste. Deshalb wäre ich dankbar, wenn du dich wie ein höflicher Gastgeber benehmen könntest.«

Sein einer Mundwinkel zuckte in die Höhe, als er den Dartmouth-Becher entgegennahm. Er wusste, dass die Wortwahl nicht von mir stammte. »Deine Mutter versucht, die Situation zu verkraften. Wie wir alle.«

Ich sagte nichts, als ich mich neben ihn setzte. Bis jetzt hatten meine Mutter und ich nie etwas gemeinsam gehabt, außer dass wir Justine anhimmelten. Ich verstand nicht, warum Mom so viel arbeitete, ständig shoppte und sich anstrengte, wildfremde Leute zu beeindrucken. Ich verstand nicht, warum von den hundert Menschen dort unten höchstens ein Dutzend hätte unterscheiden können, welches von den beiden Kindern auf der jährlichen Familie-Sands-Weihnachtskarte ich und welches Justine war. Das meiste, was Mom in ihrem Leben tat, machte für mich keinen Sinn. Aber in Dads Augen war sie wie die Sonne, der Mond und die Sterne, also hielt ich den Mund.

»Sie sieht so wunderhübsch aus«, sagte Dad nach ein paar Minuten.

Ich folgte seinem Blick zu der mit Fotos bestückten Pinnwand, die über Justines Schreibtisch hing, und wünschte mir, weinen zu können. Denn dort war sie überall. Beim Wildwasserpaddeln in den Berkshire Mountains. Beim Reiten in den Dünen von Cape Cod. Mit Freunden auf dem Campus ihrer Privatschule. Beim Bergwandern in New Hampshire. Und dann mein Lieblingsfoto, das sie vergrößert und in die Mitte der Pinnwand gehängt hatte: beim Angeln in unserem alten roten Ruderboot auf dem See in Maine – zusammen mit mir.

»Ich weiß noch, wie ich das geknipst habe«, meinte Dad. »Wollte immer wissen, was sie wohl gesagt hat, um dich so zum Kichern zu bringen.«

Er hatte das Foto vom Bootsanleger hinter dem Haus aufgenommen. Wir saßen mit dem Rücken zur Kamera. Justine hatte mir den Kopf zugewandt, und ich schaute in den Himmel. Meine Schultern waren fast bis zu den Ohren hochgezogen, was mir immer passierte, wenn etwas mich so zum Lachen brachte, dass mir die Tränen nur so übers Gesicht liefen.

Ich blinzelte. Nichts.

»Wahrscheinlich Teenagergeheimnisse, habe ich mir gedacht«, fuhr er fort. »Schminktipps. Jungs. Besser, wenn ich nichts davon wusste.«

»Ja, wahrscheinlich«, erwiderte ich. »Immerhin hatte sie so viele Romanzen, dass die Verehrer wie mit einer Drehtür aus und ein gingen. Also haben unsere Gespräche über Jungs meistens eine ganze Weile gedauert.«

»Ich verstehe immer noch nicht, warum sie ständig Aufmerksamkeit dieser Art gebraucht hat«, sagte er nachdenklich. »Sie war so klug, so schön und talentiert. Aber anscheinend konnte sie das selbst nicht glauben, außer sie bekam es jede Woche von einem anderen Jungen bestätigt.«

Ich sagte nichts dazu. Justine hatte die Aufmerksamkeit nicht unbedingt gebraucht – sie hatte sie einfach bekommen.

Wir nippten stumm an unserem Kaffee. Nach einem Augenblick stieß Dad einen langen Seufzer aus. »Ich sollte wohl eine Weile den Gastgeber spielen«, meinte er und stand auf. »Du kommst zurecht?«

Ich nickte. Er legte mir kaum merklich die Hand auf den Kopf, bevor er das Zimmer verließ und die Tür schloss.

Ich blinzelte und wartete. Als die Tränen immer noch nicht kommen wollten, wandte ich mich wieder dem Foto in der Mitte der Pinnwand zu und dachte darüber nach, was Big Papa gerade gesagt hatte. Es ergab keinen Sinn. Aber auf der anderen Seite ergab jetzt fast nichts mehr einen Sinn.

Die Polizei behauptete, es sei ein Unfall gewesen, Justine sei einfach nur zur falschen Zeit von der Klippe gesprungen. Bei Dunkelheit. Beim Höhepunkt der Flut. Polizeidirektor Green hatte gesagt, das Wasser sei zu tief und die Strömung viel zu stark gewesen. Selbst Triton, der griechische Gott des Meeres, der die Wellen mit einem Stoß in sein Muschelhorn beherrschen konnte, wäre dagegen nicht angekommen. Der Gerichtsmediziner hatte ihm zugestimmt.

Ich aber nicht.

Ja, es stimmte, Justine war ein Adrenalinjunkie. Und in jener Nacht hatte sie vielleicht das Gefühl gehabt, etwas beweisen zu müssen. Aber sie war zu klug gewesen, um sich so unvorsichtig zu benehmen.

Als mein Blick über die Pinnwand wanderte, entdeckte ich zwischen den Fotos dünne schwarze Linien. Zuerst sah es aus, als habe jemand mit Zeichenstift auf das Futter aus Stoff geschrieben … aber die Striche befanden sich nicht auf dem elfenbeinfarbenen Satin, der die Pinnwand bedeckte. Der Hintergrund der Fotos war immer noch weiß.

Ich stand auf und stellte mich vor den Tisch, um einen besseren Blick zu haben. Da sah ich, dass es sich bei den Strichen um gedruckte Worte handelte.

Name. E-Mail. Telefonnummer. Elternteil 1. Elternteil 2. Frühere Entscheidung. Finanzhilfe. Campus. Abschluss. Weiterführende Schule. SAT-Examen. Außerschulisch. Auszeichnungen.

Ich wollte schon die erste rote Reißzwecke herausziehen, als ich mich plötzlich unbehaglich fühlte. Geradezu schuldbewusst. Als würde ich Justines Schreibtisch nach ihrem Tagebuch durchsuchen, um von heimlichen Küssen und privaten Gesprächen zu lesen, die sie für sich behalten hatte.

»Tut mir leid«, flüsterte ich, bevor ich die erste Reißzwecke entfernte.

Ein paar Sekunden später waren die gut fünfzig lächelnden Justines verschwunden. Ich trat einen Schritt zurück, um die Pinnwand im Ganzen zu betrachten.

Autoaufkleber. Sieben Stück, die Mom mitgebracht hatte, als sie mit Justine nach Harvard, Yale, Princeton, Brown, Stanford, Cornell und Dartmouth gefahren war. Sie formten einen akademischen Kreis um eine Tabelle und den Ausdruck eines typischen Bewerbungsformulars.

Die Tabelle bestand aus den Namen der Colleges und drei Spalten für den jeweiligen Aufnahmeschluss, das Datum der Bewerbung und das Datum der Rückantwort. Nur die Spalte mit dem Aufnahmeschluss war ausgefüllt, und zwar in Moms ordentlicher Handschrift. Die anderen waren leer. Auf dem Bewerbungsformular stand ebenfalls nichts außer Anmerkungen und Vorschlägen von Mom. Mein Blick blieb auf der mittleren Seite haften, wo die Bewerber einen Aufsatz mit einem persönlichen Thema ihrer Wahl abliefern sollten. Ein grüner Post-it-Zettel war oben angeklebt, auf dem Mom vorschlug, Justine solle schreiben, wer sie jetzt war und wer sie später werden wolle.

Justines Antwort war kurz:

Sorry, ich habe keine Ahnung.

Aber du genauso wenig.

Ich starrte auf die Worte. Vielleicht hatte ich länger als nötig gebraucht, um diese Hinweise zu finden, aber ihren Sinn verstand ich sofort. Justine wäre im Herbst nicht nach Dartmouth gegangen. Und ebenso wenig nach Harvard, Yale, Princeton, Brown, Stanford oder Cornell. Denn um ein Studium an einer Eliteuniversität zu beginnen, musste man sich erst einmal bewerben. Und offensichtlich hatte Justine sich nirgends beworben.

Unten waren die Gäste versammelt, um Justines Leben zu feiern und darüber nachzusinnen, welches Potential mit ihr verlorengegangen war, welche Taten sie niemals vollbringen und welche Orte sie niemals besuchen würde. In einem Punkt hatte ich recht gehabt: Keiner von den Unbekannten, die sich in unserem Haus mit Kuchen vollstopften, hatte eine Ahnung, wer Justine wirklich gewesen war. Aber nun musste ich mit Schrecken feststellen, dass ich in gewisser Weise auch falschgelegen hatte.

Ich hatte Justine genauso wenig gekannt.

Eine Flurtür schlug zu und riss mich aus meinen Gedanken. Ich nahm das Aufsatzformular von der Pinnwand und das Foto von uns beiden im Ruderboot vom Tisch, pinnte die anderen Bilder wieder an und lief zur Tür.

Gerade wollte ich in den Flur flüchten, als ich die Hände vors Gesicht schlagen musste, um mir Nase und Mund zuzuhalten.

Salzwasser. Ich hatte mich an den Geruch gewöhnt, während ich mich im Zimmer aufgehalten hatte, aber hier war er viel stärker – überwältigend, als habe eine Riesenwelle bereits den Rest des Hauses überrollt und warte vor Justines Tür darauf, dass ich sie einließ. So extrem war der Geruch, dass mir davon schwindelig wurde und ich den Kopf senken musste.

»Oh, nein.« Ich nahm die Hände vom Gesicht. »Oh, Justine …«

Ein zerknülltes Badehandtuch lag vor dem Kleiderschrank. Flauschig und weiß … mit einem grinsenden Cartoon-Hummer voller grüner und schwarzer Algenreste.

Calebs Badehandtuch – in das er Justine letzte Woche eingewickelt hatte, bevor er sie oben auf den Klippen in die Arme schloss – befand sich hier, trocken und steif vom Salz, in Boston.

Ich sank auf die Knie und hob das Handtuch auf. Sie war nach Hause gefahren. Irgendwann zwischen ihrem wütenden Abgang beim Essen auf der Veranda und dem folgenden Morgen, als man ihren toten Körper fand, war sie hier in Boston gewesen.

Keine Panik, sagte ich mir und unterdrückte die Vorstellung, wie das weiße Frotteetuch um Justines Schultern ausgesehen hatte. Alles ist okay.

Nur stimmte das natürlich nicht. Die Situation war so ganz und gar nicht okay, dass ich mir nicht einmal etwas vormachen konnte. Ich sah das Handtuch als einen weiteren Beweis dafür, dass ich nur geglaubt hatte, meine Schwester zu kennen. In Wirklichkeit hatte jemand anderer ihr viel nähergestanden. Und Justine hatte es – aus welchem Grund auch immer – genau so gewollt.

KAPITEL 3

»Seid ihr verrückt geworden?«

Ich nahm meine Reisetasche vom Bürgersteig und stopfte sie in den Kofferraum von Dads Volvo. »Bist du sicher, dass du das Auto nicht brauchst?«, fragte ich und überhörte Mom, die barfuß in einem Morgenmantel aus Kaschmir vor der Haustür stand und uns missbilligend zusah.

»Ich meine, ganz ehrlich«, versuchte sie es erneut, »habt ihr beide den Verstand verloren?«

Dad stellte seine Schüssel mit Müsli auf dem rostigen Dach des Wagens ab und half mir, die Tasche hineinzubugsieren. »Ich bin schon monatelang nicht gefahren. Auf ein paar Wochen mehr kommt es auch nicht an.«

»Ein paar Wochen?« Moms Stimme rutschte eine Oktave höher.

Ich plazierte meine Hände neben Dads auf der Kofferraumklappe und drückte sie energisch nach unten. Als sie sich hörbar schloss, ging ich um das Auto herum zum unteren Ende der Eingangstreppe.

»Ich weiß nicht genau, wie lange ich bleibe«, erklärte ich. »Vielleicht ein paar Tage, eine Woche oder auch länger.«

»Mir ist nicht klar, warum du überhaupt wegfährst. Nach allem, was passiert ist –«

»Du gehst wieder zur Arbeit, Dad schreibt den ganzen Tag. Was soll ich hier mit mir anfangen?«

»Freunde besuchen«, schlug Mom vor. »Ins Kino gehen. Dich mit einem guten Buch entspannen.«

»Mit einem Buch entspannen?« Ich schüttelte den Kopf. »Das schaffe ich nicht.«

»Jacqueline«, sagte Dad sanft. »Vanessa muss tun, was sie tun muss. Ich weiß, dass es nicht leicht ist, unser kleines Mädchen gehen zu lassen, aber sie ist siebzehn.«

»Sie mag ja siebzehn sein, trotzdem ist sie noch ein Kind«, erwiderte Mom, als sei sie froh, dass jemand endlich diesen entscheidenden Punkt angesprochen hatte. »Vanessa, mein Schatz, du bist noch nie allein weg gewesen. Und deine längste Strecke mit dem Auto war bis zur Shopping-Mall.«

Ich eilte die Treppe hoch und blieb eine Stufe unter Mom stehen. »Ich bin bald wieder da. Versprochen.«

Als sie mich fest in die Arme nahm, fühlte ich mich schuldig. Und nervös. Außerdem traurig, ängstlich und verwirrt. Ein Teil von mir war in Versuchung, zurück ins Haus zu rennen, ins Bett zu schlüpfen und so lange zu schlafen, bis ich alles vergessen konnte. Vielleicht gelang es mir sogar, so zu tun, als sei Justines Tod nur ein neuer Alptraum, der mich beim Löschen des Lichts in Schrecken versetzte.

»Öl und Wasser sind in Ordnung«, verkündete Dad, bevor ich meine Meinung ändern konnte, »der Hebel für die Scheibenwischer ist rechts vom Lenker, der Schalter für das Licht ist links. Du kannst dich auf meine alte Dame verlassen. Sie bringt dich dahin, wo du hinmusst.«

»Du bist einfach super, Big Papa.« Ich joggte die Stufen hinunter und stieg ins Auto.

»Du auch, Kleines.« Er schloss die Tür hinter mir und betrachtete mich durch das offene Fenster. »Noch eine Sache. Wie jede rüstige alte Lady wird sie leicht müde, besonders berghoch. Wenn sie nicht mehr richtig mitmachen will, geh vom Gas. Falls du versuchst, sie mit Gewalt auf Touren zu bringen, rollt sie wahrscheinlich rückwärts wieder runter.«

»Na, das ist ja beruhigend.«

Ich sah zu, wie Dad sich Mom zuwandte, die inzwischen neben ihm stand. Er legte ihr einen Arm um die Taille und gab ihr einen Kuss auf die Nasenspitze.

»Du hast dein Handy dabei?«, fragte sie. »Und du weißt, wo du hinmusst?«

Ich hob mein Handy und einen Stapel ausgedruckter Google-Landkarten vom Beifahrersitz. »Außerdem habe ich einen vollen Tank, deine VisaCard, deine MasterCard, den Schlüssel für das Haus und den Merkzettel, wie man das Wasser und den Strom anstellt.«

»Ruf uns an, wenn du da bist«, bat Mom, als ich den Motor anließ. »Und gern auch während der Fahrt, falls du müde wirst oder das Radioprogramm langweilig ist oder –«

»Ich melde mich, bevor ich ankomme. Und dann noch einmal, wenn ich im Haus bin.«

Mom öffnete bereits den Mund, um weitere Anweisungen zu geben, aber dann klappte sie ihn wieder zu und presste sich die Hand vor die Lippen.

Ihr Hinweis, dass ich noch nie allein weg gewesen war und mit dem Auto keine Strecke über zwanzig Meilen zurückgelegt hatte, machte mich nervös. Ich wusste nicht, wie es sich anfühlen würde, den Highway 95 ohne Mom, Dad und Justine entlangzufahren. Oder an dem »Willkommen in Winter Harbor«-Schild in Form eines Segelboots vorbeizukommen, das am Ortseingang stand ... an Eddies Eisdiele gleich dahinter, wo wir sonst immer angehalten hatten, um eine Kugel Marshmallow-Nuss zu essen ... und das Haus am See zu erreichen, das nach unserer überstürzten Abreise vor einigen wenigen Tagen nun verschlossen und verrammelt dastand.

Als ich den Gang einlegte, den Volvo langsam von meinen Eltern fortsteuerte und ihnen in kaum vierzehn Tagen schon die zweite Tochter nahm, wusste ich nur eins ganz genau: Wenn es je einen passenden Zeitpunkt gegeben hatte, mir ein dickeres Fell zuzulegen, dann jetzt.

Sechs Stunden und vier Handyanrufe später saß ich im Auto und starrte auf unser Ferienhaus.

Zu dieser Zeit im Sommer war es gewöhnlich voller Lärm und Leben. Jetzt sah es beklemmend verlassen aus. Die Eingangstür war verriegelt, die Fenster waren verschlossen, die Vorhänge zugezogen und die Jalousien heruntergelassen. Die Tonkrüge auf den Eingangsstufen, in denen Moms Geranien hätten blühen sollen, waren voller Unkraut. Dads Lieblingsfahne, auf der ein Paar Haubentaucher prangte und die er immer hisste, um offiziell den Sommer einzuläuten, lag irgendwo auf einem Regal in der Garage.

Doch trotz dieses deprimierenden Anblicks konnte ich sie vor mir sehen, wie sie die Autotür aufschmiss und den Plattenweg entlangrannte, auf der Veranda von einer Seite zur anderen wirbelte und durch die Fenster lugte. Dieses letzte Mal war sie an einem Ende der Veranda stehen geblieben und hatte sich über das Geländer zum Haus der Carmichaels vorgebeugt. Die Brise hatte das purpurrote Sommerkleid um ihre Knöchel tanzen lassen, und das lange dunkle Haar war ihr über die Schulter gefallen, so dass es eine Hälfte ihres Gesichts verdeckt und das Lächeln verborgen hatte, das sie ganz bestimmt trug.

Ich hatte zum Nachbargrundstück geschaut, um zu sehen, ob Caleb draußen stand und auf sie wartete. Zwar hatte ich ihn nicht entdecken können, aber das bedeutete nichts. Wahrscheinlich hatte er schon stundenlang hinter einem Busch gehockt – unauffällig, wie Justine es verlangt hatte –, um wenigstens einen Blick auf sie zu erhaschen. Damals hatte ich gedacht, was für ein schönes Gefühl es sein musste, so sicher zu wissen, dass man von jemandem erwartet wurde.

Dieses Gefühl hätte ich jetzt auch brauchen können.

Ich sah gerade in den Rückspiegel, als ein Lichtschein hinter mir aufflackerte. Bei näherem Hinschauen entdeckte ich nichts weiter als unseren Briefkasten in Entenform und eine Menge Bäume, also drehte ich mich auf dem Sitz um, so dass ich durch das Rückfenster spähen konnte.

Dumme kleine Nessa. Jetzt bildest du dir schon Sachen ein, bevor die Sonne untergeht?

Ich fuhr herum, als Justines Stimme durch meinen Kopf hallte.

»Wird Zeit, dass ich Caleb finde«, sagte ich laut und öffnete die Tür.

Ich hatte schon einen Turnschuh auf dem Boden, als mein Blick auf der gefalteten Zeitung landete, die bei der Zufahrt lag. Es war der *Winter Harbor Herald,* eine kostenlose Wochenzeitschrift, die vor allem Touristenwerbung für Restaurants und Shops enthielt. Der *Herald* brachte gewöhnlich nur einmal in der Urlaubszeit eine richtige Schlagzeile anstatt Artikel über den romantischsten Fotospot bei Sonnenuntergang oder die beste Location für ein authentisches Winter-Harbor-Essen. Meistens ging es in der Story um betrunkene Minderjährige oder Hummerkäfigdiebe. Die Zeitung druckte sie eigentlich immer am Ende der Urlaubszeit, wenn alle schon genug geshoppt und gegessen hatten und nun bereit waren, einen Blick auf die dunklen Seiten von Winter Harbor zu wagen.

Aber diesen Sommer hatte die Schlagzeile nicht warten können.

Tragödie in Winter Harbor: Teenager stürzt zu Saisonbeginn in den Tod!

Ich starrte auf die Überschrift, deren Dramatik noch durch dicke Großbuchstaben unterstrichen war. Direkt darunter befand sich das Schulabschlussfoto von Justine. Ich vergaß fast den Grund, aus dem sie auf der Titelseite abgebildet war, weil sie so umwerfend schön aussah. Das Haar fiel ihr in Wellen über die Schultern, ihre Augen strahlten, und ihr Lächeln war freundlich und warm.

Ich dachte an mein eigenes Schulfoto, für das ich eigentlich am Ende dieses Sommers hätte posieren sollen. Es wäre niemals so phantastisch geworden wie das von Justine, denn alles an meinem Aussehen war irgendwie mittelmäßig: Mein langes Haar war weder blond noch braun, meine Augen weder blau noch grün, meine Haut konnte je nach Lichteinfall milchweiß oder käsig aussehen. Das Einzige an mir, das nicht durchschnittlich aussah, war mein Lächeln. Zwar kam es nicht oft zum Vorschein, aber dann ließ es mein ganzes Gesicht erstrahlen. Jetzt jedoch war mein Hauptgrund, mich glücklich zu fühlen, für immer verschwunden, und für das Foto hätte ich genauso gut mit dem Rücken zur Kamera stehen können.

Ich hob die Zeitung auf, als ich aus dem Auto stieg. Zwar wollte ich den Artikel über Justine nicht lesen, aber ich konnte sie auch nicht einfach in der Auffahrt liegen lassen. Also faltete ich die Zeitung eng zusammen und steckte sie in die Hintertasche meiner Jeans.

Ich ging die kurze Strecke zum Haus der Carmichaels, lief die Eingangsstufen hoch und klingelte. Als ich das leise Dingdong drinnen hörte, trat ich einen Schritt zurück und wartete.

Caleb kam nicht an die Tür. Auch nicht Mrs Carmichael, die mich gewöhnlich mit einem Lächeln und ausgebreiteten Armen empfing. Man hörte nicht einmal Schritte, die sich der Tür näherten.

Ich wartete eine Minute und klingelte wieder.

Nichts.

Mit einer Hand den Blick abschirmend, schaute ich durch ein Fenster in das Wohnzimmer. Dann ging ich die Veranda entlang und probierte es mit dem Küchenfenster. Die Arbeitsplatten waren leer, auf dem Tisch stapelten sich weder Comicbücher noch Wissenschaftszeitschriften, und in der Spüle wartete kein schmutziges Geschirr.

Das Haus der Carmichaels wirkte von innen genauso wie unseres von außen, nämlich verlassen.

Sie werden bald zurückkommen, sagte ich mir, als ich die Eingangsstufen wieder hinunterging. Bestimmt sind sie nur bei der Arbeit. Oder einkaufen. Spätestens zum Abendessen sind sie wieder zurück.

Falls das stimmte, hatte ich ungefähr fünf Stunden Wartezeit vor mir. Ganz allein.

Ich hatte nicht vor, so lange in unserem leeren Haus herumzusitzen, also nahm ich mir Zeit für den Rückweg. Zuerst schlenderte ich bei den Carmichaels durch den Garten, der mir im Laufe der Jahre so vertraut geworden war wie unser eigener. Nach Tausenden von Versteckspielen kannte ich jede Kuhle im Rasen, jeden Hügel und wusste, welche Bäume sich am besten eigneten, um außer Sicht zu verschwinden. Tatsächlich war Versteckspielen in unserer Kindheit das Einzige gewesen, bei dem ich Justine hatte schlagen können. Vor allem, weil ich es vorzog, unentdeckt zu bleiben, während sie dafür lebte, von allen gesehen zu werden.

Ich ging bis an den Rand des Wassers und betrat den Bootssteg. Als ich sein Ende erreicht hatte, schaute ich über den See und dann auf unseren eigenen Steg, der nur ein paar Meter entfernt lag. Ich fühlte einen Schmerz in der Brust, als ich dort keine Wasserflaschen, Sonnencreme und aufgeschlagene Bücher sah, eben alles, was nötig war, um einen faulen Sommernachmittag zu genießen. Die dicken Taue, die sonst unser rotes Ruderboot befestigten, waren um die Pfähle gewickelt.

Ich wandte mich ab, zog Schuhe und Strümpfe aus, krempelte die Hosenbeine hoch und setzte mich auf den Steg. Die Sonne schien so warm, dass ich in Versuchung war, die Füße ins kühle Wasser baumeln zu lassen, aber ich behielt die Beine oben an die Brust gezogen. Zwei Jahre lang hatte Justine mir versichert, dass sich die Minifische im Lake Kantaka mehr vor mir fürchteten als umgekehrt, und ich hatte geantwortet, dass ich mir wegen der Fische keine Sorgen machte. Wovor ich mich in Wirklichkeit fürchtete, hatte ich für mich behalten.

»Vanessa?«

Er sieht diesen Sommer anders aus, findest du nicht?

Ich schaute hoch. Simon hockte etwas entfernt in seinem Ruderboot, hatte die Paddel eingezogen und driftete auf mich zu. Ich lächelte überrascht und gleichzeitig erleichtert, ihn zu sehen. Er wirkte ebenso überrascht, aber erwiderte das Lächeln nicht. Nach ein paar Sekunden nahm er die Paddel und begann wieder zu rudern.

Ich wollte hallo sagen und fragen, wie es ihm ging. Und wenn ich das nicht schaffte, dann wollte ich wenigstens eine unverfängliche Bemerkung machen, die das Eis brach, ihn zum Beispiel nach den Notizheften, Petrischalen und Plastikampullen fragen, die auf dem Boden des Bootes verteilt waren. Wenn Justine und ich auf den See hinausruderten, waren wir gewöhnlich von Tupperdosen voller Melonenstücke und von herumliegenden Klatschzeitschriften umgeben gewesen. Simons Boot dagegen sah aus wie ein schwimmendes Labor.

Als es gegen den Steg stieß, nahm er eins der Taue und wickelte es um eine Metallklampe des Ruderboots. Er sammelte die Notizhefte, Schälchen und Ampullen zusammen und verstaute sie in einem Rucksack. Mir kam es vor, als würde er sich unnötig Zeit lassen und hoffen, dass ihm in den paar zusätzlichen Sekunden die richtigen Worte einfallen würden.

Mein Puls begann, schneller zu schlagen, als Simon aus dem Boot stieg. Er schaute mich nicht an, sondern wischte sich die Hände an der Vorderseite seiner kurzen Hose ab und setzte sich auf den Steg neben mich.

»Ich hoffe, du hasst mich jetzt nicht«, sagte er nach einem Augenblick.

»Dich hassen? Wieso?«

»Ich wollte kommen«, erklärte er und hielt den Blick auf das Wasser zu unseren Füßen gerichtet. »Ich kann dir gar nicht sagen, wie sehr ich für dich ... für euch da sein wollte. Aber ich konnte mich einfach nicht entscheiden, ob ich hinfahren sollte oder ob das zu aufdringlich wäre.«

Das Begräbnis. Ich war überrascht gewesen, als ich die Carmichaels dort nicht gesehen hatte. Meine Eltern gingen im Sommer oft mit ihnen essen, und da die Carmichaels das ganze Jahr in Winter Harbor wohnten, behielten sie das Ferienhaus für uns im Auge und meldeten sich während der Wintermonate ab und zu. Ich hatte Mom und Dad nicht gefragt, warum sie bei dem Begräbnis fehlten. Wahrscheinlich war das ein wunder Punkt und hatte damit zu tun, dass Caleb in die Vorgänge an jenem Abend verwickelt gewesen war.

»Ist schon okay«, sagte ich. Seine Besorgnis rührte mich. »Danke.«

Er kniff die Augen zusammen und spannte die Lippen, als ob er nah davor war, noch mehr zu sagen.

»Ich dachte, du bist mit der Schule fertig.«

Fragend schaute er zuerst mich an und dann seinen vollgepackten Rucksack, auf den ich zeigte.

»Ein Ferienprojekt, um zusätzliche Punkte für die Uni zu sammeln?«, meinte ich leichthin.

»So was in der Art.« Er versuchte zu lächeln. »Ich helfe einem meiner Professoren bei seinen Forschungen. Klimawandel. Das Wetter war in letzter Zeit ziemlich seltsam, darum habe ich es beobachtet.«

Ich nickte und wartete auf die Fortsetzung. Über Wolkenformationen, Gezeitenbecken und einheimische Pflanzenarten konnte Simon stundenlang reden – was er normalerweise auch ungefragt tat. Als er dieses Mal nichts weiter sagte, zog ich die Beine enger an die Brust und blickte auf den See hinaus. Entlang des Ufers sah man fröhliche Urlauber schwimmen, paddeln und auf Luftmatratzen treiben. Mein Körper sehnte sich nach einer ähnlichen Erfrischung, während mein Gehirn panisch versuchte, mich von diesem Gedanken abzulenken. Noch vor zwei Jahren hätte ich dem Impuls nachgegeben, vom Steg zu springen und in den See zu tauchen. Jetzt konnte ich nur hoffen, dass der Anfall nicht lange dauerte.

»Ich bin auf der Suche nach Caleb«, sagte ich.

Simon schaute weg, auf eine Gruppe von Kindern, die in der Mitte des Sees von einem Schlauchboot hüpften.

»Er war damals in der Nacht mit ihr zusammen, und ich muss mit ihm reden. Ich muss rausfinden, warum sie das getan hat.«

»Vanessa … Caleb ist nicht hier.«

Mein Magen zog sich zusammen.

»Er ist nach Hause gekommen, als die Polizei mit ihm fertig war, hat sich Essen und Kleidung eingepackt und ist verschwunden.«

»Wohin?«

»Keine Ahnung. Er hat uns nichts gesagt … und seitdem kein einziges Mal angerufen.«

Ich folgte seinem Blick und beobachtete die Kinder. Lachend planschten sie herum und drückten einander unter Wasser. Ob Simon wohl das Gleiche dachte wie ich? Noch letztes Jahr hätte das unsere Viererclique sein können.

»Wann kommt er zurück?«, fragte ich.

Er sagte nichts, sondern schaute mich nur an. Als ob es ihm leidtat ... und als ob er sich nur mit Mühe dazu bringen konnte, die Arme hängen zu lassen, anstatt sie nach mir auszustrecken und mich an sich zu ziehen.

Kapitel 4

»Big Papa, in unserem Haus spukt es.«

Fünfhundert Meilen entfernt in Boston nippte Dad an seinem Kaffee.

»Letzte Nacht hab ich kein Auge zugetan. Ich bin nicht mal bis zu diesem dösigen Zustand gekommen, wo man noch eine Chance auf Schlaf hat.«

»Du warst von der Autofahrt übermüdet und aufgekratzt. Irgendwann wird dein Körper schon nachgeben.«

»Das bezweifle ich«, erwiderte ich und wickelte mich enger in die dicke Fleecedecke. »Jedenfalls solange Casper, Beetlejuice und ihre ganzen Partyfreunde hier sind, um die ganze Nacht hindurch mit den Bodendielen und den Deckenbalken zu knarren.«

Ich brach ab, weil mir dieses Gespräch plötzlich zu seltsam vorkam. Falls es im Haus am See tatsächlich Geister gab, war es nicht die Sorte aus Comicfilmen.

»Okay«, sagte Dad schließlich. »Jetzt ist es morgens. Du hast die Nacht heil überstanden.«

»Stimmt«, bestätigte ich. »Und mir geht es gut. Zwar sind die Ringe unter meinen Augen so groß wie Schwimmreifen, aber ansonsten ist alles wunderbar.«

»Wunderbar, hm?«

Ich nickte, während mein Blick den Jetskis auf dem Wasser folgte. »Na ja, vielleicht nicht wunderbar. Aber jedenfalls okay. Ich bin okay. Ganz bestimmt.»

»Du weißt, dass du jederzeit nach Hause kommen kannst. Deine Mutter und ich sind immer für dich da.«

Ich starrte auf meine in Fleece gewickelten Füße. »Wie geht es ihr?«

»Deine Mutter ist, wie sie ist. Sie reißt sich zusammen und beißt sich durch.«

»Und arbeitet wie eine Maschine?«

»Mit Endlosbatterie.« Er zögerte. »Du rufst später wieder an?«

»Versprochen.«

Nachdem wir aufgelegt hatten, schaute ich den fröhlichen, im Wasser planschenden Touris zu, bis mein Magen zu knurren begann und mich daran erinnerte, dass ich zwei Tage lang fast nichts gegessen hatte. Ich ging nach drinnen, stellte den Fernseher im Wohnzimmer und das Radio in der Küche an und duschte mich.

Als ich zehn Minuten später die Auffahrt entlangeilte, warf ich einen Blick aufs Nachbarhaus. Simon war gestern Abend weggefahren und irgendwann spät in der Nacht zurückgekommen, aber jetzt war sein Wagen wieder verschwunden. Wie er mir erzählt hatte, waren seine Eltern so schockiert von allem gewesen, dass sie eine Weile zu Freunden nach Vermont gereist waren, und da aus den offenen Fenstern keine morgendlichen Geräusche drangen, nahm ich an, dass sie immer noch weg waren.

Mein Magen knurrte auf dem ganzen Weg in den Ferienort. Um die Großstadttouristen zufriedenzustellen, die daran gewöhnt waren, gutes Essen in Rekordgeschwindigkeit zu bekommen, bot Winter Harbor eine ganze Auswahl an bequemen Frühstücksmöglichkeiten mit Schnellservice. Zum Glück waren die großen Ketten wie *Starbucks* und *McDonald's* noch nicht zu diesem abgelegenen Flecken vorgedrungen, aber falls das irgendwann doch passieren sollte, würden sie hier gegen eine solide Konkurrenz kämpfen müssen. Es gab Kaffee und Donuts bei *Java Shack*, fruchtige Smoothies und Frappucino-Ersatz bei *Squeezed* und Sandwiches mit Rührei bei *Harbor Homefries*. Alles wurde nach Bestellung in wenigen Minuten geliefert, so dass man sich ohne Wartezeit zum See oder den Wanderwegen aufmachen konnte.

Ich hatte Appetit auf einen Melone-Guave-Smoothie und auf ein mächtiges Brötchen mit Rührei, Käse und Würstchen. Diese Mischung bestellte ich mir immer, wenn Mom und Dad in den Ort fuhren, um uns Frühstück zu besorgen. Andererseits war ich nicht in der Stimmung für Take-away-Essen, und außerdem wollte ich es möglichst vermeiden, allzu vielen Freunden der Familie zu begegnen, die wir im Laufe der Jahre kennengelernt hatten. Also fuhr ich die Hauptstraße hinunter, vorbei an all den pittoresken, praktisch gelegenen Esslokalen, und steuerte auf den großen, ungeteerten Parkplatz zu, an dem der Weg endete.

Er befand sich neben *Bettys Fischerhaus*, einem ortsbekannten, beliebten Ausflugsziel für Touristen, in dem ich alles bekommen würde, was ich brauchte: Essen, Gesellschaft und Anonymität unter Fremden. Jeder, der mehr als einen Sommer in Winter Harbor verbracht hatte, vermied das Restaurant gewöhnlich, um die lautstarken Horden von Neuankömmlingen zu umgehen. Das Risiko, dass jemand hier meine Familie kannte, war gering. Falls die Leute also über Justine redeten, würden sie wenigstens nicht mit *mir* über sie reden wollen.

Ich bremste ein paar Meter vor dem Parkplatzeingang. Ein Typ ungefähr in meinem Alter mit khakifarbenen Shorts und weißem Polohemd sprang von seinem Klappstuhl auf.

»Hallo!«, grüßte er lächelnd und kam an meine Fahrertür. »Name?«

»Vanessa«, sagte ich, während er auf sein Klemmbrett schaute. »Aber ich habe nicht reserviert.«

»Das ist Pech. Wir sind heute Morgen total ausgebucht.«

Ich schaute durch die Windschutzscheibe auf das zweistöckige, graue Haus, über dessen Eingang die schwarze Silhouette einer Meerjungfrau schwamm: Bettys allseits bekanntes Logo. Von außen sah das Gebäude nicht besonders aus, aber ich konnte durch die großen Fenster erkennen, dass es gerammelt voll war.

»Kommst du für eine Seehexe?«

Buh.

Ich blinzelte das Bild von Justine fort, die mit schimmernder schwarzer Haarmähne und blauen Lippen vor mir auftauchte. »Eine was?«

»Seehexe.« Er nickte verständnisvoll. »Rührei und Hummerpastete mit Sauce Hollandaise in Buttermilchpfannkuchen gewickelt, dazu Seetang mit Zimt als Beilage. Einer unserer Topseller und vor allem ein garantiertes Mittel gegen Kater.«

Offenbar hatte der Typ für seine Seehexe genauso viel übrig wie ich für Melone-Guave-Smoothies und Brötchen mit Bauernfrühstück, also tat ich mein Bestes, nicht angeekelt zu wirken. »Du hast recht.« Ich erwiderte sein Nicken, streckte den Kopf durchs Fenster und senkte die Stimme. »Sieht man es mir so deutlich an?«

»Sorry, ja. Heftige Nacht?«

»Du hast ja keine Ahnung.«

Er schaute sich auf dem Parkplatz um. »Warte einen Moment, okay?«

Ich sah ihm zu, wie er ein paar Schritte beiseitetrat und in sein Walkie-Talkie sprach. Natürlich hätte ich zu einem anderen Restaurant weiterfahren können, aber mich lockte nicht nur die Anonymität im Touristengedränge des Fischerhauses, sondern inzwischen war ich auch neugierig, was sie alle daran fanden. Außerdem fühlte sich mein Magen an, als würde er gleich meine Rippen anknabbern, wenn ich ihm nicht schnellstens etwas Besseres bot.

»Gute Nachrichten«, sagte der Typ, als er zu mir zurückgejoggt kam. Er beugte sich vor, stützte sich mit den Händen auf den Knien ab und schaute durch das offene Autofenster zu mir rein. »Mein Kumpel Louis ist hier der Koch. Er sagt, du kannst im Pausenraum sitzen, und er macht dir, was immer du haben willst.«

»Ehrlich?« Ich erwiderte sein Lächeln. »Danke. Das war echt nett von dir.«

»Kein Problem. Glaub mir, ich habe Erfahrung mit so was.«

Ich brauchte einen Moment, um mich zu erinnern, dass ich angeblich unter den Nachwirkungen einer zu wilden Partynacht litt.

»Fahr einfach um das Haus rum, da, wo die Mülleimer sind. Du siehst dann schon, wo die Mitarbeiter parken.«

»Prima.« Ich setzte mich aufrecht hin und legte den Gang ein.

»Ich heiße übrigens Garrett«, fügte er schnell hinzu. »Sag mir Bescheid, wenn du mal einen Platz reservieren willst. Vielleicht sehen wir uns dann.«

Erst als ich um das Haus herum und außer Sicht war, erlaubte ich meiner Kinnlade herunterzuklappen. Ich war ziemlich sicher, dass der Typ mit mir geflirtet hatte, und bei dem Gedanken war ich so happy wie seit Tagen nicht mehr. Nicht nur, weil ich trotz meiner Augenringe, die offenbar nach der Katerkur einer Seehexe schrien, immer noch okay genug aussah, damit er mich wiedertreffen wollte. Nein, was mich wirklich glücklich machte, war Folgendes: Wenn er mit mir flirtete, anstatt mitleidig zu schauen, herumzudrucksen, mir sein Beileid auszudrücken oder zu fragen, ob es mir gutging, dann hatte er keinen Schimmer, wer ich war. Was bedeutete, dass ich mich genau da befand, wo ich sein wollte.

Ich parkte den Wagen und ging auf die Hintertür zu.

»Kann ich Ihnen behilflich sein?«

Ich hatte gerade die Zementstufen erreicht und drehte mich nach der Stimme hinter mir um.

»Anscheinend haben Sie sich verlaufen.«

Ein Mädchen mit schwarzer Fischerhaus-Schürze tauchte hinter den Mülltonnen auf, und ich öffnete schon den Mund, um ihr zu antworten. Aber als sie auf mich zumarschierte, schoss ein schriller Ton durch meinen Kopf, bohrte sich von meiner Nasenwurzel bis zum Ansatz meines Pferdeschwanzes und wieder zurück. Je näher das Mädchen kam, desto lauter schien das Geräusch zu werden, bis sich mein Schädel anfühlte, als würde man eine sehr kleine Glocke mit einem sehr großen Hammer bearbeiten.

»Nein, nicht verlaufen«, brachte ich hervor und drückte mir die Finger gegen die Schläfen. »Ich brauche nur was zu essen. Garrett hat gesagt, sein Kumpel könnte mir helfen.«

In dem Moment sagte eine Männerstimme: »Aha, da ist ja die Zuckerbiene mit dem Pferdeschwanz.«

Ich ließ meine Schläfen los. Das Geräusch hatte so schnell aufgehört, wie es angefangen hatte.

»Wie schlimm ist es denn? Kopfschmerzen? Übelkeit? Dreht sich alles um dich herum mit Überschallgeschwindigkeit, obwohl du stillstehst?«

Ich drehte mich um und sah einen Mann im mittleren Alter, der eine weiße Kochjacke und eine schwarzweiß karierte Hose im Pepitastil trug und mich verständnisvoll anlächelte. Garretts Kumpel. »Alles gleichzeitig«, sagte ich kleinlaut.

Er zwinkerte mir zu. »Kein Problem. Lass mich nur machen, und bald fühlst du dich wie neugeboren.«

Ich folgte ihm die Treppe hoch und sah beim Zurückschauen gerade noch, wie das Mädchen einen Müllsack in den Container warf und um das Haus herum verschwand.

»Also, was soll es sein? Omelett? Arme Ritter? Nenn mir ein Rezept, und ich koche es dir.«

»Mir ist im Moment alles recht«, sagte ich, als wir uns durch die volle Küche manövrierten.

»Nebenbei bemerkt, hat mich das *New England Magazine* sieben Jahre in Folge zum besten Frühstückskoch des Nordostens gewählt, also tue ich das nicht für jeden.« Er öffnete den Kühlschrank, holte eine Flasche Wasser heraus und reichte sie mir. »Ich tue es für Garrett.«

»Und wie oft bittet dich Garrett um so etwas?« Ich nahm die Flasche entgegen.

»Heute zum ersten Mal.« Er nickte jemandem auf der anderen Seite der Küche zu. »Paige, Liebes, würdest du bitte Miss Vanessa zum hinteren Speisesaal geleiten?«

Ich wandte mich um und sah ein hübsches Mädchen mit zwei langen schwarzen Zöpfen, die neben einer Tür stand und lächelnd auf mich wartete.

»Willkommen in *Bettys Fischerhaus*«, sagte sie über die Schulter, als ich ihr durch einen engen Korridor folgte. »Zum ersten Mal hier?«

»Ja.« Mein letzter Besuch war lange genug her, dass es sich wie das erste Mal anfühlte. »Ich habe so viel Lob gehört, dass ich mich selbst überzeugen wollte.«

»Du wirst nicht enttäuscht sein.« Sie blieb vor einer Tür am Ende des Korridors stehen und verlagerte vorsichtig das Tablett, auf dem sie einen Teller, ein Saftglas und Besteck balancierte.

Ich machte einen Satz nach vorn und packte den Teller, bevor er ihr herunterfallen konnte.

»Danke«, sagte sie. »Ich bin heute erst zwei Stunden hier und habe es schon geschafft, drei Kaffeetassen und eine Wasserkanne zu zerschlagen. Nicht gerade die beste Strategie, um von der Tellerwäscherin zur Bedienung aufzusteigen.«

»Vermutlich nicht.«

Sie öffnete die Tür mit ihrer freien Hand und steuerte eine steile Treppe hinauf. »Aber wer ahnt schon, dass Kellnern so kompliziert ist? Ich meine, zu Hause trägt man auch jeden Tag Essensteller und Wassergläser herum, richtig? Kein Problem.«

»Stimmt.«

»Stimmt eben nicht.« Sie blieb auf dem Treppenabsatz stehen und trat zur Seite. »Das ist echt schwer. Besonders, wenn man fünf Teller gleichzeitig tragen soll, alle mit den Riesenportionen, für die das Fischerhaus berühmt ist, und wenn man Arme so dünn wie Schnürsenkel hat.«

Ich grinste, als sie das Glas in die Höhe hielt und ihren Bizeps spielen ließ.

»Ehrlich. Mehr Muskeln sind da nicht.« Sie schaute wehmütig auf ihren schmächtigen Oberarm.

»Vielleicht kannst du zwischendurch Liegestütze machen, wenn es gerade nicht so hektisch ist«, schlug ich vor, »und dir mehr Kraft antrainieren.«

»Träum weiter. Bei *Betty* ist es immer hektisch.«

Als ich neben ihr auf dem Treppenabsatz angekommen war, schaute ich mich um. Der Pausenraum war ein verglaster Balkon, der zur Mole hin vorragte und einen offenen Blick auf den Hafen und die Berge bot.

»Bester Platz im ganzen Haus«, erklärte sie und führte mich zu einem Kunststofftisch in der Mitte des Raums.

»Die Mitarbeiter haben ihn bekommen, weil er direkt über der Bar liegt und deutlich weniger romantisch wirkt, wenn die betrunkenen Touristen laut werden.« Sie grinste. »Wo wir gerade beim Thema sind, woher kommst du eigentlich?«

Ich setzte zu einer Antwort an, als irgendwo unten eine Tür knallte.

»Das schmutzige Geschirr wäscht sich nicht von alleine!«, hörte man eine verärgerte Stimme die Treppe hinaufrufen.

»Damit bin ich gemeint.« Paige eilte über den Balkon. »Z sagt, ich bin noch unfähiger, den Mund zu halten, als drei Teller auf einmal zu tragen, ohne zwei davon zu zerschlagen.«

»Z?«

»Zara«, warf Paige mir über die Schulter zu. »Gottes persönliches Geschenk an die hungrigen Touristen dieser Welt. Und außerdem meine ältere Schwester.«

Als Zara sie vom unteren Treppenende aus zusammenstauchte und Paige gehorsam nickte, stellte ich erneut fest, wie nett sie schien. Ungekünstelt. Zwar war es mir während des Gesprächs nicht aufgefallen, aber mein Kopf fühlte sich jetzt klarer an und der Hunger weniger unangenehm.

»Tut mir wirklich leid, Vanessa«, rief sie mir vom Treppenabsatz zu. »Ich bin nur einen Abwasch davon entfernt, als Orangenpulerin im *Squeezed* zu enden, also muss ich wieder runter. Aber genieß dein erstes *Betty*-Frühstück! Ich versuche, noch mal reinzuschauen, bevor du gehst.«

Sie warf mir ein Lächeln zu, und ich stellte fest, dass ihre Augen eine ganz ungewöhnliche, hellblaue Farbe hatten. Sie schimmerten fast wie poliertes Silber, während Paige mit mir sprach.

Nachdem sie die Treppe hinuntergehastet war, beobachtete ich das Treiben im Hafen. Berufsangler warfen auf Motorbooten ihre Leinen aus, und ein halbes Dutzend Yachten dümpelte am hinteren Ende der Marina im Wasser. Die Schiffe waren so groß, dass ihre Besitzer vermutlich auf ewig von Küste zu Küste, von Hafen zu Hafen kreuzen konnten und nur an Land kamen, um sich die Beine zu vertreten oder ihren Vorrat an Küchenrollen und Toilettenpapier aufzufüllen.

Bei dieser Vorstellung musste ich an Caleb denken. Wo war er untergeschlüpft? Warum hatte er es nötig gefunden, sich zu verstecken ... oder die Flucht zu ergreifen? Wie war es möglich, dass niemand wusste, wo er steckte? Wie lange konnte er das ohne Hilfe durchhalten?

Anstelle seiner Eltern hätte ich den ganzen Staat nach ihm abgesucht, und ich verstand ihre Passivität nicht. Aber da sie nichts taten, würde ich das eben übernehmen. Ich musste ihn einfach finden. Nicht nur, weil er die einzige Person war, die mir die nötigen Antworten liefern konnte, sondern auch, weil Justine nicht gewollt hätte, dass er elend und allein irgendwo herumstreunte.

Aber zuerst ... Frühstück.

»Hier kommt das Essen, Honey«, sagte Louis und erschien mit einem runden Tablett, das mit Tellern und Schüsseln überladen war. »Arme Ritter mit Waldbeeren-Konfitüre, Müsli mit Honig, Eierauflauf, in Ahornsirup gebratener Schinken und frische Wassermelone.«

Mein Blick folgte seinem Finger, als er nacheinander auf jedes Gericht zeigte. »Ich weiß gar nicht, was ich sagen soll.«

»Hauptsache, du genießt es.« Er holte eine Minivase mit einem einzigen Gänseblümchen aus der Jackentasche, stellte sie ebenfalls auf mein Tablett und verschwand dann in Richtung Treppe. »Und stürz dich diesen Abend nicht zu sehr ins Vergnügen.«

Obwohl ich eigentlich langsam essen wollte, um mir jeden Bissen auf der Zunge zergehen zu lassen und gleichzeitig den Aufbruch hinauszuzögern, war das Essen schon verschwunden, bevor ich auch nur merkte, dass meine Hungerkrämpfe nachließen. Erst als ich den übriggebliebenen Klecks Ahornsirup in der Mitte des Schinkentellers mit dem Finger aufwischte, stellte ich fest, dass ich auf dem Balkon nicht länger allein war. Drei junge Männer mit schwarzen Hosen und weißen T-Shirts hatten ihre Stühle nebeneinandergestellt, so dass sie die Nordseite der Marina überblicken konnten, tranken Kaffee und unterhielten sich.

»Ganz klar«, sagte der Blonde am Ende der Stuhlreihe, »das ist genau wie bei diesem Mädchen.«

Dieses Mädchen. Natürlich hätten die drei über absolut jeden sprechen können, aber ich wusste sofort, wer gemeint war. Dafür genügte schon der Tonfall des Blonden, als gehe es nicht um einen echten Menschen, sondern eine namenlose, gesichtslose TV-Figur, die von den Abendnachrichten durchgekaut und ausgespuckt worden war.

Justine.

»Keine Chance«, meinte der Mittlere. »Die Situation ist total anders.«

»Wieso?«, wollte der Dritte wissen. »Was soll daran anders sein?«

»Erstens war er alt und steinreich, dagegen war sie jung und bildschön, sah aus wie ein Model.«

Ich starrte auf den Sirupklecks, und die Hitze stieg mir ins Gesicht. Er war. Sie war.

»Zweitens ist er ertrunken, und sie ist an einem stumpfen Schlag auf den Kopf gestorben.«

Ich schluckte. Diese Formulierung hatte der Gerichtsmediziner benutzt, um die Todesursache zu beschreiben.

»Und vor allem ist er an Land gespült worden, nachdem

sein Boot gekentert ist, und sie ist von einer Klippe gesprungen.«

Ich hielt den Atem an und wartete darauf, dass einer der anderen widersprechen würde. Sie ist nicht gesprungen, hörte ich mich innerlich betteln.

Sie ist gestürzt, oder sie wurde gestoßen. Jemand wie sie springt nicht einfach ohne Grund.

»Na und?«, hakte der Dritte nach.

»Wenn du das noch fragst, brauchst du echt mehr Kaffee. Bei ihm war es ein Unfall. Bei ihr war es Selbstmord.«

Ich ließ die Gabel fallen, die ich anscheinend noch in der Hand gehalten hatte. Sie landete klirrend auf dem Porzellan. »Tschuldigung«, sagte ich, als alle mich neugierig anstarrten.

»Um auf den Punkt zu kommen«, fuhr der Mittlere fort, nachdem sich alle wieder dem Meerblick zugewandt hatten, »wie ich bereits gesagt habe, war dieser Fall total anders.«

»Das kann mir keiner erzählen«, widersprach der Blonde. »Beide ertrinken im Meer, werden nur eine halbe Meile voneinander angespült, und das alles innerhalb von acht Tagen? Solche Zufälle gibt es nicht.«

»Und was soll sonst passiert sein? Ein psychopathischer Angler benutzt Leute als Köder? Winter Harbor probiert eine neue Werbestrategie für den Wettbewerb im Haiangeln?«

Der Blonde schüttelte den Kopf und starrte auf den Hafen hinaus. »Weiß ich auch nicht. Aber die Sache ist irgendwie unheimlich – und vermiest mir das Surfen, was ich echt nervig finde.«

»Ja, wenn du so steif wie dein Brett bist, ist das Wellenreiten ein Problem«, witzelte der Typ in der Mitte.

Zum Glück beendeten sie kurz danach ihre Kaffeepause

und verschwanden wieder die Treppe hinunter. Ich war nicht sicher, was ich ihnen sonst an den Kopf geworfen hätte, aber nach dem Brennen in meinem Magen zu urteilen, wäre es nichts Freundliches gewesen.

Als ihre Stimmen verklungen waren, stand ich auf und überquerte den Balkon. Ich hob den *Winter Harbor Herald* auf, den sie am Boden liegen gelassen hatten, und sank auf einen der Stühle.

»Millionär Paul Carsons (45) tot auf Mercury Island angespült. Nr. 23 der Forbes-Liste hinterlässt Frau und drei Töchter«.

Ich überflog den Artikel. Dank der Vermarktung eines biologischen Koffein-Ersatzstoffes, der gern in Energydrinks verwendet wurde, war Paul Carsons immens reich gewesen. Seine Segelyacht *Perseverance,* die nach dem Foto des Wracks zu urteilen einmal ähnlich ausgesehen hatte wie die Luxusboote am Ende der Marina, war auf dem Meer gekentert. Besonders interessant war, zumindest für mich, dass man seine Leiche ganz nah an der Stelle gefunden hatte, wo auch Justine angespült worden war. Und in dem Artikel nannte Polizeidirektor Green die Wetter- und Strömungsbedingungen so extrem, »dass selbst Triton nicht dagegen angekommen wäre«.

Ich blätterte weiter, und mein Blick fiel auf ein Foto von Paul Carsons, der mit seiner Frau und den drei Töchtern auf einem Strandlaken saß. Der Text dazu lautete: »Carsons und seine Familie haben erst letztes Jahr ihr Ferienhaus gekauft. Dieser Sommer sollte ihr erster in Winter Harbor werden.«

Ich starrte darauf, bis ein Wassertropfen auf den Worten landete und die schwarze Schrift verschmierte. Zuerst hielt ich es für eine Träne und glaubte schon, diese neue Tragödie habe das Fass zum Überlaufen gebracht und mir geholfen, endlich so zu trauern, wie ich es seit Tagen hätte tun sollen. Aber dann änderte sich die Windrichtung, und der Sprühregen blies direkt durch das Fenster. Weitere Tropfen fielen auf das Papier und auf meine bloßen Arme und Beine.

Draußen hatte sich der Himmel verdunkelt. Das Wasser im Hafen, das eben noch still und blank wie Eis dagelegen hatte, war aufgewühlt. Schon wurden Segel eingezogen und Fischerboote an Land gebracht.

»Vanessa!«

»Hi«, sagte ich und faltete noch rechtzeitig die Zeitung zusammen, bevor Paige auf dem Treppenabsatz erschien. »Wie ist es gelaufen?«

»Das willst du gar nicht wissen«, antwortete sie und verdrehte die silberblauen Augen. »Ist es vielleicht meine Schuld, wenn Charlie mich wie ein Bulldozer rammt und dabei eine ganze Waschschüssel mit Tellern auf dem Boden landet?«

»Nein?«, vermutete ich.

»Na ja, kann sein, dass er als Erster dastand. Aber trotzdem … ich bin nur halb seine Gewichtsklasse!« Sie lächelte und ließ sich auf den Stuhl neben mir fallen. »Na, wie war dein erstes Betty-Frühstück?«

»Umwerfend«, sagte ich. »Ich verneige mich in Ehrfurcht vor dem Koch und all seinen Helfern.«

»Schön, das zu hören. Okay, keine Zeit für lange Plauderstunden – ich habe den Verdacht, Z hat mich mit einem Überwachungssender ausgestattet –, aber ich wollte doch wenigstens hallo und auf Wiedersehen sagen.«

»Danke. Hat mich echt gefreut, dich kennenzulernen.«

»Geht mir genauso.« Sie sprang wieder auf.

Ein Donnerschlag ließ uns beide zusammenzucken und brachte den Fußboden zum Erzittern.

»Dieses Wetter ist so was von nicht gut«, stöhnte sie und schaute auf die Marina. »Alle kommen gleichzeitig in den

Hafen, und bald haben wir draußen eine Schlange stehen, die darum bettelt, bei uns den Schauer abwarten zu können. Countdown bis zum totalen Chaos: höchstens drei Minuten. Die Stoppuhr läuft.«

»Brauchst du Hilfe?«, fragte ich und stand schnell auf.

Sie schaute mich an, und ihre Augen glitzerten vor dem Hintergrund des sich verdunkelnden Himmels. »Du meinst, du kannst die wilden Horden davon abhalten, durch die Fenster zu brechen und das Restaurant zu plündern?«

Ich lächelte und hoffte, dass man mir nicht ansah, wie peinlich mir diese überflüssige Frage im Nachhinein vorkam. »Ich meine, dass ich Geschirr von den Tischen räumen kann. Oder Teller abwaschen. Oder was immer nötig ist.«

Sie schien über mein Angebot nachzudenken. »Hast du schon mal in einem Restaurant gejobbt?«

»Nein … aber ich bin mit meinem ersten Frühstück bei Bettys fertig geworden, ohne einen einzigen Teller zu zerschlagen.«

Sie strahlte mich an. »Toll, wenigstens eine von uns ist qualifiziert!«

Ich war zu der Entscheidung gekommen, dass ich später nach Ende des Sturms, wenn ich bei Nachtanbruch allein im Bett lag und mich davor fürchtete, die Augen zu schließen, immer noch genug Zeit haben würde (mehr als genug Zeit), um über Justine und Paul Carsons nachzugrübeln und mir Gedanken zu machen, ob sie miteinander zu tun gehabt hatten. Ein paar Stunden nervenschonender Ablenkung hatten mehr Ähnlichkeit mit Schlaf, als ich sonst erhoffen konnte, also würde ich mir die Gelegenheit nicht entgehen lassen.

Kapitel 5

Vanessa … meine kleine Nessa … verstecken hilft dir gar nichts … komm nur raus, komm, komm …

Ich fuhr auf der Couch in die Höhe. Mein Herz klopfte so schnell und laut, dass es für einen Moment den Gesang der Glücksbärchis im Fernsehen und den Radiomoderator in der Küche übertönte. Mein Blick huschte durch das Zimmer, fiel auf die dünne Lichtlinie zwischen Jalousie und Fensterbank, auf die Plastikschale mit welkem Salat, die auf dem Couchtisch stand, und auf die Uhr in Entenform über dem Kamin: Es war 7.20 Uhr.

Big Papa hatte recht gehabt. Nachdem mir Louis grünes Licht gegeben hatte, war ich zehn Stunden lang damit beschäftigt gewesen, Stapel von schmutzigem Geschirr herumzuschleppen. Endlich zu Hause, hatte die Erschöpfung meinen Körper zum Nachgeben gezwungen.

Ich hob die Fernbedienung vom Boden auf, stellte den Fernseher aus und ließ mich auf die Couch zurückfallen. Inzwischen sah ich Justine jedes Mal, wenn ich die Augen schloss. Und im Gegensatz zu meinen Wachträumen, in denen ihr Lächeln und ihre blauen Augen vor mir erschienen, sobald ich auch nur blinzelte, sah sie nachts nicht aus wie die Schwester, an die ich mich erinnern wollte. Sie war zu dünn, zu zerbrechlich. Ihre Haut war grau statt perlweiß, der Körper mit einem Muster aus gelblichen und dunkelroten Flecken übersät. Das Haar hing ihr in dicken, verfilzten Strähnen über den Rücken, und ihre Augen waren nicht blau, sondern glühten weiß. Wenn sie nach mir rief, durchfuhr ein schneidender Schmerz meinen Schädel.

Ich griff nach dem schnurlosen Telefon auf dem Couchtisch, um Justines Stimme möglichst schnell durch eine andere zu ersetzen. Gerade hatte ich die Vorwahl von Boston gedrückt, als aus der Küche ein lautes, klopfendes Geräusch ertönte.

Es ist nur ein kaputter Auspuff an einem vorbeifahrenden Auto ... oder ein Boot mit Motorschaden ... oder Mr Carmichael, der aus Vermont zurückgekommen ist und im Garten arbeitet.

»Das war's dann mit Schlaf«, sagte ich zu mir, als das Geräusch erneut ertönte und mir klarwurde, dass jemand vor der Küchentür stand. Da ich nicht sicher war, wer mich so früh am Morgen besuchen würde, wählte ich erst zu Ende, bevor ich auf das Klopfen reagierte. »Hi Dad«, rief ich, als er abnahm.

»Vanessa?«

»Ja, ich bin's.« Ich ging durch die Küche, wobei ich mein Augenmerk auf die Schere richtete, die sich im Keramikbecher beim Kühlschrank befand, dann auf den Feuerlöscher beim Herd und den Messerblock auf dem Tresen. »Und ich habe einen richtig guten Morgen. Gerade benutze ich deine extrascharfen Ginsu-Messer, um Käse für mein Frühstücksomelett zu schneiden.«

»Was für Ginsu-Messer? Und warum schreist du so? Ist alles okay?«

»Ach, du bist schon fast da? Du biegst gerade in den Burton Drive ein?«

Ich blieb einen Meter vor der Tür stehen. Nach der Silhouette zu urteilen, die ich durch den dünnen Vorhang am

Küchentürfenster sah, war der Besucher auf jeden Fall männlich.

»Vanessa, falls du versuchst, mir etwas zu sagen –«

»Einen Moment, Big Papa«, flüsterte ich und griff nach dem Türknauf. »Simon?« Mein potentieller Einbrecher stand in Jeans und weinrotem Pulli auf der Treppe.

»Hi. Tut mir leid, ich weiß, dass es früh ist –«

»Caleb und du kommen doch immer zur Hintertür.«

»Habe ich schon versucht«, sagte er. »Und die Vordertür. Und die Seitentür. Du hast nicht aufgemacht.«

»Oh.«

»Ich war schon fast so weit, mit Gewalt einzudringen, weil du nicht reagiert hast. Schließlich war die ganze Nacht das Licht an, und in der Wohnung war es so laut, dass ich mich hier draußen selbst kaum hören konnte. Ich hatte Angst, dass etwas passiert ist.«

»Oh, tut mir leid ... ich war eingeschlafen.«

»Du bist eingeschlafen? Ich bin ja so erleichtert, das zu hören!«

Big Papa. Ich hatte ganz vergessen, dass ich noch immer das Telefon ans Ohr hielt. »Dad, sorry ... ja, ich konnte endlich schlafen.« Ich wandte mich ab und hoffte, dass Simon die verlegene Röte nicht bemerkte, die sich von meiner Stirn zu meinem Halsansatz ausbreitete. »Aber Simon ist gerade vorbeigekommen. Wir gehen uns was zu essen holen. Ich rufe dich später an, okay?«

»Ist mit dir alles in Ordnung?«, fragte Simon, als ich auf den Aus-Knopf gedrückt hatte und mich wieder umwandte.

»Danke, alles bestens.« Ich öffnete die Tür noch ein Stück und trat zur Seite. »Willst du reinkommen?«

»Also eigentlich ...«, er schaute über die Schulter zu seinem Haus, »... bin ich hier, um zu fragen, ob du mitfahren willst.«

»Mitfahren, wohin?«

Sein Kiefer spannte sich. »Caleb suchen.«

Ich fühlte das Herz gegen meine Rippen schlagen. Zwar hatte ich vorgehabt, zum Fischerhaus zurückzukehren, denn Louis hatte gesagt, er könne jederzeit zusätzliche Hilfe gebrauchen, aber Caleb kam an erster Stelle. »Gib mir ein paar Minuten.«

Er trat in die Küche, während ich für eine Blitzdusche ins Badezimmer stürmte. Ich wusste nicht, warum er ausgerechnet heute entschieden hatte, dass es an der Zeit war, Caleb zu finden. Aber der Grund war mir auch egal, und ich war froh, dass er mich mitkommen ließ. Erstens war es gut, bei so etwas Gesellschaft zu haben, und zweitens würde ich unter Simons Führung garantiert schneller zum Ziel gelangen. Calebs Bruder musste schließlich besser wissen, wo er zu finden war, als ich.

Meine hübsche Vanessa …

Ich hatte mich gerade fertig angezogen und föhnte mir das Haar, als ich Justines Stimme hörte. Der Spiegel über dem Waschbecken war mit Dampf von der Dusche beschlagen, aber etwas hinter mir hatte hell aufgeblitzt – wie ein aufflammendes Streichholz, nur war das Licht eher silbern als golden gewesen.

Das Haus am See war fünfundsiebzig Jahre alt. Hier funkelte und glänzte überhaupt nichts, und das galt besonders fürs Badezimmer, das nicht mehr renoviert worden war, seit Dad das Haus in den Achtzigern gekauft hatte. Die Fliesen an den Wänden und auf dem Fußboden waren moosgrün, die Schränke bestanden aus dunklem Holz mit schwarzen Griffen. Alles, was in einem normalen, modernen Badezimmer silbern geschimmert hätte, wie etwa die Wasserhähne, war bei uns bronzefarben.

Ich wischte mit einer Hand den Wasserdampf weg. »Jetzt

fängst du wirklich an zu spinnen«, sagte ich zu meinem Spiegelbild. »Nur noch eine Halluzination entfernt von der Klapsmühle.«

Einundzwanzig, zweiundzwanzig, dreiundzwanzig …

Ich erstarrte. Ein metallisches Aufblinken erschien über meiner rechten Schulter, dann zwischen meinem erhobenen linken Ellbogen und dem Oberkörper.

Such ihn, so schnell du kannst … aber du findest ihn nur, wenn er das will …

Ihre Stimme umgab mich wie kühler Morgennebel, der vom Seewasser aufsteigt, und hüllte meine Arme und Beine in den dünnen grauen Feuchtigkeitsfilm, den ich immer gar nicht schnell genug abwaschen konnte. Ich schloss meine Augen, um die Sinnestäuschungen auszuschließen, sowohl ihre Stimme als auch ihr Bild aus dem nächtlichen Traum, das mich immer noch verfolgte: ihre Haut voller dunkelroter und gelblicher Flecken, ihre Haare wie Klumpen aus schwarzem Seetang, die ihr über den Rücken fielen.

»Bin gleich bei dir, Simon!«, rief ich in einem kläglichen Versuch, das Unsichtbare zu verscheuchen, das mich diese Dinge sehen und hören ließ.

Als ich auf die Tür zustürzte, stieß ich heftig gegen den Handtuchhalter. Durch den Zusammenprall verlor ich die Bürste, die ich noch immer in der Hand gehalten hatte, öffnete aber nicht die Augen, um sie zu finden. Ich ließ sie liegen und tastete blind umher, bis meine Hand den Türknauf berührte.

Meine Augen flogen auf, sobald ich den Flurteppich unter meinen Füßen spürte. Während ich in Richtung Küche rannte, hatte ich das gleiche Gefühl wie immer dann, wenn ich mit anderen Leuten durch den Wald wanderte und aus Versehen ans Ende der Gruppe geriet: so als sei ich nicht wirklich die Letzte in der Reihe.

»Alles okay?«, fragte Simon, als ich in der Küche rutschend zum Halten kam.

»Alles prima«, versicherte ich und versuchte zu lächeln. »Ich kann es nur gar nicht erwarten aufzubrechen.« Ich nahm mein Portemonnaie vom Küchentresen und ging nach draußen, bevor er weitere Fragen stellen konnte. Als er nicht gleich folgte, schaute ich zurück durch die Türöffnung.

»Ich weiß nicht genau, um wie viel Uhr wir zurück sein werden, also habe ich den Fernseher angeknipst«, erklärte er, als er aus dem Wohnzimmer in die Küche kam.

Sprachlos schaute ich zu, wie er die Stufen heruntertrabte. Ich war gar nicht auf die Idee gekommen, das Radio und das Licht auszuschalten, bevor ich aus dem Haus ging. Und statt an meiner Stelle dafür zu sorgen, wie man das wohl gewöhnlich für jemanden tat, dessen Gedanken woanders waren, hatte Simon den Fernseher für mich angeschaltet.

»Okay, wohin soll es denn gehen?«, fragte ich, schloss die Tür und eilte ihm nach. »Wo fangen wir an?«

Er ging einen Schritt schneller, als wir uns seinem Kombi näherten, und hielt die Beifahrertür für mich auf. »Beim Hafen.«

Er klappte die Tür zu und ging hinten um das Auto herum. Währenddessen schaute ich mich im Inneren um, als würde ich zum ersten Mal hier sitzen. Simon hatte den Allradwagen gleich nach der bestandenen Fahrprüfung gekauft und zwei Sommer lang den Chauffeur für unsere kleine Truppe gespielt, uns zum Kino, zu Eddies Eisdiele und zum Minigolfplatz gefahren. Aber jetzt waren wir beide zum ersten Mal allein. Es fühlte sich seltsam an, hier vorne zu sitzen und nicht auf das Ruckeln zu warten, wenn Justine und Caleb hinten einstiegen. Und vor allem war es seltsam, darüber nachzudenken, dass wir beim letzten Mal in diesem Wagen noch zu viert gewesen waren.

»Hast du Hunger?«, fragte er, ließ sich auf den Fahrersitz fallen und drehte den Zündschlüssel um. »Ich habe uns Snacks mitgebracht.«

Ich wollte schon antworten, dass ich keinen Appetit hatte, als ich die beiden Plastikbecher auf der Ablage zwischen uns stehen sah.

»Melone-Guave-Smoothie«, sagte er und nickte dann in Richtung einer Tüte mit dem *Harbor-Homefries*-Logo. »Und ein Brötchen mit Rührei, Käse und Würstchen.«

Ich schnappte mir die Tüte, immer noch ganz verblüfft, dass er mein Lieblingsfrühstück kannte. Wir vier hatten morgens nie zusammen gegessen, was bedeuten musste, dass ich es irgendwann nebenbei erwähnt hatte ... und Simon hatte es sich gemerkt. Seine Fürsorge war so rührend und diese Geste so liebenswert, dass ich ihn gar nicht anschauen konnte, während ich das Brötchen auswickelte. »Danke.«

Das Frühstück half nicht nur gegen den Hunger, sondern gab uns auf der Fahrt in den Ort auch etwas anderes zu tun, als miteinander zu reden. Nicht dass ich kein Gespräch mit Simon anfangen wollte; ich wusste nur nicht, was ich sagen sollte. Es fühlte sich an, als hätten wir ein paar Jahrzehnte übersprungen und würden unter dem Empty-Nest-Syndrom leiden. Worüber sollten Eltern nach all der Zeit schon sprechen außer über die Kinder, die nicht mehr da waren?

»Okay«, sagte Simon schließlich, als wir zwanzig Minuten später beim Hafen ankamen. »Bevor wir aussteigen, muss ich dich um einen großen Gefallen bitten.«

Ich hatte aus dem Autofenster gestarrt, aber jetzt wandte ich mich ihm zu.

»Ich habe keine Ahnung, wo Caleb gewesen ist und was er getrieben hat. Unsere Eltern und ich wollten ihm genug Zeit und Freiheit lassen, um auf seine Weise mit allem fertig zu werden. Aber wir hatten erwartet, dass er schneller wieder zurück sein würde. Also, je nachdem, wo er gewesen ist, muss dir klar sein, falls wir ihn finden –«

»Wenn wir ihn finden«, verbesserte ich.

Er stieß kurz den Atem aus. »Wenn wir ihn finden, weiß ich nicht, in was für einem Zustand er sein wird. Menschen reagieren verschieden auf traumatische Erlebnisse, und so wie Caleb von zu Hause verschwunden ist … Ich weiß einfach nicht, wie er sich verhalten wird, nachdem er so lange allein und auf sich selbst gestellt war.«

»Okay.«

Er schaute durch die Windschutzscheibe auf zwei vorbeispazierende Angler mit ihrer Ausrüstung. »Würde es dir was ausmachen, nichts zu sagen?« Er wandte sich wieder zu mir um, und ich las die Entschuldigung in seinem Blick. »Zumindest nicht gleich zu Anfang? Ich weiß ja, dass er Justine als Letzter gesehen hat und dass du Fragen zu dieser Nacht hast.«

Ich schaute zu Boden und spielte an dem Strohhalm in meinem leeren Smoothie-Becher herum. Simon hatte keine Ahnung, dass meine Fragen an Caleb viel weiter gingen. Sie betrafen nicht nur diese eine Nacht, sondern all die Wochen und Monate, die darauf hingeführt hatten. Simon konnte nicht wissen, dass ich mir von Caleb Antworten auf alles erhoffte, was ich zwei Jahre lang scheinbar über Justine gewusst hatte, während sie mich in Wahrheit wer weiß wie lange im Dunkeln gelassen hatte.

»Ich bin sicher, dass er dir alles sagen wird, was du wissen willst«, fuhr Simon fort, »aber wir sollten ihm sein eigenes Tempo lassen. Dich zu sehen wird ihn an Justine erinnern … und ich will nicht, dass er noch länger davonrennt.«

Ich nickte. »Natürlich. Ich halte den Mund, bis du meinst, dass es okay ist.«

Er atmete aus. »Danke.«

Wir stiegen aus dem Wagen, und ich überließ ihm gern die Führung. Hierherzufahren war eine gute Idee gewesen. Zwar erwarteten wir beide nicht, Caleb tatsächlich am Hafen zu finden, aber er hatte hier gejobbt, seit er mit dreizehn endlich kräftig genug gewesen war, um die Auftankstutzen zu heben und beim Einziehen der Boote zu helfen. In den Sommerferien hatte er eigentlich jeden Tag neue Storys von der Marina erzählt, und wir wussten, dass einige seiner Kollegen auch seine besten Freunde waren. Jemand von ihnen musste einfach wissen, wohin er verschwunden war.

Ich folgte Simon in die Hafenmeisterei. Sie war in einem Holzhäuschen untergebracht, dessen einziger Raum über und über mit bunten Bojen behängt war wie ein Tannenbaum mit Weihnachtsschmuck.

»Sieh mal an, was der Wind uns hereingeblasen hat! Moment … du bist es wirklich, oder?« Captain Monty nahm die Brille ab, putzte sie mit einer Ecke seiner Seglerweste und setzte sie wieder auf. »Du siehst ein bisschen zu stattlich aus für den Carmichael-Jungen, den ich in Erinnerung habe, aber dieses Grinsen würde ich nie vergessen.«

»Stimmt, ich bin keine optische Täuschung«, erwiderte Simon und schüttelte dem Captain die Hand. »An der Uni bin ich dieses Jahr in die Rudermannschaft eingetreten. Wie sich herausstellt, bekommt man durch drei Stunden Training pro Tag mehr als nur eine coole Sonnenbräune.«

Womit dieses Mysterium aufgeklärt war.

»Die Farbe steht dir auch nicht schlecht, wo du es schon erwähnst.« Captain Monty stützte die verschränkten Arme auf den Infotresen und beugte sich vor. »Und wen haben wir hier? Hübscher Fang.«

Ich schüttelte unauffällig den Kopf, als Simon mir einen

Blick zuwarf. Obwohl ich dem Captain im Laufe der Jahre ein paarmal begegnet war, hatte ich offenbar keinen bleibenden Eindruck hinterlassen. Jetzt war nicht der Augenblick, um mich ihm ins Gedächtnis zu rufen, denn ich wollte keine Fragen über Justine beantworten.

»Das ist Vanessa. Eine Freundin von der Uni.«

»Nicht nur hübsch, sondern auch ein helles Köpfchen, was? Du hattest immer schon Grips, mein Junge.« Er hob anzüglich die Augenbrauen, was mich normalerweise geärgert hätte, aber das war eben Captain Monty.

»Also«, sagte Simon, »ich bin eigentlich hier, weil ich gehofft hatte, dass Sie uns bei etwas helfen können.«

»Gerne. Ihr bekommt, was immer ihr wollt. Außer meine prächtige *Barbara Ann* da draußen. Die gebe ich nicht her.«

Ich blickte am Captain vorbei durch das Fenster. *Barbara Ann,* der uralte Fischkutter, der seit dreißig Jahren an derselben Stelle verankert war, dümpelte noch immer nahe bei der Hafenmeisterei im Wasser.

»Schon klar.« Simon schaute lächelnd auf das Schiff. »Captain Monty, wir würden gerne wissen, ob Sie etwas von Caleb gehört haben.«

Die buschigen weißen Augenbrauen zogen sich zusammen. Captain Monty schien kaum glauben zu können, dass Simon so etwas gefragt hatte. Dann musterte er mich, als müsse ich ihn dazu angestiftet haben. Er zog einen Bleistift heraus, den er hinters Ohr gesteckt trug, legte einen vergilbten Stapel Formulare vor sich auf den Tresen und studierte sie eingehend.

»Ich weiß, dass er mindestens eine Woche nicht mehr da war – schlecht fürs Geschäft, und es tut mir leid, dass er Sie gerade am Anfang der Saison hängenlassen hat. Aber hat er Ihnen vielleicht irgendwas darüber gesagt, wo er hinwill?«

Captain Monty beugte sich dichter über die Papiere auf

dem Tresen und machte ein paar Einträge. Es schien so, als würde er uns entweder gar nicht hören oder uns ignorieren, bis wir aufgaben und gingen, aber dann begann er zu kichern. Zuerst leise, dann immer lauter, bis seine wettergegerbten Lippen bebten und seine Schultern zuckten.

»Tut mir leid, ehrlich. Ich sollte nicht lachen.« Captain Monty stieß einen tiefen Seufzer aus. »Aber dein Bruder ist schon ein Schlawiner. Ich gebe ihm einen Job, gute Bezahlung, kostenloses Benzin, so viele Köder, wie er auf den Angelhaken bekommt, und er macht sich ohne ein Wort aus dem Staub. Ich bin mir wie ein alter Narr vorgekommen, als er ohne Erklärung auf und davon ist. Aber anscheinend war ich nicht der Letzte, der es mitbekommen hat.«

»Der *was* mitbekommen hat?«, wollte Simon wissen.

Captain Monty betrachtete ihn über den Rand seiner Brille hinweg. »Dass Caleb mich im Stich gelassen hat. Und das nur für ein höheres Gehalt, das er vielleicht in zehn Jahren verdienen wird, und für ein paar Schickimicki-Polohemden.« Er runzelte die Stirn. »Mir nicht Bescheid zu sagen ist eine Sache, aber den eigenen Bruder anzulügen? Das hätte für ihn doch wohl ein ziemlich klares Zeichen sein müssen, dass an seiner Entscheidung etwas falsch ist.«

»Captain, ich verstehe nicht … Sie meinen, Caleb hat den Job hingeschmissen? Um woanders ein paar Dollar mehr zu verdienen?«

»Und für kostenlose Polohemden. Davon kannst du dir auch welche kaufen. Wie ich gehört habe, werden die im Souvenirshop verhökert.« Er wandte sich ab und zog einen gelben Angelkasten aus dem Regal über seinem kleinen Metalltisch. »Beim *Lighthouse* gibt es alles im Schickimicki-Stil: Geschenkladen, Restaurant, Maniküre, Massage …«

»Caleb hat Sie für das *Lighthouse Wellness Resort* sitzenlassen?«, fragte ich. Die Hotelanlage war letzten Sommer eröffnet worden und hatte sich schnell einen Ruf als die exklusivste, teuerste Location im Umkreis von hundert Meilen erworben. Die Einheimischen hatten sich dagegen gewehrt, aber das Projekt war von einigen einflussreichen Sommergästen durchgedrückt worden, die vor allem deshalb die Baugenehmigung bekamen, weil auf diese Weise Hunderte neuer Jobs geschaffen werden sollten.

»Das ergibt keinen Sinn«, sagte Simon. »Er hat es geliebt, hier zu arbeiten. Jedes Jahr am Columbus Day, wenn die letzten Boote für den Winter abgetakelt wurden, hat er die Tage gezählt, bis sie am Memorial Day wieder aufs Wasser kamen.«

Captain Monty wühlte in den Fächern des Angelkastens herum. »Ich habe ihn auch gerne hier gehabt. Dein Bruder war ein guter Junge, ein anständiger Arbeiter. Aber so ist es eben, Dinge ändern sich. Aus Jungen werden Erwachsene. Er hat seine Wahl getroffen, und deshalb bin ich ihm nicht böse. Ich wünschte nur, er hätte das Herz gehabt, es mir persönlich zu sagen.«

»Tschuldigung, dass ich frage, aber wenn Caleb nicht selbst mit Ihnen geredet hat … von wem wissen Sie das alles?«

Der Captain schaute zu Simon hoch. »Hast du von Carsons gehört? Den sie gerade angeschwemmt auf Mercury Island gefunden haben?«

»Ja«, antworteten Simon und ich gleichzeitig.

Captain Monty nickte. »Von dem habe ich es erfahren. Er war einer der Geldgeber für das *Lighthouse Resort*. Letzten Sommer, nachdem Cal sich drei Tage nicht hatte blicken lassen, ohne auch nur anzurufen, kam er hier in die Hafenmeisterei. Er wollte sich vorstellen und mir dafür danken, dass ich ihm diesen tollen jungen Mann für die Hafenjobs geschickt hatte, um ihn im Namen der Stadt willkommen zu heißen. Könnt ihr euch das vorstellen?« Er machte ein ungläubiges Geräusch. »Na ja, jedenfalls war das anscheinend, was Cal denen beim *Lighthouse* erzählt hat. So hat er sich dort präsentiert, also habe ich sie in dem Glauben gelassen.«

»Entschuldigung, aber …«

Ich hielt den Atem an.

»Carsons ist schon am Ende des letzten Sommers hergekommen, um Ihnen für Caleb zu danken?«

»Am zwanzigsten August«, sagte Captain Monty. »Beim Wettbewerb im Haiangeln. Ich erinnere mich daran, weil dein Bruder sonst immer so begeistert davon war, die Haie ausmessen zu dürfen.«

Simon starrte Captain Monty erwartungsvoll an, als würde er auf das »April, April« warten, das natürlich nicht kam. Ich wusste, was Simon in diesem Moment dachte: Wie war das möglich? Dass er nichts davon mitbekommen hatte? Dass Caleb nie mit ihm gesprochen hatte? Dass ein ganzes Jahr vergangen war und niemand ihm davon erzählt hatte?

Mit solchen Fragen war ich selbst nur allzu vertraut.

Der Captain betrachtete Simon. »Ist alles in Ordnung? Ich meine, abgesehen von der Tatsache, dass du keine Ahnung hattest, womit dein kleiner Bruder ein Jahr lang neben der Schule beschäftigt war?«

Ich schaute zu Boden. Inzwischen musste Simon sich fragen, ob er Caleb überhaupt als vermisst betrachten sollte. Vielleicht hatte sein Bruder noch etwas anderes am Laufen gehabt, von dem zu erzählen er sich ebenfalls nicht die Mühe gemacht hatte?

»Alles okay«, sagte Simon. »Nur ein paar Probleme mit der Kommunikation, schätze ich.«

»Kann jedem passieren. Warte nur, bis die Sache mit euch beiden ernst wird – dann werdet ihr ständig aneinander vorbeireden.«

Ich lächelte höflich, als er mir zuzwinkerte.

»Passt auf euch auf«, rief der Captain uns nach, als wir die Tür öffneten. »Und lasst euch beim Schwimmen nicht von den Haien erwischen!«

Ich erstarrte bei dieser Warnung. »Haie?«

»Diesen Sommer sind sie besonders aktiv«, meinte er. »An den Stränden liegen überall Fischreste, und die Ausflugsboote haben Sichtungen gemeldet. Manche Leute glauben sogar, dass Carsons von einem geschnappt wurde. Sein Körper war zwar noch in einem relativ gutem Zustand, aber ein Hai könnte ihn rausgezerrt und dann wegen der starken Strömung losgelassen haben. Falls Carsons schon draußen im tiefen Wasser war, hätte er keine Chance gehabt, bei dem Sturm zurück zur Küste zu schwimmen.«

Als wir zurück über den Parkplatz gingen, schüttelte ich den Kopf, um die Alarmglocken loszuwerden, die dumpf darin läuteten. Beim Kombi angekommen, hatte ich sie weit genug gedämpft, um mich auf unsere augenblickliche Aufgabe zu konzentrieren.

»Ich kapiere es nicht«, sagte Simon, als wir im Wagen saßen. »Für Caleb war das nicht nur irgendein Ferienjob. Ihm ging es bei der Arbeit nie ums Geld. Wenn es darauf angekommen wäre, hätte er besser bei einem der Restaurants angefangen, als Parkwächter oder Kellner.«

»Hast du eine Ahnung, warum er dir nichts gesagt hat?«, fragte ich vorsichtig.

Er starrte durch die Windschutzscheibe. »Nein«, antwortete er schließlich. »Ich weiß es nicht. Ich meine, wir haben zwar nicht mehr so oft geredet, seit ich auf dem College bin, aber wenn er am zwanzigsten August aufgehört hat, war ich noch zu Hause. Die Kurse haben erst in der Woche danach begonnen. In den letzten Tagen vor dem College haben wir oft zusammen geangelt … und er hat mir nichts erzählt.«

»Vielleicht wollte er nicht, dass du dir Sorgen machst oder Probleme siehst, kurz bevor du ausziehst? Du hattest ja schon genug um die Ohren.«

»Vielleicht.«

»Willst du dich noch ein bisschen am Hafen umhören? Vielleicht weiß jemand mehr.«

Er schüttelte den Kopf und ließ den Wagen an. »Du hast doch den Captain-Monty-Schrein gesehen, den Caleb in seinem Zimmer errichtet hat. Alles voller Fotos und Seekarten. Wenn er etwas hätte erzählen wollen, dann entweder dem Captain oder niemandem.«

Ich schwieg einen Moment. »Abgesehen von Carsons.«

»Carsons, ja.« Mit einem Seufzer legte er den Gang ein.

Fünfzehn Minuten später hatte sich der Blick durch die Windschutzscheibe geändert, und anstelle der Fischkutter und kleinen Motorboote lagen hier zweistöckige Yachten so still auf dem Wasser, als seien sie an Land. Auf den ausgedehnten Decks sah man Frauen beim Sonnenbaden und Männer beim Kartenspielen, während Kinder nirgendwo zu entdecken waren. Vermutlich hockten sie drinnen und hatten sich in Hightech-Heimkinos hinter DVD-Filmen und Computerspielen verschanzt.

Eine Mitgliedschaft im *Lighthouse Wellness Resort* hatte offenbar nicht den Sinn, nach einem langen Tag auf dem Wasser einen Liegeplatz zu haben, sondern gar nicht erst auf das Wasser hinausfahren zu müssen.

»Mit Winter Harbor hat das hier nichts mehr zu tun«, sagte Simon und betrachtete einen Angestellten, der einen Kasten edles Mineralwasser an Bord einer Yacht namens *Exkursion* schleppte. »Und mit Caleb erst recht nicht.«

Während ein silberhaariger Mann in Khakihose und rosafarbenem Polohemd den Angestellten oben an der Rampe empfing, erschien in meinem Kopf Justines Pinnwand. Ich sah die Bewerbungsformulare, Moms Post-it-Zettel und die angeberischen College-Logos so deutlich vor mir, als seien sie an die Windschutzscheibe vor mir gekleistert, anstatt sich fünfhundert Meilen entfernt in Boston zu befinden. Und im Zentrum prangte der leere Bogen für den persönlichen Aufsatz. Ich kannte Justine nicht länger, und im Gegensatz zu Simon hielt ich nichts für ausgeschlossen.

Such ihn, so schnell du kannst ... aber du findest ihn nur, wenn er das will ...

»Justine hatte nicht vor, nach Dartmouth zu gehen«, sagte ich mit beherrschter Stimme. »Ein ganzes Jahr lang hat sie in einem Dartmouth-Shirt geschlafen, hat einen Dartmouth-Schlüsselanhänger benutzt und einen Dartmouth-Regenschirm aufgespannt, wenn es regnete. Sie hat absolut jeden – auch mich – überzeugt, dass sie nach Ferienschluss dort anfangen würde. Wann immer meine Eltern nach Unterlagen oder Rechnungen gefragt haben, behauptete Justine, darum habe sie sich bereits gekümmert.« Ich wandte mich Simon zu, als ich seinen Blick spürte. »Aber alles war eine Lüge. In Wirklichkeit hat sie sich nicht mal beworben. Das musste ich allerdings selbst rausfinden, weil sie es mir nie gesagt hat. Und jetzt ist sie fort, so dass ich sie nicht einmal nach dem Warum fragen kann.«

Ich fühlte mich besser, sobald die Worte heraus waren, als sei eine Last von mir genommen worden. Die Schuldgefühle wegen meiner Ahnungslosigkeit waren allerdings immer noch da. Sie würden nicht einfach verschwinden, nur weil ich die Wahrheit laut aussprach. Aber wenigstens gab es nun jemanden, der mich verstehen konnte. Simon starrte mich an, ließ den Kopf gegen die Rückenlehne sinken, und ich wusste, dass er sich genauso schuldig fühlte. Zwar wünschte ich ihm das Gefühl nicht, und er hatte es auch nicht verdient ... aber mir war klar, dass er nichts dagegen tun konnte.

»Wir werden ihn finden, Vanessa«, sagte er, streckte die Hand über den leeren Becher hinweg zu mir aus und strich mir ein paar Haarsträhnen aus der Stirn. »Ich kann dir sonst wenig versprechen, aber darauf gebe ich dir mein Wort.«

Kapitel 6

»Wann kommst du wieder nach Hause?«

»Hallo, Mom«, sagte ich.

»Ich habe von deinem Vater gehört, dass du nicht schläfst.« Ihre Stimme klang angespannt; ich konnte sie in ihrem typischen Outfit vor mir sehen: schwarzer Business-Anzug und ein Notebook vor sich auf dem Tisch.

»Tue ich aber.«

»Dein Vater hat etwas anderes gesagt.«

»Wann?« Es war sinnlos, mich aufzuregen, aber ich war nicht in der Stimmung für einen ihrer Vorträge. »Wann hat er das gesagt?«

»Heute Morgen.«

»Es ist halb acht. Dad hat sich in den Kissen rumgerollt und gerade noch geschafft zu murmeln: ›Vanessa kann nicht schlafen‹, bevor du aus dem Bett gesprungen und zu deiner Tretmühle gehetzt bist?«

Mom schwieg einen Moment. »Vanessa, ich werde mich nicht dafür entschuldigen, dass ich mir Sorgen mache.«

»Schon gut«, gab ich nach. »Tut mir leid.«

»Danke. Also, wie geht es dir wirklich?«

»Gut. Wirklich.«

»Bist du bald fertig mit dem, was immer du da oben erledigen wolltest? Dieses Wochenende wird im Kunstmuseum eine wundervolle neue Ausstellung eröffnet, und ich habe Tickets für den VIP-Empfang. Es soll eine Gartenparty werden. Bei Chanel habe ich ein phantastisches Kleid gesehen, das dir hinreißend stehen würde.«

»Ich glaube nicht, dass ich rechtzeitig zurück bin. Aber danke der Nachfrage.«

»Schatz, ich weiß ja, dass es schwer für dich ist, und ich mache dir auch keine Vorwürfe, weil du dich verstecken willst. Glaubst du, ich muss mich nicht jeden Tag überwinden aufzustehen?«

Nein, das glaubte ich wirklich nicht, nur hatte ich mehr Takt, als das laut auszusprechen.

»Aber Menschen brauchen Gesellschaft. Besonders in Zeiten wie jetzt. Darum bin ich wieder zur Arbeit gegangen.«

»Ich habe Gesellschaft«, sagte ich.

»Ach, wirklich?« Ihre Stimme rutschte eine Oktave höher. »Wen?«

Ich schaute auf den Kücheneingang von *Bettys Fischerhaus*. Besser, ihr das nicht gleich auf die Nase zu binden. »Simon. Er ist während der Ferien hier.«

»Vanessa«, sagte sie und klang so besorgt, als hätte ich ihr gebeichtet, dass Simon und ich gerade von einer Blitzhochzeit in Las Vegas zurückgekehrt waren. »Ich weiß nicht, ob das so eine gute Idee ist.«

»Warum denn nicht? Du findest Simon toll. Schließlich habt ihr ihm immer die Verantwortung überlassen, wenn ihr mit Mr und Mrs Carmichael ausgegangen seid.«

»Ja, ich weiß … aber jetzt haben sich die Dinge geändert.«

»Die Dinge vielleicht, Simon aber nicht.« Ich machte eine bedeutungsvolle Pause. »Er passt auf mich auf. Ich dachte, das würde dich freuen.«

»Mich würde es freuen, wenn du nach Hause kämest. Die Gartenparty ist am Samstagabend. Was hältst du davon, dir heute einen ruhigen Tag zu gönnen, darüber nachzudenken und mich morgen früh anzurufen?«

Ich hatte nicht vor, meine Meinung zu ändern, aber sagte trotzdem, das sei eine gute Idee. Dann legte ich auf.

In einer Hinsicht hatte Mom recht: Es half, unter Menschen zu sein. Das hatte sich bestätigt, als ich letzten Abend in das leere Haus zurückgekehrt war. Ich hatte das Licht, den Fernseher und das Radio angelassen, aber nachdem ich den ganzen Tag mit Simon zusammen gewesen war, hatten sie mich nur umso deutlicher spüren lassen, dass ich wieder allein war. Einen Moment war ich in Versuchung gewesen, ihn einzuladen und einen Film zu schauen – ich hatte sogar schon nach dem Telefon gegriffen und gewählt –, aber dann hatte ich mich anders entschieden. Schließlich hatten wir bereits die ganzen letzten Stunden zusammen verbracht, und der Tag war anstrengend gewesen. Sicher konnte Simon eine Pause gebrauchen.

Was der Grund dafür war, dass ich mich am nächsten Morgen schon um halb acht bei *Bettys Fischerhaus* eingefunden hatte.

»So schnell wieder zurück?«

»Guten Morgen«, grüßte ich und stieg aus dem Wagen. Louis lehnte an der Treppe, die zur Küchentür führte, und rauchte eine Zigarette. Garrett stand mit einer Tasse Kaffee neben ihm.

»Darling«, sagte Louis, nahm einen langen Zug und stieß genüsslich den Rauch aus, »ich bin der Letzte, der etwas gegen ein bisschen Spaß einzuwenden hat. Aber die Ferienzeit hat gerade erst angefangen. Vielleicht solltest du es langsamer angehen lassen.«

»Oder dir einen Anstandswauwau zulegen«, lächelte Garrett. »Tagsüber arbeite ich normalerweise, aber ich bin gerne bereit, nachts auf dich aufzupassen.«

»Danke für das Angebot«, sagte ich und ging die Stufen hoch. »Mir geht es bestens. Mein Fischerhaus-Frühstück hat mich nicht nur für die eine Nacht, sondern auch für alle künftigen kuriert. Bestimmt beschwert sich mein Magen nie wieder.«

Louis hielt mir die Tür auf und sagte mit der Zigarette zwischen den Lippen: »Paige ist zum Silberputzen abkommandiert. Sie könnte deine Hilfe gebrauchen.«

»Ich habe ab sieben Uhr frei!«, rief Garrett mir nach.

Ich flitzte nach drinnen und hatte Paige schnell gefunden. Sie stand hinten im großen Saal über einen roten Plastikbottich gebeugt und warf Messer und Gabeln in einen Besteckkasten.

»Das zweite Mal in drei Tagen?«

Ich fuhr zu der Stimme hinter mir herum ... und presste mir die Finger gegen die Schläfen. Vielleicht war ich voreilig gewesen, als ich Louis für die Heilkräfte seines Frühstücks gedankt hatte. Denn plötzlich war der Migräneanfall zurück, der mich vorgestern auf dem Weg zur Küche das erste Mal heimgesucht hatte.

»Es gibt zwanzig andere Restaurants in der Nähe.«

Vor Schmerz hatte ich die Augen fast zusammengepresst, aber die Gewittermiene der Kellnerin war dennoch deutlich zu erkennen.

»Und lass mich raten. Du hast auch diesmal nicht reserviert?«

»Nein.« Ich erkannte das Mädchen, das mich schon zwei Tage zuvor bei den Mülleimern angesprochen hatte. »Aber ...«

»Vanessa!«

Ich musste lächeln, als eine Handvoll Besteck scheppernd im Kasten landete.

»Paige, siehst du hier irgendwo eine Schaukel oder Wippe? Vielleicht einen Sandkasten?«

»Jetzt komm mal wieder runter, Z«, meinte Paige und stellte sich hinter mich. »Vanessa ist nicht hier, um sich bemuttern zu lassen. Sondern um zu arbeiten.«

Z. Kurzform von Zara, weltbeste aller Kellnerinnen, die Paige vorgestern vom unteren Ende der Balkontreppe aus angeraunzt hatte. Ich sah die Ähnlichkeit zwischen ihnen – sie hatten beide schwarzes Haar und silberblaue Augen, auch wenn Paiges Gesichtszüge weicher und unauffälliger wirkten –, aber was ihre Persönlichkeiten anging, konnte man kaum glauben, dass sie verwandt waren.

»Ich bin nur hier, um auszuhelfen«, erklärte ich, da ich Paige nicht in Schwierigkeiten bringen wollte. »Vorübergehend.«

Zaras Augen wurden schmal. »*Bettys Fischerhaus* ist seit fünfzig Jahren eine Institution. Die Leute kommen aus ganz Neuengland hierher, um unsere berühmte Hummersuppe zu probieren. Wir haben einen erstklassigen Ruf, den wir nicht riskieren werden, nur weil meine brillante kleine Schwester der Meinung ist, eine Verbündete bei der Arbeit würde das Silberputzen interessanter machen.« Sie zerrte einen Schreibblock mit Stift aus ihrer Schürzentasche. »Hast du schon mal in der Gastronomie gearbeitet?«

Ich warf einen Seitenblick auf Paige. »Nicht direkt, aber –«

»Z, Louis hat gesagt, es ist okay. Ich schätze, du warst zu beschäftigt damit, deine Kunden zu umgarnen, um von ihr Notiz zu nehmen. Jedenfalls hat Louis sie den ganzen Tag in der Küche helfen lassen, ohne dass irgendwas zu Bruch gegangen ist. Das muss eine Art Rekord sein.«

Ich wartete gleichzeitig verlegen, nervös und beeindruckt. Zara war es offenbar gewohnt, das Sagen zu haben, und Paige war es genauso gewohnt, sie notfalls in die Schranken zu weisen.

»Dann arbeitet ihr von jetzt ab als Team«, bestimmte Zara

schließlich. »Paige übernimmt die Führung, und Vanessa, du bist ihr zweites Paar Hände. Wann immer irgendwas – sei es Teller, Schüssel, Glas, Ketchupflasche oder Zuckerpäckchen – ihre Finger verlässt und nach unten segelt, schnappst du es dir.«

»Ich bin nicht mehr zum Silberputzen verbannt?«, fragte Paige.

»Sobald auch nur ein Stück Geschirr auf dem Boden landet, ist deine Freundin hier raus, und du kannst dich wieder mit Löffeln beschäftigen.«

Als Zara verschwunden war, stieß Paige ein begeistertes Quietschen aus, nahm meine Hand und zog mich durch die Küchentür.

»Paige«, fragte ich, als wir eine Abstellkammer am Ende der Küche erreicht hatten, »nimm mir das nicht übel, aber wenn du so eine Gefahr für das Inventar bist, warum darfst du noch hier arbeiten? Ich meine, für Zara bist du offenbar eine Art Prügelknabe ... und wenn das *Fischerhaus* tatsächlich immer so voll ist und der gute Ruf so wichtig, warum behalten sie dann jemanden, den man ihrer Meinung nach ständig, na ja –«

»... babysitten muss?« Grinsend nahm sie eine Schürze vom Haken und hielt sie mir entgegen. »Z ist hier die Einzige, die glaubt, man muss mich beaufsichtigen wie ein Krabbelkind in einem Raum voller offener Steckdosen. Da sie meine ältere Schwester und ein Kontrollfreak ist, vergebe ich ihr.«

Ich nahm die Schürze entgegen. »Aber es stimmt, dass du ziemlich viel kaputtmachst, oder?«

»Ja klar.« Sie reichte mir einen Block und Kugelschreiber. »Und wenn du mich fragst, ob es besser wäre, weniger glitschige Finger zu haben ...? Vielleicht. Das würde jedenfalls Geld sparen, aber auf der anderen Seite hätte das Küchenteam weniger zu lachen.«

Ich band mir die Schürze um und nahm Block und Stift entgegen.

»Die meisten Leute hier sind einfach froh, dass ich überhaupt da bin. Und wenn ich ›die meisten‹ sage, meine ich damit alle außer Z.« Sie beugte sich zu mir vor. »Vielleicht ist es dir noch nicht aufgefallen, aber mit meiner Schwester klarzukommen ist nicht ganz einfach.«

»Nein, ehrlich?«, scherzte ich.

Sie zupfte unten am Saum, bis meine Schürze faltenfrei saß. »Das Personal kann Zara nicht besonders gut leiden, aber die Gäste – besonders die männlichen – lieben sie ganz einfach. Muss an den Genen liegen. Sie kann einen Charme versprühen, bei dem Colatrinker plötzlich auf Edelbier umschwenken, Väter ihren Fastfood-Kids etwas Teureres bestellen als Grillkäse und Ehemänner ihre diätbesessenen Frauen zu einem Schokobrownie-Eisbecher überreden. Und die ganze Zeit glauben sie, dass sie selbst auf die Idee gekommen sind.« Sie schaute mich direkt an. »Wenn Zara nicht jeden Abend mindestens tausend Dollar an Trinkgeld reinbringen würde, könnten wir zumachen.«

»Und das *Fischerhaus* hat nie zu.«

»Und die Trinkgelder werden unter allen aufgeteilt.«

Ich nickte. »Also müssen die Mitarbeiter mit ihr zurechtkommen.«

»Genau aus diesem Grund bin ich da. Ich bin der Puffer, der Filter, der Übersetzer … du verstehst schon. Wenn Z hier reingerannt kommt und rumschreit, weil ein Essen zu lange braucht, dann renne ich direkt hinterher, um sie zu beruhigen.« Sie blieb mit einer Hand an der Schwingtür stehen. »Ich mache meine Arbeit gut – zumindest diesen Teil –, aber selbst ohne mich müsste das Personal mit Z zurechtkommen.«

»Wieso das?«

Sie grinste. »Unserer Familie gehört das Restaurant. Betty ist meine Großmutter.«

Bevor ich noch eine Frage stellen konnte, verschwand sie durch die Küchentür.

Glücklicherweise ging der Morgen schnell vorbei. Ich vertraute mich Paiges Führung an und merkte schnell, wie effizient sie arbeitete, wenn man von ihren glitschigen Fingern absah. Es gab nur zwei Beinahe-Unfälle: eine Kaffeetasse und einen Brotteller. Beide Male warf ich mich rechtzeitig darunter und rettete das Geschirr.

»Wie kann es jetzt schon Mittag sein?«, fragte ich vier Stunden später, als wir hinter der Bar standen und Servietten falteten.

»Würdest du bitte da rübermarschieren und deinen speziellen alten Freund bedienen?«

Zara war neben uns aufgetaucht. Sofort begann es, in meinem Kopf zu pochen, und ich fragte mich, ob mich eine Person tatsächlich so nervös machen konnte, dass mein Körper mit einem augenblicklichen Migräneanfall reagierte.

»Ähm, Z, ich bin ziemlich beschäftigt«, meinte Paige.

»Ähm, P … niemand ist beschäftigter als ich. Und heute habe ich weder die Zeit noch die Geduld für seine dummen Spielchen.«

»Du hast nie Geduld. Man muss einfach nur wissen, wie Oliver zu nehmen ist.«

Ich sah Zara an, dass sie kaum wusste, worüber sie sich mehr aufregen sollte – dass es einen Gast gab, der sich nicht von ihr einwickeln ließ, oder Paige etwas besser konnte als sie.

Zara runzelte die Stirn. »Ich versuche es noch ein einziges Mal. Wenn er jetzt nicht anbeißt, ist Schluss. Endgültig.« Sie verschwand.

Paige breitete die Stoffserviette, die sie gerade gefaltet hatte, auf der Bartheke aus, stützte sich mit den Ellenbogen darauf und grinste.

Ich lehnte mich daneben. »Wer ist Oliver?«

»Zaras Alptraum.« Sie drehte sich zu mir um. »Sorry, da habe ich grade ein bisschen zu vergnügt geklungen, oder?«

»Stimmt, geradezu begeistert.«

»Ich kann mir einfach nicht helfen«, sagte sie und beobachtete, wie Zara im Zickzack den Raum durchquerte und sich einem älteren Mann näherte, dessen Haarmähne noch weißer und krisseliger war als die von Big Papa. Paige schaute auf die Uhr. »Zwei nach zwölf. Pünktlich wie immer.«

Zara blieb ein kurzes Stück vor dem Tisch stehen. Sie rückte ihren Pferdeschwanz zurecht und zupfte an ihrer Schürze. Man sah, wie sich ihre Schultern hoben und senkten, als sie einmal tief durchatmete.

»Oliver ist der einzige Gast, bei dem sie auf Granit beißt«, erklärte Paige. »Er kommt jeden Tag zur selben Zeit und setzt sich immer in ihren Restaurantbereich. Sie hat schon alles versucht, um ihn freundlich zu stimmen – ihm ein Gratisessen angeboten, Prozente, einen größeren Tisch, obwohl er immer allein sitzt und jeder Platz hier bares Geld wert ist. Wirklich, sie hat sich auf den Kopf gestellt.«

»Warum wechselt er nicht zu einer anderen Kellnerin?«

Sie schüttelte den Kopf. »Keine Ahnung. Das haben wir ihm auch schon vorgeschlagen, und er weigert sich. Aber das Beste ist, wie er auf sie reagiert. Schau, was er macht, wenn sie ihn anzusprechen versucht – das ist ein echter Klassiker.«

Wir waren zu weit weg und das Restaurant zu laut, um etwas zu verstehen. Doch seine Reaktion war unmissverständlich. Er ignorierte Zara total. Sie sprach ihn an und wartete. Sagte noch etwas und wartete wieder. Als nächsten Versuch schien sie ihm Frühstücksvarianten auf der Speisekarte zu empfehlen, und als er sich dadurch nicht zu einem Gespräch hinreißen ließ, warf sie Paige über die Schulter einen mörderischen Blick zu.

»Er benimmt sich, als sei sie nicht einmal da.« Paige seufzte glücklich.

Sie hatte recht. Oliver verzichtete nicht nur darauf, etwas zu sagen, er starrte sogar aus dem Fenster, als wäre Zara nur eine der hohen Topfpflanzen, die im Speisesaal verteilt standen.

Ich schnappte mir eine neue Serviette und fuhr mit dem Falten fort, als Zara auf uns zugestürmt kam.

»Oh, oh«, sagte Paige.

Zara hatte mitten im Raum angehalten. Sie beugte sich vor und hörte einer Dame zu, deren Stirnrunzeln und voller Teller ein Problem signalisierten.

»Das ist nicht gut. Sie steht schon jetzt kurz vor einer Explosion.« Paige drehte sich zu mir um. »Herzlichen Glückwunsch, Vanessa! Du wirst hiermit befördert.«

Meine Hände erstarrten mitten beim Falten. Ich wollte keine Beförderung. Ich wollte nicht einmal wirklich hier arbeiten. Der Sinn des Ganzen war nur, ein paar Stunden lang nicht ich selbst sein zu müssen.

»Du brauchst bloß hinzugehen und Olivers Bestellung aufzunehmen. Er möchte zwei Scheiben Vollkorntoast mit Traubengelee, ein hartgekochtes Ei, eine halbe Pampelmuse und eine Tasse Earl-Grey-Tee. Ganz einfach. Du musst nur lächeln und warten, bis er es dir selbst sagt.«

»Louis!«, brüllte Zara. »Bist du heute Morgen aufgewacht, hast dein Spiegelbild angegrinst und dich gefreut, bei Ronald McDonald zu arbeiten?«

»Paige«, sagte ich, als sie auf die Küchentür zuging, die von Zaras Ansturm noch immer vor- und zurückschwang. »Ich glaube nicht –«

»Muss mich ins Gefecht stürzen!«, rief sie über die Schulter, als das Geschrei in der Küche einen neuen Höhepunkt erreichte.

Mein Blick hing an der Schwingtür, bis sie langsam zum Stehen kam. Ich hatte wohl keine Wahl, besonders da ich Paige mochte und sie nicht enttäuschen wollte. Also machte ich mich auf den Weg durch den Saal. Kurz darauf stand ich an der Stelle, wo Zara noch eben ignoriert worden war, wobei ich Schreibblock und Stift umklammert hielt.

»Oliver?« Meine Stimme war so leise, dass er mich vermutlich nicht einmal gehört hätte, wenn ich mich direkt an sein Ohr gebeugt hätte. Selbst das war fraglich, denn zwischen der weißen Haarmähne sah ich ein kleines braunes Hörgerät.

Es dauerte etwa zehn Sekunden, bis sein Blick auf mich fiel. Seine Augen blieben zuerst an der Meerjungfrau hängen, die als Logo auf meiner Schürze schwamm, und wanderten dann ausdruckslos weiter nach oben.

Er sah zwar nicht begeistert aus, aber wenigstens nahm er von mir Notiz. Dieser Fortschritt ermutigte mich zu einem noch breiteren Lächeln.

»Hi«, versuchte ich es erneut und war stolz, dass ich mich diesmal immerhin selbst hören konnte.

Seine Augen wurden schmal, und er schien über eine angemessene Reaktion nachzudenken.

Ich warf einen weiteren Blick auf die Küchentür. Meine Laune stieg, als sie aufschwang, und sank wieder, als nur eine andere, gehetzt wirkende Kellnerin erschien. Ich wandte mich wieder an Oliver, der an seinem Hörgerät fummelte. Zuerst wollte ich mich als eine Freundin von Paige vorstellen, aber verzichtete darauf, denn plötzlich wurden seine Augen, die eben noch misstrauische Schlitze gewesen waren, vor Verwunderung ganz groß.

»Vollkorntoast, stimmt's? Mit Traubengelee? Dazu ein hartgekochtes Ei und eine Tasse Tee?« Ich rasselte die Worte herunter, damit ich so schnell wie möglich wieder wegkonnte. »Welche Sorte war es noch – Kamille? Zitrone? Am besten bringe ich Ihnen einfach die gesamte Auswahl, dann können Sie sich selbst eine aussuchen.«

Er starrte mich an, und ich versuchte zu blinzeln. Als mir das nicht gelang, starrte ich zurück und griff langsam nach der Speisekarte. Meine Finger befanden sich einen halben Zentimeter von den Tagesgerichten entfernt, als er die Hand auf den Tisch niedersausen ließ.

Ich sprang zurück. Das Stimmgewirr im Speisesaal wurde leiser, und die benachbarten Gäste schauten neugierig zu uns herüber. Seine Augen waren so groß wie Frisbees, als er die Karte nahm, sie mir entgegenhielt und auf die klein geschriebenen Worte ganz unten tippte. Ich zögerte, aber dann beugte ich mich vor und las. Dabei versuchte ich, seinen Zeigefinger zu ignorieren, der fahlgrau war, Schorf am Knöchel hatte und sichtbar zitterte.

»Earl Grey?«

Sein Finger zuckte bebend und tippte noch einmal auf dieselbe Stelle.

»Earl Grey«, wiederholte ich und wich zurück. »Wunderbar. Ich gebe Ihre Bestellung gleich weiter.«

Hastig machte ich auf dem Absatz kehrt und floh in Richtung Küche.

»Anscheinend kapierst du nicht, was so ein Fehler uns kosten kann!«

Ich hielt mir den schmerzenden Schädel, als ich mich durch die Schwingtür schob.

»Die Frau hat eine Käse-Allergie!«, schrie Zara. »Die Sorte, wo sie uns ohnmächtig auf den Boden kippt und mit dem Krankenwagen in die nächste Notaufnahme muss, bevor sie erstickt. Und was machst du? Füllst das Omelett mit Schmelzkäse und überbäckst es mit Cheddar!«

»Das ist nun mal unser heutiges Special«, brüllte Louis zurück. »Wenn die Dame keinen Käse will, dann soll sie keinen bestellen. Oder vielleicht hat ihre Kellnerin vergessen, ihr vorher zu erklären, woraus das heutige Special besteht?«

»Okay, Leute!« Paige übertönte beide und schlug mit einem Holzlöffel gegen einen leeren Topf. »Wir haben weder die Zeit noch das Personal, um diese interessante Debatte fortzusetzen. Der Kundin ist der Käse noch rechtzeitig aufgefallen, bevor sie ihn gegessen hat. Ende gut, alles gut. Louis kann ihr ein Omelett mit Füllung nach Wahl zurechtmachen, und Zara entschuldigt sich im Namen des Hauses und serviert ihr das Essen kostenlos.«

Ich verschwand schnell hinter einem Tisch, als Zara mit wehendem Pferdeschwanz aus der Küche gestürmt kam.

»Oliver hat mir seine Bestellung gegeben«, sagte ich, als Paige sich zu mir umwandte. »Wo kann ich –«

»Er hat wirklich bei dir bestellt?«

Ich zögerte. »Ja.«

»Du bist ein Star!« Sie schnappte sich ein Tablett vom Tisch hinter ihr. »Alle haben es schon mit ihm versucht, und keiner hatte Erfolg. Außer ich. Und jetzt du.«

Ich betrachtete misstrauisch das Tablett, das sie vor mir plazierte. Darauf stand Olivers bestelltes Frühstück, perfekt bis hin zur noch dampfenden Tasse Tee.

»Ich war mir nicht sicher, ob er auf dich anspringen würde – was jetzt kein Urteil über dich sein soll, sondern über ihn –, also habe ich die Bestellung gleich aufgegeben, als ich in die Küche kam.«

»Super«, sagte ich. »Bist du sicher, dass du ihm das Essen nicht rausbringen willst?«

»Ich sollte besser hierbleiben, bis Z zurückkommt. Manchmal richten die Nachbeben größeren Schaden an als der erste Ausbruch.« Sie lief hinter Louis her, der auf dem Herd lautstark mit den Töpfen hantierte. »Oh, und frag ihn am besten, wie das Schreiben vorangeht, oder mach ihm ein Kompliment über seine Zeichnungen.«

Ich wollte gerade fragen, was sie damit meinte, als Zara wieder durch die Tür geschossen kam.

»Okay, nächster Versuch – echt kompliziert!«, schrie sie durch die Küche. »Unsere Kundin will ein Omelett mit Pilzen und Spinat. Zwar bin ich keine Köchin, aber ich bin trotzdem ziemlich sicher, dass darin Eier, Pilze und Spinat vorkommen sollten, also weder Schmelzkäse, Cheddar noch Gouda.«

Während Louis um einiges lauter herumpolterte, nahm ich das Tablett vom Tisch und ging in Richtung Tür. Ich behielt das schwappende Teewasser im Auge, und es gelang mir irgendwie, den Restaurantsaal zu durchqueren, ohne in jemanden hineinzulaufen oder etwas fallen zu lassen. Vor Erleichterung, den Job fast hinter mich gebracht zu haben, bemerkte ich das Notizbuch und die Kohlestifte auf Olivers Tisch erst, als ich den Teller voll Toast bei ihm abstellte.

»Wie geht das Schreiben voran?« Ich warf einen Blick auf das geöffnete Heft. Die Seiten waren mit winziger, krakeliger Schrift gefüllt, aber die größer geschriebenen Worte am oberen Rand konnte ich entziffern. »Die vollständige Chronik von Winter Harbor, Band 5? Ich hätte nicht gedacht, dass es über einen so kleinen Ort so viel zu wissen gibt.«

Oliver riss mit einem Ruck das Heft an sich, wodurch ein Skizzenbogen darunter sichtbar wurde. Sein grauer zittriger Finger tippte energisch auf das Bild, und ich zuckte überrascht zusammen, so dass meine Armbewegung etwas dampfendes Wasser über den Tassenrand schwappen ließ. Als mein Blick auf die Zeichnung fiel, wurden meine Augen so groß wie vorher Olivers.

Das Bild zeigte klar erkennbar einen ganz bestimmten Platz, den man sich nicht ausmalen konnte, außer man hatte ihn selbst gesehen.

Die Chione Cliffs.

Kapitel 7

»Ich kapiere es einfach nicht«, sagte ich am nächsten Tag zu Simon, als wir den Strand überblickten. »Ich meine, es ist schon schwer genug zu verstehen, warum jemand so tief ins Wasser geht, dass die Füße nur noch den Boden berühren, wenn man mit dem Kopf untertaucht. Aber was wirklich über meinen Verstand geht, ist die Idee, freiwillig ins offene Meer zu surfen, wo dich die Wellen raus- und runterziehen können, sobald sie auch nur deine Knöchel berühren.«

»Heißt das, ich habe dir heute umsonst den Schnupperkurs im Wellenreiten gebucht?« Simon klang enttäuscht.

Ich schaute ihn an. »Du hast mir einen Kurs gebucht?« Zwar wusste er nicht alles über meinen Unfall vor zwei Jahren, aber doch genug, um mich nicht zu einer Wiederholung anzumelden.

Er grinste. »Genau. Und danach gehen wir Fallschirmspringen. Und Bungee-Jumping. Falls noch Zeit ist, können wir versuchen, über glühende Kohlen zu laufen.«

»Da bin ich ja froh, dass ich meine feuerfesten Sneakers angezogen habe.«

Er schenkte mir ein Lächeln, dann begann er, auf eine Gruppe Autos zuzugehen, die unten am Strand geparkt waren.

Ich folgte ihm und dachte darüber nach, wie froh ich zwei

Stunden zuvor gewesen war, sein Klopfen an der Hintertür zu hören. Sein Auto hatte nicht in der Auffahrt gestanden, als ich gestern am frühen Abend von *Bettys Fischerhaus* zurückgekehrt war, und blieb bis fast um Mitternacht verschwunden. Sobald ich es sah, konnte ich mich endlich genug entspannen, um mich auf die Couch zu legen und ans Einschlafen zu denken. Um fünf Uhr morgens war ich wieder hochgeschreckt, und um sechs hatte ich bereits geduscht und dann den Fernseher und das Radio leiser gedreht, damit ich Simons Klopfen nicht überhörte. Er war um acht gekommen und hatte wieder Smoothies und Eibrötchen mitgebracht. Eine halbe Stunde später saßen wir schon in seinem Kombi und fuhren in Richtung Beacon Beach, wo Calebs Freunde am liebsten Wellenreiten gingen.

Und jetzt würden wir gleich herausfinden, ob seine Freunde mehr wussten als wir.

»Das war echt verrückt«, sagte ein Typ im Neoprenanzug zu Simon, als ich mich dem Halbkreis aus klapprigen Jeeps und Pick-up-Trucks näherte. »Er ist einfach abgehauen. Jack wollte ihn mit dem Auto abholen, weil wir ein Barbecue geplant hatten, und da war er schon weg.«

»Und seitdem habt ihr nichts von ihm gehört?«, wollte Simon wissen. »Kein Anruf? Keine Mail?«

Der Typ (dessen Name Mark war, wie ich durch ein Foto wusste, das Justine letzten Sommer von Caleb und seinen Freunden aufgenommen hatte) schüttelte den Kopf. »Nichts. Kein einziges Wort. Wir haben einfach angenommen, dass die Sache zu viel für ihn war.«

»Zu viel?«, meinte Simon.

In diesem Moment bemerkte Mark mich und fragte mit einem Nicken: »Ist die süße Kleine deine Freundin?«

»Also eigentlich –«, begann ich und fühlte meine Wangen rot werden.

»Okay, stell dir vor, du bist total verrückt vor Liebe«, fuhr er an Simon gewandt fort, bevor ich ihn über die Beziehung zwischen uns aufklären konnte. »Morgens schlägst du die Augen auf und denkst als Erstes an sie. Du fragst dich, wie es ihr geht. Wann du sie wiedersehen kannst. Darüber grübelst du den ganzen Tag nach. Du erzählst es allen, die bereit sind, dir zuzuhören – eingeschlossen deinen besten Kumpeln. Und auch wenn die echt Respekt vor dir haben, fangen sie nach einer Weile an, sich aus brüderlicher Fürsorge die Frage zu stellen, ob du noch alle Tassen im Schrank hast. Du schmiedest schon alle möglichen Zukunftspläne, und damit meine ich ernsthafte Pläne für die Nach-Highschool-Zeit, während es dem Rest von uns total über den Verstand geht, dass uns nur noch zwei Jahre bleiben, bis wir nicht mehr sinnlos rumhängen können.«

»Ich klinge ziemlich besessen«, stellte Simon fest und streckte die Hand aus, um sanft an meinem Pferdeschwanz zu zupfen.

»Das kannst du laut sagen.« Mark bückte sich und hob sein Surfboard hoch. »Du lebst nur noch für dieses Mädchen. Du redest die ganze Zeit von nichts anderem, verbringst immer wenig Zeit mit deinen Freunden, bist für alle übrigen Girls total blind, egal, ob sie sexy sind und dich anflirten – und ich kann dir sagen, einige davon sind extrem sexy und flirten wie wild –, und am Ende knickst du so weit ein, dass du von Liebe sprichst.«

Simon wirkte plötzlich sehr interessiert an den bunten Kieseln zu seinen Füßen.

»Und du benutzt das Wort nicht nur bei ihr, sondern sogar bei deinen Freunden. Was, wie jeder weiß, der absolute Supergau ist.«

»Ich bin besessen und ein Warmduscher«, sagte Simon. »Kann mir mal jemand ein Rückgrat leihen?«

»Sei nicht so hart zu dir selbst«, beschwichtigte Mark mit einem Schulterzucken. »Deine Freunde sind es ja auch nicht. Sie halten dich vielleicht für ein bisschen abgedreht, aber sie wissen auch, dass du für ein anderes Mädchen nicht so in den Wolken schweben würdest. Nur bei ihr. Sie ist was Besonderes.«

Ich spürte, wie mir noch mehr Röte ins Gesicht stieg, und musste mich daran erinnern, dass Simon und ich nicht wirklich das Paar waren, von dem hier gesprochen wurde.

»Also, jedenfalls ist dieses Mädchen für dich der Volltreffer. Alles andere – Schlafen, Essen und Trinken, die Luft zum Atmen – sind dagegen nur nebensächliche Details.« Mark seufzte und schaute auf das Wasser. »Und dann ist sie tot. Das war's. Sie ist weg. Wurde angespült wie ein Fisch.«

Meine Knie gaben fast nach. Natürlich hatte ich gewusst, wie diese romantische Story enden würde, aber trotzdem schien mich der tragische Schicksalsschlag aus dem Nichts zu treffen, genau wie es Caleb und Justine ergangen war. »Und was passiert dann?«, fragte ich vor allem, weil Simon mich besorgt beobachtete. Ich wollte ihn damit wissen lassen, dass ich okay war.

Mark wandte sich wieder uns beiden zu. »Dann läufst du weg, fliehst vor allem. Denn fast noch schlimmer als ihr Verlust fühlt es sich an, dass du noch immer hier bist.«

Simon schwieg einen Moment. Anscheinend versuchte er, die Sichtweise von jemandem zu begreifen, der im letzten Jahr viel mehr Zeit mit Caleb verbracht hatte als er selbst. »Aber ist es nicht besser, bei seinen … bei meinen Freunden zu bleiben? Und bei meiner Familie? Bei allen, die sich um mich sorgen? Warum verschwinde ich einfach, ohne zu sagen, wohin?«

»Wenn es sie getroffen hätte«, sagte Mark und nickte wieder in meine Richtung, »würdest du wirklich all die mitleidigen Blicke ertragen wollen? Die Fragen? Die nett gemeinten, völlig sinnlosen Beileidsworte? Besonders von Leuten, die dich eigentlich nur noch als Teil eines Paares gekannt haben?«

Ich versuchte, seine Worte zu verarbeiten. Caleb hatte Justine geliebt. Er hatte sie nicht nur gemocht oder es angenehm gefunden, jemanden zum regelmäßigen Rumknutschen zu haben. Ob Justine für ihn das Gleiche empfunden hatte? Und wenn Caleb ihr tatsächlich so wichtig gewesen war, wenn *beide* sich so wichtig gewesen waren, wieso hatte Justine ihr Bestes getan, uns alle zu überzeugen, dass ihre Beziehung nicht mehr gewesen war als ein harmloser Sommerflirt? Während des Schuljahres war sie mit mehreren Jungs aus ihrem Jahrgang ausgegangen. Falls ihre Gefühle für Caleb tatsächlich so stark gewesen waren, wieso hatte sie sich dann mit anderen eingelassen?

»Nein, würde ich wahrscheinlich nicht«, antwortete Simon schließlich und holte mich damit zurück in die Gegenwart.

»Hi, Mann, worauf wartest du eigentlich?«

Drei Typen in Neoprenanzügen kamen auf uns zu. Sie strahlten erschöpfte Begeisterung aus und schleiften ihre Boards im Sand hinter sich her.

»Wenn du nicht bald da rausgehst, ist es zu spät«, warnte einer von ihnen Mark.

Simon schaute auf das Meer, sein innerer Wettersender war angesprungen.

Als der Surfer Simon bemerkte, klopfte er ihm kumpelhaft auf die Schulter und fügte hinzu: »Die Sache mit Calebs Mädel war ein echter Tiefschlag. Er wird schon wieder auftauchen, wenn sich der Nebel aus seinem Gehirn verzogen hat.«

»Das da draußen ist der totale Wahnsinn«, fuhr der nächste

Surfer fort. »Vor zwanzig Minuten waren die Wellen nur halb so hoch, und seitdem werden sie ständig schneller und brutaler.«

»Ist das normal?«, erkundigte ich mich.

»Nicht mal annähernd«, antwortete Mark.

»Diese Wellen wären sogar zu hoch für die Wintersaison, wenn kollidierende Strömungen das Wasser aufwühlen.« Simon betrachtete skeptisch das Meer.

»Tja«, sagte Mark und befestigte die Sicherungsleine des Boards an seinem Knöchel, »ein Hurra auf die globale Erwärmung. Schlecht für die Welt, aber gut für Maine.«

»Noch eine Frage«, rief Simon ihm nach, als Mark auf das Wasser zumarschierte. »Wusstest du, dass Caleb seit letztem Jahr nicht mehr am Hafen gejobbt hat? Er hat stattdessen fürs *Lighthouse* gearbeitet.«

Mark blieb wie angewurzelt stehen. »Was?«

»Vor ein paar Tagen haben wir mit Captain Monty gesprochen. Er hat gesagt, Caleb ist letzten Sommer ohne Vorwarnung nicht mehr aufgetaucht. Monty hat erst von einem der *Lighthouse*-Leute erfahren, wo Caleb stattdessen steckte.«

Mark wechselte einen Blick mit den anderen Surfern, die ausgestreckt im Sand lagen, um sich zu erholen.

»Ihr wusstet das nicht?«, hakte Simon nach, als alle schwiegen.

»Nein«, sagte Mark und setzte seinen Weg zum Wasser fort. »Und die Info überrascht mich ziemlich, immerhin hat Caleb sich ein Bein ausgerissen, um dem *Lighthouse* das Licht abzudrehen.«

»Er ist ein Jahr lang zu jeder Bürgerversammlung gegangen«, erklärte einer der anderen Surfer. »Hat Flyer gedruckt, mit Reportern geredet und sogar eine Unterschriftenaktion gestartet, bei der er von Tür zu Tür gegangen ist und ein paar hundert Unterstützer gefunden hat. Caleb war total gegen das *Lighthouse*. Er hatte sich in den Kopf gesetzt, es würde den Ort zerstören und Leute wie Monty aus dem Geschäft drängen. Einmal hat Caleb sogar ein persönliches Treffen mit den Geldgebern zustande bekommen. Er hat sie bei einer der Anhörungen im Rathaus abgepasst und nicht in Ruhe gelassen, bis sie zu einem Geschäftsessen bereit waren.«

Simon sah aus, als hätte man ihm erzählt, der Himmel sei grün und Regen würde vom Boden aufwärtsfallen. Ich konnte es ihm nachfühlen. Caleb war ein notorischer Nichtstuer; vor allem deshalb hatte Mom entschieden, dass er für Justine nicht der Richtige war. Ich konnte mir nur schwer vorstellen, dass ihm Winter Harbor so wichtig war und dass er sich derartige Mühe gegeben hatte, um den Ort im alten Zustand zu erhalten.

»Hatten sie tatsächlich ein Geschäftsessen?«

»Allerdings. In *Bettys Fischerhaus*, weil Caleb auf die Location bestanden hat. Das war aber eine schlechte Strategie, wie sich herausstellte. Er wollte ihnen einen Geschmack davon geben, was das authentische Winter Harbor zu bieten hat, damit sie es in Ruhe lassen. Stattdessen wurden sie dadurch nur gieriger.«

Ich versuchte mir Caleb vorzustellen, wie er mit einem Dutzend Businesstypen an einem Tisch im *Fischerhaus* saß. Hatte Zara sie wohl bedient, und war es ihr Charme gegenüber den Gästen gewesen, der den Ausschlag gegeben hatte?

»Schaut euch das an, wie der abgeht!«, unterbrach einer der Surfer und erhob sich.

Wir blickten zum Meer, gerade als Mark sich in Hockstellung auf seinem Board aufrichtete. Zweimal versuchte er aufzustehen, aber musste sich sofort wieder mit den Händen abstützen, als die Wellenbewegung ihn aus dem Gleichgewicht brachte. Er nahm einen weiteren Anlauf und versuchte, kippelnd die Beine zu strecken. Die Woge wuchs höher, und ihr Kamm schien sich in seine Richtung zu strecken. Ich warf einen Blick auf Simon, der ganz darauf konzentriert schien, sich die Höhe und das ungewöhnliche Verhalten dieser Welle einzuprägen.

Die Surfer brachen in Beifallsgeschrei aus, als Mark immerhin drei Sekunden auf dem Wellenkamm ritt, bevor er im Meer verschwand. Ich hielt den Atem an, bis sein Kopf die Wasseroberfläche durchbrach. Erst als er in unsere Richtung grinste und die Faust in die Luft reckte, erlaubte ich mir auszuatmen.

»Danke für die Hilfe, Leute«, sagte Simon, während Mark auf uns zujoggte. »Es war cool, euch mal wiederzusehen.«

»Pass auf dich auf, Mann«, meinte Mark und schüttelte ihm die Hand. »Falls wir was Neues hören, melden wir uns auf jeden Fall.«

»Danke. Und ihr solltet besser bald zusammenpacken. So wie es aussieht, steht hier in einer guten Viertelstunde alles unter Wasser.«

Sie schauten über den Strand, wo ihre Ausrüstung verstreut lag, und fragten sich anscheinend genau wie ich, ob das wirklich möglich war. Immerhin war das Wasser noch über zehn Meter entfernt.

»Ist es für dich in Ordnung, wenn ich noch schnell ein paar Messungen vornehme?«, fragte mich Simon einige Minuten später, nachdem wir schweigend zum Wagen zurückmarschiert waren. »Dauert nicht lange.«

»Kein Problem. Kannst du Hilfe brauchen?« Ich schaute zu, wie er einen Rucksack und einen Plastikbehälter von der Rückbank holte.

Er schaute zum Himmel empor, dann zum Meer. Zuletzt musterte er noch den Horizont, bevor er sich zu mir umdrehte und zweifelnd meine Füße betrachtete. »Du hast Turnschuhe an.«

»Genau, die feuerfesten«, erinnerte ich ihn.

»Also gut.« Er schenkte mir ein kurzes Lächeln. »Ich könnte ein zweites Paar Hände gebrauchen.«

Mir wurde schnell klar, warum Simon sich Gedanken über mein Schuhwerk gemacht hatte: Das Wasser stieg so schnell, wie er es vorausgesagt hatte. Wir bogen am Strand nach links ab, und ich schaute gleichzeitig nach rechts zu Calebs Freunden, die eilig ihre Boards und die übrige Ausrüstung einsammelten. Die ersten wehenden Schaumkronen leckten bereits an ihren Autoreifen. Auch wir mussten uns beeilen, um dem aufgewühlten Meer zuvorzukommen.

Ein paar hundert Meter entfernt ragte eine Kette hoher Felsen ins Meer hinein. Als wir sie erreicht hatten, öffnete Simon den Rucksack, reichte mir ein Maßband und zog als Nächstes eine Handvoll Notizhefte heraus. Er verstaute eins davon sowie drei leere Plastikampullen in seiner Jackentasche.

Simon kletterte auf den niedrigsten Felsen, kniete sich hin und hielt mir eine Hand entgegen. Er zog mich so leicht zu sich hoch, als sei ich ein Federkissen anstatt eine 60-Kilo-Person.

»Halt ein Ende des Maßbands fest, während ich das andere in der Hand habe, und schau über den Rand des Felsens«, bat er. »Wenn das Wasser weiter den Strand hochkommt, als du stehst, folgst du ihm. Du solltest die ganze Zeit auf Höhe der Wellenkämme bleiben. Das Maßband muss dabei so genau wie möglich positioniert werden. Wenn es auf voller Länge ausgezogen ist, gebe ich dir Bescheid, indem ich daran rucke.«

»Alles klar.« Ich schaute zu, als er über die Felskette davonturnte wie Spiderman im weinroten Fleece-Superhelden-Kostüm.

Dann kniete ich mich hin und kroch an den Rand des Felsens. Ich spähte über die Kante und sah eine dünne Schaumschicht, die rieselnd im Sand verschwand. Die Wellen brachen sich ein paar Meter weiter rechts, also krabbelte ich dorthin, bis plötzlich das Wasser direkt unter mir an den Felsen klatschte. Erschrocken zog ich den Kopf ein. Die Gischt spritzte so hoch, dass sie den Fels und mich mit einer Sprühschicht bedeckte.

Inzwischen stieg das Wasser noch schneller. Simon hatte kaum genug Zeit, um sich auf dem letzten Felsen aufzurichten, eine Notiz zu machen und sich wieder hinzuknien, bevor für mich der Moment kam, den Wellenkämmen nach links zu folgen. Oft schlugen die Wogen so hoch, dass man kaum erkennen konnte, wo sie sich brachen, also richtete ich mich danach, an welcher Stelle die Gischt am dichtesten schien.

Zehn Minuten später liefen mir Salzwasserbäche übers Gesicht, und mein Haar war so nass, dass es mir an der Stirn klebte. Da ruckte Simon am Maßband. Er signalisierte mit erhobenem Daumen »Okay«, und ich ließ mein Ende los.

»Sensationell«, meinte er, als er auf meinen Felsen heruntergesprungen kam. »Also, natürlich ist es auch verrückt und seltsam und total unnatürlich, aber vor allem ... sensationell. Die Flut steigt fast drei Zentimeter pro Minute.« Er zog den Reißverschluss seines Pullis auf, so weit es ging, und griff nach dem Kragen, um ihn sich über den Kopf zu ziehen.

»Das ist nicht normal?«, riet ich, sprang auf und half Simon aus dem nassen Pulli, der ihm an den Schultern klebte.

»Nicht mal annähernd.«

Ich schaute zur Seite, als er sein T-Shirt zurechtrückte. Der Stress brachte offenbar mein Gefühlsleben durcheinander.

Ich hatte Simon schon bei unzähligen Gelegenheiten ganz ohne Oberteil gesehen, und jetzt lief ich rot an, nur weil ich einen Blick auf seinen nackten Bauch erhascht hatte.

»Der Tidehub beträgt hier gewöhnlich etwa drei Meter innerhalb von sechs Stunden – also ein halber Meter pro Stunde. Das ist zwar schnell genug, um es irgendwann zu bemerken, aber man kann gewöhnlich nicht dabei *zuschauen,* wie das Wasser steigt.«

Ich überschlug die Zahlen in meinem Kopf. »Die Flut ist mehr als doppelt so schnell, wie sie sein sollte.«

»Genau.« Er schüttelte den Kopf. »Total verrückt.«

»Noch verrückter ist allerdings, dass du schon Schüttelfrost hast und deine Lippen blau anlaufen, ohne dass du es merkst.« Ich hob den Rucksack und den Plastikbehälter auf, die er achtlos irgendwo abgestellt hatte. »Wir sollten sehen, dass wir zurück zum Auto kommen.«

»Stimmt.« Er hielt sich die Hände vor den Mund und versuchte, sie mit seinem Atem zu wärmen. »Schließlich haben wir noch eine Menge zu tun.«

Simon sprang auf den nassen Sand, und ich warf ihm seine Ausrüstung zu. Er verstaute den Plastikbehälter, schulterte den Rucksack und plazierte sich am Fuße des Felsens. »Jetzt kommt der leichte Teil«, sagte er, als ich mich nicht sofort rührte. »Stell dir einfach vor, du kletterst eine Leiter nach unten.«

»Leitern stehen normalerweise nicht in einem 93-Grad-Winkel«, erwiderte ich und starrte über die Felskante.

Simon wartete, bis unsere Blicke sich trafen. Seine Miene war ernst geworden, und die Sorge um mein Wohlergehen hatte für den Moment seine Begeisterung darüber verdrängt, was für eine sagenhafte wissenschaftliche Entdeckung wir anscheinend gemacht hatten. »Nimm dir Zeit«, sagte er. »Du weißt, ich fange dich auf.«

Simon würde mich auffangen. Mir war klar, dass er mich damit nur beruhigen wollte, aber gleichzeitig fragte ich mich unwillkürlich, ob in seiner Wortwahl eine Botschaft versteckt lag.

Unter mir spritzte die Gischt, und ich schüttelte den Kopf, um ihn frei zu bekommen. Ich drehte mich herum, kniete mich hin und schob zuerst einen Fuß, dann den anderen über den Felsrand. Während ich meinen Oberkörper mit vollem Gewicht aufstützte, ertasteten meine Zehen zwei schmale Spalten im Granit. Erst als die Füße sicheren Halt hatten, hob ich den Oberkörper ein bisschen und verlagerte mein Gewicht langsam rückwärts.

Buh.

Justines blaue Augen blitzten vor mir auf. Ihre grauen Hände ergriffen meine Taille, ihre zerschlagenen Arme zerrten mich nach unten. Panisch löste ich meinen Griff, und meine Füße verloren den Halt. Ich stürzte, wobei ich überraschenderweise mit den Füßen zuerst im nassen Sand landete. Schnell taumelte ich zurück, bevor ich einsinken konnte, bevor die Wellen nach mir griffen und sich um meine Knöchel schlangen.

»Alles okay.«

Ich starrte an Simon vorbei auf das Meer, sah kaum seine ausgebreiteten Arme, die bereit gewesen waren, mich, falls nötig, aufzufangen.

»Vanessa«, sagte er sanft und trat auf mich zu.

Da wurde ich von einer Welle getroffen. Ich hielt den Atem an, als sie zurückrollte, und erwartete fast, Justine zu sehen, die sich aus dem nassen Sand erhob.

Aber sie war nicht da. Natürlich nicht. Der Sand war unberührt und leer bis auf einige Klumpen Seetang und die aufgebrochene Schale eines Krebses.

Mein Blick fiel auf Simons Hände – braun gebrannt, gesund, lebendig –, und ich griff danach. Sie waren kalt und feucht, aber ich konnte endlich ausatmen, als sie sich in meinen zu erwärmen begannen. Während wir so voreinanderstanden, musste ich gegen den plötzlichen, überwältigenden Drang ankämpfen, Simon stattdessen in die Arme zu schließen.

»Alles okay«, sagte er wieder und trat noch näher. »Dir passiert nichts.«

Ich wollte seine Hände wirklich nicht loslassen, aber das musste ich wohl, zumal wenn wir rechtzeitig genug zum Auto zurückkommen wollten, um nicht einen Teil der Strecke zu schwimmen.

Also löste ich widerwillig meinen Griff, wobei ich mich vorsah, weder Simon noch das Meer hinter ihm anzuschauen. Als wir uns auf den Rückweg über den Strand machten, versuchte ich, das klagende Sirenengeheul zu überhören, das leise in der Ferne erklang.

Zwanzig Minuten später saßen wir in Simons Kombi und fuhren mit heruntergekurbelten Fenstern und aufgedrehter Heizung in Richtung Winter Harbor. Ich starrte auf die vorbeihuschenden Bäume, ohne sie eigentlich zu sehen, und fragte mich, was ich hier tat. Und warum ich den armen Simon in die Sache hineingezogen hatte.

Justine war weg. Tot. Angespült wie ein Fisch. Was für einen Unterschied machten schon das Wie und das Warum oder die Frage, was vor dem Unfall wirklich geschehen war? Am Ende war nur eins sicher, nämlich dass sie nicht mehr zurückkehren würde. So schwer es mir auch fiel, diese Tatsache zu akzeptieren, blieb es doch die einzig verlässliche Wahrheit. Sich damit abzufinden musste einfacher sein, als eine Vergangenheit auszugraben, die Justine vor mir hatte geheim halten wollen. Und wenn ich erst gelernt hatte, die

Tatsachen zu akzeptieren, konnte endlich wieder alles normal werden. Zwar nicht auf die gleiche Weise normal wie vorher, aber dafür auf eine neue.

»Simon«, begann ich seufzend, um mich zu entschuldigen und ihm von meiner Schlussfolgerung zu erzählen. Ich wandte mich zu ihm um und fühlte mich schon im Voraus niedergeschlagen, wenn ich an meine einsame Rückfahrt nach Boston und den langen Sommer ohne ihn dachte.

Aber er hörte mich nicht. Stattdessen starrte er geradeaus durch die Windschutzscheibe, hatte die Augen weit aufgerissen und die Lippen zusammengepresst.

Ich folgte seinem Blick, als der Wagen langsamer wurde und ausrollte.

Auf der Straße standen drei Polizeifahrzeuge, die Feuerwehr und ein Krankenwagen. Sie waren von einem Kreis aus Warnleuchten umgeben, die grell wie Angelköder blinkten. Zwischen den umgebenden Bäumen warfen flackernde Taschenlampen ein seltsames rotes Licht. Rettungspersonal schwärmte umher, wohl ein gutes Dutzend Menschen … Polizisten sprachen in ihre Funkgeräte, Feuerwehrleute arbeiteten sich mit Äxten durch den Wald, und Sanitäter bereiteten einen Krankentransport vor.

Zwei weitere Männer in Sanitäterkleidung tauchten zwischen den Bäumen auf. Sie schleppten eine zugedeckte Trageliege. Als sie die Liege hochhoben, um sie in den Krankenwagen zu schieben, fiel eine graue leblose Hand unter dem weißen Laken hervor.

Das Muster aus gelblichen und dunkelroten Flecken war auch noch in fünfzig Meter Entfernung zu erkennen.

Ich wandte mich schnell ab und konzentrierte mich auf das rotglühende Licht, das den Wald erleuchtete, und auf die Feuerwehrleute mit ihren Äxten. Kurz darauf versammelte sich das ganze Rettungspersonal auf der Straße, und ich hatte einen klaren Blick durch die Bäume.

»Simon«, flüsterte ich, als sich alle meine Pläne, Winter Harbor zu verlassen und nach Boston zurückzufahren, mit einem Schlag verflüchtigten. »Sie haben einen Pfad durch den Wald geschlagen. Er führt direkt zum Strand.«

Kapitel 8

»Das Kleid ist traumhaft, Vanessa. Wirklich traumhaft. Und wenn du es dieses Wochenende trägst, wirst du genauso traumhaft aussehen.«

»Danke für das Kompliment«, sagte ich, betrachtete den Regen, der die Windschutzscheibe herunterlief, und wünschte, ich hätte das Handyklingeln ignoriert. »Aber bestimmt kann ich auch an jedem anderen Wochenende traumhaft darin aussehen.«

»Auf jeden Fall! Du weißt doch, dass ich dir nicht so ein frühlingshaftes, nur einmal tragbares Kleidchen im Brautjungfernstil kaufen würde. Man kann es auf jeden Fall bis in den Spätsommer tragen. Vielleicht sogar noch am Columbus Day, falls das Wetter sich hält.«

Falls das Wetter sich hält.

»Klingt super, Mom. Ist Dad zufällig zu sprechen?«

»Ja, aber wir beide sind noch nicht fertig. Also sieh zu, dass er mir den Hörer wiedergibt, bevor du auflegst.«

Während sie Dad eine entsprechende Anweisung gab, beugte ich mich vor, um den Himmel zu betrachten. Paige und ich saßen im Auto vor ihrem Haus und warteten auf eine Regenpause, um durch den Garten hineinstürzen zu können. Aber den dicken Wolken nach zu urteilen, würde das noch eine Weile dauern.

»Big Papa«, sagte ich, als Mom ihm den Hörer ausgehändigt hatte. »Du musst mir einen Gefallen tun.«

»Was immer du willst, Kleines.«

»Ich habe Mom erklärt, dass ich dieses Wochenende nicht nach Hause komme, aber sie scheint niemanden zu hören als sich selbst. Und ich kann wirklich nicht kommen.« In Gedanken sah ich die gestrige Szene vor mir, den Krankenwagen, die Trageliege, Simons ungläubigen Blick, den er nicht hatte abschütteln können, bis wir später am Abend endlich zurück in Winter Harbor waren. »Jedenfalls jetzt noch nicht. Kannst du ihr das bitte klarmachen? So etwas gelingt nur dir.«

»Mach dir keine Gedanken. Big Papa lässt seine Magie spielen.«

»Danke. Ich muss jetzt auflegen. Sag ihr bitte, dass ich sie morgen wieder anrufe.«

»Eltern!«, kommentierte Paige, als ich das Handy in den Becherhalter steckte.

»Nein, Mütter. Dad ist ein wahrer Heiliger, aber mit Mom hat man alle Hände voll zu tun.«

»Kann ich nachfühlen. Warte nur, bis du Raina kennenlernst – dafür wären nicht mal King Kongs Hände groß genug.« Sie beugte sich vor und wischte die beschlagene Windschutzscheibe mit ihrer Kellnerschürze ab.

»Sorry.« Ich duckte mich, um unter der Dunstschicht durchzuschauen, die sofort wieder erschien, sobald Paige sie weggewischt hatte. »Der Wagen fährt besser, als er aussieht. Die Heizluft ist das Einzige, was nicht funktioniert. Ach ja, und die Klimaanlage. Der Tankdeckel steckt auch gern mal fest, und hinten lässt sich ein Fenster nicht mehr runterkurbeln.«

»Wer braucht schon ein funktionierendes Hinterfenster? Und überhaupt – machst du Witze? Es war supernett von dir, mich nach Hause zu fahren.«

»Ich bin froh, wenn ich helfen kann.«

»Was hat Zara sich nur dabei gedacht? Schau dir das Wetter da draußen an!« Sie schüttelte den Kopf. »Bald wird sich beim Restaurant eine Schlange gebildet haben, die einmal um das Haus reicht, und sie lässt mich einfach allein und verschwindet? Uns bleiben geschätzte zwanzig Minuten, um sie zu finden, ins Auto zu bugsieren und zurück zum Fischerhaus zu fahren, bevor dort das Chaos ausbricht.«

»Hat sie denn gesagt, dass sie nach Hause will?« Da Paige so entschlossen war, ihre Schwester aufzuspüren, erwähnte ich lieber nicht, dass ich heimlich auf einen Fehlschlag hoffte. Zwar war mir klar, dass der Restaurantumsatz darunter leiden würde, wenn Zara nicht kellnerte, aber andererseits hatte ich keine Lust, die Explosion mitzuerleben, wenn die beiden aufeinandertrafen. Außerdem würde ein Misserfolg hoffentlich dazu führen, dass wir Zara den restlichen Tag suchten, was mich erfolgreich davon ablenken würde, über Justine nachzudenken.

»Sie hat nur gesagt, dass sie noch was erledigen muss und schnell wieder zurück ist. Das war vor zwei Stunden. Würdest du das als schnell bezeichnen?«

»Nein.«

»Ich auch nicht.« Sie beugte sich vor und spähte durch die beschlagene Scheibe. »Da draußen sieht es aus wie der Weltuntergang.«

Ich kurbelte mein Fenster herunter, um einen besseren Blick zu bekommen. Nach meilenlanger Fahrt auf schmalen Schlängelstraßen hatten wir schließlich eine große Lichtung erreicht, die sich hügelförmig aus dem umgebenden Wald erhob. Mitten auf der Hügelkuppe stand ein zweistöckiges, türkis gestrichenes Haus. Es war von Rosenbüschen umgeben, deren abertausend Blüten in jeder denkbaren Farbe leuchteten. Die Blumenmenge war so riesig, dass der süße Duft bis ins Auto drang.

»Das ist doch lächerlich. Ich renne jetzt los.« Paige zog sich die Kapuze ihrer Jacke über den Kopf, wodurch ein Tropfenschauer auf das Armaturenbrett niederregnete. Sie drückte den Türgriff nach unten und fragte: »Hast *du* eigentlich eine Schwester?«

Ich öffnete schon den Mund, um ja zu sagen … und dann klappte ich ihn wieder zu. Weil ich nicht wusste, was ich antworten sollte. Hatte ich eine Schwester? Oder war ich in dem Moment zu einem Einzelkind geworden, als Justines Körper bei den Chione Cliffs aufs Wasser aufschlug?

Zum Glück ließ der Regen in diesem Moment ein bisschen nach, und Paige rannte los. Ich kurbelte das Fenster wieder hoch, stellte den Motor aus und lief hinterher. Als ich die ersten Rosensträucher erreichte, wurde ich ein wenig langsamer. Hier waren die Blüten dunkelrot und mit gelben Rändern gesäumt. Beim Weiterlaufen den Hügel hoch stellte ich fest, dass sämtliche Rosen wenigstens zwei Farben in sich vereinten, zum Teil auch drei oder vier. Ich hätte sie fast für künstlich gehalten, wenn sich meine Jeans nicht direkt vor dem Hauseingang an einem stacheligen Zweig verhakt hätte.

»Denk dran, bellende Hunde beißen nicht«, sagte Paige, als ich sie erreichte. »Halte dich nur im Hintergrund, dann musst du dir keine Sorgen machen.«

Ich nahm an, dass sie von Zara sprach, und war in Versuchung, mich sehr weit in den Hintergrund zu verziehen, indem ich zum Auto zurückkehrte. Aber bevor ich Paige diesen Vorschlag machen konnte, war sie bereits ins Haus verschwunden.

Ich folgte ihr in ein Wohnzimmer, das ganz in Blau und Cremeweiß gehalten war. Das Sofa und die Sessel waren mit marine- und meerblauem Webtuch überzogen. Über dem Kamin (der die Stelle unseres Flachbildschirms zu Hause einnahm) hing ein großer Spiegel mit antikem Elfenbeinrahmen. Als weitere Dekoration gab es türkisfarbene Zierkissen, Lampenschirme aus Spitzengewebe mit kristallenen Ständern und einen elfenbeinweißen Flokati-Teppich, der fast das gesamte Zimmer ausfüllte.

»Die Einrichtung gehört meiner Großmutter«, erklärte Paige, als sie meinen Blick bemerkte. »Überhaupt das ganze Haus. Aber Zara, meine Mom und ich haben schon immer hier gewohnt. Drei Marchand-Generationen unter einem Dach ... Wenn du erst mal Raina kennenlernst, wird dir klarwerden, wie schwer das zu glauben ist.«

Während wir den Raum durchquerten, betrachtete ich durch die hohen Fenster an der gegenüberliegenden Wand die Aussicht. Sie änderte sich nicht. Das Haus lag so hoch, dass man zumindest vom Wohnzimmer aus nur Himmel sehen konnte.

»Und nun, Vanessa«, sagte Paige dramatisch und wirbelte zu mir herum, bevor wir durch einen breiten Türeingang traten, »darf ich dir Raina vorstellen, die Herrscherin des Hauses, meine von Herzen geliebte Mutter.«

Ich blieb kurz vor dem Kücheneingang stehen, und ein pulsierender Schmerz durchfuhr meinen Schädel. Er war so stark, dass ich nach dem Türrahmen greifen musste, um nicht zusammenzusacken.

»Hallo, Vanessa.«

Ich blinzelte verblüfft. Der Schmerz war weg.

»Mir war nicht klar, dass wir heute Gesellschaft bekommen würden.«

Ich blinzelte noch einmal, denn ich hatte den Verdacht, dass die kurze Migräneattacke meine Sicht verwirrt haben musste. Die meisten Mütter, denen ich bisher begegnet war, ähnelten meiner eigenen. Sie hatten sich entweder auf Geschäftsfrau gestylt oder gehörten zum Typ »sportliche Eleganz«. Wenn Mom gerade nicht ihre schwarzen Business-Anzüge trug, dann Khakihosen und Freizeitblusen. Wenn sie ihr Haar nicht zu einem strengen Knoten aufgesteckt hatte, dann war es zu einem ordentlichen Pferdeschwanz gebunden. Sie sah immer aus wie aus dem Ei gepellt. Aber selbst in ihrem teuersten Edeldress und hochhackigen Pumps hätte sie neben Raina ganz anders gewirkt.

Nämlich unsichtbar. Genau wie ich mich in diesem Moment fühlte.

»Wir hätten auch keine Gesellschaft bekommen, wenn Z zu ihrer Arbeit aufgetaucht wäre«, meinte Paige und baute sich vor dem Küchentresen auf, an dem ihre Mutter stand. »Vanessa war so nett, mich zu fahren.«

»Freut mich, Sie kennenzulernen«, sagte ich und versuchte zu lächeln.

Raina hielt einen Holzlöffel über einer pinkfarbenen Rührschüssel und starrte mich mit blitzenden silberblauen Augen an. Während sie mich musterte, versuchte ich meinerseits, sie genauer zu betrachten. Ich schätzte sie auf ungefähr eins achtzig, und das schwarze wellige Haar fiel ihr bis zur Taille. Sie trug ein sanft fallendes, weißes Sommerkleidchen mit Spaghettiträgern und ein Dutzend silberne Armreifen, die melodisch klirrten, als sie mit dem Rühren fortfuhr. Geschminkt war sie nicht, aber das hatte sie auch nicht nötig – ihre Haut war glatt, ihr Gesicht makellos. Überhaupt war sie so auffallend schön und jugendlich, dass man sie eher für Paiges zweite Schwester als für ihre Mutter gehalten hätte.

»Zara ist oben«, sagte Raina schließlich. »Aber sie fühlt sich nicht gut.«

Paige nickte in Richtung des Küchenfensters. »Hast du heute schon mal rausgeschaut? Kannst du dir vorstellen, wie es ein paar Meilen entfernt im Restaurant aussieht?«

»Sie kommt zur Arbeit, sobald sie kann«, erwiderte Raina ungerührt.

»Wenn uns das nötige Personal fehlt, fühlt sich bald gar keiner mehr gut«, stellte Paige fest. »Unsere Gäste bleiben hungrig, Louis bekommt mal wieder die Krise ... und das alles nur, weil Zara ein paar Kopfschmerzen hat? Sorry, das kann sie vergessen!«

Raina stellte einen Mixer an und versenkte ihn in der pinkfarbenen Schüssel. »Du kannst gern versuchen, sie umzustimmen«, sagte sie über das elektrische Surren hinweg. »Aber darüber wird sie nicht besonders glücklich sein.«

»Ist sie doch nie.« Paige wirbelte herum, ergriff meinen Ärmel, als sie die Tür erreicht hatte, und zog mich hinter sich aus der Küche.

»Hat mich gefreut, dich kennenzulernen, Vanessa«, rief Raina uns nach, wobei ihre Stimme bestenfalls gleichgültig klang.

»Siehst du?«, meinte Paige, als wir das Wohnzimmer hinter uns gelassen hatten und eine enge Treppe hinaufgingen. »Ich wäre heilfroh, wenn das größte Problem mit meiner Mutter daraus bestehen würde, dass sie mir ein Kleid gekauft hat, das ich nicht tragen will, um damit zu einer Party zu gehen, auf die ich keine Lust habe.«

»Nennst du sie deshalb beim Vornamen?«, fragte ich. »Weil sie keine typische, liebevolle Kuschelmutter ist?«

»Deshalb ... und weil sie es so will. Raina sagt, sie fühlt sich nicht alt genug, um zwei Teenagertöchter zu haben.« Sie hatte den Treppenabsatz erreicht und wandte sich mir zu. »Was ich dich überhaupt fragen wollte: Wieso sind deine Eltern nicht hier? Du hast gesagt, deine Mom möchte dich lieber zu Hause haben?«

»Stimmt.« Ich fixierte einen Wandleuchter. »Meine Mutter ist ein Workaholic, und mein Dad ist ein Mamaholic, also sind sie für ein paar Tage zurück nach Boston gefahren.«

»Cool«, meinte Paige und ging den Flur entlang. »Für ein bisschen Privatsphäre ab und zu könnte ich glatt töten. Hast du Lust zu tauschen?«

Ich lachte, aber das Absurde war, dass ich tatsächlich nicht abgeneigt gewesen wäre, selbst wenn der Tausch Zara enthielt.

Ich folgte Paige durch den langen Korridor, der von zwei kleinen Kronleuchtern erhellt wurde. »Bist du sicher, dass ich nicht unten warten soll?«, fragte ich, als wir vor einer geschlossenen Tür stehen blieben. »Ich glaube, deine Schwester mag mich nicht besonders.«

»Z mag niemanden besonders.« Sie warf mir ein beruhigendes Lächeln zu und hämmerte dann mit der Faust an die Tür. »Du solltest hören, wie sie über Jonathan redet.«

Bevor ich fragen konnte, wer Jonathan war, klopfte sie erneut. Ich musste eine Hand gegen meine Stirn pressen, als auf der anderen Seite der Tür die Musik lauter aufgedreht wurde. Es klang wie Jazz, aber mit viel Schlagzeug und einem schnellen, pulsierenden Rhythmus.

»Ich gehe nicht weg, Z«, schrie Paige. Sie begann wieder zu hämmern, und der Schmerz zwischen meinen Ohren pochte jedes Mal, wenn ihre Faust auf das Holz traf.

Jetzt begann sie, im Takt der Musik zu klopfen und dabei rhythmisch mit dem Kopf zu nicken. Das setzte sie mindestens eine Minute lang fort. Ich stellte mich vor ein großes Fenster und massierte mir die Schläfen, während ich dem Regen zuschaute, der wie ein dicker grauer Vorhang tief unten aufs Meer fiel. In meinem Kopf drehte sich alles, und da ich fürchtete, jeden Moment ohnmächtig zu werden, wollte ich mich schon bei Paige entschuldigen und doch im Wagen warten.

Ich war kurz davor, ihr auf die Schulter zu tippen, als die Jazzmusik aufhörte und die Tür aufgerissen wurde. Als Zara mich sah, blitzte in ihren Augen erst Überraschung auf, dann Verwunderung und zuletzt Wut.

»Du fühlst dich also nicht gut, was?«, fragte Paige.

Die sarkastische Frage war berechtigt. Ich hatte Zara bisher nur im Restaurant gesehen, wo sie kurze Khakihosen, ein schwarzes T-Shirt und eine Kellnerinnenschürze getragen hatte. Diese Arbeitsuniform besaß wenig Ähnlichkeit mit ihrem jetzigen Outfit: einem engen schwarzen Rock, der gute fünfzehn Zentimeter kürzer war als besagte Khakihose, dazu ein passendes schwarzes schulterloses Top und glitzernde Stilettosandalen. Ihre Haare, die ich bisher nur in Form eines langen Pferdeschwanzes kannte, hingen ihr glatt und perfekt über den Rücken, und ihr Make-up ließ die silbrigen Augen glitzern wie Weihnachtsornamente.

»Falls du an Atemproblemen leidest, solltest du vielleicht dein Oberteil erweitern lassen«, schlug Paige vor und musterte Zaras überquellendes Top.

»Und falls du überhaupt noch weiteratmen willst, solltest du deine kleine Freundin wegschicken.« Ihre Stimme klang ganz ruhig.

Paige nickte. »Alles klar.« Sie schaute mich an. »Wir treffen uns unten, okay?«

Ich war dankbar für diese Fluchtgelegenheit und verschwand den Korridor entlang, ehe Paige auch nur die Tür hinter sich geschlossen hatte. Hoffentlich brachten die beiden es schnell hinter sich. Was für Probleme sie auch immer haben mochten, ich wollte jetzt vor allem rechtzeitig wegkommen, damit die kurvigen Straßen nach Winter Harbor nicht völlig überflutet waren.

Vanessa …

Ich beschleunigte meine Schritte.

Meine liebe, süße Nessa ...

Wieder einmal schien Justines Stimme nicht nur in meinem Kopf zu hallen, sondern auch aus den Kronleuchtern über mir, aus den Gemälden an den Wänden und dem Teppich zu meinen Füßen.

Du bist schon so weit gekommen ... Bitte, geh nicht fort ...

Ich marschierte schneller und versuchte mit einem scharfen Kopfschütteln, alle auftauchenden Bilder zu verscheuchen: heulende Sirenen und rot blinkende Lichter; gelblich rote Flecken auf grauer Haut; meine Schwester, die im Meerwasser stand und ihre skelettartigen Arme nach mir ausstreckte.

Als ich den Fuß auf die erste Treppenstufe nach unten setzte, wurde es im Haus plötzlich ganz still. Ich blieb stehen und hielt den Atem an. Nichts. Kein pulsender Jazz. Kein Gezeter vom Ende des Flurs. Nicht einmal das Geräusch des Regens auf dem Dach.

»Vanessa?«

Im Spiegel, der mir gegenüber an der Wand hing, sah ich meine aufgerissenen Augen und mein bleiches Gesicht. Die Stimme hatte weder Paige noch Zara gehört. Und hinter mir befand sich niemand. Der Flur war leer.

»Jetzt hast du völlig den Verstand verloren«, sagte ich zu meinem Spiegelbild und wollte weiter die Treppe runtergehen. »Offiziell reif für die Klapse.«

»Vanessa?«, fragte die Stimme erneut.

Ich erstarrte, und mein Puls dröhnte bis in die Ohren.

»Bist du das ...?«

Die Stimme kam vom anderen Ende des Flures, also nicht einmal aus der Nähe von Zaras Zimmer. Ich starrte auf die Stufen vor mir und befahl meinen Füßen, sich zu bewegen.

Und schließlich taten sie das auch – wieder nach oben und den Korridor entlang.

Mein Pulsschlag ließ mir fast die Adern platzen, und in meinen Fingern und Zehen kribbelte es wie wild. Meine innere Stimme warnte mich, flehte mich an, umzudrehen und aus dem Haus zu verschwinden. Aber ich ignorierte sie. Zwar schienen all meine Muskeln und Nerven darum zu kämpfen, mich in die andere Richtung zu zerren, doch ich musste einfach nachschauen, wer mich gerufen hatte.

Mich ließ der Gedanke nicht los: Was wäre, wenn …

Was wäre, wenn es tatsächlich Justine war? Was wäre, wenn sie entgegen aller Logik (und trotz der Diagnose des Gerichtsmediziners, trotz des Begräbnisses und der Trauerfeier) in Wirklichkeit noch immer hier war? Das klang natürlich verrückt … aber war es wirklich schwerer zu glauben als alles, was ich in letzter Zeit sonst erlebt hatte?

Die Tür stand einen Spaltbreit offen. Ein dünner, senkrechter Lichtstrahl fiel hindurch. Mit angehaltenem Atem legte ich eine Handfläche auf die Tür und drückte sie auf.

Ich brauchte einen Augenblick, bis ich sie sah. Mit einer Mischung aus Enttäuschung und Erleichterung stellte ich fest, dass es natürlich nicht Justine war.

Vor einem Kamin saß eine ältere Frau auf einem fliederfarbenen Diwan. Sie trug eine purpurne Robe und werkelte mit Nadel und Faden an einem dünnen Stück Stoff herum. Ihr Haar war so lang und gewellt wie Rainas; vermutlich war es früher ebenfalls schwarz wie Lakritz gewesen, aber mit der Zeit war daraus eine puderige Aschefarbe geworden, die an die verbrannte Kohle unter dem Feuerholz in ihrem Kamin erinnerte. Als sie mir zulächelte, wirkten ihre Augen eher grau als silbern und schienen von einem milchigen Schleier überdeckt. Sie blickten mir nicht ins Gesicht, sondern über meinen Kopf hinweg.

Irgendwie hatte diese Frau von meiner Anwesenheit gewusst, ohne mich gesehen zu haben. Denn sehen konnte sie nicht mehr.

Am liebsten hätte ich mich umgedreht und wäre auf Zehenspitzen den Flur hinunter verschwunden. Aber das tat ich nicht. Ich brachte es nicht über mich. Vielleicht, weil es sich falsch angefühlt hätte, sie zu ignorieren und in dem Glauben zu lassen, ihre noch übriggebliebenen Sinne hätten sie betrogen. Oder vielleicht, weil ihre purpurroten Wände mit Dutzenden gestickter Wandteppiche behängt waren, auf denen die Chione Cliffs prangten. Man sah sie aus verschiedenen Blickwinkeln und im ganzen Reigen der Jahreszeiten: Frühling, Sommer, Herbst und Winter.

Es war aber auch möglich, dass ich dort stand und auf Justines Stimme wartete, damit sie irgendetwas zu mir sagte, ganz egal was. Ich war bereit, sie in meinem Kopf oder auch außerhalb zu hören ... doch Justine schwieg.

»Ich heiße Bettina«, sagte die Frau leise mit einer Stimme, die seidenglatt wie blankes Eis war. »Du kannst mich Betty nennen.«

Kapitel 9

»Deine Großmutter ist blind«, sagte ich, als der Ansturm auf *Bettys Fischerhaus* einige Stunden später nachgelassen hatte.

»Ja«, gab Paige zur Antwort und trocknete ein Weinglas ab.

»Sie kann nichts sehen … gar nichts«, hakte ich nach.

»Stimmt.«

»Okay … woher wusste sie dann, wer ich bin?«

Paige schaute sich um, ob wir allein waren, dann zog sie mich in eine einsame Ecke hinter der Bar. »Grandma hatte vor zwei Jahren einen sehr schlimmen Unfall«, flüsterte sie. »Seitdem ist sie nicht mehr ganz dieselbe.«

»Was denn für ein Unfall?«, fragte ich.

»Supergute Nachrichten«, unterbrach uns eine männliche Stimme, bevor Paige mir antworten konnte.

Vor dem Bartresen stand Garrett und hielt zwei Eintrittskarten in die Höhe.

»Dave Matthews. Live-Konzert. Heute Abend in Portland.«

»Ich dachte, das sei wahnsinnig teuer und schon seit Monaten ausverkauft?«, erwiderte ich, denn mich hatte er offenbar angesprochen.

»Na ja, ich habe ein paar Beziehungen spielen lassen … und mein Schulgeld per Internet in Aktien gesteckt.« Er war schon halb wieder auf dem Weg nach draußen. »Ich weiß, dass du hier viel zu tun hast, also sag nicht gleich nein. Denk erst in Ruhe darüber nach.«

»Oooh, da hat jemand die Chance auf einen Urlaubsflirt«, neckte mich Paige, als er verschwunden war. »Er ist ein netter Kerl. Du solltest ja sagen.«

Der Gedanke, mit einem Jungen auszugehen und Spaß zu haben, kam mir zu seltsam vor, um ihn auch nur näher in Betracht zu ziehen. »Du wolltest mir gerade was erzählen? Über deine Großmutter?«

»Stimmt.« Paige fuhr mit dem Abtrocknen fort. »Sie ist baden gegangen. Bei einem Gewitter.«

»Autsch.«

»Ja, genau.« Paige schüttelte den Kopf. »Vor dem Unfall hat Grandma fast mehr Zeit im Wasser verbracht als an Land. Ganz egal, bei welcher Jahreszeit oder wie kalt das Meer war – solange sich keine Eisdecke darauf befand, ging sie schwimmen. So ist sie überhaupt hierher nach Maine gekommen. Sie ist in Kanada aufgewachsen und mit ein paar Freunden im Winterurlaub die Küste runtergefahren. Als sie gesehen hat, dass hier das Wasser nicht zugefroren war wie überall sonst so weit nördlich, war sie dermaßen begeistert, dass sie gleich geblieben ist.«

»Das nenne ich sportliche Hingabe.«

»Oder auch eine krankhafte Sucht.« Sie schaute mich an. »Als Kind hast du doch bestimmt die Sekunden zwischen Blitz und Donner gezählt, weißt du noch? Je mehr Zeit dazwischenliegt, desto weiter ist das Unwetter entfernt.«

Ich nickte, ohne zu erwähnen, dass ich genau das erst vor ein paar Tagen getan hatte.

»Na ja, als Grandma sich damals in den Kopf gesetzt hatte, vom Steilufer hinter unserem Haus ins Meer zu springen, kamen Blitz und Donner gleichzeitig. Der Sturm war genau über uns. Hinterher hat sie gesagt, sie habe einfach keine Wahl gehabt, was natürlich überhaupt nichts erklärt. Und seitdem hat sie nicht mehr darüber gesprochen.« Paige schaute auf, als an einem Tisch am Ende des Restaurants vier Männer in begeistertes Gelächter ausbrachen. Zara hatte sich nur mit dem Versprechen eines freien Wochenendes dazu bewegen lassen, den Minirock gegen ihre Kellnerinnenkluft einzutauschen. Als sie endlich nachgab, saß ich schon im Wagen und wartete. Ich hatte höflich Bettys Hand geschüttelt und ihr ein Kompliment über ihre Stickereien gemacht, und dann war ich gerannt wie der Teufel. Die beiden Schwestern waren zehn Minuten später aufgetaucht und mit Zaras knallrotem Mini-Cooper gefahren, weil Paige sichergehen wollte, dass Zara keinen ungeplanten Abstecher machte. Jetzt lief in *Bettys Fischerhaus* wieder alles wie gewohnt.

»Durch den Unfall hat sich Grandma verändert«, erzählte Paige weiter. »Zwar hat sie ihr Augenlicht verloren, aber dafür ist etwas mit ihren übrigen Sinnen passiert. Als sie im Wasser war, dachte sie zuerst, sie müsse ertrinken, weil sie ja nichts mehr sah. Aber dafür konnte sie den Regen hören, die Wellen am Ufer, das Krabbeln der Strandkrabben, das Singen der Wale. Im Krankenhaus konnte sie zwar nicht sehen, wie schockiert der Arzt über ihren Anblick war, aber später konnte sie ihn sagen hören, dass sie überleben würde ... und sie hörte auch den Patienten an der Atemmaschine im Nachbarraum und den im Zimmer unter ihr, dessen Herz gerade stehenblieb.«

»Wow.«

»Ja, ich weiß. Wir dachten, sie würde aufhören, so etwas Verrücktes zu behaupten, wenn sie erst wieder zu Hause ist und das Trauma hinter sich gelassen hatte. Aber sie bestand weiter darauf, dass sie hören konnte, wie die Fische im Meer blubberten, wie die Rosenblüten aufgingen und der Postbote aus Meilen Entfernung angefahren kam. Dann begann sie auch, Dinge zu riechen und zu spüren, als sei sie so eine Art Super-Seniorin. Wir haben schon Scherze gemacht, dass wir sie eines Tages durch den Himmel flitzen sehen würden, in einem Heldenkostüm aus purpurnem Morgenmantel und ihrem Badehandtuch als Cape.«

»Konnte sie deshalb wissen, wer ich bin, ohne mich gesehen zu haben?«, fragte ich. »Hat sie mich mit ihren Supersinnen abgetastet?«

»Da kann ich auch nur raten.« Paige stellte ein trockenes Glas weg und lehnte sich zu mir vor. »Niemand außerhalb der Familie weiß, dass Grandma sich nach dem Unfall aus der Realität verabschiedet hat. Raina erzählt jedem, der sich nach Betty erkundigt, dass sie die üblichen Zipperlein für ihr Alter hat und zu schwach ist, um das Haus zu verlassen. Sie meint, das ist einfacher, als sich mit Fragen herumzuschlagen, die wir selbst nicht beantworten können ... Und sie würde bestimmt wollen, dass unser kleines Familiengeheimnis auch geheim bleibt.«

»Schon verstanden. Kein Problem.«

»Danke.« Paige lächelte mir zu, dann wurde sie von dem Fernseher abgelenkt, der sich über der Bar befand. »Sieh an, die deprimierende Neuigkeit des Tages.«

Ich folgte ihrem Blick und hoffte, dass sie nicht bemerkte, wie alle Farbe aus meinem Gesicht wich. Die Reporterin war gut zu verstehen, da alle Gäste mit Blick auf den Bildschirm ihre Gespräche eingestellt hatten, um zuzuhören.

»Die Polizeikräfte in Winter Harbor sind diesen Sommer beschäftigter als gewöhnlich«, sagte die Frau in die Kamera. »Statt der üblichen harmlosen Feriendelikte – betrunkene Minderjährige und ungenehmigte nächtliche Strandpartys – sind sie mit einer Serie scheinbar unzusammenhängender Todesfälle konfrontiert.«

Paige neben mir schüttelte ungläubig den Kopf.

»Das erste Opfer, die achtzehnjährige Justine Sands, die im September ihr Studium in Dartmouth beginnen wollte, warf sich von einer Klippe. Paul Carsons, bekannter Unternehmer und Vater dreier Töchter, starb während eines Unwetters, als sein Boot kenterte. Charles Spinnaker, Wirtschaftsjurist und fünffacher Vater, befand sich nur fünfzehn Meter vom Strand, als er beim Angeln ertrank.«

Während die Fotos der Opfer über den Bildschirm flackerten, konzentrierte ich mich darauf, gleichmäßig zu atmen.

»Als Viertes wurde heute früh Aaron Newberg, Präsident und Vorstandsvorsitzender des Pharmakonzerns ImEx Inc., am Fuße des Leuchtturms von Winter Harbor gefunden, wo sich das neu eröffnete *Lighthouse Wellness Resort* befindet. Es ist davon auszugehen, dass er ebenfalls ertrank, auch wenn die Polizei den Fall noch untersucht.«

Der Bericht endete abrupt mit der Einblendung einer Reihe von Telefonnummern für eventuelle Augenzeugen. Das Ganze hatte den Anschein von bloßer Routine, kaum anders als die Verkehrsansage oder der Wetterbericht.

»Hey«, bemerkte Paige, hievte einen Kasten Wassergläser auf den Tresen und lenkte meine Aufmerksamkeit vom Fernseher ab. »Wie spät ist es?«

Ich schaute auf die Wanduhr, die hinter mir über der Spüle hing. »Fast zehn.«

Sie verschränkte die Arme und lehnte sich auf den Gläserkasten. »Okay, das ist seltsam.«

Ich folgte ihrem Blick quer durch den Speisesaal. Mein Herz schien einen Schlag auszusetzen und dann ganz stehenzubleiben.

Für den Aussetzer war verantwortlich, dass ich Oliver in Zaras Restaurantbereich sitzen sah. Er war nicht nur zwei Stunden zu früh, er schaute sich auch lebhaft im Raum um, anstatt aus dem Fenster zu starren. Das war offensichtlich, was Paiges Aufmerksamkeit erregt hatte.

Mein folgender Herzstillstand trat ein, weil Simon beim

Empfang stand und durch das Restaurant zu mir herüberblickte.

»Ist das nicht Simon Carmichael?«, fragte Paige, als er mir zuwinkte.

»Ja.« Ich war froh, dass Bettys übersinnliche Fähigkeiten nicht erblich waren, sonst hätte Paige meine plötzlichen Herzrhythmusstörungen kaum überhören können.

»Wow. Und da heißt es, eine höhere Ausbildung sei nur gut für den Verstand. Er sieht völlig anders aus als früher.«

»Könntest du dich um Oliver kümmern?«, bat ich. »Ich brauche nur eine Minute.«

»Lass dir Zeit.« Sie holte Zettelblock und Stift aus ihrer Schürze und grinste mich an. »Falls Jonathan hier auftauchen würde, um mich abzuholen, würdest du mich wahrscheinlich eine Woche lang nicht wiedersehen.«

Ich machte mir im Geist eine Notiz, sie später nach Jonathan zu fragen. Meine Fragenliste für Paige wurde ständig länger und enthielt zum Beispiel die Punkte: Was war mit ihrem Großvater geschehen? Was hielt ihr Vater von der ganzen Familiensituation? Wieso hing Bettys Zimmer voller gestickter Chione Cliffs? Woher kannte sie meinen Namen? Und warum hatte Justine anscheinend gewollt, dass ich sie traf?

Doch die Antworten darauf mussten warten.

»Was ist denn los?«, fragte ich, als ich Simon erreichte. Zuerst hatte er bei meinem Anblick gelächelt, aber jetzt war er wieder ernst geworden.

»Hallo. Tut mir leid, dass ich hier so reinschneie, aber ich konnte nicht länger warten.«

Sein Gesichtsausdruck verriet deutlich, dass er damit kein romantisches Allein-zu Hause-sitzen-und-sich-nach-mir-verzehren meinte. Ich war überrascht, dass seine Worte trotzdem einen angenehmen Schauer meine Arme entlanglaufen ließen, als würde jemand sanft mit einer Feder über meine Haut streichen. »Schon okay. Was ist passiert?«

Er schaute sich um, als bestehe trotz der hundert anderen Leute im Raum tatsächlich die Gefahr, dass man unser Gespräch hören konnte. Dann trat er noch einen Schritt näher und stand nun so dicht, dass ich die verschmierten Stellen auf seinen Brillengläsern und die feinen Stoppeln an seinem Kinn sehen konnte. »Caleb hat angerufen.«

Der Lärm um uns herum schien zu verstummen. »Wo ist er? Geht es ihm gut?«

»Ich weiß es nicht – er hat nichts gesagt. Ich habe einen Anruf von einer fremden Nummer bekommen, und als ich abnahm, waren ein paar Sekunden lang nur leise, unregelmäßige Atemzüge zu hören, so als würde er sich bewegen. Ich hatte gerade das Gefühl, er wolle etwas sagen, aber da kam aus dem Hintergrund eine andere Stimme. Eine weibliche. Sie hat Calebs Namen gerufen, und dann war die Leitung tot.«

Eine fünfköpfige Familie betrat das Restaurant, so dass wir zur Seite gedrängt wurden. Als wir uns bewegten, fiel mein Blick auf den Spiegel hinter dem Empfang. Ich hielt den Atem an, weil ich für einen Moment sicher war, dass ich gleich Justine darin sehen würde, die mich von silbern blitzenden Lichttropfen umgeben anschaute.

»Ich habe per Internet versucht rauszufinden, wem die Nummer gehört.«

Hastig wandte ich meinen Blick von dem leeren Spiegel ab.

»Sie war nicht gelistet, also habe ich stattdessen zurückgerufen. Die ersten paar Male hat niemand reagiert, aber dann schließlich hat sich ein Ranger gemeldet.«

»Du meinst, aus einem Schutzgebiet? Welchem?«

Er schaute mir fest in die Augen. »Camp Heroine.«

Ich hörte nicht mehr das Geringste von den Gästen, die im Speisesaal sprachen und lachten. Mir kam es vor, als seien Simon und ich die einzigen Personen im ganzen Restaurant.

»Wenn die Umstände anders wären, würde ich nicht mal daran denken, dort hinzufahren«, erklärte er. »Und außerdem ist Caleb vielleicht schon längst wieder weg. Aber das hier ist die erste Spur, die ich habe. Ich kann sie nicht einfach ignorieren.«

Mühsam nickte ich. Simon stand inzwischen so nah bei mir, dass ich den Zahnpastaduft seines Atems roch.

»Begleitest du mich?«, fragte er ruhig.

Mein Puls begann zu rasen. Abgesehen von den Chione Cliffs, war Camp Heroine der allerletzte Ort, wo ich hinwollte. Aber wenn ich dadurch eine Chance hatte, Caleb zu finden (und außerdem den Tag mit Simon zu verbringen), dann war die Antwort klar. »Ich bin gleich zurück«, sagte ich und band meine Schürze ab.

Ich eilte vom Empfang zur Bar. Paige war nicht da; ein schneller Blick in die Runde zeigte mir, dass sie mit Oliver sprach. Ich konnte nicht einfach verschwinden, ohne ihr Bescheid zu geben, aber genauso wenig brachte ich es über mich, ihr zu folgen und einen weiteren Fall von Senioren-Spleen zu ertragen. Also wartete ich, bis sie sich von Oliver abwandte, und winkte sie heran.

»Ist alles okay?«, erkundigte sie sich, als sie mich erreichte.

»Ja«, antwortete ich. »Zumindest, wenn du mich nicht dafür hasst, was ich gleich tue.«

»Keine Chance.«

»Sogar wenn ich jetzt gehe? Für den Rest des Tages?«

Sie schaute über die Schulter in Richtung des Empfangs. Als sie sich wieder zu mir umwandte, glitzerte es in ihren Augen. »Du gehst zusammen mit Simon?«

Ich nickte zögernd.

»Hast du ein Glück!« Sie ergriff meinen Arm und drückte ihn. »Ich wünschte, das *Lighthouse* würde Jonathan genug Zeit lassen, um auch mal an solche romantischen Gesten zu denken.«

»Bist du sicher, dass es dir nichts ausmacht?«, fragte ich und notierte innerlich die Verbindung zwischen Jonathan und dem *Lighthouse Resort* auf meiner ständig wachsenden Frageliste.

»Mir würde es was ausmachen, wenn du hierbleibst! Allerdings gibt es da eine Person, die dein Verschwinden ein bisschen schwerer nehmen könnte …«

Ich schaute über ihre Schulter und sah, dass Oliver mich anstarrte.

»Er hätte fast mit seiner typischen Zara-Taktik auf mich reagiert, so enttäuscht war er, dass ich ihn bedienen kam und nicht du.«

Das ergab keinen Sinn. Ich hatte kaum zehn Worte zu Oliver gesagt, und er hatte bei jedem davon nur noch grimmiger ausgesehen.

»Trotzdem, wenn du jetzt nicht sofort gehst, dann bist du gefeuert!«

Ich lächelte. »Und ich verspreche, so schnell wie möglich zurückzukommen.«

»Das Restaurant gibt es schon seit fünfzig Jahren«, sagte sie leichthin und eilte in Richtung Küche. »Es wird uns immer noch geben, wenn du wieder auftauchst.«

Ich hielt den Blick gesenkt, während ich den Raum durchquerte, und befand mich nur ein paar Meter von Simon entfernt, als ich stehen bleiben musste. Krampfhaft umklammerte ich den Rand der nächstgelegenen Tischplatte und schloss die Augen. Der Schmerz war so scharf und intensiv, dass es sich anfühlte, als habe jemand mein Haar mit Kerosin getränkt und ein Streichholz hineingeworfen.

»Geht es Ihnen gut? Wollen Sie sich hinsetzen?«

Ich öffnete ein Auge weit genug, um zu sehen, dass ein junger Vater mit Baseballkappe mich betrachtete und besorgt die Augenbrauen hob – was ich ziemlich nett fand, wenn man bedachte, dass mein Daumen nur einen Zentimeter neben seinem Teller mit Blaubeerpfannkuchen gelandet war.

»Mit ihr ist alles in Ordnung.«

Ich ließ die Tischplatte los, um stattdessen mit beiden Händen meinen Schädel zu umfassen.

»Stimmt doch, Vanessa?«

Für jeden in Hörweite klang Zaras Stimme vermutlich völlig normal oder sogar honigsüß. Als seien wir die engsten Freundinnen und kannten einander so gut, dass sie sich über meine häufigen kurzen Migräneattacken keine Sorgen mehr machte. Für mich hingegen hörte es sich an, als würde man mir Metallnägel durch die Ohren bis ins Gehirn schlagen.

»Hey«, sagte Simon sanft. Ich fühlte seinen warmen Atem auf meinem Gesicht, als er mir einen Arm um die Taille legte. »Ich bin für dich da.«

Mit jedem Schritt, den wir gingen, nahm das Pochen in meinem Kopf ab. Als wir den Haupteingang erreicht hatten, konnte ich meine Augen wieder ganz öffnen und sah beim Zurückblicken, dass Zara uns beobachtete. Sie hatte die Arme vor der Brust verschränkt, und ihre Augen waren zwei schmale, silberne Schlitze.

»Kennst du sie?«, fragte ich Simon. Er hatte Zara nie erwähnt, aber sie waren beide in Winter Harbor aufgewachsen – wahrscheinlich hatten sie sogar zusammen die Schule besucht.

Er warf einen Blick nach hinten und seufzte. »Es ist kaum möglich, Zara Marchand *nicht* zu kennen.«

Kapitel 10

Ich verbrachte die ersten zehn Minuten unserer Fahrt nach Camp Heroine damit, mich zu fragen, wie Simon das gemeint hatte. Für mich war es tatsächlich kaum möglich, Zara zu übersehen, denn anscheinend hatte sie mich auf den ersten Blick gehasst und machte mich deshalb so nervös, dass ich jedes Mal in ihrer Nähe bohrende Kopfschmerzen bekam. Aber diesen Effekt hatte sie ganz offensichtlich nicht auf Männer – beziehungsweise Jungs im Teenageralter. Also woran lag es? An ihrem Aussehen? An dem Charme, den sie wie mit einem Schalter an- und ausknipsen konnte? Oder hatte sie einen speziellen Liebestrank, den sie ihnen in die Gläser schüttete, wenn gerade keiner hinschaute? Jedenfalls musste mehr dahinterstecken als silberne Augen und ein oberflächliches Charisma.

Die darauffolgenden fünf Minuten verbrachte ich mit der Frage, warum es mich so störte, dass Simon gegen ihren Effekt nicht immun war.

Glücklicherweise dauerte die Strecke nur eine Viertelstunde. Wir hielten vor dem rostigen, schief hängenden Tor von Camp Heroine, bevor ich irgendetwas tun konnte, was ich später bereut hätte – zum Beispiel Simon zu fragen, was genau er im Restaurant mit der Bemerkung »Ich bin für dich da« gemeint hatte.

»Warum?«, fragte er, als wir im Auto vor dem Tor saßen. »Warum war er hier?«

Ich verdrängte Zara aus meinen Gedanken, als wir aus dem Auto stiegen. Soweit ich beurteilen konnte, hatte Caleb keinen Grund gehabt, hier zu sein. Dafür hatte überhaupt niemand einen guten Grund. In den fünfziger Jahren war Camp Heroine eine geheime Militärbasis gewesen, die man als Fischerdorf im Neuengland-Stil getarnt hatte, um sich nähernde feindliche Schiffe oder Flugzeuge zu täuschen. In späteren Jahren war daraus ein Nationalpark geworden, und Jugendliche hatten das Gelände gern für ihre Mutproben benutzt. Doch nachdem es um 1990 herum an der Küste und den Strandwegen zu mehreren Todesfällen gekommen war, hatte der Staat den Park endgültig für die Öffentlichkeit gesperrt. Die Begründung lautete, dass die Wetterbedingungen und das schwierige Gelände mit seinem starken Wellengang, dichtem Nebel und steilen Felsvorsprüngen zu riskant für Wanderer und Schwimmer waren. Nun hörte man nur dann etwas von dem Park, wenn wieder einmal eine Gruppe junger neugieriger Touristen hatte sehen wollen, ob das Gelände wirklich so gefährlich war wie sein Ruf, und der *Herald* von ihren illegalen Aktivitäten berichtete.

»Wir werden rüberklettern müssen«, sagte Simon, nachdem er an der eisernen Kette und dem Schloss gezerrt hatte, mit denen das Tor versperrt war.

Er drehte sich zu mir um. »Oder möchtest du lieber im Wagen warten?«

Ich schüttelte den Kopf. Auf keinen Fall blieb ich allein hier sitzen – oder ließ zu, dass Simon ohne Begleitung durch Camp Heroine irrte.

Er begann, das hohe Eisentor hinaufzuklettern. Als er oben angekommen war und auf der anderen Seite zu Boden sprang, packte ich zwei der rostigen Stäbe mit den Händen und klemmte meine Schuhe in den Spalt dazwischen.

Ich bewegte mich nach oben, indem ich gleichzeitig mit den Armen zog und mit den Füßen strampelte.

»Das hier sieht auch nicht danach aus, als müsste ich nur eine Leiter runterklettern«, sagte ich, als ich oben war. Die Stäbe waren am Ende spitz, also konnte ich mich nicht auf dem Bauch liegend herumdrehen und mich nach unten rutschen lassen, außer ich wollte mit ein paar Löchern im Magen durch Camp Heroine laufen.

Nicht sehr hilfreich war außerdem die Tatsache, dass es zu regnen angefangen hatte und das Eisen in meinen Händen immer rutschiger wurde.

»Der Sprung ist nicht sehr tief«, versprach Simon. »Ich fange dich auf.«

Mir kamen zweieinhalb Meter wie ein ziemlich gewaltiger Sprung vor, aber ich hatte schließlich keine Wahl. Während ich meine ganze Armkraft einsetzte, um meinen Körper von den scharfen Spitzen fernzuhalten, zog ich meine Füße auf die andere Seite und ließ mich fallen.

»Für ein Großstadtkind bist du ganz schön hart im Nehmen«, meinte Simon grinsend, als ich unten landete.

Ich versuchte zu lächeln, aber war zu abgelenkt von Simons Armen, die sich unter meine geschlungen hatten, von seinen Händen auf meiner Taille und unseren aneinandergepressten Oberkörpern – und von der Tatsache, dass er nicht sofort losließ, obwohl sich meine Füße sicher auf dem Boden befanden.

»Da drüben ist das Münztelefon«, sagte er schließlich. Seine Hände blieben noch eine Sekunde länger liegen, bevor er mich losließ und sich abwandte. Das Telefon stand neben den Überresten eines Gebäudes, das in den Nationalparkzeiten von Camp Heroine wohl eine Infostation gewesen war. Man konnte sich nur schwer vorstellen, dass an dieser dachlosen Ruine früher Touristen nach Broschüren und Wanderkarten gefragt hatten. Noch seltsamer war die Vorstellung, dass Caleb noch vor wenigen Stunden hier gewesen sein sollte.

»Die Leitung ist tot«, stellte Simon fest, nachdem er den Hörer abgenommen hatte. Er legte auf und versuchte es noch einmal. »Kein Wählton. Kein elektrisches Brummen. Gar nichts.«

»Sieht aus, als ob jemand absichtlich dafür gesorgt hat.« Ich stellte mich neben ihn und hob die beiden zerfransten Enden der durchschnittenen Telefonschnur hoch.

»Das ist merkwürdig. Ich habe im Internet nachgeschaut. Camp Heroine hat nur ein einziges Telefon, und das wird vom Staat in Betrieb gehalten, falls während der monatlichen Kontrollbesuche durch die Parkranger das Wetter so schlecht ist, dass keine Funksignale durchkommen.«

»Dann wollte die Person, die mit Caleb zusammen war, anscheinend seine ungeteilte Aufmerksamkeit.«

Simons Mund war zu einem schmalen Strich zusammengepresst, als er den Hörer wieder auflegte. Er umkreiste das kleine Gebäude und schob mit Gewalt die Tür auf.

Ich trat einige Schritte näher, als er durch den Eingang verschwand. Was wäre, wenn die betreffende Person noch immer hier war? Vielleicht lauerte sie in der Ruine und wartete auf das nächste Opfer? Sollten wir keine Hilfe herbeirufen? Oder wenigstens die kleine Schere aus Simons Erste-Hilfe-Kasten holen? Oder –

»Alles leer.«

Ich atmete aus, als Simons Gesicht wieder in der Tür erschien.

»Nur Herbstlaub und vergammeltes Zeitungspapier.«

Er begann mit schnellen Schritten, einen Trampelpfad entlangzugehen, und ich lief im Joggingtempo hinterher. Dabei schaute ich mich nervös nach allen Seiten um. Überall gab es sichtbare Erinnerungen an die wechselhafte Vergangenheit von Camp Heroine. Nur ein paar Meter neben dem Pfad ragten Betonbunker für Artilleriegeschütze aus dem Efeugestrüpp hervor, von dem sie überwuchert waren. Im wilden Unterholz standen morsche Picknicktische und eiserne Abfalltonnen. Schwarze Graffiti bedeckten die Wände eines langgezogenen, rechteckigen Gebäudes. Falls Caleb versteckt bleiben wollte, war dieser Ort ideal.

»Die Hauptgebäude befinden sich da oben auf der Landzunge«, rief Simon mir über die Schulter zu, bevor er scharf nach rechts abbog und einem weiteren, aufsteigenden Trampelpfad folgte, der von unserem abzweigte.

Ich musste mich anstrengen, um ihn durch den Regen zu hören. Die Tropfen schlugen immer härter und dichter auf. Bei der Autofahrt war der Himmel noch klar gewesen, aber inzwischen hatte er sich bedrohlich verdunkelt. Wenn ich durch das Laubdach über mir spähte, konnte ich dicke graue Wolken vom Meer heranziehen sehen. Zehn Minuten später, als wir das Ende des Pfads erreicht hatten und oben auf einer schmalen Halbinsel standen, hing die Wolkendecke direkt über unseren Köpfen, der eiskalte Regen fiel so dicht, dass er wie eine solide Wand aussah, und die ersten Blitze zuckten über den Himmel.

»Wieso haben wir nicht mitbekommen, dass so ein Gewitter aufzieht?«, schrie ich, als ich neben Simon angekommen war. Man konnte kaum erkennen, wo der Himmel endete und das Meer begann, so stark war der Regen. Selbst den Strand am Fuße der Landzunge konnte ich nicht sehen.

»Ich habe das Wetter gecheckt, bevor wir losgefahren sind«, schrie Simon zurück. »Es gab eine geringe Wahrscheinlichkeit, dass es heute noch gewittert.«

Ich folgte ihm in ein Gebäude, das einige Meter vom Klippenrand entfernt im Wald stand. Von außen sah es aus wie eine kleine Kirche, komplett mit unechten bunten Glasfenstern und unechtem Glockenturm. Simon holte eine Taschenlampe aus seiner Fleecejacke und schaute sich im Innenraum um. Der helle Lichtstrahl fiel auf hölzerne, an den Wänden anmontierte Schlafpritschen, in denen nun nur noch altes Laub und Zweige lagen, abgesehen von einem vergessenen Schlafsack.

Eigentlich sah es aus wie der perfekte Schauplatz für einen Horrorfilm, doch seltsamerweise wirkte es auf mich eher behaglich. Einladend. Wie ein Ort, an dem zwei Menschen tagelang unterkriechen und nur füreinander da sein konnten, falls sie das wollten.

»Das hier ist zwar nicht gerade das *Lighthouse Wellness Resort*«, meinte Simon und schaute hinaus auf den Regen, »aber zumindest sind wir im Trockenen.«

Mein Herz klopfte wie wild, als ich neben ihm stand, und ich wusste nicht genau, woran es eher lag: dass wir im Camp Heroine gestrandet und von einem Gewitter umgeben waren oder dass es sich plötzlich so anders anfühlte, einfach nur in Simons Nähe zu sein.

»So ein Extremwetter wurde jedenfalls nicht angesagt.« Unsere Blicke trafen sich. »Das Radarbild hat keinen Sturm von diesem Ausmaß gezeigt, weder hier noch in der Nähe.«

»Stürme bewegen sich normalerweise nicht so schnell, oder?«

»Nein, eigentlich nicht.« Er schaute wieder auf den Regen. »Die Häufigkeit der Unwetter nimmt zu, und sie werden immer stärker. Die Meteorologen sind jedes Mal wie vor den Kopf geschlagen, weil sich die Stürme durch keins der üblichen Vorzeichen ankündigen.«

»Wie damals auf den Chione Cliffs? Du hattest dir vorher den Wetterbericht angeschaut, und da hieß es, der Himmel würde klar bleiben.«

»Ja, genau. So war es heute auch. So ist es in letzter Zeit jedes Mal, wenn der blaue Himmel plötzlich schwarz wird. Als habe Mutter Natur ohne Vorwarnung einen Schalter umgelegt, damit niemand vorher ahnen kann, welchen Schaden sie diesmal anrichten wird. Genau darum geht es bei meinen Untersuchungen. Denn bisher konnten die Meteorologen es nicht erklären, genauso wenig wie der Nationale Wetterdienst oder meine Professoren. Und wenn sie endlich dahinterkommen, könnten die Schäden schon in Millionenhöhe gehen. Vielleicht sind bis dahin ganze Ortschaften verwüstet und noch mehr Menschen tot.«

Menschen. Tot.

»Das alles ist nicht nur eine Laune des Sommerwetters?«, fragte ich. »Ein neues Beispiel dafür, wie der Klimawandel den Planeten aus dem Gleichgewicht bringt?«

»Ich wünschte, es wäre so einfach. Der Punkt ist, dass diese Stürme zwar enorm heftig sind, sich aber auf ein ganz bestimmtes geographisches Gebiet beschränken. Die Küste des Nordwestpazifiks liegt auf denselben Breitengraden wie wir, und trotzdem sind die Wetterbedingungen um Oregon herum völlig normal, wenn man sie mit anderen Sommern vergleicht.« Er schaute mich an. »Weißt du nicht mehr, wie verrückt sich die Wellen benommen haben, als wir Mark und seinen Surferfreunden zugeschaut haben? Und wie schnell die Flut gekommen ist?«

Ich nickte.

»Wenn man mich fragt, hängt das alles zusammen – die überaktiven Meeresströmungen und die Sturmfronten. Ich weiß nicht, warum und wieso, aber genau das versuche ich herauszufinden. Dafür bin ich schon die ganze Küste von Maine rauf- und runtergefahren, habe die Tidestände notiert, den Meersalzgehalt, die pH-Werte, die stündlichen Wetterdaten – jedes Puzzlestück, das mir vielleicht eine Erklärung liefert, warum diese Phänomene an bestimmten Orten und Zeitpunkten auftreten und an anderen nicht.«

»Das ist ein Riesenprojekt für eine Person allein.«

Er schaute zu Boden. »Aber ich bin ja nicht allein. Nicht mehr.«

Meine Wangen begannen zu glühen, als sei die Sommersonne plötzlich durch die Wolken gebrochen.

»Außerdem muss ich es einfach tun. Ich habe keine Wahl.« Er zögerte, und als er weitersprach, klang seine Stimme weicher und leiser. »Wenn dieser Sommer so wäre wie alle anderen, dann würde Justine noch leben. Wäre alles normal, dann hätte Caleb nicht fortlaufen müssen.«

Kein Zweifel, dieser Sommer hatte keine Ähnlichkeit mit den anderen zuvor. Und während die Holzwände vom Sturm bebten und der Regen immer lauter auf uns niederprasselte, begann ich zu glauben, dass Simon recht haben könnte.

»Hörst du das?«, fragte er einen Moment später.

Ich hielt den Atem an und lauschte. Draußen schienen der Wind und der Regen kurz aufzuhören, und alles wurde ruhig.

Dann tobte der Sturm mit neuer Wut los, pfiff durch die Wände, rüttelte an den Resten der Tür, und es wurde so kalt, als seien die Temperaturen draußen mit einem Mal um zwanzig Grad gefallen.

Der Regen setzte ein paar Sekunden später wieder ein. Zuerst hörte ich es kaum, so laut hämmerte mein Herz, aber bald prasselte er immer brutaler nieder und brachte das Dach zum Erbeben, als würde eine Herde Elche darübergaloppieren. Schließlich war der Lärm des Gewittersturms so ohrenbetäubend, dass ich jeden Moment erwartete, er würde die Kirche aus ihrer Verankerung reißen und sie mit uns beiden in den Himmel schleudern.

»Ist das Hagel?«, rief ich, als Simon meine Hand nahm und mich von der Türöffnung wegführte.

Er gab keine Antwort. In der hinteren linken Ecke des Raums ließ er sich zu Boden fallen und zog mich mit sich. Die Luft wurde so kalt, dass ich meinen Atem sehen konnte. Simon schlüpfte aus seiner Fleecejacke, wickelte mich darin ein und hielt mich an sich gedrückt. Er beschützte mich, wie es ein liebevoller großer Bruder in der gleichen Situation getan hätte … aber ich fühlte mich nicht als seine kleine Schwester. Stattdessen dachte ich, dass er sein Gesicht nur einen Zentimeter näher zu bringen brauchte, damit sich versehentlich unsere Lippen berührten, und dass ich dann vermutlich nicht einmal merken würde, ob die Kirche mit uns davonflog.

»Ich glaube, wir haben das Schlimmste überstanden«, flüsterte er ein paar Minuten später.

Ich öffnete die Augen und hob den Kopf von seiner Brust. Die Kirche stand noch. Durch die zerfallene Tür sah ich, dass das Wasser nur von den Bäumen tropfte anstatt vom Himmel. Die Luft wurde wärmer und heller, als die Sonne durch die abziehenden Wolken schien.

»Bist du in Ordnung?«

»Ich weiß nicht genau«, sagte ich ehrlich, denn wir hatten gerade einen heftigen Überraschungsangriff von Mutter Natur überstanden, wir mussten noch immer Caleb finden … und trotzdem konnte ich an nichts anderes denken, als dass ich mich nicht aus Simons Armen bewegen wollte.

»Ist dir kalt? Bist du verletzt? Ist irgendwas auf dich gefallen?«

»Nein.« Ich zwang mich dazu, mich von ihm zu lösen und aufzustehen. »Das Ganze hat mich bloß ein bisschen mitgenommen.«

»Okay.« Simon erhob sich ebenfalls. »Immerhin gab es

einen Silberstreif an diesem enorm wolkigen Horizont: Falls Caleb vor dem Unwetter hier war, muss er jetzt immer noch da sein. In diesem Sturm ist er auf keinen Fall weit gekommen.«

Ich folgte ihm nach draußen. Das Militär hatte beim Bau von Camp Heroine offenbar Talent bewiesen, denn das Unwetter hatte keine sichtbaren Spuren hinterlassen, bis auf eine zusätzliche Lage aus Blättern und Ästen, die den Pfad bedeckten. Die unechte Kirche hatte noch immer ihren unechten Glockenturm, und auch der Rest der Gebäude hatte es überlebt.

»Ist es okay, wenn ich noch ein paar Messungen vornehme, bevor wir weitersuchen?«, fragte Simon. »Das dauert höchstens drei Minuten.«

»Klar. Leg los.«

Er sah aus, als wolle er noch etwas anderes sagen, doch dann wandte er sich ab und begann, den Abhang zum Strand hinunterzuklettern. Ich blieb dicht hinter ihm. Die Landzunge war zwar recht steil, aber eher sandig als felsig, so dass der Abstieg sich als relativ einfach erwies. Als wir den Strand erreicht hatten, holte Simon ein kleines Notizbuch und einen Plastikbehälter aus dem Rucksack und lief zum Wasser. Das Meer hatte sich von dem Gewittersturm nicht ganz so schnell erholt wie der Himmel, so dass noch immer Wellen gegen die Küste schäumten. Ich behielt Simon im Auge, blieb aber am Hang stehen, um nichts von der Brandung abzubekommen.

Er nahm ein paar Wasserproben und kritzelte in sein Notizheft. Aus drei Minuten wurden fünf, dann sieben und dann neun.

Als zehn Minuten vergangen waren, wanderte ich ein Stück den Strand entlang, wobei ich mich alle paar Meter umdrehte, um sicherzugehen, dass Simon immer noch da war und nicht in Schwierigkeiten steckte. Bei einer Gruppe flacher Felsen, die mir einen perfekten Blick auf Simon und das Meer erlaubten, balancierte ich von einem zum anderen, bis ich einen Platz zum Hinsetzen gefunden hatte.

Ich schloss die Augen, legte den Kopf in den Nacken und ließ mein Gesicht von der Sonne bescheinen. Ich musste mich unter Kontrolle bekommen. Eine Menge war passiert, und es passierte immer noch, aber das bedeutete nicht, dass ich mich widerstandslos von meinen Gefühlen überrollen und fortschwemmen lassen musste. Was immer ich für Simon empfand, war nur natürlich, wenn man bedachte, wie viel Zeit wir zusammen verbrachten, und dazu noch unter diesen extremen Umständen. Wahrscheinlich hätte ich etwas ganz Ähnliches für einen Feuerwehrmann empfunden, der mich aus einem brennenden Haus rettete, oder für einen Polizisten, der mir meine gestohlene Handtasche zurückbrachte. Irgendwann würden diese Gefühle von selbst wieder auf ein normales Level zurückkehren.

Ich schlug die Augen auf, als das kühle Wasser meine Schuhspitzen durchnässte – und alle Gedanken an Selbstkontrolle verflogen.

»Simon«, flüsterte ich heiser.

Ich wollte schreien, seinen Namen brüllen. Ich wollte vom Felsen springen, die Landzunge hochkraxeln und so weit weg von Camp Heroine fliehen wie möglich.

Aber das konnte ich nicht. In diesem Moment konnte ich gar nichts. Mein ganzer Körper war wie erstarrt, als sei ich in einem Block aus Hagelkörnern eingefroren.

»Simon«, versuchte ich es noch einmal. Meine Lippen bewegten sich kaum. »Simon.«

Er hätte mich eigentlich nicht hören können, aber trotzdem war er nur Sekunden später an meiner Seite.

»Vanessa? Was –«

Dann erstarrte er ebenfalls.

Ein lebloser Arm, verbunden mit einem leblosen Körper, schwamm im Wasser und streckte sich nach den Felsen aus. Der Tote trieb mit dem Gesicht nach unten, aber am Körperbau erkannte man, dass es sich um einen Mann handelte.

»Simon ...« Meine Stimme war nur ein Hauch, und meine Augen füllten sich mit Tränen. »Das ist doch nicht ...?«

»Nein«, sagte er grimmig. »Er ist zu groß. Außerdem trägt Caleb keine Armbanduhr.«

Mit Anstrengung bewegte ich meine Augen von der purpurroten Hand nach oben zu dem geschwollenen Handgelenk, an dem ein dickes Silberarmband in der Sonne glitzerte wie abgeschliffenes Glas im Spülschaum. Gleich darauf schlug eine hohe Welle an Land, deren Ausläufer an dem Felsen vorbeibrandeten, und der Tote wurde davon auf den Rücken gedreht.

Hastig wandte ich mich ab, und schon hatte Simon seine Arme um mich geschlungen, zog mich vom Felsen herunter und aus der Reichweite des Ertrunkenen. »Was ist mit ihm passiert?«, flüsterte ich in seine Schulter hinein, während mir die Tränen über die Wangen liefen. »Was ist mit seinem Gesicht passiert?«

Simon umarmte mich enger und legte eine Hand sanft auf meinen Hinterkopf, damit ich mich nicht umdrehte und weitere Details sah. »Lass uns gehen. Wir können die Polizei rufen, wenn wir im Wagen sitzen.«

Er hätte sich keine Sorgen machen müssen, dass ich noch einmal hinschaute, denn ich hatte schon mehr als genug gesehen. Während wenig später die Sirenen von Polizei und Krankenwagen auf Camp Heroine zugeheult kamen, ließ ich mich tief in den Beifahrersitz sinken, schloss die Augen und dachte an Mom, Dad, Justine, Paige, Zara, Bettys Restaurant, unser Haus am See – an alles und jeden, solange es mich nur davon abhielt, diesen Anblick noch einmal vor Augen zu haben.

Wer immer der Mann gewesen war, nun war er tot. Für immer weg. Angespült wie ein Fisch.

Als er von den Wellen umgedreht worden war, hatten seine Augen weit offen gestanden, und sein Mund war zu einem breiten Grinsen verzerrt gewesen, so als sei er darüber überglücklich.

KAPITEL 11

»Ich kann nicht glauben, dass du einfach so hier rumliegst.«

Als ich meinen Kopf hob, sah ich Paige über den steinigen Strand auf mich zujoggen. »Wieso? Wir haben achtundzwanzig Grad. Achtundzwanzig! Das sind sechs mehr als in dem wärmsten Sommer, den ich bis jetzt hier erlebt habe.«

»Genau. Und deshalb solltest du die Gelegenheit zum Schwimmen nutzen.« Sie breitete ihr Handtuch neben meinem aus und ließ sich darauffallen. »Man kann sich hinterher trocknen lassen, ohne zu erfrieren.«

Ich ließ meinen Kopf zurücksinken und schloss die Augen. »Ich gehe nie schwimmen.«

»Was soll denn das heißen? Deine Familie besitzt ein Ferienhaus in einem der attraktivsten maritimen Urlaubsziele an der Ostküste. Wie kannst du freiwillig darauf verzichten, Winter Harbors einmalige natürliche Ressourcen zu nutzen? Jene erstklassige Strandlage, wegen der die Besucher schon seit Jahrzehnten nach Winter Harbor strömen. Na ja, und wegen *Bettys Fischerhaus* natürlich.« Ihr gelang es, sich gleichzeitig über die Werbeprospekte des *Lighthouse Resort* und über mich lustig zu machen.

Meine rechte Wange wurde fühlbar wärmer, als ich mich Paige und der Sonne zuwandte. »Du willst die Wahrheit hören?«

»Ich bitte darum«, sagte sie und wrang ihr Haar aus. »An

einem Tag wie heute dürfte jeder Grund schwer zu glauben sein.«

Ich zögerte. In letzter Zeit enthielt die Wahrheit eine Menge Themen, über die ich nicht sprechen wollte, und das hatte sich hier und jetzt nicht geändert. Aber seit meiner Entdeckung in Camp Heroine vor drei Tagen war ein Bad im Meer noch viel ausgeschlossener als vorher. Also war es wohl besser, ihr irgendetwas zu erzählen, bevor sie ihre eigenen Schlüsse zog.

Ganz abgesehen davon, war es Paige. Ich vertraute ihr.

»Wasser macht mir Angst«, erklärte ich schließlich. »Das war nicht immer so – bis vor ein paar Jahren war Wasser so ziemlich das Einzige, vor dem ich mich nicht gefürchtet habe. Ganz egal, ob im Meer, im Lake Kantaka oder im Schulschwimmbad, ich fühlte mich überall wohl ... und in Sicherheit.«

Paige räkelte sich auf ihrem Handtuch und wandte mir den Kopf zu. »Okay und was ist passiert?«

»Vor zwei Jahren an einem ziemlich kalten Tag im Juni waren meine Familie und ich zu einem Picknick nach Beacon Beach gefahren. Vorher hatte es sehr gestürmt, und die Wellen waren immer noch ungewöhnlich hoch.« Ich schloss kurz die Augen und erinnerte mich an den blauen Himmel, das grüne Wasser und die Haarmähne von Big Papa, die von der Salzwassergischt immer krisseliger wurde. »Nach dem Essen hat meine Schwester mich zu einer Mutprobe herausgefordert. Sie wollte, dass ich ins Wasser gehe.«

»Ich wusste gar nicht, dass du eine Schwester hast.«

Ich schaute zur Seite. In diesem Moment stückchenweiser Ehrlichkeit hatte ich fast vergessen, dass ich gewisse Dinge geheim halten wollte. »Hinterher«, fuhr ich mit der Geschichte fort und hoffte, dass Paige nicht weiterfragen würde, »hat sie gesagt, sie habe nur Spaß gemacht. Aber ich hatte sie ernst genommen. Und es gab … gibt … kaum etwas, das ich schlimmer finde, als sie zu enttäuschen.«

»Ich verstehe, was du meinst«, sagte Paige seufzend.

»Meine Eltern durften nichts mitbekommen, sonst wären sie ausgeflippt. Also habe ich mich zu einem Spaziergang abgemeldet und bin ein paar hundert Meter weiter weggegangen – nah genug, damit sie mich noch sehen konnten, und weit genug, um mich mit den anderen spielenden Kindern zu verwechseln.« Ich fuhr empor, als ein Wellenausläufer kalt meine Zehen berührte, und rutschte ein Stück auf dem Handtuch zurück. »Das Ganze war eine dumme Idee. Das wusste ich schon, als das Wasser um meine Knöchel floss. Aber ich habe es trotzdem getan.«

»Schwestern«, stöhnte Paige. »Ein Segen und ein Fluch zugleich.«

»Absolut«, bestätigte ich nach einem Moment. Ich vertraute Paige, aber trotzdem brauchte sie nicht zu wissen, dass ich mich nicht nur wegen Justine vom Meer hatte in die Tiefe ziehen lassen. Es hatte einen anderen, wichtigeren Grund gegeben.

»Am Beacon Beach haben sie keinen Rettungsschwimmer«, sagte sie eine Minute später. »Bist du allein zurück an Land gekommen?«

Ich starrte auf das Wasser, und meine Wangen brannten. »Die Rettungssanitäter waren ziemlich gute Schwimmer.«

Sie schüttelte sich. »Oh, Vanessa. Tut mir so leid, dass du sowas durchmachen musstest.«

Ich brachte ein kleines Lächeln zustande. »Jedenfalls war ich seitdem nicht mehr schwimmen. Ich liebe das Meer immer noch, aber es ist einfach so riesengroß, weißt du? Strömungen können plötzlich die Richtung wechseln, Wellen können sich auf dich stürzen und dich ohne Vorwarnung hinaus zum Horizont ziehen.«

»Außerdem gibt es noch all diese gruseligen Viecher, die in der Tiefe lauern«, fügte Paige hinzu. Sie hielt ihr Gesicht in die Sonne und erzählte: »Vor ihrem Unfall hat Grandma immer gesagt, dass sie sich im Wasser wohler fühlt als auf dem Land und dass sie jeden Tag wenigstens eine Stunde im Meer braucht, um körperlich und seelisch ausgeglichen zu sein. Raina und Z sind nicht ganz so fanatisch, aber sie schwimmen auch ein paarmal pro Woche. Bei Z ist es öfter geworden, seit sie mit der Schule fertig ist. Ich mag Schwimmen ja auch – aber genauso gern gehe ich tanzen. Oder ins Kino. Oder esse Müsli zum Abendbrot. Mit anderen Worten, es kann ab und zu Spaß machen, aber ich brauche es nicht wirklich.«

»Macht dich das Meer nicht manchmal nervös, wenn du nach draußen schwimmst?«

»Nein, nicht wirklich. Vielleicht, weil ich es so gewohnt bin, Zeit am und im Wasser zu verbringen? Aber ich kann verstehen, warum es andere Leute nervös macht. Besonders jetzt und hier, wenn fast täglich jemand tot an Land gespült wird.«

Ich vergaß fast zu atmen.

»Aber nun zu einem angenehmeren Thema«, sagte sie gleich darauf mit fröhlicher Stimme. »Zum Beispiel deiner Schwester. Wo steckt sie? Wann kann ich sie treffen? Kann Zara sich von ihr was abgucken?«

Ich öffnete schon den Mund, um zu behaupten, dass Justine zur Sommer-Uni in der Schweiz war oder als Au-pair in Paris arbeitete oder sonst eine harmlose Notlüge, die ihre Abwesenheit für den Rest der Ferien erklären konnte. Aber bevor ich mich für eine Story entscheiden konnte, entdeckte ich Raina, die oben auf der Privattreppe zum Strand stand und den Arm um einen gutaussehenden jungen Mann gelegt hatte.

»Wow. Deine Mutter ist die Demi Moore von Winter Harbor.«

Paige folgte meinem Blick, dann sprang sie auf und winkte. »Stimmt, aber das ist nicht Ashton Kutcher – sondern Jonathan.«

Sie flog regelrecht über den Strand, die steile Steintreppe hoch und Jonathan in die Arme. Währenddessen joggte ich hinterher und dachte an Simon. Am Tag nach unserem Erlebnis in Camp Heroine war er losgefahren, um weitere Nachforschungen anzustellen, und seitdem hatte ich nichts mehr von ihm gehört. Da ich nicht wusste, wann er zurück sein würde, bemühte ich mich, möglichst wenig an ihn zu denken. Leider grübelte ich stattdessen darüber nach, warum mir das so schwerfiel. Andererseits war dieses Thema immer noch besser, als ständig daran zu denken, dass ich ihn vermisste. Was ich nämlich tat. Sehr.

»Hallo, Mrs Marchand«, sagte ich und fühlte mich mit jedem Schritt die Treppe hinauf unsichtbarer. Raina trug ein kurzes rotes Sommerkleid, das ihre langen Beine und goldbraune Haut zur Geltung brachte, und ihr schwarzes Haar fiel ihr in einem lose geflochtenen Zopf über den Rücken. Ich hätte es nicht überraschend gefunden, Jonathan als ihren Liebhaber zu sehen.

»Vanessa«, sagte sie kühl, »bitte nenn mich Miss Marchand. Die Bezeichnung ›Mrs‹ taugt nur für solche bedauernswerten Frauen, die eine Ehe für eine gute Idee halten.«

»So wie ich«, sagte Paige, die immer noch um Jonathans Hals hing. »Vanessa, darf ich dir den besten festen Freund der Welt vorstellen?«

Ich streckte lächelnd die Hand aus, um seine zu schütteln, aber zog sie hastig wieder zurück, weil das glückliche Paar zu knutschen begann, als seien sie allein in einem dunklen Zimmer. Ein Seitenblick auf Raina zeigte mir, dass sie zu meiner Überraschung kein strafendes Stirnrunzeln aufgesetzt hatte. Stattdessen war ihr stolzes Lächeln so umwerfend, dass ich mit einer Hand nach dem Geländer griff.

»Jonathan«, fuhr Paige fort, als sie kurz zwischendurch Luft holte, »ich stelle dir hiermit Vanessa vor, meine neue beste Freundin und Seelenverwandte. Sie hält Zara ordentlich auf Trab.«

»Freut mich, dich kennenzulernen.« Er lächelte, schlang die Arme um Paige und hob sie vom Boden hoch. »Ich habe schon viel von dir gehört.«

So besessen, wie die beiden voneinander waren, konnte ich mir zwar nicht vorstellen, wann sie noch Zeit zum Reden fanden, aber trotzdem musste ich lächeln. Paige und ich wussten vielleicht nicht alles voneinander, doch für die kurze Zeit, die wir uns kannten, waren wir einander sehr nahegekommen. Ich war froh, dass Paige das offenbar genauso sah.

»Jonathan«, sagte Raina, hakte sich bei ihm unter und zog ihn sanft von Paige fort. »Ich habe gehört, du trainierst für den Marathon diesen Herbst? Erzähl mir mehr davon. Anscheinend bist du sportlich ganz schön fit …«

»Ist er nicht großartig?« Paige seufzte, als die beiden wieder nach oben gingen. Wir folgten in einigen Metern Abstand. »Und ich finde es total schnuckelig, dass er und Raina echt ein Herz und eine Seele sind.«

»Ja klar«, sagte ich und schaute zu, wie Raina ihm einen Arm um die Taille legte.

»Wo wir gerade beim Thema Verehrer sind«, meinte Paige, als wir uns dem Hauseingang näherten und Raina mit Jonathan nach drinnen verschwand, »Z hat schon wieder einen neuen. Ich habe mich bisher nur dieses eine Mal verliebt, aber Z legt die Jungs reihenweise flach wie ein Tornado, der sich durch ein Maisfeld arbeitet.«

»Wer ist es denn neuerdings?« Bei Zaras wechselhaftem Temperament war ich nicht sicher, ob ich mir einen harmlos netten Touristen oder einen tätowierten Biker in Lederkluft vorstellen sollte.

»Ich zeige ihn dir, aber wir müssen uns beeilen. Z kommt gleich von ihrer Mittagsschicht zurück.«

Ich folgte ihr nach drinnen. Als wir in Richtung der Treppe gingen, erhaschte ich einen Blick auf Raina und Jonathan in der Küche. Sie goss ihm einen Orangensaft ein, beugte sich über den Tresen und hing regelrecht an seinen Lippen, als sei er der faszinierendste Gesprächspartner der Welt. Dann lachte sie hell, und in meinem Kopf begann es, rhythmisch zu pulsieren. Das Gefühl ließ nach, als ich hinter Paige die Treppe hinaufeilte.

»Wenn Z wüsste, was wir hier anstellen, würde sie uns auf der Stelle umbringen.«

Ich blieb vor Zaras offener Zimmertür stehen. »Dann sollten wir vielleicht darauf verzichten.«

Aber Paige war schon drinnen und öffnete sämtliche Schreibtischschubladen. »Sie wird sich zuerst auf mich stürzen, also bekommst du einen guten Vorsprung.«

»Äh, Paige?« Ich schaute durch die Tür zu, wie sie Papiere durchblätterte und Hefter aufklappte. »Ich will gar keinen Vorsprung. Im Allgemeinen tue ich mein Bestes, lebensgefährliche Situationen zu vermeiden.«

Sie schaute auf ihre Uhr. »Wenn sie sofort nach ihrer Schicht losgefahren ist, haben wir noch mindestens sieben Minuten.«

Nessa …

Ich drehte den Kopf ruckartig nach links. Justine hatte sich angehört, als würde sie direkt neben mir stehen, aber der Flur war leer.

Meine liebe, süße Nessa …

Seit ein paar Tagen hatte ich sie nicht mehr gehört und konnte kaum sagen, ob ich jetzt eher erschrocken oder erleichtert war.

Es ist okay …

»Hab's gefunden!«

Ich zwang mich, vom Flur weg und in Zaras Zimmer zu schauen. Paige saß auf dem Bett und hielt triumphierend zwei Bücher hoch.

Alles wird gut …

Mir war klar, wie verrückt es war, dass mich Justines Worte beruhigten, aber das taten sie trotzdem. Zögernd ging ich durch die Tür, wobei mein Herz mit jedem Schritt lauter zu schlagen begann. Ich machte mich auf die qualvolle Migräne gefasst, die immer sofort aufzutreten schien, wenn ich Zara nahe kam, aber nichts geschah. Als mein Kopf weiterhin klar blieb, schaute ich mich vorsichtig im Raum um, betrachtete die weiße Daunendecke, den schneeweißen, fließenden Vorhangstoff des Himmelbetts, den Nachttisch voller Parfümflakons. Ein weißer Tisch stand vor dem Fenster mit Blick auf das Meer, und auf ihm befand sich eine Glasvase voller Rosen. Paige klopfte einladend auf das Bett, damit ich mich neben sie setzte. »Das ist so typisch. Z sieht sich selbst als diese wahnsinnig schöne, kultivierte, mysteriöse Person … aber in Wirklichkeit? Ist sie nur ein albernes Girlie. Beweisstück A.«

Ich setzte mich und nahm das kleinere der beiden Bücher entgegen. »La vie en rose?«, las ich und fuhr mit dem Daumen über die Schrift, die in den weißen Ledereinband graviert war.

»Ein Leben in Rosa«, sagte Paige. »Schlag es auf.«

Im Garderobenspiegel uns gegenüber blitzte es plötzlich hell auf. »Lieber nicht«, erwiderte ich und gab das Album zurück.

»Du bist hier auf dem Trockenen, weißt du«, meinte sie und nahm es entgegen. »Keine Geschöpfe der Meerestiefe, vor denen man Angst haben müsste.«

»Du hast gesagt, Zara würde uns auf der Stelle umbringen.«

»Schon gut.« Sie hielt das Album hoch, so dass ich auf die Seiten schauen konnte, und blätterte langsam um.

»Sieht für mich aus wie ein Tagebuch.«

»Genau. Aber kein gewöhnliches …« Sie zeigte auf die rechte obere Ecke einer Seite irgendwo in der Mitte des Albums.

»Avril?«

»Das heißt April«, erklärte sie, und ihre silbernen Augen glitzerten. »Das ganze Buch ist in Französisch geschrieben.«

Sie schien das enorm aufregend zu finden, aber ich verstand nicht recht, warum. »Ja, und?«

»Z hatte in der Schule nur Spanisch. Genau wie ich.«

Ich kapierte es immer noch nicht, und die Zeit lief uns davon. »Sie hat sich also noch eine zweite Sprache beigebracht. Vielleicht mit Lern-CDs oder einem Internetkurs.«

»Ja, schon gut. Aber der Punkt ist, dass sie ihre Gefühle und Gedanken in der elegantesten, kultiviertesten, romantischsten Sprache der Welt niederschreibt. Weil sie sich nämlich selbst so sieht oder zumindest so sein möchte: elegant, kultiviert und von allen angebetet.«

»Okay«, sagte ich, obwohl Zara ihr Tagebuch wohl eher deshalb in romantischem Französisch schrieb, damit ihre kleine Schwester es beim neugierigen Herumstöbern nicht lesen konnte.

»Leider habe ich es noch nie lange genug in der Hand gehabt, um etwas übersetzen zu können. Aber das war auch nicht nötig, denn stattdessen habe ich etwas viel Besseres gefunden.«

Das zweite Buch war deutlich größer und hatte einen Umschlag aus pinkfarbenem Patchwork, der mit zierlicher weißer Spitze eingefasst war. In der Mitte war eine durchsichtige Fototasche eingelassen, und darin befand sich ein Bild von Zara, die auf den Klippen beim Haus stand, so dass sich das weite Meer hinter ihr ausbreitete. Sie trug ein langes weißes Sommerkleid, ihr schwarzes Haar flatterte im Wind.

»Sie ist wirklich wunderschön«, sagte ich. Nur ein Blinder hätte das leugnen können, auch wenn sie ansonsten fies und launisch war und mich ohne erkennbaren Grund hasste.

»Schau es dir näher an«, forderte Paige eifrig und schlug die erste Seite auf.

»Ist das ein Scrapbook?«

»Hast du selbst keins?«

Ich schüttelte den Kopf. Mom versuchte schon seit Jahren, mich zu überzeugen, dass ich mir eins zulegen sollte. Aber ich fand, dass ich eigentlich nichts getan oder erlebt hatte, was erinnerungswürdig genug war. Ganz im Gegensatz zu Justine – sie hatte gleich zwei dicke Alben im Scrapbook-Stil, die überquollen vor Tickets, Skipässen, Urkunden und Auszeichnungen.

»Zugegeben, das ist eigentlich ein lahmes Hobby, aber Spaß macht es trotzdem«, fuhr Paige fort. »In meinem Scrapbook habe ich die üblichen Sachen – Kinotickets, Geburtstagskarten, Einträge von meinen Freunden. Aber Z hat da einen radikal anderen Ansatz.«

Auf der ersten Seite befand sich eine Collage aus Fotos, die Zara selbst zeigten. Das hatte Justine ähnlich gemacht, obwohl auf ihren Fotos auch andere Personen zu sehen gewesen waren. Doch ab der zweiten Seite wurde klar, dass Zara tatsächlich eine ungewöhnliche Vorstellung davon hatte, wofür Scrapbooking gut war.

»Wow, das ist eine Menge Haar.«

»Xavier Cooper«, sagte Paige. »Und er hatte zwar eine ziemliche Mähne, aber so extrem sieht es nur aus, weil das Foto nun mal riesig ist.«

»Wieso hat sie es so groß abziehen lassen?« Das Porträt füllte die ganze Seite und machte mich irgendwie nervös. Es sah fast aus, als würde Xaviers Kopf leibhaftig hier in Paiges Schoß liegen.

»Weil, meine liebe Vanessa, dieser Junge die Ehre hatte, mit Zara Marchand auszugehen. Wenn du so nah an wahre Größe herangeommen bist und sie vielleicht sogar für kurze Zeit dein Eigen nennen konntest, dann hat dein Gesicht eine volle Seite verdient.«

»Wow.«

»Allerdings. Xavier und Zara hatten vor zwei Jahren einen Sommerflirt. Laut allgemeiner Schätzungen hat das gerade mal drei Wochen gedauert. Er ist zwischen den Restaurantschichten aufgetaucht, ist ihr regelrecht nachgelaufen, und gerade als es so aussah, als würden sie tatsächlich ein Paar werden, hat sie ihn fallen lassen. Ihn total geschnitten. Der arme Junge ist hinter ihr hergedackelt, hat sie gefragt, ob alles okay ist und ob sie nach der Arbeit mit ihm ausgeht, aber sie hat kein einziges Wort gesagt. Glücklicherweise ist seine Familie nur dieses eine Mal in den Sommerferien hergekommen. Ein schnelles, endgültiges Lebewohl ist das Beste, worauf man hoffen kann, wenn einem das Herz in eine Million kleine Stücke zertrampelt wurde.«

»Und der Typ hat trotzdem eine ganze Seite in ihrem Scrapbook verdient? Dabei war ihr die Sache doch nie besonders ernst, oder?«

»Ja, das dachten wir auch.« Paige blätterte eine Seite weiter. »Aber da haben wir uns wohl geirrt.«

»Eddies Eisdiele?« Zwar waren die Farben bereits verblasst, aber trotzdem erkannte ich sofort das typische Einwickelpapier für Eddies Eiswaffeln.

»Wo alles begann …«, las Paige die handgeschriebene Notiz darunter. »20. Mai. Habe heute Xavier gesehen. Er jobbt im Laden. Ich habe einen Schoko-Milchshake bestellt und entschieden, dass er derjenige ist, auf den ich immer gewartet habe.«

»Lieber Himmel.«

»Kitschiger geht's nicht, was? Aber wenn es schon am 20. Mai angefangen hat, dann war das zwei Monate bevor irgendjemand von uns etwas gemerkt hat. Und schau mal hier – ein Grashalm von ihrem Spaziergang im Park. Eine Rechnung von dem Café, wo sie das erste Mal Händchen gehalten haben. Die leere Packung Pfefferminzbonbons, mit der Zara ihren Atem für den ersten Kuss aufgefrischt hat. Hier kleben die seltsamsten Souvenirs von fast jedem Tag zwischen dem 20. Mai und dem Zeitpunkt, wo uns im Restaurant zum ersten Mal etwas aufgefallen ist.« Sie blätterte noch ein bisschen weiter. »Und schau dir das an. Eine Postkarte auf der von Xavier geschrieben steht –«

»Ich liebe dich für immer und ewig …«

»Er liebt sie. Für immer und ewig. Und nur eine Woche nachdem er ihr das sagt, schaut sie ihn nicht mehr mit dem Hintern an.«

»Heftig.«

»Damit kommen wir zum Höhepunkt dieser abgedrehten Girlie-Romanze.« Sie zeigte auf einen klein geschriebenen Eintrag unter der Postkarte.

»Anfang: 20. Mai. Ende: 12. August. Gesamtdauer: 84 Tage.«

»Sie hat die Tage zwischen dem Eiswaffelpapier und der Karte durchgezählt und die Zahl notiert wie eine Art Grabinschrift. Wer macht so was?« Paige blätterte weiter. »Und genauso sieht es dann bei jedem weiteren Verehrer aus.

Porträtfoto, seltsame Souvenirs, eine Liebeserklärung und – peng! – Schluss mit den Dates. Game over.«

Es wirkte tatsächlich wie ein Spiel und kam mir selbst für Zara ziemlich fies vor.

»Nichts ändert sich, bis auf die Namen der Typen und die Dauer der Beziehung. Aber je weiter man blättert, desto weniger Sinn ergibt es, was für Jungs sie sich aussucht. Xavier war noch nachvollziehbar. Er war älter als sie, beliebt bei den Sommerparty-Kids und einfach süß. Aber dieser Typ hier?« Sie schlug Max Hawkins auf, der sich weiter hinten im Album befand. Er sah ein ganzes Stück älter aus als Xavier, hatte drei Ringe durch die Unterlippe gepierct und konnte sich kaum aufraffen, die Augenlider zu heben. »Abgesehen davon, dass er nicht Zaras Typ ist, gehört er zu der Sorte, die sich normalerweise über Girlies wie sie lustig macht. Am Ende hat er ihr eine Liebeserklärung mit Edding auf ein CD-Cover geschrieben. Ihre Beziehung – oder wie man es sonst nennen soll – begann am 25. August und endete am 12. September. Also hat sie genau neunzehn Tage gedauert.«

Ich dachte, dass das immerhin neunzehn Tage mehr waren als jede Beziehung, die ich bisher gehabt hatte, doch in diesem Moment begann sich in meiner linken Schläfe ein warnender Spannungsschmerz aufzubauen. »Ich glaube, Zara ist nach Hause gekommen.«

»Ehrlich?« Paige schaute auf ihre Uhr.

»Ich bin ziemlich sicher, dass unten eine Autotür zugeschlagen wurde.« Mühsam kämpfte ich gegen den Drang, mir die Finger in die Stirn zu bohren, wo der Druck ständig wuchs. Erleichtert sah ich, dass Paige das Buch zuklappte und zu einem Flurfenster rannte, um hinauszuschauen.

»Game over!«, rief sie und kam zurück ins Zimmer gerast. Ihre Silberaugen glitzerten vor Aufregung, weil sie so knapp der Entdeckung entgangen war. Hastig stopfte sie das Tagebuch zurück in die Schublade und das pinkfarbene Scrapbook oben auf ein weißes Bücherregal. »Sie war gerade dabei, aus dem Auto zu steigen.«

Paige schnappte sich meine Hand und zog mich zur Tür. Eigentlich konnte ich gar nicht schnell genug aus dem Raum kommen, aber als Paige den Flur erreichte, blieb ich abrupt stehen.

»Was?«, fragte sie und schaute mich an. »Was ist los?«

Ich stand noch immer in Zaras Zimmer. Mit angehaltenem Atem schaute ich langsam zurück über die Schulter. An den drei Wänden, wo sich keine deckenhohen Fenster mit Blick aufs Meer befanden, hingen stattdessen deckenhohe Spiegel. Das hatte ich vorher nicht bemerkt, weil sie mit schneeweißen Gardinen verhängt waren. Die Vorhänge hatten sich nicht gerührt, solange Paige und ich auf dem Bett saßen, aber nun schwebten sie wie von einem Luftzug bewegt empor, obwohl die Fenster noch immer geschlossen waren. In der Tiefe funkelten grelle silberne Lichter auf, als würden vor jeder Spiegelwand tausend Paparazzi stehen und gleichzeitig ihre Blitzlichter losgehen lassen.

»Paige!«

Zaras Stimme ertönte von unten, und der Druck in meinem Kopf schien zu explodieren, aber ich fühlte den Schmerz kaum.

»Wenn du nachher Louis siehst, kannst du ihm ein paar sehr deutliche Worte von mir ausrichten!«

Paige drückte kurz meine Hand. Falls sie die Lichter ebenfalls sah, ließ sie sich nichts anmerken. »Ich gehe nach unten und versuche, das Ungeheuer zu zähmen. Wir treffen uns gleich in meinem Zimmer.«

Ich folgte Paige, die auf die Treppe zurannte, aber als sie halb unten war, drehte ich mich noch einmal um. Obwohl wir die Tür von Zaras Tür hinter uns geschlossen hatten, glühte der lavendelfarbene Flurteppich regelrecht von dem gleißenden Licht, das unten durch die Ritze strömte.

Du findest ihn nur, wenn er das will …

Ich stand vor der geschlossenen Tür, und das Herz hämmerte mir gegen die Rippen. Nichts wollte ich weniger, als noch einmal Zaras Zimmer betreten, aber mein Körper schien sich trotzdem in diese Richtung zu bewegen, ohne erst mein Gehirn um Erlaubnis zu fragen. Irgendetwas zog mich dorthin zurück. Eine mächtige Kraft, der es egal war, ob Zara mich entdeckte.

»Das Licht kommt nur von einer Discokugel«, flüsterte ich und legte eine Hand auf den Türknauf. »Nur eine Discokugel, in der sich die Sonne bricht.«

Ich musste die Augen schließen und sie mit beiden Armen schützen, kaum dass ich die Tür geöffnet hatte. Der ganze Raum war von einer blendenden silbernen Lichtwolke erfüllt. Mein Herz sprang mir fast aus der Brust, während ich abwartete, und nach ein paar Sekunden schien die Wolke ein wenig zu verblassen. Ich öffnete vorsichtig die Augen. Nun konnte ich immerhin in das Zimmer blicken, ohne vor Schmerz zusammenzuzucken, also trat ich ein.

Die Vorhänge schwebten einladend empor, während ich mich durch den glitzernden Nebel bewegte. In den Spiegeln tanzten noch immer die funkelnden Lichtpunkte, aber sie waren jetzt kleiner und weniger grell, als seien die tausend Paparazzi von einer Million Glühwürmchen ersetzt worden.

Nur ein Lichtstrahl durchschnitt fast noch heller als zuvor den Nebel und lenkte meinen Blick wie ein Leuchtfeuer in Richtung des oberen weißen Bücherregals.

Es ist okay, Nessa … Alles wird gut … Ich bin bei dir …

»Ich weiß nicht, was ich hier mache«, flüsterte ich mit gebrochener Stimme. »Ich verstehe nicht, was ich tun soll.«

Während ich mich auf das Regal zubewegte, schrie mein Verstand, dass ich die Finger davonlassen sollte. Mein Gehirn befahl mir, sofort kehrtzumachen und nicht nur aus dem Zimmer, sondern aus dem Haus zu verschwinden. Aber meine Füße setzten ihren Weg fort. Sie blieben nicht stehen, bis ich direkt vor dem Regal stand, eingehüllt in silbernes Licht.

Er will, dass man ihn findet … aber er ist vom Licht geblendet …

Meine Hände zitterten, als ich die Arme zum Regal hochstreckte. Ich erwartete das Schlimmste, sowie meine Finger den Spitzenstoff berührten: einen stechenden Schmerz, verbrannte Handflächen, oder vielleicht würde ich als Pfütze auf dem Fußboden enden. Aber nichts dergleichen geschah, stattdessen wurden meine Hände ruhiger, und ich konnte das Scrapbook vom Regal ziehen. Ich hielt es auf einen Arm gestützt, während ich es durchblätterte. Nach Xavier Cooper kamen Alex Smith, John Martinson, Trevor Klemp, Zach Holbrook, Eric Park, Max Hawkins und mindestens ein Dutzend andere Jungs, denen Zara erst die große Liebe vorgespielt und die sie dann fallengelassen hatte. Ich blätterte, bis ich das allerletzte Porträtfoto erreichte, und dann sank ich inmitten der Lichtwolke auf die Knie.

»Caleb Carmichael«, sagte ich fast unhörbar.

Er wirkte jünger als beim letzten Mal, als ich ihn oben auf den Klippen gesehen hatte. Also nahm ich an, dass dieses Schulporträt vom vorigen Jahr stammte. Er lächelte. Er wirkte glücklich. Mir wurde ganz flau im Magen vor Mitleid mit diesem jungen, fröhlichen Caleb, der keine Ahnung hatte, was einige Monate später auf ihn wartete.

Hör nicht auf, Nessa … Du darfst jetzt nicht aufhören …

Ich zwang mich, die Seite umzublättern, auch wenn ich gar nicht sehen wollte, was folgte. Bei ihrer Sammlung potentieller Verehrer hatte Zara am Ende jedes Mal vollen Erfolg gehabt. Wenn sie sich Caleb als Ziel ausgesucht hatte, verzichtete ich gern auf die Einzelheiten. Zwar war es möglich, dass seine Beziehung zu Justine erst hinterher ernst geworden war, aber trotzdem wollte ich wirklich nicht wissen, was Zara mit ihm unternommen hatte oder wie lange sie gebraucht hatte, um ihn zu umgarnen. Ich wollte keinen Beweis dafür sehen, dass er für ein anderes Mädchen das Gleiche empfunden hatte wie für Justine.

»1. Mai«, las ich laut. Das Anfangsdatum war mit pinkfarbener Tinte unter eine Papierserviette geschrieben, die in der Mitte einen marineblauen Anker und am oberen Rand die Aufschrift *Lighthouse Wellness Resort* trug. Unter dem Datum stand nur ein einziges Wort.

Bingo.

»Mir ist egal, wie du es machst, Hauptsache, du kriegst es auf die Reihe!«

Zaras Stimme klang näher. Hastig blätterte ich weiter und stellte überrascht und erleichtert fest, dass die folgenden Seiten leer waren. Obwohl sie sich Caleb laut Scrapbook als letztes Zielobjekt ausgesucht hatte, war die Serviette das einzige Souvenir, das ihn mit Zara in Zusammenhang brachte.

Geh jetzt, Nessa … schnell …

Ich klappte das Buch zu, sprang auf die Füße und stellte es wieder an seinen Platz auf dem Regal. Das Silberlicht war verschwunden, die schneeweißen Gardinen hingen reglos vor den leeren Spiegelwänden. Meine verschiedenen Körperteile schienen wieder zusammenzuarbeiten, und als mein Gehirn den Befehl zum Losrennen gab, gehorchten meine Füße. Ich raste aus dem Raum, schloss die Tür hinter mir und hatte das andere Ende des Flurs erreicht, als Zara die Treppe heraufgestampft kam.

Leider wusste ich nicht genau, welches Zimmer Paige gehörte. Da ich Angst hatte, das falsche zu erwischen, erstarrte ich hinter einer Topfpflanze. Ich wagte kaum zu atmen, als Zara oben auf der Treppe ankam, und eine neue Schmerzattacke bohrte sich durch meinen Schädel. Zara blieb ruckartig stehen und neigte den Kopf zur Seite, als würde sie auf etwas lauschen. Glücklicherweise hatte sie mir den Rücken zugedreht. Als sie tatsächlich nicht geradewegs in ihr Zimmer ging, sondern nach rechts umschwenkte, flüchtete ich mich schnell in den nächstgelegenen Raum und zog die Tür hinter mir zu.

»Hörst du das auch?«

Ich drehte mich langsam um. Grandma Betty saß auf ihrem Sofa und hatte mir das Gesicht zugewandt. Sie hielt eine Nadel in der einen Hand und ein halbfertig gesticktes Bild in der anderen, aber ihre Finger bewegten sich nicht. Mit einem Lächeln starrte sie auf die leere Luft über meinem Kopf.

»Sie redet mit dir.«

Ich schluckte. »Wer?«, fragte ich so leise, dass ich kaum wusste, ob ich die Frage überhaupt ausgesprochen hatte. Ich trat weiter von der Tür weg, als könne Zara mir weniger tun, je näher ich ihrer Großmutter war. Die Super-Seniorin mit übernatürlichen Kräften hatte offenbar gehört, dass Zara im Korridor meinen Namen nannte. Bestimmt hörte sie nun auch Zaras Atem, ihre vom Teppich gedämpften, näher kommenden Schritte, fühlte ihre Wut über meine Anwesenheit und wusste, dass gleich etwas ganz, ganz Schlimmes passieren würde.

Grandma Bettys milchige Augen wanderten langsam von dem Punkt über meinem Kopf nach unten, bis sie mich direkt anblickten.

»Sie redet mit dir, Vanessa«, sagte sie. »Deine Schwester. Justine.«

Kapitel 12

Letzte Nacht wurden die Leichen von William O'Sell und Donald Jeffries, angespült auf den Felsen von Beacon Beach, entdeckt, einem besonders bei Wellenreitern beliebten Strand zehn Meilen von Winter Harbor. Vermutlich befanden sie sich mehrere Tage dort, bis sie gefunden und die zuständigen Stellen informiert wurden.«

Ich hatte Dads Volvo auf dem Parkplatz abgestellt und betrachtete zwei kleine Mädchen, die mit ihrer Mutter auf einen Range Rover zueilten.

»Das habe ich in der *Boston Globe* gelesen, Vanessa! Bei euch sterben Leute wie die Fliegen, und ich muss erst darauf warten, dass eine Zeitung in Boston die Story bringt, um es zu erfahren? Wieso hast du mir nichts erzählt?«

Die Mädchen trugen aufeinander abgestimmte gelbe Sommerkleider und hielten Bilderbücher in den Händen. Vor zehn Jahren hätten das Justine und ich sein können. Der Gedanke drehte mir den Magen um.

»Ich hoffe, du verbringst nicht so viel Zeit mit Simon, dass du von der Welt um dich herum nichts mehr mitbekommst. Ich werde nicht zulassen, dass jetzt der nächste Carmichael eine meiner Töchter in Gefahr bringt, ist das klar?«

»Mom, mir geht es gut.« Ich schaute von den Mädchen weg und umklammerte den Türgriff. »Die Todesfälle hatten alle mit dem Meer zu tun. Und du weißt doch, dass ich nicht ins Wasser gehe.«

»Deine Schwester ist auch nicht von Klippen gesprungen, bevor sie sich mit Caleb eingelassen hat.«

»Sag mal, ist Dad da? Mit der Küchenspüle stimmt was nicht, und ich wollte ihn fragen –«

»Das letzte Mal, als ich deinem Vater das Telefon überlassen habe, hast du ihn benutzt, damit er mir Ausreden auftischt. Du kannst mit ihm sprechen, wenn wir beide fertig sind.«

Ich runzelte die Stirn. Auf der einen Seite wollte ich wirklich unbedingt mit Big Papa reden. Ich brauchte jemanden, dem ich alles erzählen und beichten konnte, dass ich noch nie in meinem Leben so viel Angst gehabt hatte wie jetzt. Big Papa war der Einzige, der mir dafür einfiel. Andererseits würde ich keine weiteren zwanzig Minuten mit Mom durchstehen. Und außerdem wartete Simon auf mich.

»Schon gut, ich muss jetzt auflegen. Ich rufe dich später zurück.« Bevor sie widersprechen konnte, drückte ich den Aus-Knopf, stellte das Handy stumm und eilte in die Stadtbücherei von Winter Harbor.

»Vanessa, es tut mir so leid«, sagte Simon, als ich das Kellerarchiv erreicht hatte.

Er stand auf und umarmte mich kurz. »Mir war nicht klar, dass ich gleich mehrere Tage wegbleiben würde. Wie geht es dir? Ist alles okay?«

»Mir geht es gut«, erwiderte ich und spürte meine Arme von seiner Berührung kribbeln, obwohl er mich schon wieder losgelassen hatte. »Oder jedenfalls besser.«

Er schaute zu Boden, und ich erhaschte einen flüchtigen Gesichtsausdruck, den ich in dem dämmrigen Kellerlicht nicht deuten konnte.

»Wie bist du mit deinen Recherchen vorangekommen?«, erkundigte ich mich. »Hast du Antworten gefunden?«

»Ja, das habe ich tatsächlich.« Er zog mir einen Metallklappstuhl heran, bevor er sich selbst wieder setzte. »Wie viele Unwetter gab es hier, während ich weg war?«

»Vier.« Darüber musste ich nicht lange nachdenken. Inzwischen hatten wir mindestens einmal pro Tag einen Sturm, der die Sonne verfinsterte.

»Und weißt du, wie viele Unwetter es in Ashville gab? Oder in Gouldsboro und Corea?«

»Vier?«, riet ich.

Er schaute mich an. »Kein einziges.«

»Aber diese Orte sind gleich in der Nachbarschaft.«

»Überall in einem Umkreis von hundert Meilen war es durchgehend sonnig bei einer konstanten Tagestemperatur von ungefähr einundzwanzig Grad.«

Mein Blick wanderte über unzählige Temperatur- und Wettertabellen in dem Notizheft, das er mir entgegenhielt. »Ich kapiere das nicht. Zwar ziehen die Gewitter meistens schnell wieder ab, aber sie sind riesig. Wie ist es möglich, dass sie nirgendwo sonst auftauchen?«

»Keine Ahnung.« Er klappte das Heft zu. »Ich weiß nur, dass die Stürme regelmäßig über Winter Harbor auftauchen und verschwinden – und dass kein anderer Ort betroffen ist.«

»Aber sollte das nicht, na ja, wissenschaftlich unmöglich sein?«

»Unmöglich zwar nicht, jedoch extrem unwahrscheinlich. Und leider ist das Wetter nicht das einzige Rätsel, mit dem wir uns herumschlagen müssen.« Er zog einen dicken schwarzen Aktenordner zu sich heran, schlug ihn auf und begann, darin zu blättern. »Ich wollte das damals nicht erwähnen, weil ich fand, für einen Tag hatten wir schon genug durchgemacht, aber an der Küste bei Camp Heroine haben die Cops von ›den vielen anderen‹ geredet.«

Ich runzelte die Stirn. Simon hatte in Camp Heroine darauf bestanden, dass ich im Kombi sitzen blieb und nicht an den Fundort zurückkehrte, während er die Polizei zum Strand führte. Das hieß, er hatte sich vier Tage lang allein damit herumgeschlagen, was er von ihrem Gespräch aufgeschnappt hatte.

»Zuerst nahm ich an, dass sie von den anderen Todesfällen in den letzten Wochen sprachen«, fuhr Simon fort. »Aber dann fingen sie an, mit Daten um sich zu werfen: Juni 1970. August 1975. September 1983. Mai 1987. August 1989. Ich habe sie gefragt, worüber sie reden. Sie haben gesagt, dass es zwar noch nie eine solche Häufung von Unglücksfällen gab, aber anscheinend sind im Laufe der Jahre immer wieder Leute bei Gewitterstürmen umgekommen.«

»Ich kann mich nicht erinnern, davon schon mal gehört zu haben.«

»Nein, ich auch nicht. In den alten Ausgaben des *Winter Harbor Herald* steht auch nichts über tödliche Unwetter.« Er drehte den Aktenordner herum und schob ihn mir zu. »Aber dafür habe ich das hier gefunden.«

»Orin Wilkinson, 25 J., geliebter Sohn und Bruder, starb bei einem Unfall mit seinem Ruderboot in der Nähe des Yachthafens von Winter Harbor. Seine Eltern sagten, er sei beim Angeln immer am glücklichsten gewesen und dass er noch im Tod gelächelt habe.«

»Das war im Mai 1987.« Er schob mir einen anderen Ordner zu. »Dieser Artikel ist vom Juni 1992.«

»Jack Fleischman, 29 J., wurde ertrunken am Long Wharf entdeckt. Er lag auf seinem Surfboard und grinste von einem Ohr zum anderen.«

»Mai 1998.«

»Die Leiche von Vincent Crew, 22 J., wurde in der Nähe von Beacon Beach gefunden. Der junge Mann hatte noch immer seine Wasserski angeschnallt und ein erstarrtes Lächeln auf dem Gesicht.«

»Juli 2003.«

»Lucas Fink, 31 J., war am Tag seines Todes vom Ashawagh Pier zum Gerätetauchen aufgebrochen. Die Küstenwache fand ihn vor der Küste treibend. Es heißt, er habe von seinen letzten Erlebnissen in der Meerestiefe noch immer ein Lächeln auf dem Gesicht gehabt.« Ich schaute zu Simon auf und sah, dass er mich ebenfalls eingehend betrachtete.

»All diese Opfer haben im Tod gelächelt.«

»Genau wie Tom Connelly«, sagte ich. So hatte der Mann geheißen, dessen Leiche wir entdeckt hatten. Zwar hatte ich den betreffenden Artikel im *Herald* nicht gelesen, aber der groß gedruckte Name auf dem Titelblatt war kaum zu übersehen gewesen.

Simon zog einen weiteren Aktenordner aus einem Stapel auf dem Fußboden. »Dieser Todesfall ist nur ein Jahr her und gibt mir deshalb vermutlich am meisten zu denken.«

Ich erkannte die drei durch die Unterlippe gepiercten Ringe auf den ersten Blick.

»Max Hawkins, 23 J., verbrachte seine Freizeit am liebsten mit Musik, Filmen und Mountainbiking. Man fand ihn angeschwemmt am Hafen bei *Bettys Fischerhaus*. Er lächelte noch im Tode, als habe er dort gerade eine Portion der berühmten Hummersuppe genossen.« Simon schaute mich an. »Caleb und ich haben ihn öfter getroffen, wenn wir an der Marina angeln waren, und uns mit ihm unterhalten. Er war nicht gerade ein Sonnyboy und hat grundsätzlich nicht gelächelt. Kein einziges Mal.«

»Simon …« Mir rauschte das Blut in den Ohren, als ich auf das gleiche Foto starrte, das ich erst vor zwei Tagen gesehen hatte. »Neulich hast du gesagt, es sei kaum möglich, Zara Marchand nicht zu kennen. Was hast du damit gemeint?«

Er lehnte sich zurück, offenbar überrascht von meiner Frage. »Na ja, vermutlich wollte ich sagen, Zara lässt es nicht zu, dass man sie vergisst.«

»Wie?«, bohrte ich nach. »Was macht sie so unvergesslich?« Er runzelte die Stirn und schien sich zu fragen, warum ich das wissen wollte, noch dazu gerade jetzt. »Okay, vor allem ist sie umwerfend schön.«

Ich war dankbar für das schwache Licht im Kellerarchiv, denn so konnte er nicht sehen, wie mein Gesicht rot anlief. Schnell senkte ich den Blick und betrachtete wieder das Foto von Max.

»Aber ihre Schönheit ist irgendwie irritierend und unbehaglich. Ungefähr so, als wenn man in einem Kunstmuseum die Bilder betrachtet und fast ein schlechtes Gewissen hat, weil die Museumswächter einen die ganze Zeit nicht aus den Augen lassen. Außerdem ist sich Zara sehr bewusst, wie toll sie aussieht. Sie nutzt das hemmungslos aus, um zu bekommen, was sie will.«

»Und was will sie?«

»Vor allem Aufmerksamkeit, würde ich sagen.«

In diesem Moment blieb mein Blick an dem Todesdatum hängen.

13. September. Nur ein einziger Tag nachdem Zara mit ihm Schluss gemacht hatte.

»Kennst du zufällig einen Xavier Cooper?«, fragte ich zögernd. »Oder Trevor Klemp? Eric Parks?«

»Nicht dass ich wüsste.« Er beugte sich vor. »Was ist los, Vanessa?«

»Nichts. Bestimmt bilde ich mir das nur ein.«

»Du redest hier mit Simon Carmichael, dem allseits bekannten Wissenschafts-Freak.« Er sah mir in die Augen. »Jede These ist es wert, genauer untersucht zu werden – selbst wenn man sie am Ende verwirft.«

Stimmte das tatsächlich? Oder würde er meine vagen Schlussfolgerungen doch für lächerlich halten? Vielleicht für einen Anfall von extrem übertriebener Eifersucht?

»Zara hat sich ein Scrapbook gebastelt«, sagte ich schnell, bevor ich meine Meinung ändern konnte. »Darin sind all ihre Eroberungen dokumentiert. Bei jeder neuen Romanze schreibt sie das Anfangs- und Enddatum auf und behält Souvenirs von ihren Dates: Servietten, Grashalme, Kaugummipackungen und ähnlichen Kram.«

»Ich hätte sie nicht gerade für einen sentimentalen Typ gehalten.«

»Ist sie auch nicht«, erklärte ich. »Sie wartet immer so lange, bis sie eine Liebeserklärung bekommen hat, dann schickt sie den Typ in die Wüste.«

»Ein nie endendes Katz-und-Maus-Spiel?«

»So was in der Art.«

»Okay ... das ist zwar neu für mich, aber nicht besonders überraschend. Was hat es mit denen hier zu tun?« Er nickte in Richtung der Zeitungsartikel.

»Xavier Cooper war ihr erster fester Freund. Die beiden sind im Mai zusammengekommen und haben sich im August getrennt, nachdem er ihr am Tag 83 eine Postkarte mit einer Liebeserklärung geschenkt hat. Danach hat sie schlagartig aufgehört, mit ihm zu reden.«

»Ungefähr ab Mitte August ist er auch nicht mehr an der Marina aufgetaucht«, sagte Simon nachdenklich.

»Trevor Klemp und Eric Parks waren weitere Eroberungen von ihr.« Ich legte eine Pause ein. »Genau wie Max Hawkins.«

Er schaute auf das verblichene Bild im *Herald*.

»Die beiden waren neunzehn Tage zusammen. Am 12. September hat er ihr gesagt, dass er sie liebt.«

Er folgte meinem Blick zu dem Todesdatum unter dem

Foto. »Und am 13. September wurde sein angeschwemmter Körper bei *Bettys Fischerhaus* gefunden.«

»Ich will damit nicht behaupten, dass sie ihre Anbeter in den Selbstmord getrieben hat …« Ich schüttelte den Kopf. »Vielleicht will ich das doch behaupten. Ich weiß auch nicht. Aber jedenfalls ist Max tot. Xavier ist verschwunden. Vielleicht sind auch Trevor und Eric nicht mehr da. Und als Max gefunden wurde, hat er im Tod gelächelt …«

»Genau wie Tom Connelly.«

»Und vielleicht auch all die anderen?«

»Aber was ist mit Orin Wilkinson?«, fragte er. »Oder Vincent Crew? Mit all den Leuten, die bereits in den Achtzigern und frühen Neunzigern gestorben sind, als Zara noch gar nicht geboren war?«

»Das weiß ich auch nicht so genau.«

Seine Hand schwebte einen Moment über meiner, bevor er sie ein paar Zentimeter entfernt auf den Tisch legte. »Und was ist mit Justine?«, fragte er mit leiser Stimme. »Sie war bei dieser Unglücksserie die Erste, die gefunden wurde.«

Ich konzentrierte mich auf seine Hand, auf die säuberlich geschnittenen Nägel und die an den Knöcheln etwas dicker werdenden Finger.

»Du warst dabei, oder? Du hast ihren Körper gesehen?«

»Sie hat nicht gelächelt«, beantwortete ich die nächste Frage, bevor er sie stellen konnte.

Er lehnte sich auf dem Stuhl zurück. »Ich will nicht ausschließen, dass Zara mit der Sache zu tun hat. Das Scrapbook ist ein interessantes Beweisstück, und sie ist ohne Zweifel fähig zu tun, was immer sie sich in den Kopf setzt. Aber da sind auch noch die Stürme, die Gezeiten, die verrückten Wetterbedingungen –«

»Caleb war auch drin.«

»Was?«

»Caleb war in ihrem Scrapbook der letzte Eintrag. Der Einzige ohne Schlussdatum.«

»Aber Caleb kann Zara nicht leiden. Außerdem war er völlig verrückt nach Justine.«

Am liebsten hätte ich nicht weitergesprochen. Schließlich wollte ich selbst nicht, dass an einer Beziehung zwischen Caleb und Zara etwas dran war. Aber es ließ sich nicht leugnen, dass wir über unsere Geschwister weniger gut Bescheid wussten, als wir immer gedacht hatten. »Justine hat keine Bewerbung nach Dartmouth geschickt«, erinnerte ich ihn deshalb.

Simon starrte mich an, und sein Blick huschte hin und her, während er dieses weitere unlogische Puzzlestück zu verarbeiten versuchte. Der Raum war so still, dass ich das Summen der Glühbirne hörte, die als einzige Lichtquelle über uns baumelte.

Wir zuckten beide zusammen, als Simons Handy klingelte und gleichzeitig vibrierend über den Metalltisch hüpfte.

»Hallo«, meldete Simon sich. Er stand auf und ging zu dem schmalen Kellerfenster, das sich weit oben an der gegenüberliegenden Wand befand. »Caleb?«

Ich hatte mich wieder Max Hawkins' Nachruf zugewandt, aber nun blickte ich hoch.

»Caleb, wenn du das bist … leg nicht auf. Ich kümmere mich um einen besseren Empfang.« Er deutete auffordernd nach oben, damit ich ihm folgte, und verschwand die Treppe hinauf.

Selten hatte ich mir mehr gewünscht, aus einem dunklen Keller herauszukommen. Ich klappte die Aktenordner zu, schnappte mir Simons Rucksack und rannte los. Erst als ich bereits die halbe Bücherei durchquert hatte, bemerkte ich die Bibliothekarin am Empfangstresen und verlangsamte meinen Sprint zu einem Gehschritt.

»Tut mir leid«, sagte sie gerade zu einem Mann, »aber Sie haben bereits fünf Bücher ausgeliehen. Sobald Sie sie zurückbringen, können Sie sich neue mitnehmen.«

»Aber … Sie verstehen nicht … ich brauche diese Bücher. Genau wie die fünf, die ich bereits habe.«

»Tut mir wirklich leid. Aber Sie kennen die Regeln, Oliver.«

Wie angewurzelt blieb ich stehen. Ich hatte seine Stimme nicht erkannt, weil ich sie nie gehört hatte – in *Bettys Fischerhaus* sprach Oliver grundsätzlich kein Wort. Jeder ging davon aus, dass er sturköpfig und vom Alter schwerhörig war. Aber nun schien er die Bibliothekarin perfekt zu verstehen.

Durch die Eingangstür sah ich Simon auf dem Parkplatz stehen und immer noch ins Handy sprechen. Bestimmt konnte es nicht schaden, ihn eine Weile allein mit seinem Bruder reden zu lassen. Also huschte ich zwischen zwei hohe Regalwände und eilte in dem Gang nach vorn. Als ich am anderen Ende angekommen war, befand sich Oliver nur ein paar Meter entfernt. Ich spähte zwischen den Büchern hindurch und stellte fest, dass er sein Hörgerät gar nicht trug.

»Natürlich kenne ich die Regeln«, sagte er. »Schließlich haben sie sich in den siebzig Jahren, die ich hier lebe, nicht verändert. Aber ich hatte gehofft, Sie würden eine Ausnahme für mich machen.«

»Das letzte Mal, als ich das gemacht habe, sind Ihnen drei Bücher verlorengegangen, und den Rest haben Sie mit einem halben Jahr Verspätung zurückgebracht. Außerdem will ich gar nicht erst anfangen, die Regeln zu brechen, denn sonst müsste ich das für alle anderen auch tun.«

Ich duckte mich, als Oliver sich demonstrativ in beide Richtungen umschaute. »Mary, ich möchte Sie ja nicht kränken«, sagte er und drehte sich wieder zur Bibliothekarin um, »aber wie an fast allen Tagen bin ich auch heute der einzige Kunde. Also würde vermutlich niemand davon erfahren.«

»Oliver, bitte. Die Regeln sind nun einmal die Re–«

»Merken Sie nicht, was in Winter Harbor passiert?«, fragte er scharf.

Ich riss die Augen auf, und Mary ließ den Mund zuklappen.

»Die Naturgewalten erheben sich.« Oliver stützte beide Hände auf den Tresen und beugte sich zu der Bibliothekarin vor. »Menschen sterben. Bei den übrigen bricht Panik aus. Niemand weiß, was vor sich geht – weder die Polizei noch die Journalisten und am wenigsten die Meteorologen. Aber keiner von ihnen sucht die Antworten an der richtigen Stelle.«

Marys Gesichtsausdruck wirkte erst verärgert, dann nervös und schließlich mitleidig, als Oliver seine zittrige Hand besitzergreifend auf den Bücherstapel zwischen ihnen legte.

»Die Geschichte wiederholt sich«, erklärte er. »Um herauszufinden, was hier und jetzt geschieht, muss man erforschen, was in der Vergangenheit geschehen ist. Und wann haben Sie unseren Polizeidirektor das letzte Mal in der Bibliothek gesehen?«

»Oliver«, sagte Mary sanft. »Die zuständigen Stellen tun alles, was sie können. Es ist sehr nett von Ihnen, wenn Sie ihnen helfen wollen –«

»Nein, nicht nett«, schnitt er ihr das Wort ab. »Überlebenswichtig. Und Sie sind dabei keine Hilfe.«

Ich schüttelte den Kopf. Mary war ein geduldiger Mensch, aber jetzt war Oliver zu weit gegangen.

»Bringen Sie die anderen fünf Bücher zurück«, forderte

sie und wandte ihre Aufmerksamkeit dem Computer zu. »Dann bin ich gerne bereit, Ihnen diese auszuleihen.«

Er starrte sie an. Als sie ohne ein Wort weitertippte, humpelte er von dem Tresen fort, so schnell sein Gehstock es ihm erlaubte.

Geduckt bewegte ich mich außer Sicht, damit er mich nicht entdeckte. Oliver brauchte nicht zu wissen, was ich von dem Gespräch mitbekommen hatte. Aber sein bizarrer, heftiger Ausbruch hatte mich neugierig gemacht, deshalb schaute ich ihm über eine Bücherreihe hinterher, als er ging.

Er blieb kurz vor dem Ausgang stehen, starrte nach oben an die Decke und drehte langsam den Kopf von einer Seite zur anderen, als würde er auf etwas lauschen … aber in der Bücherei war es völlig still.

»Sei vorsichtig«, sagte er schließlich. Seine Stimme war so leise, dass ich sie fast nicht hörte. »Du solltest sehr vorsichtig sein.«

Ich hielt den Atem an, bis sich die Tür hinter ihm geschlossen hatte. Erst als ich sein Auto vor dem Gebäude abfahren sah, traute ich mich zwischen den Regalen hervor.

»Willkommen in der Bibliothek von Winter Harbor!« Mary strahlte mich an. »Kann ich dir helfen? Bist du eher interessiert an Neuerscheinungen oder an Klassikern?«

»Also eigentlich«, sagte ich und versuchte zu lächeln, »kenne ich den Kunden, der gerade hier war.«

»Oliver?« Marys megawattstarkes Lächeln erlosch. »Ganz ehrlich, der Mann schreibt ein paar Bücher über Lokalhistorie, und schon glaubt er, dass die ganze Bibliothek sein Privatbesitz ist.«

»Oliver hat Bücher über Winter Harbor herausgebracht?« Ich sah das unleserliche Gekrakel in dem Notizheft vor mir, das er im Fischerhaus vor sich liegen gehabt hatte. Anscheinend waren seine Schreibereien mehr als nur ein Hobby.

Sie öffnete eine Schublade, holte vier dicke Bände heraus und reichte sie mir. »Ich habe mir angewöhnt, sie hier aufzubewahren, weil er sonst ständig fragt, warum niemand sie ausleiht.«

Fasziniert fuhr ich den verschlissenen braunen Einband der *Kompletten Stadtgeschichte von Winter Harbor* entlang. Der Autorenname war Oliver Savage. Ich schaute auf den Bücherstapel, der noch immer auf dem Tresen wartete, und fragte mich erstens, warum Oliver genau diese Titel so wichtig waren, und zweitens, ob ich wirklich in die Sache verwickelt werden wollte. »Mir ist klar, dass man nur fünf Bücher auf einmal mitnehmen darf, aber da ich keine ausgeliehen habe, könnte ich vielleicht diese hier bekommen und sie mit Oliver teilen.«

Sie blinzelte überrascht. »Und warum solltest du das tun?«

»Ich weiß auch nicht. Er kommt mir irgendwie einsam vor, und Bücher scheinen ihn glücklich zu machen.«

»Na ja, zwar entspricht es auch nicht so ganz den Regeln, Bücher weiterzuverleihen ... aber es wäre nett, ein paar Tage vor ihm Ruhe zu haben.« Sie betrachtete mich. »Dir ist klar, dass du allein die Verantwortung für diese Bücher trägst? Wenn etwas mit ihnen passierst, musst du alle anfallenden Kosten bezahlen.«

»Ja, ich weiß. Den Büchern passiert nichts, versprochen.«

»Vanessa Sands«, las sie von meiner Karte ab, die ich nach einigem Suchen ganz hinten in meinem Portemonnaie fand. »Klingt irgendwie bekannt. Du bist keine regelmäßige Kundin, oder?«

»Nein.« Ich hoffte, sie würde nicht zu genau darüber nachdenken.

Glücklicherweise scannte sie meine Karte und die Bücher

ohne weitere Fragen ein und schob sie mir über den Tresen. »Und die vier kannst du so lange behalten, wie du willst«, sagte sie mit einem Nicken in Richtung der *Kompletten Stadtgeschichte,* die ich noch immer in der Hand hielt.

Ich bedankte mich, nahm meinen Rucksack und eilte aus der Bibliothek.

»Er ist in Springfield.« Simon saß auf dem Fahrersitz seines Kombis, hatte die Tür offen stehen und studierte eine Landkarte. »Beim Bad Moose Café.«

»Was macht er denn da?«

Er faltete die Karte zusammen und legte sie aufs Armaturenbrett vor die Windschutzscheibe. »Keine Ahnung. Der Anruf war sehr seltsam – zuerst lautes Atmen, dann hat ein Mädchen seinen Namen gesagt und gelacht, und dann nichts mehr. Ich habe zurückgerufen, sobald er aufgelegt hatte. Da war Caleb schon weg, aber vielleicht können wir ihn einholen.«

»Prima. Nehmen wir dein Auto oder meins?«

Er schaute mich fragend an. »Bist du sicher, dass du mitkommen willst?«

Ob ich sicher war? Sollte das bedeuten, er war es nicht? Hatte er entschieden, dass er schon genug Probleme am Hals hatte, ohne sich zusätzlich um mich sorgen zu müssen?

»Versteh mich nicht falsch … ich wäre froh, wenn du ja sagst. Aber das letzte Mal war nicht gerade ein Vergnügen.« Er schaute zum Hafen, der vom Parkplatz aus gerade noch zwischen den Häusern zu sehen war, und wandte sich dann wieder zu mir. »Und ich werde nicht zulassen, dass dir etwas passiert.«

Als mein Herz diesmal wie wild zu schlagen begann, wusste ich, dass der Grund dafür nicht Angst war.

Kapitel 13

»Sorry, Leute. Ich habe niemanden gesehen, auf den diese Beschreibung passt.«

»Das kann nicht sein«, sagte Simon und hielt dem Mann sein Handy entgegen. »Sehen Sie, er hat vor kaum einer Stunde von dieser Nummer aus angerufen.«

Ernie, der stämmige Besitzer des Bad Moose Cafés, stieß keuchend den Atem aus und wischte sich die Hände an einem fleckigen Geschirrhandtuch ab, ehe er sich zu Simon vorbeugte. »Das ist unsere.«

»Und Sie erinnern sich nicht, dass heute jemand gefragt hat, ob er Ihr Telefon benutzen darf?«

»Junge«, grunzte Ernie, »schau dich doch mal um. Glaubst du echt, ich würde es vergessen, wenn jemand nach dem Telefon fragt? Das wäre hier der Höhepunkt des Tages.«

Simon und ich betrachteten beide das winzige Lokal, das bis auf ein ältliches Paar in der Ecke völlig leer war.

»Sei nett zu den beiden, Ernie«, meinte eine Bedienung, die mit einem Tablett voller halbleerer Ketchupflaschen aus der Küche kam. »Weißt du noch, was wir neulich besprochen haben? Schon ein winzig kleines Lächeln macht den Unterschied zwischen Stammkunden und solchen, die nie wieder auftauchen.«

Ernie warf uns ein kurzes, unechtes Lächeln zu, bevor er das Handtuch über die Schulter warf und sich in die Küche absetzte.

»Tut mir leid. Ernie lebt immer noch in dem Glauben, dass es den Leuten nur ums Essen geht, wenn sie in ein Lokal kommen.« Die Kellnerin setzte ihr Tablett ab und lächelte. »Versuchen wir es also von vorne. Willkommen im Bad Moose Café. Ich bin Melanie. Was kann ich an diesem schönen Tag für euch tun?«

»Melanie«, sagte Simon, »wir sind auf der Suche nach meinem Bruder. Er hat vor einer guten Stunde von hier aus angerufen. Kannst du dich erinnern, ob jemand darum gebeten hat, euer Telefon benutzen zu können?«

Sie dachte mit schmalen Augen nach. »Nö … aber das kann daran liegen, dass er gar nicht gefragt hat, weil niemand hier war. Ernie hat den ganzen Morgen vor der Ellen-DeGeneres-Show geklebt, und ich habe diese nervige Nikotinsucht, so dass ich mehrmals in der Stunde vor die Tür muss.«

Beeil dich, Vanessa …

»Hast du ihn dabei vielleicht gesehen?«, fragte ich. »Er ist sechzehn, über eins achtzig groß, hat dunkelblondes Haar und braune Augen.«

»Heute gab es hier nur ein männliches Wesen, abgesehen von Ernie und Mr Mortimer.« Sie blinzelte in Richtung des Mannes in der Ecke. »Beim Alter bin ich mir nicht sicher, aber sein Haar war jedenfalls dunkelbraun – kein bisschen blond – und ziemlich unordentlich. Na ja, viel konnte ich davon nicht erkennen, weil er die ganze Zeit seine Kapuze übergestülpt hatte.«

»Ist dir sonst noch was aufgefallen?«, fragte ich.

»Nur seine Freundin, gegen die ich mir ungefähr so attraktiv vorkam wie ein Kieselstein«, meinte sie und steuerte mit einer Kaffeekanne auf das Ehepaar zu. »Ich schwöre euch, wenn heute meine Schicht vorbei ist, gehe ich zu den Weight Watchers, färbe mir das Haar pechschwarz und bestelle mir getönte Kontaktlinsen.«

Mir blieb fast die Luft weg. Ich konnte nicht einmal einen Blick auf Simon werfen. »Was für Kontaktlinsen denn?«

Sie legte mit einem theatralischen Seufzer die Hand an die Brust. »Silber.«

Simon und ich standen so eng beieinander, dass ich fühlen konnte, wie sich sein ganzer Körper versteifte.

»Und damit meine ich nicht die Farbe von altem Besteck«, wie zur Demonstration hielt sie eine Gabel hoch, »sondern poliertes Silber, magisches Silber, weihnachtliches Lametta-Silber.«

»Haben die beiden zufällig erwähnt, wohin sie unterwegs sind?«, wollte Simon wissen.

»Sie haben kein einziges Wort gesagt. Er hat was gegessen, seine Freundin nicht, und als ich von meiner zweiten Zigarette zurückkam, waren sie schon weg.«

»Danke für die Hilfe«, sagte ich und stürzte Simon hinterher.

Während wir ins Auto sprangen und vom Parkplatz rasten, versuchte ich, ruhig zu bleiben und einen klaren Kopf zu behalten. Ich wusste nicht, wieso ich sie hören konnte und ob ich mich von ihr beeinflussen lassen sollte … aber Justine hatte gesagt, wir müssten uns beeilen. Wenn ich nur empfangsbereit blieb, vielleicht ließ sie uns dann auch wissen, in welcher Richtung Caleb unterwegs war.

»Sie sagt einfach nichts«, stöhnte ich ein paar Minuten später.

Simon warf mir einen Blick zu. »Wer?«

Ich starrte wortlos aus dem Fenster und wünschte mir, die dunkelgrüne Wand aus vorbeihuschenden Kiefern ließe sich zurückspulen, damit ich diesen Moment löschen konnte. Ich hatte nicht vorgehabt, Justine laut zu erwähnen; die Worte waren meinem Mund entschlüpft, bevor sich mein Gehirn eingeschaltet hatte. Würde Simon mich für verrückt halten, wenn ich es ihm erklärte? Würde er mich mit seinem wissenschaftlichen Denken als seltsame Anomalie einstufen, so wie die Stürme von Winter Harbor und die glücklich lächelnden Toten? Und hätte er damit nicht sogar recht?

»Sie spricht zu mir«, sagte ich widerstrebend.

Er ließ seinen Blick von der Windschutzscheibe zu mir wandern. »Wer?«

»Justine.« Meine Stimme klang ganz normal, nur die Worte mussten sich verrückt anhören. »Nicht die ganze Zeit. Nicht mal jeden Tag. Aber es hat angefangen, nachdem sie gestorben ist und sobald ich zurück in Winter Harbor war.«

Der Kombi wurde langsamer. »Was sagt sie denn?«

Mir kamen fast die Tränen vor Erleichterung, als er nicht automatisch das Urteil fällte, zu dem er berechtigt gewesen wäre. »Meinen Namen.« Nachdem die Katze aus dem Sack war, gab es keinen Grund, noch mit irgendetwas hinter dem Berg zu halten. »Und sie spricht über Caleb.«

Seine Finger krampften sich um das Lenkrad.

»Viel hat sie nicht gesagt, aber ich glaube, sie versucht, uns zu ihm zu führen.«

»Wie?«

»Bisher habe ich den Tipp bekommen, dass wir ihn nur finden, wenn er das will. Als Nächstes, dass er gefunden werden will, aber dass er vom Licht geblendet wird … und dabei habe ich das Gefühl gehabt, seine Kräfte lassen nach.«

»Wieso?«

»Weiß ich auch nicht. Justine erklärt mir eigentlich nichts. So wie eben – sie hat gesagt, dass wir uns beeilen müssen, aber nicht, warum oder wohin.«

Simon starrte stumm vor sich hin. Ich schaute wieder aus dem Fenster und dachte, dass ich diese Fahrt besser genießen sollte, falls es die letzte war, die wir miteinander unternahmen.

»Vanessa –«

»Mir ist klar, wie absurd das klingt«, kam ich ihm zuvor. »Als wäre ich völlig durchgeknallt, und vielleicht stimmt das sogar. Ich meine, die meisten Leute fürchten sich nicht vor der Dunkelheit, vor dem Meer und vor dem Alleinsein, kombiniert mit Höhenangst und Flugangst. Einzeln kommt das auch bei anderen Menschen vor, aber ich fürchte mich vor einfach allem. Das ist nicht normal. Ich bin nicht normal. Also gehört dieser neueste Tick – die Stimme meiner toten Schwester aus dem Jenseits zu hören – wahrscheinlich nur dazu. Als hätte ich schon alles aufgebraucht, wovor man sich in dieser Welt fürchten kann, und fange jetzt an, mir zusätzliche Sachen auszudenken. Das heißt, ich kann in Zukunft auch noch Angst vor allem haben, was meiner verkorksten Phantasie gerade einfällt.«

Diese Worte sprudelten ungesteuert aus mir heraus, so wie meine anfängliche Bemerkung über Justine. Ich hatte gar keine Zeit, darüber nachzudenken, welchen Schaden sie anrichten konnten.

»Vanessa …«, setzte er erneut an, und seine Stimme war noch sanfter geworden. »Ich wollte nur sagen, dass es sehr hart für dich sein muss. Sie auf diese Weise zu hören, wenn du sie doch so sehr vermisst.«

Draußen wurde der endlose Wald von einer Autowerkstatt unterbrochen, dann von einem Café und einem Postamt.

»Und du bist nicht verrückt.«

Wir fuhren an einer Schule vorbei, an einem Supermarkt und einer Zahnarztpraxis. Es wurden immer mehr Gebäude, als wir uns Springfield näherten.

»Ganz im Gegenteil, für mich bist du –«

»Simon.« Ich fuhr in meinem Sitz herum und verdrehte den Hals, um nach hinten zu schauen. »Dreh sofort um.«

»Was?« Seine sanfte Stimme bekam einen scharfen Klang. »Hast du ihn gesehen?«

»Nein.« Als ich mich Simon wieder zuwandte, fühlte ich bereits den Beginn einer Migräne. »Aber wir sind gerade an einem knallroten Mini-Cooper vorbeigefahren.«

Er lenkte zum Standstreifen und wendete so schnell, dass die Reifen auf dem Asphalt quietschten.

»Da.« Ich deutete auf das Auto. Es parkte am Straßenrand, an einer Stelle, wo sich weit und breit keine Gebäude befanden.

Simon trat kräftig auf die Bremse und kam rutschend auf der gegenüberliegenden Seite zum Stehen.

»Bist du sicher, dass das ihr Wagen ist?«, fragte er, als wir über die Straße rannten. »Er steht da so verlassen herum.«

Simon hatte recht: Das Auto schien willkürlich mitten zwischen den Bäumen abgestellt worden zu sein. Es parkte auf einem schmalen Grasstreifen neben der Straße, und nur sein hinteres Ende ragte aus den Kiefern hervor. Hätte ich nicht aus dem Fenster gestarrt, wären wir daran vorbeigefahren.

»Ja, ich bin sicher.« Der Schmerz in meinem Schädel wurde mit jedem Schritt schlimmer.

Wir stoppten kurz bei dem Wagen und schauten durch die Fenster. Das Innere war blitzsauber und ordentlich, bis auf den Beifahrersitz, auf dem sich Kleidung, Schminkzeug und leere Wasserflaschen türmten. Am Rückspiegel baumelte ein kristallener Parfümflakon. Ein Atlas mit der Karte von Maine lag auf dem Armaturenbrett.

Ich blieb an der Beifahrertür stehen, als Simon in den Wald hineinging. Mit geschlossenen Augen stellte ich mir Justine vor. Ich sah ihre blauen Augen vor mir, ihr Lächeln, ihr Haar. Ich konzentrierte mich darauf, ihre Stimme zu hören. Falls sie sich von irgendwo meldete, konnten wir ihren Anweisungen oder wenigstens der Richtung folgen, aus der Justine zu sprechen schien.

Aber sie blieb stumm. Die einzigen Geräusche um mich herum waren zwitschernde Vögel, vorbeifahrende Autos, Simons raschelnde Schritte im Unterholz … und der pulsende Rhythmus in meinem Kopf. Er schien lauter und schneller zu werden, als ich in den Wald eindrang.

»Das ist doch bescheuert«, sagte Simon zehn Minuten später. »Hier ist nirgendwo ein Weg. Woher wollen wir überhaupt wissen, dass die beiden noch im Wald sind? Wir laufen nur im Kreis, und sie könnten schon wieder weg sein.«

Ich blieb stehen. »Simon.«

Er schaute sich um, dann folgte er meinem Blick zu einem abgestorbenen Baum, der ein paar Meter entfernt stand. Zerfressen von Alter, Feuer oder Krankheit, sah er aus wie ein Skelett, das sich aus dem welken Laub erhob. Von einem seiner langen grauen, blattlosen Äste hing ein rostroter Kapuzenpulli.

Bei dem Baum angekommen, hob Simon einen Ärmel hoch, um mir das Bates-Logo darauf zu zeigen.

»Die Blätter sind zertreten«, stellte er fest, und sein Blick folgte der Spur, die vom Fuße des schmalen Stammes in den Wald verlief. »Man kann sehen, wo die beiden weitergegangen sind.«

Er fiel in einen Laufschritt, und ich lief ihm nach. Ein brennender Schmerz ließ mich beide Hände gegen die Stirn pressen, was mich gleichzeitig erleichterte und in Panik versetzte. Während wir rannten, schaute Simon ab und zu über die Schulter, um sicherzugehen, dass mit mir alles in Ordnung war. Bald war der Schmerz so unerträglich, dass die weißen tanzenden Lichtflecken vor meinen Augen mich fast blind machten, aber ich ließ Simon nichts davon merken.

Bis sie lachte.

Ich fiel auf die Knie und krümmte mich zusammen, bis sich mein Oberkörper gegen die Schenkel presste. Mit geschlossenen Augen krallte ich mich in den Boden, bohrte die Finger in tote Blätter und kalte Erde. Bisher hatte ich Zara noch nie lachen gehört, und der Klang war mit nichts zu vergleichen, was ich kannte. Als würde ein langer hoher Ton auf ein Glasprisma treffen und es in eine Million schriller Klangscherben zersplittern lassen – manche Noten kurz, andere lang, manche laut, andere leise –, die in allen möglichen Winkeln durch die Luft wirbelten, bis jedes andere Geräusch davon erstickt wurde.

Gleichzeitig fühlte es sich an, als würde in meinem Schädel eine Granate explodieren.

Ich hielt den Kopf gesenkt und konzentrierte mich aufs Atmen. Sie lachte nicht noch einmal, und nach ein paar Minuten war der Schmerz erträglich genug, damit ich den Oberkörper heben und weiterkriechen konnte. »Simon.«

Meine vorherige Nervosität verwandelte sich in eiskalten Schrecken. Was immer er durch die Bäume sah, war so schlimm, dass er meinen Sturz nicht einmal bemerkt hatte. Ich kam auf die Füße und schleppte mich so schnell und leise wie ich konnte zu Simon. Er drehte sich nicht um – nicht einmal, als ich direkt neben ihm stand.

Ich trat noch näher und schaute durch die Bäume.

Zara. Sie trug einen weißen Rock, der von der Brise hochgehoben wurde und um ihre Beine tanzte, dazu ein passendes weißes Top. Ihre Füße waren nackt. Das Outfit hatte so wenig Ähnlichkeit mit dem schwarzen Minirock, dem hautengen schwarzen Oberteil und den Stilettoschuhen, in denen ich Zara zuvor gesehen hatte, dass ich fast erleichtert war. Serienkiller trugen kein unschuldiges Weiß an dem Tag, wenn sie ihr nächstes Opfer ins Jenseits befördern wollten, oder?

»So wunderschön.«

Mein Kopf fuhr ruckartig zu Simon herum. Er starrte noch immer gebannt auf Zara, als sei sie ein makelloses, durchscheinendes Pendel, das hypnotisch vor ihm hin- und herschwang.

»Sie ist doch wunderschön … nicht wahr?«

Ich wandte mich mit glühenden Wangen ab. Hatte er in diesem Moment nichts anderes im Kopf? Er war nicht irgendein Teenager, der ständig nur »an das eine« dachte. Er war Simon. Das wissenschaftliche Superhirn. Das Wetterradio. Wie konnte ausgerechnet er sich von seinen Hormonen, seinen Gefühlen oder was auch immer überrumpeln lassen, wenn Caleb doch nur ein paar Meter entfernt von ihm hockte?

Und wieso wünschte ich mir plötzlich brennend, ich hätte heute Morgen mehr Wert auf mein Aussehen gelegt, um den gleichen hypnotischen Effekt auf ihn zu haben?

Ich betrachtete Zara, die neben Caleb auf einigen hohen, von Bäumen umstandenen Felsen saß. Sie hatte sich zurückgelehnt, die Beine ausgestreckt, und schaute ihn an. Caleb hockte mit dem Rücken zu uns und starrte geradeaus. Ich konnte seinen Gesichtsausdruck nicht erkennen, aber bei seiner steifen, reglosen Haltung war klar, dass er sich nicht wohl fühlte.

Zara beugte sich vor, kniete sich hin und bewegte sich auf allen vieren auf ihn zu, während der weiße Rock um ihre sonnenbraunen Beine spielte und das schwarze Haar ihr über die Schulter fiel. Dabei beobachtete sie Caleb und lächelte mit silbernen, wie Sterne funkelnden Augen, als würde sie den Gedanken genießen, wie er auf ihren Anblick reagieren musste.

Als sie ihn erreicht hatte, blieb sie auf allen vieren hocken und streckte sich, bis ihr Mund fast an seinem Ohr war. Sie sagte etwas, das Caleb am ganzen Körper zittern ließ, und strich mit den Lippen über sein Ohrläppchen, seine Wange, seinen Hals. Unwillkürlich drehte er den Kopf in ihre Richtung, und sie kroch noch näher, so dass ihre Brust sich gegen seinen Arm presste.

Ich wollte schreien, dass sie ihn in Ruhe lassen sollte. Ich wollte zu ihr rennen, sie von dem Felsen schubsen und Caleb in Sicherheit bringen. Ich wollte, dass Zara damit aufhörte und dass Caleb ihre Berührung nicht so sichtbar genoss. Aber ich brachte keinen Ton hervor und stand wie festgewachsen.

Überrascht sog ich die Luft ein, als Caleb plötzlich aufstand. Er kletterte über die Felsen von ihr weg. Gerade wollte er auf den Boden springen, als Zara ihm nacheilte. Sie legte ihm eine Hand auf den Arm, stellte sich auf die Zehenspitzen und näherte ihren Mund wieder seinem Ohr, um ihm etwas zuzuflüstern. Diesmal versuchte er, sie wegzustoßen – aber sie nutzte diese Bewegung, um sich zwischen ihn und den Rand des Felsens zu stellen und so seinen Fluchtweg abzuschneiden.

Er schaute weg, aber rührte sich ansonsten nicht, und sie hob die Arme, um sie Caleb um den Hals zu schlingen. Die Art, wie sie ihn dabei anschaute, hatte ich früher viele Male bei Justine gesehen.

Caleb hielt seine Arme steif an den Seiten und schien nur passiv zu ertragen, dass ihre Lippen seinen Hals entlangwanderten und ihre Finger sein Gesicht nachzeichneten. Er verzog keine Miene, als sie den Kopf zur Seite neigte und ihr Haar seine Hand streifte. Er zuckte nicht einmal, als sie noch näher kam und ihren Körper an seinen schmiegte.

Aber sein Widerstand brach zusammen, als sie ihn zu küssen versuchte.

Ich konnte kaum hinschauen. Mich überkam fast so etwas wie ein schlechtes Gewissen, als sei ich über irgendein beliebiges junges Paar gestolpert, das hier im Verborgenen tat, was ich noch nicht einmal im Ansatz geschafft hatte. Noch nie hatte ich mich vor einem Jungen aufgestellt, den Kopf in den Nacken gelegt und meine Lippen nur Zentimeter von seinen hingehalten, als wolle ich ihn herausfordern. Ich hatte nie mit offenen Augen auf seine Reaktion gewartet und dann meinen Mund auf seinen gepresst … ganz zu schweigen davon, sanft an seiner Unterlippe zu knabbern. Und ganz bestimmt hatte ich es nie erlebt, dass ein Junge seine Arme um meine Taille schlang und mich an sich riss, als könne er nicht länger gegen seine Instinkte ankämpfen. In diesem Moment wusste ich nicht, ob ich lieber weglaufen oder sehen wollte, was als Nächstes geschah.

Denn je länger ich zuschaute, desto weniger kam mir das Paar auf den Felsen wie Zara und Caleb vor.

Die beiden sahen immer mehr aus wie Simon und ich.

Als ich mich wieder traute, durch die Bäume zu blinzeln, hatte Zara ihren Kuss immer noch nicht bekommen. Sie gab ihr Bestes, aber seine Lippen bewegten sich nicht, obwohl er Zara in den Armen hielt und sie ihre Beine um seine Hüften geschlungen hatte. Calebs Hände strichen ihren Rücken entlang nach unten, und seine Fingerkuppen schlüpften unter ihr Top. Zara lächelte triumphierend.

Er kniete sich hin, und sie drückte eine Hand gegen seine Brust, damit er sich auf den Rücken legte. Lächelnd senkte sie ganz langsam ihr Gesicht auf seins.

»Nein …«, stöhnte ich leise, als ihr Haar wie ein Vorhang

nach unten fiel und den Blick darauf versperrte, was ihre Lippen taten. Die Phantasie von Simon und mir verflüchtigte sich, und ich fand mich ruckartig in der Realität wieder. Der Gedanke, dass Caleb nicht Justine küsste, sondern Zara, war einfach zu viel.

»Caleb!«

Simons Stimme ließ mich zusammenzucken.

»Alles okay mit dir?«, fragte er mich.

Ich nickte.

In meinem Kopf pulsierte es noch immer, aber ich war zu verblüfft, um ein Wort herauszubringen.

»Bleib hier.«

Ich schaute ihm hinterher, als er durch die Bäume rannte. Gegen das Hämmern in meiner Brust war das in meinem Kopf kaum noch spürbar.

»Gleich ist alles gut, Caleb!«, rief Simon beim Laufen, und dann: »Lass die Finger von ihm!«

Zara fuhr in die Höhe. Anscheinend wusste sie nicht, auf wen sie sich mehr konzentrieren sollte: auf Caleb, der aus der Trance erwachte, die sie so mühevoll gewoben hatte, oder auf Simon, der auf sie zuschoss wie eine abgefeuerte Pistolenkugel. Die Entscheidung wurde ihr abgenommen, als Caleb wieder ganz zu Bewusstsein kam, sie von sich stieß und sich hastig erhob.

»Rühr dich nicht, Simon«, schrie Zara und folgte Caleb, der über die flachen Felsen zurückwich, ohne den Blick von ihr zu wenden. »Alles ist gut, Baby. Kein Grund zur Sorge. Alles ist bestens.«

Calebs Blick flackerte zwischen Zara und Simon hin und her. Er schien sich vor beiden gleichermaßen zu fürchten. Als Simon am anderen Ende der Felsen hinaufkletterte, starrte Caleb ihn an, schüttelte abwehrend den Kopf und sprang nach unten in das Laub.

»Caleb! Wo steckst du denn –«, rief Simon, oben angekommen.

Zara wirbelte zu ihm herum, und er erstarrte. Sie schlenderte langsam und provozierend auf ihn zu, als wüsste sie genau, dass er ewig dort stehen und auf sie warten würde, wenn nötig.

»Lauf weg«, rief er, ohne den Blick von ihr wenden zu können. Ich wusste, dass er mich meinte, aber ich blieb stehen, als hätten meine Füße in der Erde Wurzeln geschlagen.

Die Straße, Nessa … Er ist auf dem Weg zur Straße …

Ich warf einen letzten Blick durch die Bäume und krümmte mich innerlich, als ich Zara nur ein paar Meter von ihm entfernt sah. Dann rannte ich los, in die entgegengesetzte Richtung.

Ich lief schneller als jemals zuvor in meinem Leben. Zweige zerkratzten mir das Gesicht, und meine Knöchel knickten mehrmals um, als ich über den unebenen Boden raste. Nur einmal verlangsamte ich meinen Schritt, um Calebs Kapuzenpulli vom Baum zu reißen. Als ich aus dem Wald geschossen kam und den Standstreifen der Straße erreichte, schwitzte ich und hechelte nach Luft.

»Wohin jetzt?«, flüsterte ich und stützte die Hände auf die Oberschenkel. Ich schaute nach rechts und links. Beide Autos standen noch da, wo wir sie gelassen hatten. »Wohin ist er geflohen?«

Zurück … zurück die Straße entlang, die ihr gekommen seid …

Ich sprintete über den Asphalt, vorbei an der Zahnarztpraxis, dem Supermarkt, der Schule. Dann vorbei an der Post, dem Café und der Autowerkstatt. Ich rannte, bis die Gebäude immer weniger wurden und nur noch Fichten die Straße säumten. Ich rannte, bis ich das Gefühl hatte, gleich würden meine Lungen explodieren und mir die Beine abfallen. Ich hielt erst an, als Justine mir eine neue Anweisung zuflüsterte.

Über die Straße …

Beim Stehenbleiben entdeckte ich eine Tankstelle, die fast im Wald verborgen lag. Schnell eilte ich über die Straße, die lange Zufahrt entlang, und umkreiste das Gebäude.

Bis auf den Fahrer eines alten blauen Pick-up-Trucks und den Tankwart war niemand zu sehen.

Aber von Justine kamen keine weiteren Hinweise. Also musste Caleb sich hier befinden.

Ich wartete, bis der Fahrer zum Bezahlen nach drinnen ging, dann schlich ich auf den Truck zu. Gebückt lief ich die Seite entlang, die vom Gebäude aus nicht zu sehen war. Als ich die Fahrertür erreicht hatte, streckte ich mich kurz, um ins Innere zu schauen. Auch hier war niemand.

Ich wollte es gerade mit einem nahe gelegenen Schuppen versuchen, da ruckelte der Wagen. Kaum merklich und nur ein einziges Mal, aber ich hatte die Bewegung deutlich gesehen. Und der Fahrer stand noch immer drinnen und bezahlte.

»Caleb?« Ich schaute vorsichtig über den Rand der Ladefläche. Dort lag ein Haufen alter Planen und Decken, die vibrierten, als würde der Motor noch laufen. »Hab keine Angst, Caleb. Ich bin's nur, Vanessa.«

Ich wartete einen Moment, dann hob ich den Rand einer Decke. Er lag zu einem Ball zusammengerollt darunter und zitterte, als hätten wir Winter anstelle von Hochsommer und als würden die Planen aus Eis bestehen. Sein eigentlich blondes Haar war dunkelbraun gefärbt, genau wie die Kellnerin es beschrieben hatte. Seine Augen standen weit offen, seine Lippen bebten, und als er mich erkannte, schien sein ganzes Gesicht in sich zusammenzufallen.

»Vanessa …«, sagte er mit dünner Stimme. »Nein. Nicht du.«

»Caleb, du musst von diesem Truck runter.« Ich schaute

auf, als ich den Fahrer drinnen lachen hörte. Er reichte dem Tankwart gerade das Geld und würde gleich herauskommen.

»Ich kann nicht.« Caleb schüttelte den Kopf, und Tränen liefen ihm über die Wangen. »Ohne sie schaffe ich es einfach nicht.«

»Caleb.« Ich griff über die hohe Seite der Ladefläche nach seiner Hand. »Justine ist hier. Sie hat uns geholfen, dich zu finden. Und sie möchte, dass du mit uns kommst.«

Er schaute mich an, als wolle er mir nur zu gern glauben, und richtete dann seinen Blick auf den Himmel, wobei ihm erneut Tränen in die Augen traten. »So müde … ich bin so müde.«

Als er mit meiner Hilfe aus dem Truck kletterte, stellte ich erschrocken fest, wie dünn er geworden war. Schließlich war Caleb nur ein paar Wochen fort gewesen, aber seine Jeans und das T-Shirt schlackerten ihm um den Körper. Immerhin konnte er noch laufen, und so eilten wir die Straße hinunter, ehe der Fahrer bemerkte, dass er fast einen blinden Passagier mitgenommen hätte.

»Aber vielleicht ist sie noch da«, protestierte Caleb, als wir uns dem Kombi näherten, und klang dabei wie ein verängstigter kleiner Junge. »Vielleicht ist sie da und wartet auf mich.«

Zwar war die Wahrscheinlichkeit hoch, dass Zara tatsächlich irgendwo auf ihn wartete, aber meine Kopfschmerzen waren verschwunden. Da ich mich nur darauf konzentriert hatte, Caleb zu finden, war es mir vorher nicht aufgefallen. Zara war eindeutig weg. Und beim Kombi angekommen, sah ich, dass ihr roter Miniflitzer auch weg war. »Sie ist nicht mehr hier«, beruhigte ich ihn.

»Was ist mit Simon?« Caleb starrte auf den leeren Fahrersitz. »Ob sie ihn mitgenommen hat?«

Meine Brust krampfte sich zusammen, und ich wusste nicht, was ich sagen sollte. Am liebsten hätte ich protestiert. Bestimmt ging es Simon gut, und er hatte mich nur fortgeschickt, weil er sicher war, dass er allein zurechtkommen würde. Aber in Wahrheit hatte ich keine Ahnung, wozu Zara fähig war. Diese Zweifel laut auszusprechen hätte jedoch geheißen, dass Simon vielleicht in Gefahr schwebte … und das war mehr, als ich ertragen konnte.

»Alles okay mit euch?«

»Oh, Gott sei Dank«, flüsterte ich, ehe ich mich umdrehte.

Simon kam aus dem Wald auf uns zu. Er bewegte sich langsam und schwerfällig, als wäre er gerade aus einem Schlaf erwacht, aber ansonsten wirkte er unversehrt.

Ich wartete hinten am Kombi, während Caleb ihm entgegenging. Die beiden umarmten sich wortlos.

Simons Blick traf mich, als er Caleb losließ. Bevor er etwas sagen konnte, warf ich mich ihm um den Hals und drückte ihn, als wollte ich ihn nie mehr loslassen.

Kapitel 14

Letztes Frühjahr hat es angefangen. Ich kann mich sogar noch an den genauen Tag erinnern, weil es der seltsamste in meinem ganzen Leben war.«

Caleb kauerte, in eine Wolldecke gewickelt, auf der Couch. Ich brachte ihm eine heiße Tasse Tee und schenkte auch Simon ein, der mir gegenüber auf dem Zweiersofa saß. Zwar wäre neben ihm noch Platz gewesen, aber da es mir immer noch peinlich war, wie ich ihn eben beim Auto umklammert hatte, hockte ich lieber auf dem Fußboden beim Kamin.

»Ich meine … wir reden hier von Zara. Zara Marchand. Vor dem ersten Mai hat sie mir nie auch nur einen Blick gegönnt, geschweige denn mit mir geredet. Und dann tauchte sie eines Tages aus heiterem Himmel beim *Lighthouse* auf.« Caleb zuckte zusammen und schaute Simon an. »Äh, ganz nebenbei: Ich arbeite nicht mehr an der Marina.«

»Hab ich schon gehört«, sagte Simon.

»Es ging nicht anders. Ich brauchte das Geld. Davon habe ich niemandem erzählt – nicht einmal dir –, weil schließlich alle wussten, wie wichtig mir Monty und der Hafen waren. Bestimmt hättet ihr versucht, es mir auszureden.«

Stirnrunzelnd schaute ich in meine Tasse. Er hatte das Geld gebraucht? Was konnte so wichtig sein … und so teuer?

»Schon okay«, sagte Simon, als Calebs Stimme verräterisch schwankte. »Dazu kommen wir später.«

»Also, sie stand eines Tages einfach da«, fuhr Caleb fort. »Ich war gerade dabei, Kisten in den Laden mit der Bootsausrüstung zu karren, da hat sie mich angehalten. Ihre Mutter hatte sie geschickt, um eine Nachricht zu einem der *Lighthouse*-Eigentümer zu bringen. Nämlich zu Carsons.«

Paul Carsons, das erste Todesopfer nach Justine.

»Und ganz ehrlich, ich wollte sie einfach ignorieren. Am liebsten wäre ich ohne ein Wort weitergegangen und hätte sie genauso behandelt, wie sie es ständig mit irgendwelchen Leuten in der Schule gemacht hatte.« Er schaute aus dem Fenster. »Im Nachhinein wünsche ich wirklich, ich hätte es getan.«

Ich warf einen Blick auf Simon. Er war ganz auf Caleb konzentriert.

»Du hast also mit ihr gesprochen?«, fragte er.

»Ja. Im *Lighthouse* dreht sich alles ums Geld. Die Investoren wollen expandieren, bis sie das größte und edelste Urlaubs-Resort an der ganzen Küste haben.«

»Und das bedeutet, man muss die Kunden bei Laune halten?«, vermutete Simon.

»Genau. Die Mitarbeiter sind dazu angehalten, unter allen Umständen höflich und hilfsbereit zu sein, damit sich die Gäste willkommen und wichtig fühlen. Darum konnte ich nicht einfach an Zara vorbeimarschieren. Falls es sich herumgesprochen hätte, dass ich unfreundlich war – selbst zu einem Nichtmitglied, denn schließlich könnte jeder eines Tages Mitglied werden –, dann hätte man mich gefeuert. Und ich brauchte den Job.«

Ich fing Simons Blick auf und wusste, dass wir uns beide dasselbe fragten: Wieso?

»Also jedenfalls versuchte ich, Carsons für sie zu finden. Ich bin mit ihr durch das gesamte Gelände gelaufen und habe ihr dabei von allem erzählt, was das *Lighthouse* zu bieten hat, so wie wir es mit jedem tun, der zum ersten Mal in das Resort kommt.«

»Klingt anstrengend.«

»Weniger, als ich befürchtet hatte. Zuerst war sie ungeduldig, aber je länger wir herumgingen und je mehr ich ihr erzählte, desto freundlicher wurde sie. Sie hat Fragen gestellt und zugehört. Sie hat sogar über die lahmen, einstudierten Witze gelacht, die sonst nie ein Gast komisch findet.« Er nippte an seinem Tee. »Carsons haben wir nicht gefunden, aber am Ende schien sie auch ganz vergessen zu haben, warum sie eigentlich da war. Und dann …« Er starrte in die Tasse, die in seinen Händen zu zittern begann.

»Dann?«, fragte Simon.

»Und dann hat sie mich gefragt, ob sie mich zu einem Getränk einladen kann.« Caleb schloss die Augen. »Auf dem Pier am Rand des *Lighthouse Resorts*.«

»Du meinst, sofort?«

Caleb nickte. »Keine Ahnung, warum ich ja gesagt habe. Schließlich hatte ich zu arbeiten, und sie war immer noch Zara. Sie rumzuführen war keine komplette Katastrophe gewesen, trotzdem hatte ich nicht vergessen, mit wem ich es zu tun hatte.«

»Sie hat dich einfach überrumpelt«, sagte Simon. »Das wäre jedem so gegangen.«

»Das war das Dümmste, was ich in meinem ganzen Leben getan habe.«

»Es ging doch nur um ein Getränk.«

»Nein, eben nicht. Wir saßen am Ende des Piers und teilten uns eine Flasche Champagner, die mich wahrscheinlich einen ganzen Wochenlohn gekostet hätte … und ich hatte Spaß. Sie war amüsant. Mir gefiel es, mit ihr zu reden. Wir sind drei Stunden lang dortgeblieben.«

Justine hatte sich nicht mehr gemeldet, seit ich Caleb in

dem Pick-up-Truck bei Springfield gefunden hatte. Es gab meinem Herzen einen Stich, wie er jetzt von Zara sprach, und ich fragte mich, ob Justine ihn hören konnte.

»Am Ende meinte sie, wie schade es sei, dass wir uns nicht schon früher einmal richtig unterhalten hätten. Ihr tat es leid um die viele verschwendete Zeit. Aber sie war froh, dass noch genug vor uns lag, um es zu genießen.« Caleb schüttelte den Kopf. »Ich habe ihr nichts von Justine erzählt. Erst Stunden später ist mir überhaupt der Gedanke gekommen, dass ich meine feste Freundin hätte erwähnen sollen. Dabei war Justine sonst das Einzige, an das ich dachte. Ist sie immer noch.«

Ich hatte ihn die ganze Zeit angeschaut, doch nun musste ich den Kopf abwenden, als die erste Träne über seine Wange lief.

»Ich konnte es ja nicht wissen, versteht ihr? Ich wusste nicht, was danach passieren würde. Warum konnte es nicht anders laufen, warum habe ich keinen Weg gefunden, um …«

Simon wartete, bis Calebs gequälte Atemzüge wieder normaler klangen, bevor er fragte: »Und wie ist es weitergegangen?«

»Plötzlich war sie überall«, fuhr Caleb leise fort. »Ständig hat sie irgendwo auf mich gewartet. Vor der Schule, nach der Schule. Vor der Arbeit, nach der Arbeit. Sie brachte mir Geschenke mit – Computerspiele und Comics. Sie tauchte am Strand auf, wenn ich mich dort mit meinen Freunden traf, und benahm sich bei ihnen ebenfalls wie ein Stalker. Sie wollte rausbekommen, wo ich war, was mir gefiel und ob ich über sie sprach. Die anderen fanden das zuerst ziemlich witzig. Zara Marchand, die Beauty-Queen von Winter Harbor, hatte sich ausgerechnet mich ausgesucht, um mir nachzulaufen. Aber dann hörte Zara einfach nicht wieder auf.

Ich habe sie darum gebeten. Ich habe regelrecht gebettelt. Aber sie wollte nicht aufhören.«

»Du hast ihr von Justine erzählt?«, fragte Simon.

»Jeden Tag. Bei unserem nächsten Treffen war es das Erste, was ich sagte. Ich ließ Zara wissen, dass ich bereits vergeben war und den Rest meines Lebens mit diesem Mädchen verbringen wollte.« Die Tasse zitterte sichtbar in seiner Hand, als er sich mit der anderen die Augen abwischte. »Aber mir kam es vor, als würde sie mich gar nicht hören. Vielleicht war es ihr auch einfach egal. Jedenfalls hat sie wochenlang genauso weitergemacht.«

Ich sah Zaras Scrapbook vor mir, all die leeren Seiten, die auf die Serviette vom *Lighthouse* folgten. Es gab keine Souvenirs von weiteren Dates, denn im Gegensatz zu den anderen Jungs, die von Zara ins Visier genommen worden waren, hatte Caleb ihr widerstanden.

Als Caleb weitersprach, war seine Stimme fast ein Flüstern. »Ich dachte, das Ganze würde im Sommer aufhören, sobald Justine auftauchte. Schließlich konnte Zara nicht länger so tun, als würde meine Freundin nicht existieren, wenn sie Justine direkt vor der Nase hatte.«

Ich konzentrierte mich auf meinen Tee und fühlte Simons Blick auf mir ruhen.

»Anscheinend hatte ich recht. Denn ganze fünfzehn erstaunliche Stunden blieb Zara verschwunden.«

Fünfzehn Stunden. Die beiden waren nicht einmal einen ganzen Tag vereint gewesen, bevor Justine ebenfalls verschwunden war.

Lange Zeit herrschte Stille im Raum, und ich bemerkte, dass draußen ein leichter Regen eingesetzt hatte.

»In der Nacht war sie hier«, sagte Caleb dann. »Als ich von den Klippen zurückkam, hat sie bereits auf mich gewartet. Sie war in meinem Zimmer, lag in einem langen weißen

Kleid auf meinem Bett. Obwohl sie kein Wort gesagt hat, merkte ich, dass sie irgendwie schon wusste, was geschehen war. Und in ihrer verrückten, perversen Vorstellung bedeutete Justines Tod, dass wir nun ein Paar werden würden.« Er schaute zu Simon auf. »Also bin ich fortgerannt. Ich fand es furchtbar, Mom und Dad im Stich zu lassen. Und auch dich … aber ich bin einfach nicht mit der Situation fertig geworden.«

»Das verstehe ich gut«, sagte Simon.

»Ich habe mir das Haar gefärbt. Bin getrampt. Ich habe alles getan, was mir einfiel, um von ihr wegzukommen, aber sie hat mich immer gefunden. Und jedes Mal geschah das Gleiche: Ich fühlte mich wie magisch von ihr angezogen, ich wollte ihr nahe sein. Gleichzeitig wollte ich am liebsten schreien und sie wegstoßen, aber die anderen Instinkte waren stärker.« Erneut kamen ihm die Tränen, heftiger als zuvor. »Wann immer sie bei mir war, begann ich Dinge zu hören, und dann schien mein Gehirn sich auszuschalten. Meine Sinne konnten nichts anderes mehr wahrnehmen als sie. In diesen Momenten wusste ich kaum, wo ich war oder was geschah. Ich wusste nur, dass Zara bei mir war und versuchte, mich mit sich fortzunehmen.«

Die Fleecedecke um ihn herum begann zu vibrieren wie vorher das Bündel Planen auf dem Pick-up-Truck, und ich sprang auf, um ihm die Tasse aus den zitternden Händen zu nehmen. Nachdem ich die Tasse auf dem Couchtisch abgestellt hatte, setzte ich mich neben ihm auf den Rand des Sofas.

»Etwas stimmt nicht mit Zara«, sagte er und zitterte immer mehr, während er zuerst mich und dann Simon anschaute. »Und damit meine ich nicht das Offensichtliche. Aus diesem Grund habe ich dir nichts von meinen Fluchtplänen verraten und dich so lange nicht angerufen. Ich wollte verhindern, dass sie dich benutzt, um an mich heranzukommen.«

Draußen begann der Regen, lauter und heftiger zu prasseln.

»Ich glaube, sie hatte etwas mit der Sache zu tun«, flüsterte Caleb, und sein Blick huschte nervös durch den Raum, als könne jemand anderer ihn hören. »Mit Justines Tod. Ich glaube, Zara hat ihr etwas angetan.«

Mein Knie stieß gegen den Couchtisch, als ein Blitz den Himmel zerteilte und die Erde zum Beben brachte. Von dem Stoß wurde Calebs Tasse zu Boden geschmettert. »Sorry«, sagte ich und beeilte mich, die Scherben aufzusammeln. »Tut mir leid.«

Simon stand auf, um mir zu helfen, aber da hatte ich schon alles zusammengesammelt, was meine Hände tragen konnten, und hastete in die Küche. Dort blieb ich vor dem Tisch stehen, spürte mein Herz klopfen und Calebs Worte durch meinen Kopf wirbeln, so dass ich die Scherben, die ich hielt, kaum noch wahrnahm.

Kaum hatte er es ausgesprochen, war mir bewusst geworden, dass ich den gleichen Verdacht schon länger gehegt hatte. War es möglich, dass Zara nicht nur für die tödlichen Unfälle der vielen Jungen und Männer in diesem Sommer verantwortlich war, sondern auch Justine auf dem Gewissen hatte? Durch Calebs Worte war aus diesem Gedankenspiel Realität geworden, aber ich verstand trotzdem nicht, wie das möglich sein konnte.

Ich starrte auf den kleinen Spiegel über dem Küchentisch und umklammerte die Scherben. Tee tropfte mir von den Fingern. Ich wusste nicht, ob Simon und Caleb im Wohnzimmer weitersprachen, ich merkte nicht einmal, ob ich noch atmete oder mein Herz noch schlug. Doch irgendwann spürte ich Simons Gegenwart hinter mir.

»Tut mir leid«, flüsterte ich. Meine Finger lösten sich, und die Scherben fielen mir aus der Hand. Klirrend fielen sie auf den Tisch und den Fußboden, wo sie in noch kleinere Stücke zerschellten. Ich starrte auf das Chaos und beugte mich herunter, um alles wieder aufzusammeln. »Ich bringe das schon in Ordnung«, erklärte ich mit heiserer Stimme.

Aber ich konnte nicht sehen, was ich tat – es gab zu viele Scherben, und meine Augen waren verschleiert von Tränen, die mir gleich darauf über das Gesicht liefen. Ich sank auf den Boden und weinte.

Simon versuchte nicht, mich zu beruhigen. Er setzte sich nur in meine Nähe und ließ mich trauern. Am Ende, als meine Augen leer geweint und mein Körper erschöpft war, rutschte ich auf den Fliesen zurück und lehnte mich neben ihn an die Wand. Ich zog die Knie an die Brust und ließ meinen Kopf auf Simons Schulter sinken. So wartete ich auf die Fragen, die ohne Zweifel kommen mussten. Ich beobachtete den Sekundenzeiger der Küchenuhr, aber nach fünf Umdrehungen schwieg Simon immer noch und fragte nicht, ob mit mir alles okay war. Da wandte ich den Kopf in seine Richtung. Unter meiner Wange fühlte ich, wie Simons Schulter sich spannte. Ich hob das Kinn, bis sich mein Mund nur Millimeter von seinem Hals befand. Mit angehaltenem Atem beobachtete ich, wie seine Brust sich rascher hob und senkte.

Wir waren Freunde. Sehr gute Freunde. Vielleicht hätte ich mir Sorgen machen sollen, ob sich daran etwas ändern würde, wenn ich diesem überwältigenden Drang nachgab. Hier war vermutlich weder der richtige Ort noch die richtige Zeit. Bestimmt musste Simon glauben, dass ich einen Nervenzusammenbruch gehabt hatte und übergeschnappt war … denn Vanessa, das Mädchen mit Angst vor dem eigenen Schatten, tat solche Dinge einfach nicht.

Aber trotz alledem – oder vielleicht gerade deswegen – tat ich es doch.

Ich schloss die Augen und presste meine Lippen auf seinen Hals.

Simon erschauderte. Ich zögerte und wartete darauf, dass er mich fragte, was ich da tat, oder vor mir zurückwich. Als nichts von beidem geschah, küsste ich denselben Punkt noch einmal und wanderte weiter zu der weichen Einbuchtung unter seinem Kiefer.

Er drehte den Kopf und presste sein Gesicht in mein Haar.

Also fuhr ich damit fort, seinen Hals zu küssen, und fühlte jedes Mal, wenn meine Lippen seinen Adamsapfel streiften, wie sich sein Puls beschleunigte. Meine Küsse wurden schneller und energischer. Mit geschlossenen Augen lauschte ich seinem Atem, spürte die Wärme seiner Haut und meinen eigenen Herzschlag, der wie bei einer Verfolgungsjagd im dunklen Wald hämmerte, obwohl ich dieses Mal kein bisschen ängstlich war.

Nach einigen Minuten zog er mich auf seinen Schoß, und diesmal schauderte ich zusammen, als er mein Gesicht berührte und seine Finger über meine Stirn, meine Wangen, mein Kinn streichen ließ.

»Vanessa …«

Ich schlug die Augen auf. Sein Gesicht war so nah, dass ich seinen warmen Atem an meinen Lippen fühlte. Er sah aus, als wolle er etwas fragen, sich vielleicht doch versichern, ob ich okay war und ob ich wirklich tun wollte, was wir hier taten.

Ich antwortete, indem ich meinen Mund auf seinen presste.

Ein elektrischer Funke durchzuckte mich vom Scheitel bis zu den Zehen. Seine Hände wanderten von meinem Gesicht zu meinem Rücken herunter, um mich näher an sich zu ziehen, bis ich seinen Herzschlag an meiner Brust spüren konnte.

Selbst das war noch nicht nah genug.

»Ist Caleb …?«

»Eingeschlafen«, flüsterte Simon. »Wahrscheinlich für Tage.«

Ich schaute ihn an, während ich seine Hände ergriff und aufstand. Kurz erhaschte ich unser Bild im Spiegel über dem Küchentisch und zögerte überrascht. Man konnte nicht direkt sagen, dass ich wie eine Fremde aussah, mehr wie eine Person, die bisher nur verborgen in mir gesteckt hatte. Meine Wangen waren gerötet, meine Augen strahlend hell. Das Haar fiel mir in lockeren Wellen über den Rücken. Ich schien aufgerichteter zu stehen und sah nicht länger aus wie ein nervöses junges Mädchen … sondern selbstbewusst. Aufgeregt. Lebendig. Und hinter mir stand Simon, der diese Veränderung ebenfalls bemerkte und wirkte, als wüsste er kaum, was ich im nächsten Moment tun würde.

Ich führte ihn aus der Küche und die Treppe nach oben. Im Haus der Carmichaels kannte ich fast jeden Winkel so genau wie in unserem eigenen, dennoch fühlte es sich anders an als sonst – noch immer warm und vertraut, aber gleichzeitig, als sei ich nie zuvor hier gewesen. Als wir in Simons Zimmer waren und die Tür hinter uns geschlossen hatten, lächelte ich über das altbekannte chemische Periodensystem und die Weltkarte an den Wänden und schien sie doch gleichzeitig zum ersten Mal zu sehen.

Genauso war es, als ich mich Simon zuwandte. Einerseits war er noch immer der Junge, mit dem ich früher um die Wette die Wasserrutsche hinuntergesaust war und der an meiner Seite blieb, wenn Justine und Caleb unbekannte Wanderpfade entlangstürmten. Er war noch derselbe, der bei unseren Videoabenden immer dafür gesorgt hatte, dass die Filme nicht mein Limit an Blut und Horror überstiegen, und hatte nie aufgehört, mein Beschützer zu sein. Selbst als er jetzt vor mir stand, wartete er ab und beobachtete mich, um bloß nichts zu tun, was mir unangenehm sein könnte.

Aber zum ersten Mal sah er dabei nicht so ruhig und gelassen aus wie sonst. Zur Abwechslung war er derjenige, der daran zu zweifeln schien, dass es nichts zu fürchten gab.

»Bist du okay?«, fragte ich und trat einen Schritt näher.

»Vanessa …«

Selbst mein Name klang anders als früher.

»Ich habe nur … ich weiß wirklich nicht … hast du …?« Er schloss die Augen, als könne er so das Chaos in seinen Gedanken ordnen.

Ich kam ihm so nah, wie es gerade ging, ohne seinen Körper zu berühren. »Ist das hier okay?«, fragte ich und küsste ihn auf die Wange.

Er nickte, ohne die Augen zu öffnen.

»Und das?« Ich küsste die andere Wange.

Er nickte wieder.

»Was ist damit?« Meine Lippen pressten sich gegen sein Kinn, seinen Kiefer.

Er drückte die Augen noch fester zusammen und nickte erneut. »Und –«

Bevor mein Mund seinen berühren konnte, hatte er mich bei der Taille gepackt und an sich gezogen. Er küsste mich, als hinge sein Leben davon ab, und ließ mich auch nicht los, als ich mich rückwärts durch den Raum bewegte, bis wir das Bett erreichten. Dort drehte ich mich um, so dass er als Erstes zu liegen kam, und ich krabbelte ihm hinterher. Seine Hände wurden sicherer. Sie fuhren über meinen Rücken und zogen mich mit festem Griff näher. Bei der Berührung unserer Körper fühlte sich meine Haut an, als würde sie mir gleich die Kleidung vom Leib brennen.

»Alles okay«, flüsterte ich, denn seine Hände zögerten unten am Rand meines T-Shirts. Da er noch immer unentschieden wirkte, zog ich das Shirt selbst über den Kopf und warf es zu Boden, um Simon als Nächstes aus seinem Pulli zu helfen.

Seine zaghafte Nervosität schien zu verfliegen, als ich mich wieder auf ihn legte. Er küsste mich energischer und streichelte jeden Teil, den er erwischen konnte: mein Gesicht, mein Haar, meine Schultern, meine Taille, meine Hüften. Es fühlte sich so gut an, so natürlich, als habe mein Körper siebzehn Jahre lang nur auf diesen Augenblick gewartet. Dann schob er seine Finger zwischen meine nackte Haut und den Jeansknopf. Ich nickte, ohne zu zögern, und fuhr fort, ihn zu küssen.

Nur einmal hielt er inne, weil in diesem Moment ein Blitz ganz in der Nähe einschlug und die Nachttischlampe erlosch.

»Ich kann uns Kerzen holen …« Er hob mein Gesicht, so dass unsere Blicke sich trafen.

Dunkelheit. Es war Nacht, draußen heulte ein Sturm, und das einzige Licht im Zimmer kam vom Wetterleuchten vor dem Fenster. Normalerweise wäre das der Moment gewesen, in dem ich mir eine Taschenlampe geschnappt und mich unter der Decke versteckt hätte, bis der Strom wieder lief. Aber jetzt war es mir egal.

»Schon gut. Danke für das Angebot.« Damit wollte ich fortfahren, ihn zu küssen, aber er drückte den Kopf zurück in das Kissen. »Was? Was ist los?«

Simon strich mir das lange Haar aus der Stirn und über die Schulter. »Nichts …«, sagte er und betrachtete mich nachdenklich. »Nur, gerade eben … in diesem seltsamen Licht … waren deine Augen fast silbern.«

Kapitel 15

Am nächsten Morgen schreckte ich mit klopfendem Herzen und schwindeligem Kopf aus dem Schlaf. Ich presste die Augen zusammen und bereitete mich auf die üblichen Horrorbilder vor: das altbekannte, in dem ich am Meeresufer stand, und das neue, in dem Justine mit fleckigen Armen nach mir griff. So begann mein Morgen immer, da diese Szenen auch das Letzte waren, was ich vor mir sah, bevor ich irgendwann einschlief.

»Hallo.«

Ich schlug die Augen auf.

»Alles okay?«

Erst jetzt bemerkte ich den Globus in einer Zimmerecke, das chemische Periodensystem an der gegenüberliegenden Wand … und Simon, der seine Lippen auf meine nackte Schulter drückte. »Wie spät ist es?«

»Neun«, sagte er sanft. »Und wenn es nach mir ginge, könnten wir den ganzen Tag hierbleiben. Aber vermutlich sollten wir in der Küche aufräumen, bevor Caleb aufwacht.«

Ich nickte, sah ihn aus dem Bett steigen und versuchte, das Geschehene zu verarbeiten. Zu meiner Überraschung kam ich gut mit dem Gedanken zurecht, dass wir die kürzlich noch klare Linie zwischen Freunden und mehr als Freunden überschritten hatten und dass ich keine Ahnung hatte, wie es nun weitergehen würde. Weder war ich starr vor Schreck, noch fühlte ich Bedauern, weil ich mich so ungewöhnlich zielstrebig ausgerechnet auf die Person gestürzt hatte, die ich am wenigsten verlieren wollte.

Der Grund, warum ich wortlos auf den See draußen vor dem Fenster starrte, anstatt Smalltalk zu machen, war die Uhrzeit. Es war neun, und ich musste keine Überbleibsel nächtlicher Alpträume wegblinzeln. Was bedeutete, dass ich zum ersten Mal seit Ewigkeiten ganze acht Stunden am Stück geschlafen hatte.

»Ich glaube, wir sind schon zu spät.«

Mein Kopf fuhr zu Simon herum. »Zu spät?«

Er stand neben der geschlossenen Tür und lauschte. Da hörte ich es ebenfalls: Unten schepperte Geschirr.

Hastig sprang ich aus dem Bett und zog mir was über, wobei ich mich fragte, was Caleb wohl denken würde, wenn wir zusammen in die Küche kamen. Wahrscheinlich würde es ein Schock für ihn sein, da der Gedanke, Simon und ich könnten ein Paar werden, bisher nicht gerade naheliegend gewesen war. Aber ich hoffte vor allem, dass er nicht verletzt reagieren würde. Was war, wenn wir dadurch neue, schmerzhafte Erinnerungen an Justine weckten? Oder wenn er sich verraten fühlte und wieder weglief? Oder –

»Spiegelei?«

Ich erstarrte im Kücheneingang. Falls Caleb schockiert, verletzt oder eifersüchtig war, sah man es ihm jedenfalls nicht an. Er saß am Küchentisch, hatte die Scherben von gestern Abend schon verschwinden lassen, frühstückte und las.

»Eine Pfanne voll steht noch auf dem Herd«, meinte Caleb, ohne von seinem Buch aufzuschauen. »O-Saft ist im Kühlschrank.«

Ich ließ mir von Simon ein Glas Saft reichen und nahm gegenüber von Caleb Platz. Er hatte sich die braune Farbe aus dem Haar gewaschen und sah jetzt, nach genug Schlaf und einer anständigen Mahlzeit, gleich viel gesünder und kräftiger aus.

»Es ist ziemlich früh«, meinte Simon, »und du bist bestimmt noch müde. Willst du dich nicht wieder hinlegen?«

»Nö«, sagte Caleb und klappte das Buch zu.

Ich zog die *Komplette Stadtgeschichte von Winter Harbor,* die Caleb beiseitegelegt hatte, zu mir heran und begann zu blättern. Dabei suchte ich nach Passagen über seltsame Wetterphänomene, unerklärliche Todesfälle und grinsende Ertrunkene.

»Okay, ich bin dafür, dass wir zuerst die Cops anrufen und dann Zara konfrontieren.«

Simon setzte sich neben mich. »Caleb, wir können die Polizei nicht rufen, solange wir nur einen Verdacht und keine Beweise haben. Und was meinst du mit konfrontieren? Was willst du denn sagen? ›Hallo Zara, ich weiß, was du diesen Sommer getan hast‹?«

»So was in der Richtung«, bestätigte Caleb. »Vanessa kann sich im Hintergrund halten und so tun, als sei sie eine Touristin mit Videokamera. Wenn Zara die Schuld ins Gesicht geschrieben steht, zeichnet sie es auf.«

»Cal«, erwiderte Simon geduldig, »ich verstehe ja, dass du wütend bist, aber wir brauchen mehr Zeit zum Nachdenken. Wenn wir die Sache übereilen, gehen bei ihr vielleicht die Alarmglocken los und wir bekommen gar keine Antworten. Außerdem hast du gesagt, dass du nicht in ihre Nähe kommen kannst, ohne wie vor den Kopf geschlagen zu sein. Wieso glaubst du, dass du es überhaupt schaffst, mit ihr zu reden?«

Die beiden fuhren mit ihrer Debatte fort, während ich Olivers Buch überflog. Er wusste zweifellos eine Menge über Winter Harbor – seine Recherchen reichten Jahrhunderte zurück –, aber nirgendwo war von geheimnisvollen

Todesfällen und an Land gespülten Leichen die Rede. Ich suchte auch nach Textpassagen, in denen die Marchands erwähnt wurden, doch fand nur einen winzigen Absatz über die Eröffnung von *Bettys Fischerhaus*.

»Was haltet ihr davon, wenn ich mit Paige rede?«, schlug ich ein paar Minuten später vor. Ich wurde rot, als beide sich zu mir umdrehten. Trotz des augenblicklichen Gesprächsthemas konnte ich das Gefühl nicht unterdrücken, dass Simon an letzte Nacht dachte, wenn er mich ansah, und Caleb genau spürte, was zwischen uns geschehen war.

»Die beiden stehen sich ziemlich nahe, oder nicht?«, fragte Caleb.

»Genau deshalb will ich ja mit ihr reden«, sagte ich. »Und keine Sorge, ich werde nichts über gestern oder über Justine erzählen. Paige plaudert ungehemmt über alles, also dürfte es nicht schwer sein herauszufinden, ob sich Zara in letzter Zeit seltsamer als sonst benommen hat.«

»Klingt nach einem guten Plan.«

»Jetzt mal langsam«, protestierte Simon und warf Caleb einen warnenden Blick zu. »Ich ... wir wollen nicht, dass du etwas tust, wodurch Zara auf dich aufmerksam wird.«

Darauf war ich zwar auch nicht scharf, aber aus irgendeinem Grund hatte ich das Gefühl, heute besser mit dieser Gefahr klarzukommen als noch vor vierundzwanzig Stunden. »Mir wird schon nichts passieren. Ich mache es gleich heute Vormittag bei der Arbeit. Zara kann mir schließlich nicht in aller Öffentlichkeit etwas antun, während wir von einer Riesenmenge Leute umgeben sind.«

»Okay«, gab Simon einen Moment später nach. »Aber wir beide kommen mit. Wir bleiben zusammen, bis das alles geklärt und vorbei ist.«

»Guter Kompromiss«, sagte ich.

»Ich lade nur schnell meinen iPod auf.« Caleb warf Simon einen Blick zu. »Du solltest deinen auch mitnehmen.«

Nachdem er die Küche verlassen hatte, räumten Simon und ich den Tisch ab, ohne ein Wort zu sagen. Ob er verärgert war, weil ich mit Paige reden wollte ... oder noch schlimmer, ob er die letzte Nacht bereute? Ich versuchte, wieder den Mut zu finden, der mich noch vor wenigen Stunden all das hatte tun lassen, was ich nun einmal getan hatte. Am besten fragte ich ihn einfach, was los war und ob er die Sache mit uns bedauerte. Wenn er das wirklich tat, würde ich behaupten, dass ich kein Problem damit hätte, einfach nur Freunde zu sein. Wir könnten so tun, als sei nichts passiert, falls ihm das lieber war.

Ich stellte den Geschirrspüler an und warf einen verstohlenen Blick auf Simon. Er stand gegen den Küchentresen gelehnt und betrachtete mich. Hätte ich mich nicht am Tisch festgeklammert, wäre ich hemmungslos zu ihm gerannt, aber ich hielt eisern fest, bis Simon eine Hand nach mir ausstreckte.

»Vanessa«, sagte er und zog mich an sich. »Letzte Nacht war ...«

»Ja, ich weiß«, sagte ich erleichtert. »Ich bin froh, dass du das Gleiche fühlst.«

Er umarmte mich und ließ sein Kinn auf meinem Haar ruhen. Als er wieder zu sprechen begann, war seine Stimme sehr sanft. »Aber trotzdem denke ich, es wäre besser ... wenn uns das nicht noch einmal passiert. Zumindest nicht zu bald.«

Ich erstarrte, dann wich ich zurück.

»Damit meine ich nicht, dass ich kein Interesse habe«, fügte er schnell mit alarmierter Miene hinzu. »Das musst du mir glauben. Ich fürchte bloß, dass alles zu viel werden könnte, besonders für Caleb. Auf keinen Fall will ich riskieren, dass er sich wegen uns noch schlechter fühlt als jetzt schon.«

Da ich den Verdacht hatte, dass es in Wirklichkeit einen anderen Grund gab und er nur eine Entschuldigung suchte, um seinen Rückzug zu erklären, versuchte ich, ein Gegenargument zu finden. Aber mir fiel keins ein. Denn Simon hatte recht – es wäre nicht fair von uns gewesen. Zwar wünschte ich mir, es könnte anders sein, aber Caleb hatte wirklich schon genug durchgemacht. Wenn wir ein Paar wurden, würde ihn das nur daran erinnern, was er verloren hatte.

»Ich sollte gehen«, sagte ich schließlich. »Wenn ich zu Hause geduscht habe, komme ich zurück.«

Er öffnete den Mund, um noch etwas zu sagen, aber da war ich bereits aus der Tür gerannt.

Ich durchquerte den Garten der Carmichaels und unseren eigenen, ohne die frühmorgendlichen Schwimmer am See oder den Aufruhr in meinem Magen bewusst zu bemerken. Vielleicht war das Timing wirklich schlecht gewesen … aber das bedeutete nicht, dass wir einen Fehler gemacht hatten. Es hieß nicht, dass die letzte Nacht nicht hätte passieren sollen. Simon und ich hatten keinen Grund, uns schuldig zu fühlen oder etwas zu bedauern oder –

Abrupt blieb ich stehen. Ich war inzwischen über die Veranda ins Haus gelaufen, und es war zu still. Soweit ich mich erinnern konnte, hatte ich weder den Fernseher noch das Radio abgestellt. Aber vielleicht hatte ich das nur vergessen, weil ich zu aufgeregt gewesen war, denn schließlich hatte ich Simon in der Bibliothek treffen wollen. Ich entschied mich für diese Erklärung und ging in Richtung Küche.

»Gut geschlafen?«

Wie erstarrt blieb ich in der Tür stehen. »Mom?«

Sie saß am Küchentisch und hatte ihr Notebook vor sich aufgestellt. Eine Tasse Kaffee stand neben ihrem BlackBerry

Smartphone und den Autoschlüsseln. Sie starrte auf den Bildschirm, schaute mich nicht an und tat so, als würde sie lesen. »Wie ich gehört habe, gab es gestern Abend ein ziemliches Gewitter. Ich weiß ja, wie sehr du so etwas hasst, also hast du bestimmt kein Auge zugekriegt.«

»Was machst du hier?«

Sie nahm die Kaffeetasse vom Tisch, lehnte sich zurück und schaute mich an.

»Mir geht's gut, das habe ich dir doch am Telefon gesagt. Ich hoffe, du hast keins deiner wichtigen Meetings platzen lassen, um herzukommen und mich zurück nach Boston zu holen. Weil ich nämlich nicht mitfahren werde.«

Ihr perfekt mit Lippenstift nachgezogener Mund lächelte. »Ja, du hast erwähnt, dass es dir gutgeht. Und auch, dass du wunderbar schläfst. Also kannst du dir denken, wie überrascht ich war, als ich vor Sonnenaufgang ankam und feststellen musste, dass der Volvo deines Vaters nicht vor unserem Haus steht, sondern nebenan.«

»Wir sind spät zurückgekommen«, sagte ich und wurde rot. »Sie haben mich zum Abendessen eingeladen, und da es schon zu regnen angefangen hatte, war es einfacher, den Wagen drüben stehen zu lassen.«

»Sie?« Moms Gesicht entspannte sich. »Mr und Mrs Carmichael sind aus Vermont zurück?«

Ich schaute zu Boden.

»Vanessa?«

»Nein … aber es ist nicht so, wie du denkst.« War es natürlich doch, aber das erzählte ich ihr lieber nicht. »Wir haben nur Filme geguckt und sind dabei eingeschlafen.«

»Entschuldige, wenn ich ein bisschen langsam bin – ich habe letzte Nacht nicht geschlafen und bisher nur eine Tasse Kaffee getrunken. Also will ich sichergehen, dass ich dich richtig verstanden habe.« Sie schaute gedankenvoll zur Decke. »Nachdem ich mir wochenlang Sorgen machen musste, weil du ganz alleine bist und mich nie zurückrufst, und nachdem du gestern den ganzen Tag nicht ans Telefon gegangen bist, erzählst du mir jetzt, dass es dir kaum bessergehen könnte? Tatsächlich geht es dir so gut, dass du die Nacht damit verbracht hast, zusammen mit Simon Carmichael Filme zu schauen, obwohl sein Bruder dafür verantwortlich ist, dass –«

»Hör damit auf.« Ich trat in die Küche. »Caleb ist *nicht* verantwortlich dafür, was mit Justine passiert ist. Er hat sie mehr geliebt als alles auf der Welt, und er hätte nie etwas getan, um ihr zu schaden.«

»O bitte, Vanessa. Deine Zeit hier allein in der Wildnis hat anscheinend Spuren hinterlassen. Man konnte die Sache zwischen ihm und Justine ja kaum eine Beziehung nennen, höchstens einen nebensächlichen Urlaubsflirt. Völlig bedeutungslos. Und falls du dir einbildest, dass es bei dir und Simon anders ist, dann muss ich dir leider mitteilen, dass du ein sehr verwirrtes kleines Mädchen bist.«

Ich starrte sie an. »Wo ist Dad?«

Sie presste sich eine manikürte Hand an die Schläfe. »Dein Vater ist in Boston.«

Ich marschierte durch die Küche und nahm den Hörer vom Wandtelefon.

»Was tust du da? Unser Gespräch ist noch nicht zu Ende.«

»Dad versteht, worum es geht«, sagte ich und tippte hastig die Nummer ein. »Er ist nicht hierhergekommen, weil er weiß, dass ich Zeit brauche. Und dass ich diese Sache durchstehen muss. Da du offensichtlich gar nichts kapierst, kann er es dir vielleicht noch mal von vorne erklären.«

Ich wandte mich von ihr ab, als der Ruf rausging. Das Freizeichen ertönte einmal, zweimal, dreimal. Nach dem sechsten Mal legte ich auf und versuchte es erneut.

»Keiner geht ran?«, sagte sie, aber dem Tonfall nach war es keine Frage.

Ich legte endgültig auf und ging an ihr vorbei aus der Küche.

»So schnell wirst du mich nicht los, Vanessa«, rief sie mir hinterher. »Wenn du die ganzen Sommerferien hierbleiben willst, ist das für mich kein Problem. Die Veranda eignet sich bestimmt gut als Home Office.«

Ich holte meine Reisetasche aus dem Schlafzimmer und schleppte sie ins Bad. Nach einer kurzen Dusche verbrachte ich mehr Zeit als normal damit, mir die richtige Kleidung auszusuchen. Vorher hatte ich mir nie Gedanken darum gemacht, was ich in meiner Zeit mit Simon anhatte, aber der heutige Tag war anders. Ich war anders. Das wollte ich ihn wissen lassen, auch wenn die Umstände uns daran hinderten, zusammen zu sein. Außerdem hatte ich Justine oft genug dabei zugeschaut, wie sie sich für ihre unzähligen Dates zurechtgemacht hatte. Dabei hatte ich zumindest gelernt, dass das richtige Outfit und Make-up den Unterschied ausmachen konnten, ob man wie eine Bombe einschlug oder nicht den geringsten Eindruck hinterließ.

Natürlich war mir vor meiner Abfahrt aus Boston nicht klar gewesen, dass ich hier etwas außer meinen normalen Jeans, kurzen Hosen, T-Shirts und Pullis brauchen würde. Da meine Auswahl also sehr eingeschränkt war, entschied ich mich schließlich für eine saubere Jeans, ein weißes Top und eine dazu passende rote Wolljacke. Mit der Fußbekleidung sah es ähnlich aus, so dass meine beste Option darin bestand, statt Turnschuhen heute sommerliche Flipflops zu tragen. Ich ließ mein Haar offen, so dass es an der Luft trocknen konnte, malte mir die Wimpern und die Lippen an und war Justine dankbar, die darauf bestanden hatte, dass ich für alle Fälle Schminkzeug mitnahm.

Als ich fertig war, schaute ich mich im Badezimmerspiegel an. Fast erwartete ich, mein Bild von silbernen Lichtreflexen umgeben zu sehen, so wie an dem Morgen, als ich mit Simon zum Hafen gefahren war. Ich war fast enttäuscht, als nichts dergleichen geschah.

Wieder in der Küche, saß Mom noch immer am Tisch. Sie schaute auch diesmal nicht von ihrem Notebook auf, als ich vorbeiging. »Ich habe nicht vor, dich an die Couch zu ketten, damit du hierbleibst. Aber du kannst mir wenigstens sagen, wo du hinwillst.«

Mit einer Hand am Türgriff, blieb ich stehen. Stärkerer Protest kam von ihr nicht. Selbst Dad wurde energischer, wenn er mit meinem Benehmen nicht einverstanden war.

»Zu *Bettys Fischerhaus*«, sagte ich, ohne mich umzudrehen.

Sie nippte an ihrem Kaffee. »Um sechs Uhr gibt es Abendbrot. Ruf an, wenn du nicht rechtzeitig hier sein kannst.«

Ich wollte schon entgegnen, dass ich kommen würde, wann es mir passte, und es die ganze Zeit geschafft hatte, auch ohne ihre Hilfe zu essen ... aber dann schluckte ich die Worte herunter. Zwar gab es eine Reihe von Leuten, mit denen ich meine Zeit lieber verbracht hätte, aber die Vorstellung, Mom hier im Haus zu haben – überhaupt jemanden hier im Haus zu haben –, wenn ich zurückkehrte, war nicht unbedingt unangenehm.

Simon und Caleb warteten schon auf der Eingangsveranda, als ich bei ihnen ankam.

»Tut mir leid, dass ich so spät bin«, sagte ich und beschleunigte meine Schritte. »Ich hatte überraschenden Besuch.«

Simon schaute zu unserer Auffahrt hinüber. Seine Augen wurden groß, als er den BMW entdeckte.

»Mach dir keine Sorgen. Mom bekommt mich nicht von hier weg – jedenfalls jetzt noch nicht. Ich glaube, sie musste mich nur leibhaftig sehen, um sicher zu sein, dass ich mich noch auf demselben Planeten befinde.« Ich schaute an Simon vorbei auf Caleb, der in einem Korbstuhl saß, die Augen geschlossen hatte und rhythmisch mit dem Kopf nickte. »Ist mit ihm alles okay?«

»Ich glaube schon. Und er ist anscheinend der Meinung, dass es auch so bleibt, solange er Green Day hört.«

Auf der Fahrt in den Ort schwiegen wir. Caleb starrte mit seinem iPod in den Ohren aus dem Fenster der Rückbank, Simon konzentrierte sich auf die Straße. Und ich dachte darüber nach, was ich Paige fragen wollte, wobei ich mich immer unsicherer fühlte, je näher wir dem Restaurant kamen. Sich dieses Gespräch vorzustellen, solange ich mich sicher in der Küche der Carmichaels befand, war eine Sache. Eine ganz andere war, es nun tatsächlich durchzuziehen, und zwar in Reichweite von Zara.

»Wow«, sagte ich, als wir in die Hauptstraße einbogen. Fast hätte ich sie nicht wiedererkannt – die Bürgersteige waren zu leer für diesen sonnigen Tag, und gelbe, über die Straße gespannte Banner warben für das *Erste Lighthouse-Wellness-Resort-Lichterfest.*

»Was meinen sie mit das Erste?«, fragte ich. »Meine Familie und ich sind bisher jedes Jahr zum Lichterfest gegangen.«

»Aber jetzt wird es zum ersten Mal vom *Lighthouse* gesponsert«, erklärte Caleb seufzend. »In der Zeitung war heute Morgen ein Artikel darüber. Laut dem *Herald* wird das Festival dieses Jahr Tausende von Gästen aus ganz New England anziehen und verspricht, ein echtes Top-Event zu werden, weil es eine perfekte Mischung aus alten Traditionen und neuen, aufregenden Jahrmarktbuden, Fahrgeschäften und Aktivitäten bietet.«

»Es soll in einer Woche stattfinden«, sagte Simon leise, als wir unter den Bannern hindurchfuhren.

Obwohl er nichts weiter hinzufügte, war mir klar, was er dachte. In einer Woche konnte eine Menge passieren. Wenn weitere Tote angespült wurden und Urlauberfamilien scharenweise in Sicherheit flohen, war an dem Tag, wenn die ersten Lichter entzündet wurden, vielleicht niemand mehr übrig.

»Stell den Wagen hier vorn auf den Besucherparkplatz«, sagte ich, als wir uns dem Restaurant näherten und das Meerjungfrauen-Logo über der Tür immer größer wurde. »Hinten parkt das Personal.«

Simon folgte meiner Anweisung, wurde vor der Einfahrt langsamer und kurbelte sein Fenster herunter.

»Haben Sie reserviert?«

»Hallo, Garrett.« Ich beugte mich über die Gangschaltung zum Fahrerfenster.

»Vanessa.« Er ließ das Klemmbrett sinken und lächelte mich an. »Hi. Du hast gestern ein echt tolles Konzert verpasst. Bist du zum Arbeiten hier?«

»Ich will mir nur schnell meinen Gehaltsscheck holen. Ist es okay, dass wir hier solange parken?«

Bei dem »wir« wurde sein Lächeln angestrengter. Er schaute auf das Klemmbrett und dann hinter sich auf den Parkplatz. »Ja, wird schon gehen.«

»Danke. Du bist der Beste.«

»Ach, ganz nebenbei …« Er beugte sich herunter, um mich durch Simons offenes Fenster anzusehen, gerade als dieser losfahren wollte. »Heute Abend gehen ein paar von meinen Freunden zu einer Party. Willst du mitkommen? Wir könnten zuerst etwas essen.«

Ich versuchte zu lächeln, und Simon starrte zu Boden. »Klingt toll, aber heute passt es leider nicht so richtig.«

Sein Blick landete auf Simon, und er richtete sich wieder auf. »Schon klar. Vielleicht ein andermal.«

Wir parkten auf einem freien Platz ganz hinten, entfernt von den Fenstern des Hauptsaals. Ich drehte mich zu Simon um und wusste nicht recht, ob ich Garretts Einladung erklären sollte oder ob es ihm egal war.

»Okay«, sagte er, bevor ich mich entscheiden konnte. »Tu, was du dir in den Kopf gesetzt hast, aber bleib nicht zu lange. Und sieh zu, dass du rauskommst, sowie du ein komisches Gefühl hast.«

»Mach ich«, gab ich zur Antwort. »Versprochen.«

Caleb schob seinen Arm zwischen den Sitzen nach vorne. »Aerosmith«, sagte er und hielt ihm einen tragbaren CD-Player entgegen. »Altmodisch, aber effektiv.«

Ich stieg aus und hastete über den Parkplatz. Dabei versuchte ich mir zu überlegen, was genau ich von Paige wissen wollte: ob Zara vom gestrigen Tag erzählt hatte, ob sie sich seltsam benahm und ob Paige etwas über ihren aktuellen Schwarm wusste. Aber in meinem Kopf drehte sich alles, so dass ich mich kaum konzentrieren konnte. Wenig hilfreich war auch, dass ich ausgerechnet Zara als Erstes sah. Sie stand in der Nähe des Empfangstresens und nahm die Bestellung eines jungen Paares auf. Dabei redete und lachte sie, als sei nichts Ungewöhnliches passiert und als habe sie nicht erst gestern versucht, ihr nächstes Männeropfer per Gehirnwäsche zu verführen. Der übliche Kopfschmerz setzte ein, sowie ich sie sah, aber diesmal drehte sich mir gleichzeitig der Magen um.

Ich duckte mich hinter den Tresen, bis sie sich abwandte und sich um den nächsten Tisch kümmerte, dann schaute ich mich suchend im Saal um. Keine Paige. Ich schnappte mir einen Stapel Speisekarten und schirmte damit mein Gesicht ab, während ich mich an der Wand entlangschob und durch die Küchentür hastete. Ich stürmte auf den Arbeitstisch zu, wo Louis stand, und fragte: »Wo ist Paige?«

»Auch dir einen guten Morgen, meine Liebe.« Sein Messer arbeitete sich durch eine Möhre und ließ dicke orangefarbene Scheiben über die Tischplatte rollen. »Nein, das nehme ich zurück. Dieser Morgen ist nicht gut. Ganz im Gegenteil. Unsere süße Miss Paige hat sich krankgemeldet, und zwar zum ersten Mal, seit ich sie kenne.«

»Krank?« Mein Herz setzte einen Schlag aus. »Was ist los mit ihr?«

»Ich bin Koch und kein Arzt. Also weiß ich nur, dass sie nicht hier ist, und die Tochter Satans hat heute schon dreimal gedroht, mich zu feuern.«

»Louis! Nennst du das zart gedünstet?«

Mein Kopf fuhr zur Schwingtür herum, dann wieder zu Louis. »Lass dich nicht unterkriegen, okay?«

Ich rannte aus der Hintertür und versteckte mich zwischen den Autos der Belegschaft. Der rote Mini-Cooper stand gleich neben dem Müllcontainer. Mit einem Blick durch das Fahrerfenster sah ich erleichtert, dass der Atlas und der Kleiderstapel verschwunden waren. Anscheinend hatte sich Zara von ihrer Männerjagd einen Tag freigenommen.

»Was ist passiert?«, fragte Simon, als ich die Beifahrertür seines Kombis aufriss. »War sie da?«

»Ja«, sagte Caleb.

Mein Blick wanderte von Simon zur Rückbank. Caleb hatte noch immer den iPod laufen, aber saß zusammengekauert, mit aufgerissenen Augen, und atmete hektisch.

»Sie ist da.« Er starrte mich an. »Ich kann sie hören.«

Seine Unterlippe bebte, und Schweiß perlte ihm in dünnen Rinnsalen von der Stirn bis zum Nacken. Zwischen den beiden lagen mehr als hundert Meter und Wände aus Holz und Beton, aber dennoch verwandelte er sich vor meinen Augen in das verängstigte Geschöpf, das ich am Tag zuvor im Pick-up-Truck gefunden hatte. Es war, als würde

Zara direkt neben dem Auto stehen und auf ihn herablächeln.

Vanessa …

Meine Augen wurden so groß wie seine.

Sie ist noch nicht fertig mit ihm … sie wird nicht aufhören, bis sie ihn besitzt … oder bis ihr sie außer Gefecht setzt …

Ich fuhr zu Simon herum. »Wir müssen los.«

»Wohin?«

»Zu ihrem Haus.« Ich wartete darauf, Caleb von der Rückbank protestieren zu hören, aber er zog nur scharf die Luft ein. »Jetzt sofort.«

Kapitel 16

Zwanzig Minuten später stand ich vor der Tür der Marchands. Ich warf einen Blick über die Schulter und stellte zufrieden fest, dass der Kombi hinter einer Baumgruppe am Ende der Auffahrt verborgen und nicht zu sehen war.

»Hallo, Vanessa.«

Mein Kopf fuhr herum. Raina stand in der offenen Tür, gekleidet in einen schneeweißen Seidenkaftan über einem schwarzen Bikini. Ihr ungeschminktes Gesicht war so perfekt wie immer und völlig ausdruckslos. Das schwarze Haar war nass und roch nach Salzwasser, als sei sie gerade vom Schwimmen gekommen.

»Hallo.« Ich zwang mich zu einem Lächeln und widerstand dem Drang, mich noch einmal nach dem Auto umzuschauen.

»Kann ich dir helfen?«

»Nein, nein«, sagte ich hastig. Zu hastig. »Ich meine, ich wollte nur nach Paige sehen.«

»Da wirst du wohl im Fischerhaus suchen müssen. Sie ist bei der Arbeit.«

Wäre Raina nur die Mutter von Paige gewesen, hätte ich ihr erklärt, dass ich dort schon gewesen war. Aber da es sich auch um die Mutter von Zara handelte, kam es mir sicherer vor, möglichst wenig zu sagen.

»Wie dumm von mir.« Ich wedelte mit einer Hand. »Ich dachte, sie hätte heute frei.«

Ihr Gesichtsausdruck änderte sich nicht, als sie dazu ansetzte, die Tür zu schließen. »Grüß sie von mir, wenn du sie siehst.«

»Eigentlich«, sagte ich und drückte eine Hand gegen die Tür, »weiß ich gar nicht, ob ich heute noch in den Ort komme. Ist es in Ordnung, wenn ich Paige eine Nachricht schreibe?«

Sie antwortete erst nach einem Moment. »Ich kann ihr gerne etwas ausrichten. Was soll ich Paige von dir bestellen?«

»Ist privat.«

Sie wirkte über meine Courage genauso überrascht wie ich. Vermutlich wäre es klüger gewesen, mir die Tür vor der Nase zuschlagen zu lassen und zum Auto zu rennen, so schnell mich meine Flipflops trugen. Aber ich wusste, dass Raina log, und dadurch wuchs meine Entschlossenheit, ins Haus zu gelangen.

»Geht nur um Mädchenkram«, sagte ich mit gesenkter Stimme. »Ich bin total verschossen in diesen Typen, der nicht mal weiß, dass ich existiere. Und ich muss Paige einfach davon erzählen, was ich als Letztes versucht habe, damit er mich bemerkt.«

Sie schürzte die Lippen, als könne sie nicht entscheiden, ob ich tatsächlich so jämmerlich war.

»Sehen Sie?«, sagte ich und deutete auf mein Gesicht, das puterrot angelaufen war, kaum dass sie die Tür aufgemacht hatte. »Das passiert, wenn ich auch nur über ihn rede. Können Sie sich vorstellen, wie peinlich ich aussehe, wenn ich tatsächlich in seiner Nähe bin? Eine totale Katastrophe!«

Ihre Miene entspannte sich ein wenig. »Vielleicht solltest du damit anfangen, dein Outfit zu ändern.«

Ich blickte an mir herunter. Ihr Vorschlag verblüffte mich genauso wie die Tatsache, dass sie mir zu glauben schien.

»Du bist siebzehn, oder?«

Ich schaute hoch und nickte.

»Dann wirst du nie wieder eine so gute Figur haben wie jetzt. Das solltest du ausnutzen, deinen Körper zur Geltung bringen. Und glaub mir … er wird es bemerken.«

»Okay. Äh, danke.«

Anscheinend kam sie zu der Entscheidung, dass ich mehr Hilfe brauchte, denn sie hielt die Tür ein Stück weiter auf. Mit klopfendem Herzen trat ich ein. Meine Augen gewöhnten sich erst nach einem Moment an das dämmrige Licht im Wohnzimmer, aber ich hatte den Eindruck, als wären zwei weibliche Gestalten schnell in die Küche verschwunden, sobald sie mich in der Tür gesehen hatten.

»Die wichtigste Waffe der Frau ist ihre Macht über Männer.« Raina durchquerte das Wohnzimmer und winkte mich auf eine Couch. »Richtig eingesetzt, bekommt man alles, was man will.«

»Oh.« Ich setzte mich. »Na ja, eigentlich will ich nur, dass er mich bemerkt, wenn ich direkt vor ihm stehe.«

Sie neigte den Kopf zur Seite und lächelte, als würde sie meine Unschuld amüsant finden. »Warte kurz, ich habe genau das Richtige für dich.«

Ich sah ihr nach, während sie den Raum verließ. Zwar war ich neugierig, womit sie wohl zurückkehren würde, aber mir war klar, dass ich nur diese Chance bekommen würde. Dem Geräusch nach zu urteilen, durchsuchte sie verschiedene Schubladen. Ich sprang auf und rannte zur Treppe.

Beeil dich, Nessa …

Zwei Stufen auf einmal nehmend, gelangte ich zum Flur und sprintete auf das Zimmer von Paige zu.

Die andere Richtung … lauf in die andere Richtung …

Ich schüttelte den Kopf, denn Justines Anweisung ergab keinen Sinn. Der einzige Raum in der anderen Richtung gehörte Betty.

»Paige?« Ich klopfte und öffnete gleichzeitig die Tür. »Tut mir leid, dass ich hier so reinschneie, aber Louis hat gesagt, du bist krank. Raina hat zwar behauptet, du seist auf der Arbeit, aber ich musste dich einfach sehen, weil wir dringend über –«

Ich brach ab, als ich die Tür hinter mir geschlossen hatte. Paige lag ausgestreckt auf einer Schlafcouch, mit Kissen gepolstert und in weiße Decken gehüllt. Sie trug einen weißen Rollkragenpulli, den sie bis zum Kinn hochgezogen hatte. Einerseits war sie so dick eingepackt wie im tiefsten Winter, andererseits waren alle Fenster offen, um die Sonne und die salzige Brise hereinzulassen.

»Geht's dir gut?«, fragte ich und ging auf sie zu. »Hast du Fieber? Ich kann die Fenster zumachen –«

»Nein, lass es so«, sagte sie. »Die frische Luft hilft.«

Ich setzte mich neben sie auf die Schlafcouch. Von der Winterkleidung abgesehen, wirkte sie nicht im Geringsten krank; das Haar fiel ihr in schimmernden Wellen über die Schultern, die Wangen waren rosig, und die Silberaugen glitzerten.

»Paige ... warum bist du angezogen, als hättest du gerade Schneemänner gebaut?«

»Vanessa«, sagte sie und lehnte sich vor. »Wir sind doch Freundinnen, oder?«

Ich warf einen Blick zur Tür. »Stimmt.«

»Sie haben gesagt, dass ich es niemandem verraten darf«, fuhr sie fort, und ihre Augen leuchteten noch heller. »Die Leute würden es nicht verstehen, weil wir ja beide noch so jung sind und aus unterschiedlichen Schichten kommen ... Aber am Ende werden es ja sowieso alle erfahren. Und ich weiß, dass du nichts ausplaudern wirst.«

»Was werde ich nicht ausplaudern?«, fragte ich. Zwar hatte ich Paige wirklich gern, aber ich wusste trotzdem nicht recht, ob ich mich in den inneren Zirkel der Familie Marchand hineinziehen lassen wollte.

Sie beugte sich noch weiter zu mir vor. »Mein Geheimnis.«

»Ich verrate nichts«, versprach ich, da sie auf diese Antwort zu warten schien und ich das Gespräch beschleunigen wollte. Hauptsache, ich kam hier wieder raus. »Großes Ehrenwort.«

Ihr Lächeln wurde breiter. »Ich bin schwanger.«

Du musst jetzt gehen, Nessa …

»Ist das nicht unglaublich?«, jubilierte sie mit gedämpfter Stimme. Dann rümpfte sie die Nase. »Ich meine, mir ist klar, dass ich noch sehr jung bin. Und Jonathan auch. Außerdem muss ich hier in Winter Harbor bleiben, während er aufs College geht, aber trotzdem bin ich sicher, dass alles wunderbar wird. Es wäre nicht dazu gekommen, wenn das Schicksal es nicht so gewollt hätte. Wir beide schaffen das schon, ganz egal, was passiert.«

Mein Verstand versuchte mühsam, die Neuigkeit zu verarbeiten. »Und was hat deine Mutter gesagt?«, fragte ich schließlich und dachte dabei an meine eigene.

Sie legte theatralisch eine Hand an die erhitzte Stirn. »O Gott, ich hatte solche Panik, es ihr zu sagen.« Sie ließ die Hand wieder sinken und schüttelte den Kopf. »Aber sie hat toll reagiert. Tatsächlich wusste sie schon früher Bescheid als ich selbst. Ich hatte mich schon eine Weile komisch gefühlt – ständig war mir übel, ich schwitzte und hatte die ganze Zeit furchtbaren Durst. Sogar wenn ich kalte Duschen nahm und literweise Eiswasser trank, hatte ich immer noch das Gefühl, in der Wüste zu braten. Vor zwei Tagen hat Raina dann bemerkt, dass mir nach der dritten Dusche immer noch der Schweiß herunterlief, und sie hat mich danach gefragt. Als ich ihr von den Symptomen erzählt habe, wusste sie sofort, was los ist. Sie hat gesagt, bei ihren Schwangerschaften hat sie sich ganz genauso gefühlt.«

»Und sie hat sich wirklich überhaupt nicht aufgeregt?«, fragte ich und blinzelte die Erinnerung an Simon und mich fort, wie wir nur einige Stunden zuvor in seinem Bett gelegen hatten.

»Nein, überhaupt nicht. Zara war zuerst geschockt und hat ein paar Tage nicht mit mir geredet, aber schließlich hat sie sich auch damit abgefunden. Beide haben gesagt, ein neues Leben sei immer ein wunderbares Geschenk, über das man sich freuen sollte. Worüber ich mich aber nicht freue …«, sagte sie und hielt mit einer Grimasse ein Glas voller schlammig grüner Flüssigkeit hoch, » … ist das Salzwasser. Direkt aus dem Meer, inklusive Seetang. Moms bizarre Wundermedizin, die tatsächlich hilft. Aber ich muss das Zeug unaufhörlich trinken, und es schmeckt genauso toll, wie es aussieht.«

Mein Magen rebellierte, als ich die braunen und grünen Klumpen beobachtete, die durch das Wasser trudelten.

»Die Meerwasserbäder helfen auch. Davon muss ich jede Stunde eins nehmen. Und aus diesem Grund – um auf deine Frage zurückzukommen – bin ich eingepackt, als sei ich gerade vom Schneemannbauen reingekommen.« Sie griff nach meiner Hand. »Willst du mal fühlen?«

»Danke, aber ich glaube, nicht. Ich sollte jetzt wirklich –«

Sie schob die Decken beiseite, zog den Pulli über ihren Nabel und legte meine Hand auf ihren Bauch. Als ich etwas unter der Haut schwimmen fühlte, riss ich die Finger zurück.

»Verrückt, oder? So wie sich das Kleine bewegt, wird es eines Tages bestimmt Olympiaschwimmer.«

»Weißt du, ich sollte jetzt wirklich los«, sagte ich und stand auf. »Meine Mutter ist angereist, und ich habe ihr versprochen, nicht zu lange wegzubleiben.«

»Aber wolltest du nicht über etwas Bestimmtes reden?«, fragte sie besorgt, als sie den Pulli wieder nach unten zog.

Ich hatte mich rückwärts auf die Tür zubewegt, aber jetzt hielt ich an. Zwar drängte mich jede Faser meines Körpers, den nächsten Ausgang zu erreichen, doch ich war schließlich schon so weit gekommen. Wenn man Paiges seltsame Quarantäne wegen ihrer »Krankheit« bedachte, war es fraglich, ob ich sie bald wiedersehen würde. Und dann konnte es schon zu spät sein.

»Ja, stimmt … es geht um Zara.«

»Macht sie das Personal verrückt? Sie hat von mir die strikte Anweisung bekommen, niemanden zu feuern, solange ich weg bin.«

»Nein, das ist es nicht –«

»Vanessa. Hier steckst du.«

Mir wich alles Blut aus dem Gesicht. Ich drehte mich um und sah Raina hinter mir stehen und ein weißes Sommerkleid in der Hand halten. »Mrs … Miss Marchand. Tut mir leid, dass ich einfach so verschwunden bin, aber mir ist plötzlich eingefallen, dass ich noch ein Buch von Paige ausleihen wollte. In letzter Zeit habe ich viel gelesen, weil ja Sommerferien sind, und Paige hat mir was empfohlen, das ich unbedingt mitnehmen sollte.«

»Was denn?«, fragte Raina.

»Die *Komplette Stadtgeschichte von Winter Harbor*«, sagte Paige. »Steht auf dem obersten Regal ganz rechts.«

Der Titel ließ mich einen Augenblick erstarren, dann warf ich Paige über die Schulter einen dankbaren Blick zu. Als ich mich wieder umwandte, hatte Raina das Kleid unter einen Arm geklemmt und hielt mir mit der anderen Hand das Buch entgegen. »Danke«, sagte ich und nahm es.

»Ich kann wohl davon ausgehen, dass Paige dich mit ihren guten Nachrichten beglückt hat.«

»Sei nicht wütend«, meinte Paige. »Ich war so aufgeregt, dass ich es endlich jemandem erzählen konnte, und Vanessa ist eine gute Freundin. Sie wird nichts ausplappern.«

»Ich hoffe nur, das stimmt.« Sie betrachtete mich ohne den Ansatz eines Lächelns. »Diese Zeit ist sehr wichtig für Paige und unsere Familie. Sehr wichtig und sehr persönlich. Bestimmt verstehst du, dass eine Mutter ihre Tochter beschützen will. Deine Mutter würde das Gleiche für ihre Töchter tun, oder nicht?«

»Natürlich.« Mit brennenden Wangen schaute ich zu Boden.

»Zwar werden die Leute es sowieso irgendwann herausfinden«, fügte Paige hinzu, »aber eine Weile wollen wir es noch geheim halten. In Winter Harbor macht Klatsch innerhalb von drei Minuten die Runde. Und das Wichtigste ist: Jonathan weiß noch gar nicht Bescheid, und ich habe keine Ahnung, wie ich es ihm sagen soll.«

»Paige, mein Schatz, darüber haben wir doch schon gesprochen.«

Ich schaute zwischen den beiden hin und her. Die strenge Kühle war aus Rainas Stimme verschwunden, und sie klang liebevoll, fast mütterlich.

»Jonathan braucht davon überhaupt nichts zu wissen.« Raina durchquerte das Zimmer und setzte sich auf die Schlafcouch. »Ihr beide habt gerade so eine hübsche Romanze, warum willst du das verderben?«

»Ich verderbe gar nichts«, widersprach Paige und zog die Hand weg, als Raina sie ergreifen wollte.

»Aber was passiert, wenn er in ein paar Monaten aufs College geht?«, wollte Raina wissen. »Dann wird er vier Jahre lang fort sein. Oder glaubst du wirklich, er würde das aufgeben, um in Winter Harbor zu bleiben und ein Teenager-Vater zu werden?«

»Er bräuchte nichts aufzugeben«, erwiderte Paige mit schwankender Stimme. »Schließlich kann man einen Collegeabschluss auch per Abendschule machen. Und außerdem wird er nicht so darüber denken. Ich bin sicher, Jonathan versteht, dass er mehr gewinnt als verliert.«

»Aber ob seine Eltern der gleichen Meinung sind? Du weißt doch, dass seine Familie sehr verschieden von unserer ist.«

Paige starrte ihre Mutter an, zog sich die Decke bis ans Kinn und drehte sich zum offenen Fenster. »Nur weil Dad abgehauen ist, heißt das noch lange nicht, dass sich Jonathan genauso benimmt.«

»Du wirst dich besser fühlen, wenn du erst ein schönes Bad genommen hast«, versicherte Raina, als habe sie die spitze Bemerkung nicht gehört. Sie warf mir einen Blick zu. »Du findest wohl allein hinaus?«

Ich nickte.

»Vielen Dank, Vanessa«, sagte Paige und schenkte mir ein kleines Lächeln. »Ich rufe dich später an.«

Das Blut rauschte mir in den Ohren, als ich in den Flur trat und die Tür leise hinter mir schloss.

Vanessa …

Ich hastete den Korridor entlang und ignorierte die Stimme von oben. Jetzt war nicht die richtige Zeit dafür. Ein Risiko am Tag genügte mir. Ich hatte versucht, von Paige mehr über Zara zu erfahren, aber das hatte nicht funktioniert. Also hieß es nun, auf Plan B umzuschalten, wie immer der aussehen mochte.

»Vanessa?«

Ich stolperte über meine eigenen Füße. Wahrscheinlich hätte mich die Stimme einer lebenden Person weniger erschrecken sollen als die meiner toten Schwester, aber Betty war eben nicht nur irgendeine Person.

Bitte, Nessa … Sie kann uns helfen …

Ich spürte ein beklemmendes Gefühl in der Brust, als ich am Anfang der Treppe stand. Was immer Betty zu sagen hatte, konnte eigentlich nur noch mehr Fragen aufwerfen … aber vielleicht würden die Fragen genügen, um mich auf eine Spur zu führen.

»Guten Morgen, Vanessa«, grüßte sie, als ich ihre Tür hinter mir schloss.

Ihre Hände ruhten auf der Stickerei in ihrem Schoß, und sie schien darauf zu warten, dass ich etwas sagte. Ich wiederum wartete darauf, dass Justine sich meldete. Falls sie wollte, dass ich mir von Betty Hilfe holte, wusste ich jedenfalls nicht, wo ich anfangen sollte.

»Du liest gerne?«, fragte sie schließlich.

»Was?«

»Paige hat dir ein Buch gegeben.«

»Oh.« Ich schaute auf meine Hand, die Paiges Ausgabe der *Kompletten Stadtgeschichte von Winter Harbor* umklammerte. »Stimmt. Hat sie.«

»Paige ist ein liebes Mädchen.« Aus Bettys Mund klang das so, als müsste ich meine Zweifel haben. »Sie ist noch jung. Sie macht Fehler, genau wie ihre Schwester und ihre Mutter es vor ihr getan haben. Aber sie will niemandem etwas zuleide tun.«

Ich konzentrierte mich darauf, ruhig und gleichmäßig zu atmen.

»Sie weiß nicht über dich Bescheid.«

Das Buch wollte mir aus der Hand rutschen, und ich umklammerte es fester.

»Auch nicht über Justine.«

Meine Blicke bohrten sich in ihre, die einen Punkt

über meinem Kopf fixierten und unruhig hin und her zuckten.

»Und vor allem nicht über deine Mutter.«

»Meine Mutter?«, flüsterte ich.

Sie ließ die Augen langsam sinken, bis sie meine erreicht hatten. In der wolkigen Membran schien ein schwaches Licht aufzuglühen. »Aber darüber weißt du natürlich genauso wenig.«

Ich hielt den Atem an und konnte keinen Muskel rühren.

»Deine Mutter und Raina waren einmal engste Freundinnen.«

Ich trat einen Schritt zurück. Meine Hüfte stieß gegen einen kleinen Tisch und ließ eine Karaffe mit Eistee auf den Boden kippen.

Betty nahm ihre Stickerei wieder auf und meinte nach einem kurzen Moment: »Im Bad sind Handtücher.«

Ich legte das Buch auf einen Stuhl. Dankbar für die Atempause, eilte ich in das Zimmer weiter hinten. Dort zog ich ein Handtuch vom Regal über der Toilette und öffnete den Wasserhahn. Der Geruch von Salzwasser war so stark, dass mir ganz übel wurde, und ich musste mich abwenden. Ich hielt das Handtuch unter den Strahl und wrang es aus, bis es nur noch feucht war und nicht tropfte. Erst dann drehte ich den Kopf zum Waschbecken zurück und stellte fest, dass das Wasser aus dem Hahn nicht klar war.

Seine Farbe war ein durchscheinendes Schlammgrün und erinnerte an die Tiefe des Meeres.

»Ein sehr gutes Buch«, sagte Betty, als ich in ihr Zimmer zurückkam. Sie ließ eine Nadel auf ihrem neuesten Stickprojekt auf und ab tanzen und hatte nun offenbar ein anderes Gesprächsthema gefunden als Paige, mich und unsere Mütter. »Ein alter Freund von mir hat es geschrieben. Ich habe es früher einmal gelesen, vor langer Zeit.«

Ich wollte nur noch aus dem Haus kommen, also kniete ich mich hastig hin und begann, den Teppich zu rubbeln. »Welches Buch?«, fragte ich so gleichgültig wie möglich.

»Die *Komplette Stadtgeschichte von Winter Harbor.* Die Paige dir geliehen hat.«

»Sagen Sie ...« Ich hörte mit dem Rubbeln auf und schaute über die Schulter. Das Buch lag noch immer unberührt auf dem Stuhl. »... kann es sein, dass Sie doch nicht blind sind?«

»Das letzte Mal, dass ich etwas gesehen habe, war vor siebenhundertdreiunddreißig Tagen.«

»Wie konnten Sie dann wissen, welches Buch mir Paige gegeben hat? Oder dass ich überhaupt eins in der Hand hatte?«

Sie verlagerte die Stickerei und begann an einer anderen Ecke. »Seite siebenundvierzig.«

Ich starrte sie an, dann stand ich auf und nahm das Buch vom Stuhl. Es war alt und offensichtlich schon viele Male gelesen worden. Der braune Umschlag war abgenutzt und an beiden Enden aufgefranst. Die Seiten waren vergilbt, und einige hatten sich sogar aus dem Einband gelöst und rutschten beim Blättern heraus. Seite dreiunddreißig bis achtunddreißig segelten zu Boden, und zwischen ihnen flatterte ein kleiner handgeschriebener Zettel nieder.

Für meine wunderschöne Bettina. Möge das Licht von Winter Harbor stets die Dunkelheit besiegen. Für immer und ewig, Dein Oliver.

»Ist es noch da?«

Ich löste den Blick von dem Zettel und blätterte zu Seite siebenundvierzig weiter, wo eine gepresste Lilienblüte perfekt erhalten zwischen dem Papier lag.

»Kannst du sie riechen?«

Die tote Blume hatte ihren Duft schon vor langer Zeit

verloren, aber ich hob das Buch trotzdem an die Nase. Es roch nach altem Staub, genau wie die Stadtbücherei von Winter Habor. »Nein«, sagte ich.

»Schade.« Ihre Augen blickten mich an und wirkten klarer denn je. »Ich kann es.«

Kapitel 17

»Oliver Savage?«, fragte Caleb ungläubig, als wir zehn Minuten später zurück in den Ort fuhren. »Dieser nörgelige alte Mann war einmal die Liebe ihres Lebens?«

»Ich dachte, Betty sei krank«, warf Simon ein, »und zu schwach zum Reden.«

»Das erzählt Raina nur jedem, um peinliche Fragen zu vermeiden«, sagte ich. »Betty ist zwar nicht ganz gesund, aber sie hat kein Problem damit, sich jedes Mal mit mir zu unterhalten, wenn ich im Haus bin.«

»Und wie oft war das bisher?«, wollte Caleb wissen.

Ich antwortete nicht. In meinem Kopf (und meinem Magen) schien alles durcheinanderzuwirbeln, weil ich so viel Unerwartetes erfahren hatte. Ich brauchte meine ganze Energie, um im Hier und Jetzt zu bleiben. Als wir auf dem Parkplatz der Bibliothek angekommen waren, nahm ich die Bücher, die Oliver hatte haben wollen … und in die ich bisher aus Zeitmangel keinen einzigen Blick geworfen hatte. Bevor der Wagen ganz zum Stehen gekommen war, riss ich die Tür auf.

»Nimm mir das nicht übel«, sagte Caleb, »aber haben wir wirklich Zeit für so was?«

Ich drehte mich um und schaute ihn durch den Spalt zwischen den Sitzen an. »Wir sind uns doch einig, dass Zara auf irgendeine Weise mit Justines Tod zu tun hat.«

Sein Gesicht wechselte die Farbe. »Ja.«

»Und dass schon viele Leute gestorben sind und vermutlich noch mehr folgen werden, wenn wir nichts unternehmen.«

Er antwortete nicht.

»Also müssen wir so viel wie möglich über die Marchands herausbekommen, ohne dass sie es merken. Wenn Oliver für Betty wirklich die Liebe ihres Lebens war, dann kennt er sie besser als jeder andere.«

Hinter mir huschten die Scheibenwischer über das Fenster, doch ich konnte ihren schnellen Rhythmus kaum hören, weil der Regen so laut auf das Dach prasselte. Während unserer Fahrt war der Himmel immer schwärzer und die Wolkendecke immer dichter geworden, und es war nur eine Frage der Zeit, wann die ersten Blitze über den Himmel zucken würden.

»Sie hat recht, Caleb«, sagte Simon. »Entweder jetzt oder nie.«

Ich war schon so weit, ihn einfach im Auto zu lassen, aber schließlich setzte sich Caleb auf und rieb sich die Augen.

»Okay, dann also los«, sagte er.

Peitschender Regen empfing uns, als wir auf den Eingang der Bücherei zurannten. In den zehn Sekunden, bis wir die Tür erreichten, sahen wir schon aus, als seien wir voll angezogen ins Hafenbecken gesprungen.

Wir fanden Oliver im Leseraum. Dort saß er in einem Sessel beim Kamin und war von aufgeschlagenen Büchern umgeben. Sie lagen überall um ihn herum – auf dem Tisch an seiner Seite, auf dem Fensterbrett hinter seinem Rücken, auf dem Kaminsims, auf dem Fußboden, angelehnt an Blumentöpfe. Aber er las keines davon. Stattdessen schaute er mir erwartungsvoll entgegen.

Als Oliver weder sprach noch wegschaute, übernahm Simon die offizielle Vorstellung. »Ich weiß nicht genau, ob Sie sich an uns erinnern, aber ich bin Simon Carmichael, und das hier ist mein Bruder Caleb. Unsere Familie wohnt am Lake Kantaka.«

Draußen wurde der Regen noch lauter. Ein Holzscheit im Feuer verrutschte und ließ Funken durch das Metallgitter schlagen.

»Ich glaube nicht, dass er dich hören kann.« Caleb machte sich nicht die Mühe, die Stimme zu senken, als er mit einer Kopfbewegung in Richtung des Tisches wies. Oben auf dem Stapel geöffneter Bücher lag ein kleines braunes Hörgerät.

»Ich weiß, wer ihr seid«, sagte Oliver gelassen, aber mit schroffer Stimme. »Und ich kann euch hervorragend hören. Tatsächlich habe ich euch schon gehört, als ihr noch auf dem Parkplatz wart.«

Ich fühlte, wie sich Simon neben mir versteifte.

»Vanessa Sands«, sagte Oliver. »Ich glaube, du hast etwas, das mir gehört.«

Ich blinzelte und erinnerte mich erst jetzt, dass ich Paiges Ausgabe der *Kompletten Stadtgeschichte von Winter Harbor* an die Brust gedrückt hielt. Ich wollte sie ihm reichen … aber erstarrte, als sein Blick sich stattdessen in die Stofftasche über meiner Schulter bohrte.

»Heute Morgen habe ich, ganz den Bibliotheksregeln entsprechend, einen Stapel Bücher zurückgebracht, obwohl ich sie dringend brauchte, nur um mir diese fünf auszuleihen. Mary informierte mich, dass jemand anderer sie mitgenommen hat.« Er starrte mir in die Augen. »Aus den Tausenden von Titeln in der Bibliothek wollte eine junge Dame namens Vanessa Sands ausgerechnet dieselben haben wie ich. Seltsam, was? Wie stehen die Chancen?«

»Gering.« Ich ließ die Tasche von meiner Schulter rutschen und stellte sie auf den Boden neben einen seiner Bücherstapel. »Die Chancen sind gering.«

Er schaute auf die Tasche und schien überrascht, dass ich so schnell klein beigab.

»Hören Sie … wir brauchen Ihre Hilfe.«

Sein Blick wurde milder, als er zu mir hochschaute. Vermutlich war es schon eine Weile her, seit jemand auf die Idee gekommen war, den nörgeligen Oliver Savage um etwas zu bitten.

»In Winter Harbor gehen schreckliche Dinge vor sich. Und Sie haben einige sehr wichtige Informationen, die niemand sonst wissen kann.« Ich hielt ihm das Buch entgegen, das er geschrieben hatte. Er lehnte sich zurück und presste eine zittrige Hand an den Mund. Nach einem Augenblick griff er danach. »Seite siebenundvierzig. Sie ist immer noch da.«

Er holte die Lilienblüte heraus und starrte sie so ehrfurchtsvoll an, als sei sie nach all der Zeit immer noch voller farbigem Leben. »Wo hast du das her?«, fragte er und drehte den Stengel gedankenvoll zwischen Daumen und Zeigefinger.

»Paige hat es mir ausgeliehen.«

»Wenn Sie uns irgendetwas über Betty oder die Marchands erzählen können, das uns vielleicht hilft, diesen Wahnsinn zu stoppen, dann wären wir Ihnen wirklich sehr dankbar«, warf Simon dazwischen.

Oliver legte die Blüte zurück und schlug eine Seite am Ende des Buches auf. Nach einer Weile begann er, laut zu lesen:

»In Winter Harbors Ozean tummelt sich das Leben, und zahllose Edelrestaurants haben im Laufe der Jahre versucht, daraus finanziellen Vorteil zu ziehen. Doch niemand hatte annähernd den gleichen Erfolg wie Bettina Marchand, eine eingewanderte Kanadierin, die 1965 *Bettys Fischerhaus* eröffnete und sich sofort großer Beliebtheit erfreute. Miss

Marchands – mit erst vierundzwanzig Jahren schon gleichzeitig Köchin und Unternehmerin – sagt von sich selbst, sie habe ›keine klassische Ausbildung auf diesem Gebiet‹, was sie jedoch mit harter Arbeit und ›einem tiefen Verständnis und Respekt vor der See‹ ausgleicht, so dass ihr Restaurant in Winter Harbor bereits zu einer echten Institution geworden ist.«

»Das ist alles?«, fragte Caleb. »Sorry, aber dadurch wissen wir jetzt nicht mehr, als man aus jeder Touristenbroschüre erfahren kann.«

»Genau.« Oliver tätschelte das Buch. »Was ich hier reingeschrieben habe, war alles, was Betty veröffentlicht haben wollte. Ihr Restaurant war damals, als ich diesen ersten Band schrieb, schon so etwas wie eine lokale Legende. Deshalb fand ich, es habe ein ganzes Kapitel verdient. Aber daraus wurde nur ein einziger Absatz … mehr ließ sie mich nicht schreiben.«

»Wieso?«, fragte Simon. »Hat ihr unerwarteter Erfolg sie scheu gemacht?«

»Oh, sie war scheu, aber der Erfolg hatte nichts damit zu tun.«

Mein Kopf fuhr hoch, weil ganz in der Nähe ein Blitz einschlug und das Lampenlicht flackern ließ. Als ich den Blick wieder senkte, stellte ich fest, dass Oliver mich direkt ansah.

»Aus Respekt vor ihr habe ich niemandem erzählt, was ich euch jetzt erzählen werde. Und ich breche mein Schweigen nur, weil ihr selbst schon einiges wisst.« Er ließ den Blick zu Simon und Caleb wandern. »Selbst wenn euch nicht ganz klar ist, was diese Dinge zu bedeuten haben, seid ihr doch Tatsachen auf die Spur gekommen, die Betty immer so gut wie möglich geheim gehalten hat.«

Simon und ich setzten uns erwartungsvoll auf ein Sofa gegenüber von Oliver. Hinter uns lehnte sich Caleb an ein Bücherregal und verschränkte abwartend die Arme, um zu hören, was der alte Mann zu sagen hatte.

Als Oliver wieder zu sprechen begann, klang seine Stimme weniger düster. »Bei meiner ersten Begegnung mit Bettina Marchand ging sie gerade ihrer Lieblingsbeschäftigung nach, nämlich Schwimmen. Ich beobachtete sie beim Rückenkraulen in ihrem knallroten Badeanzug, und sie lächelte, als würde ein Geliebter ihr zuflüstern, wie wunderschön sie aussah. Man konnte ihr ansehen, dass sie nicht zur sportlichen Ertüchtigung schwamm, sondern einfach nur, weil es sich gut anfühlte.

Damals hatten wir den Juli 1965. Sie war vierundzwanzig, neu in der Stadt, und wurde von sämtlichen jungen Männern umschwärmt. Ich war sechsundzwanzig, hatte mein ganzes Leben in Winter Harbor verbracht und gehörte zu ihren Verehrern. Zu diesem Zeitpunkt war sie schon ein paar Monate in der Stadt gewesen, aber wir beide waren uns nie offiziell vorgestellt worden. Wäre es nach ihr gegangen, dann hätte auch diese Begegnung nicht stattgefunden.« Er lächelte. »Jetzt müsst ihr nicht denken, dass ich mich wie ein Stalker benahm oder mich versteckt hatte, um sie heimlich zu beobachten. Nein, ich war einfach zum Schwimmen ans Meer gekommen. Als ich sie entdeckte, wollte ich zuerst wieder gehen, um ihre Privatsphäre nicht zu verletzen … aber ich konnte einfach nicht. Sie sah zu bezaubernd aus.«

»Wurde sie wütend, als sie es bemerkt hat?«, fragte Caleb.

»Nein, denn sie hat es gar nicht bemerkt. Betty war sich der Aufmerksamkeit, die sie erregte, nie bewusst. Sie wollte keine Bewunderung und tat auch nichts, um sie absichtlich hervorzurufen.«

»Am Ende hat Betty es aber doch herausgefunden, oder?«, fragte ich. »Dass Sie für sie schwärmten?«

»Um das nicht zu merken, hätte sie schon aus der Stadt wegziehen müssen. Zu meinem Glück war ihr das Restaurant so wichtig, dass sie blieb, obwohl sie sonst vielleicht vor meinen Avancen geflohen wäre. Außerdem machte das Restaurant es mir einfach, sie zu finden. Ich begann, jeden Tag in meiner Mittagspause dort hinzugehen, und hoffte auf eine Gelegenheit, mit ihr zu sprechen. Wenn wenig Gäste da waren, setzte Betty sich tatsächlich manchmal zu mir. Leider sprach dabei eigentlich nur ich – sobald ich ihr eine Frage stellte, die nicht das Restaurant betraf, wechselte sie das Thema. Aber sie liebte es, Geschichten über Winter Harbor zu hören, und bezeichnete den Ort als die Heimat, nach der sie sich immer gesehnt hatte. Also erzählte ich ihr alles, was ich darüber wusste, weil es sie glücklich machte. Als mir das Material ausging, suchte ich nach mehr.«

»Haben Sie deshalb keinen der mysteriösen Todesfälle in ihrer Stadtchronik erwähnt?«, wollte ich wissen und hielt ihm den Zettel entgegen, auf dem er vom Licht geschrieben hatte, das die Dunkelheit besiegt. »Weil Sie nur Geschichten wollten, die Betty glücklich machten?«

Oliver starrte den Zettel an und ließ eine Hand auf dem Buchrücken ruhen. Eine Antwort gab er mir nicht. »Nach ein paar Monaten stimmte Betty endlich zu, mit mir auf ein richtiges Date zu gehen. Da war es schon fast Winter, und die Seen waren zugefroren. Wir liefen Schlittschuh auf dem Lake Kantaka, und hinterher kochte ich ihr ein Abendessen.« Er machte eine gedankenvolle Pause. »In dieser Nacht hat sie das erste Mal über sich selbst gesprochen. Sie hat mir Dinge über ihr Leben erzählt, die sie vorher noch nie jemandem anvertraut hatte, wie sie sagte …«

»Was denn?«, fragte ich. Mein Puls erhöhte sich.

»Betty sagte, sie sei von ihrer Mutter und ihren Tanten in einem ›unkonventionellen‹ Haushalt aufgezogen worden und heimlich fortgegangen. Sie habe niemandem ein Ziel genannt oder eine Erklärung gegeben, weil sie mit der Lebensweise ihrer Familie nicht einverstanden war und fürchtete, man könne sie sonst suchen und zur Rückkehr zwingen.« Er schaute auf das Feuer, als müsse er erst über die nächsten Worte nachdenken. »Mit Tränen in den Augen erklärte sie mir, dass sie nicht nur deshalb so viel Zeit im Meer verbrachte, weil es ihr gefiel, sondern weil sie das Schwimmen brauchte. Sie war körperlich davon abhängig, sich mehrmals am Tag ins Salzwasser zu begeben.«

Ich warf einen Blick auf Simon, ohne den Kopf zu wenden. Er betrachtete Oliver fasziniert.

»Betty hat gesagt, anderenfalls … wenn sie zu lange dem Meer fernbliebe, wäre sie nicht mehr fähig zu atmen.«

»Warum?«, fragte Simon nach einer Pause.

»Das wollte sie mir nicht erklären. Außerdem veränderte sich ihr Verhalten, nachdem sie mir so viel verraten hatte – sie wurde distanziert, noch vorsichtiger und zurückhaltender als zuvor. Als Erklärung sagte sie, das Gespräch sei ihr im Nachhinein peinlich. Aber ich wusste, dass mehr dahintersteckte. Sie hatte Angst.«

Das Gewitter war inzwischen näher gekommen; der Boden bebte von den Blitzeinschlägen und brachte mein Sofa zum Erzittern.

»Ich fuhr damit fort, sie jeden Tag zu besuchen und ihr Geschichten über Winter Harbor zu erzählen. Wenigstens konnte ich sie so von ihren Ängsten ablenken. Ihr Vertrauen in mich wuchs, und sie schien zu vergessen, wie sie zurückgeschreckt war, nachdem sie mir Einblick auf ihr Privatleben erlaubt hatte. Nach zwei Jahren, als alles beinahe wieder normal schien, hielt ich um ihre Hand an.«

Er senkte den Blick, und ich fühlte einen mitleidigen Stich im Herzen.

»Sie antwortete, wir könnten nicht auf diese Weise zusammen sein … dass sie mich zu sehr lieben würde, um mich in Gefahr zu bringen.« Das Buch zitterte, als er es mit beiden Händen umklammerte. »Um sie zu überzeugen, dass alles ein gutes Ende nehmen würde, schrieb ich die Geschichte von Winter Harbor für sie auf. Ich wollte Betty wissen lassen, dass ich immer für sie da sein würde, um mit ihr zu reden und ihre Ängste zu zerstreuen, wenn sie das brauchte. Aber sie änderte ihre Meinung nie.«

Simon legte mir die Hand auf den Rücken, und meine Lider schlossen sich flatternd.

»Doch das war noch nicht das Schlimmste.« Olivers Stimme war leiser geworden. »Sie hatte zwar gesagt, dass wir nicht zusammen sein konnten, aber ich bezweifelte, dass das ihre freie Entscheidung war. Einige Jahre später, an einem Abend im August, als ich sie so sehr vermisste, dass ich die Sehnsucht nicht länger ertrug, ging ich deshalb zu ihrem Restaurant. Dort fand ich sie nicht, und aus einer Art Laune heraus kehrte ich zu dem Ort zurück, wo ich Betty zum ersten Mal bewundert hatte. Sie war im Meer und schwamm. Diesmal entdeckte sie mich, stieg aus dem Wasser und kam ohne ein Wort auf mich zu.«

Ich war froh, als das Licht flackernd verlosch und nicht wieder anging. Meine Wangen brannten vor Verlegenheit, während Oliver sein romantisches Rendezvous an der Felsküste schilderte und ich mir gleichzeitig vorstellte, wie sich Simons Lippen gestern Nacht auf meine gepresst hatten.

»Neun Monate später wurde Raina geboren.«

Ich riss die Augen auf. Natürlich hatte ich gewusst, dass sie Bettys Tochter war und einen Vater haben musste … aber ich konnte mir diese eigenartige Person nur schwer als Ergebnis einer realen, leidenschaftlichen, verbotenen Liebesaffäre vorstellen.

»Nach dieser Nacht hörte sie auf, mit mir zu reden«, sagte Oliver traurig. »Ich ging noch immer in ihr Restaurant. Ich ließ sie wissen, dass ich unserer Tochter genauso viel Glück, Licht und Liebe schenken wollte, wie Betty mir gegeben hatte. Aber sie hörte mir nicht zu. Es war, als würde sie mich kaum noch wahrnehmen.«

»Und das war alles?«, fragte Caleb. »Sie hat Ihnen keine weitere Chance gegeben?«

»Nein, zu meinem Bedauern nicht. Ich habe ihr geschrieben, sie angerufen, ihr Blumen überbringen lassen. Ich ging ins Restaurant, nur um in ihrer Nähe zu sein. Zu jeder Gelegenheit schickte ich ihr Geschenke: an Geburtstagen, an Festtagen oder wenn ich einfach nur so intensiv an sie denken musste, dass diese Gefühle ein Ventil brauchten. Das Gleiche tat ich für Raina … bis die Geschenke und Briefe ungeöffnet zurückkamen.« Er schwieg einen Moment. »Jahre später, nach Bettys Unfall, versuchte ich, sie zu Hause zu besuchen. Aber Raina ließ mich nicht durch die Tür. Sie behauptete, das wäre zu viel Aufregung für Betty. Doch ins Restaurant gehe ich noch immer, nur um mich ihr so nahe wie möglich zu fühlen.«

»Sagen Sie«, meldete ich mich zu Wort, »der Ort, an dem sie Betty zum ersten Mal begegnet sind und wo sie sich Jahre später mit ihr getroffen haben … wo war das genau?«

Er runzelte die Stirn und griff in den Lederranzen zu seinen Füßen. Daraus zog er einen Zeichenblock hervor und hielt ihn mir entgegen. »Zwar bin ich kein besonders guter Künstler, aber Malen ist gut für den Seelenfrieden.«

Ich nahm den Block und reichte ihn Simon. Bevor er ihn aufschlug, wusste ich schon, was darauf zu sehen sein würde.

»Das Meer bei den Chione Cliffs war schon immer perfekt zum Schwimmen«, sagte Oliver. »Mir gefiel der Platz, weil er so versteckt lag, und Betty gefiel er, weil in keiner anderen Bucht rund um Winter Harbor das Wasser so tief ist. Sie sagte, wenn sie dort von den Klippen spränge, könnte sie wohl ein Dutzend Minuten tauchen, ohne den Sandboden zu erreichen.«

Mein überraschtes Keuchen wurde vom Knistern eines verrutschenden Holzscheits im Feuer übertönt, so dass mich glücklicherweise niemand hörte.

»Sie konnte so lange unter Wasser bleiben?«, fragte Caleb. »Wie ist das möglich?«

»Zuerst dachte ich, sie hätte sich diese Fähigkeit vielleicht durch jahrelange Übung angeeignet – oder dass es sich nur um ein weiteres jener ungewöhnlichen Talente handelte, mit denen sie gesegnet war. Aber als sie nach unserer gemeinsamen Nacht so abrupt aufhörte, mit mir zu reden, begann ich, Informationen zu sammeln. Ich schrieb mir die wenigen Dinge auf, die sie mir über ihr Privatleben verraten hatte, darunter auch die Fähigkeit, minutenlang ohne Sauerstoff zu tauchen. Auf diese Weise wollte ich ihr helfen und herausfinden, weshalb sie sich so sehr fürchtete, um ihr meine Unterstützung anbieten zu können. Vielleicht, so hoffte ich, würde es schon ausreichen, ihre Angst zu besiegen, damit wir zwei zusammen sein konnten.« Er beugte sich vor und hob eine Stofftasche voller Bücher auf seinen Schoß. »Zwar habe ich das Rätsel nicht rechtzeitig lösen können, um Betty und mich dadurch zu retten … aber möglicherweise retten wir nun Winter Harbor.«

Ich musterte die Titelseiten der Bücher, die er eins nach dem anderen auf dem Boden ausbreitete. »Griechische Mythologie? Unbekannte Seemannslegenden? Meerjungfrauen?«

Beim letzten Mal in der Bibliothek hatte Oliver argumentiert, dass Geschichte sich wiederholte und man herausfinden musste, was in der Vergangenheit geschehen war, um die mörderischen Rätsel der Gegenwart lösen zu können. Also hatte ich Werke über Verbrechen und Mord, Tod und Verderben erwartet ... Sachbücher voller wahrer, historischer Bluttaten ... so wie die Berichte über die lächelnden Todesopfer in den alten Ausgaben des *Winter Harbor Herald,* nur in noch größeren, grausameren Dimensionen.

»Les chanteuses de la mer?«, las ich laut den Titel des Buches vor, das Oliver zuletzt herauszog. Auf dem verblichenen roten Umschlag befand sich das Bild einer Frau, die den Arm aus dem Wasser in den Himmel reckte.

»Sängerinnen der See«, übersetzte Caleb mit grimmiger Stimme. »Französisch war das einzige Schulfach, das ich mochte«, setzte er hinzu, als Simon und ich ihn ungläubig ansahen.

Ich drehte mich zu Simon um, meinem wissenschaftlichen Skeptiker und Fels in der Brandung. »Ehrlich? Betty ist eine Art bösartig trällernde Meerjungfrau? Mit Schwimmhäuten zwischen den Zehen und Muschel-BH?« Ich versuchte, die Sache in einen Witz zu verwandeln, doch Simon machte keine Anstalten zu lachen. Er verdrehte auch nicht die Augen oder verwarf die Idee auf der Stelle.

Also wandte ich mich wieder dem Buch zu, das Oliver jetzt aufgeschlagen hatte. Ich übersprang den französischen Text, und mein Blick landete stattdessen auf einer Illustration. Das einzige Licht im Raum stammte von dem flackernden Feuer, deshalb konnte ich es zuerst nicht genau erkennen ... aber als ein weiterer Blitz in der Nähe einschlug, sah ich das Bild so klar, als wäre es auf eine Kinoleinwand projiziert.

Ein Mann lag an einer Felsküste. Sein Köper war leblos, er hatte die Glieder von sich gestreckt und sah aus wie an den Strand gespülter Seetang. Vom Hals abwärts ließ das Bild einen grausamen, brutalen Tod erkennen. Vermutlich war er ein Fischer, den der Sturm überrascht und aus seinem Boot gerissen hatte und der danach von den Wellen umhergeworfen worden war, bis sie ihn schließlich an Land geschleudert hatten.

Doch trotz seines tragischen Endes sah er vom Hals aufwärts so aus, als würde er diese Erfahrung jederzeit wiederholen wollen.

Denn der tote Fischer lächelte über das ganze Gesicht.

Kapitel 18

»Das ist doch verrückt. Du musst zugeben, dass es verrückt ist.«

»Stimmt«, sagte Caleb, »aber trotzdem macht es Sinn.«

Simon starrte nur geradeaus, während er fuhr, und gab keinem von uns beiden recht.

»Raina mag ja seltsam sein, und Zara ist vielleicht fähig, unaussprechlich fiese Dinge zu tun, aber … Sirenen aus dem Meer? Wunderschöne Sagengeschöpfe, die Seeleute in den Tod locken?« Ich schüttelte den Kopf. »Wir sind hier nicht in der Odyssee. Das alles passiert tatsächlich, hier und jetzt, im wirklichen Leben. Wenn du sie als Serienkiller bezeichnen willst, okay. Aber zu behaupten, dass sie mit magischen Stimmen irgendwelche Typen ansingen, um auf Beutejagd zu gehen, ist doch purer Wahnsinn.«

»Vanessa, ich kann Zara überall hören.« Caleb klang regelrecht begeistert, als habe er nun endlich eine einleuchtende Erklärung gefunden. »Selbst wenn ich sie nicht sehen kann, höre ich sie immer noch. Wann immer Zara mich ruft, kann ich an nichts anderes mehr denken. Nicht mal daran, wie ich sie in Wirklichkeit hasse und dass ich mir eigentlich nur wünsche, sie würde weggehen und mich in Ruhe lassen. In diesen Momenten gibt es für mich nur noch Zaras Stimme und die Sehnsucht, bei ihr zu sein, obwohl mir normalerweise selbst hundert Meilen Abstand zu wenig sind.«

In Erinnerung sah ich die beiden wieder auf der Felsengruppe im Fichtenwald. Caleb hatte gleichzeitig erregt und abgestoßen gewirkt, als sie auf ihn zugekrochen war und ihren Körper an seinen gepresst hatte. Aber schließlich hatte er kurz zuvor seine Freundin verloren. Und Zara war nun einmal wunderschön, egal, was unter dieser Fassade lag. Das hieß, Caleb war einfach nur einsam und verletzt gewesen und hatte ein schlechtes Gewissen gehabt, weil er sich von einem anderen Mädchen angezogen fühlte.

»Du hast doch gehört, was Oliver gesagt hat. Genau das war die Vergangenheit, vor der Betty geflüchtet ist. Deshalb hat sie ihre Familie verlassen und konnte nicht mit Oliver zusammen sein.«

»Weil sonst die übrigen durchgeknallten, männerjagenden Weiber ihrer Familie aufgetaucht wären, um ihn wegzuschnappen, umzubringen und Betty zurück nach Hause zu schleppen?« Ich schaute Caleb an. »Hörst du eigentlich selbst, was du da sagst?«

»Okay, weißt du vielleicht, was mit dem Vater von Zara und Paige passiert ist?«, fragte er. »Haben sie jemals über ihn gesprochen?«

»Nein«, gab ich zu. »Aber vielleicht reden die Marchands einfach nicht gern über private Dinge. Ich weiß schließlich auch nicht, was Paiges Lieblingsfarbe ist oder wann Zara Geburtstag hat.«

»Du hast nichts von ihrem Vater gehört – genauso wenig wie sonst jemand in Winter Harbor –, weil es vermutlich zwei davon gab und Raina sie beide nach der Paarung umgebracht hat.«

»Klar. Äh … Simon?« Er hielt das Lenkrad so fest umklammert, dass seine Knöchel weiß hervortraten. »Wir könnten hier eine Stimme der Vernunft gebrauchen.«

»Caleb sollte ins *Lighthouse* gehen.«

Ich brauchte einen Moment, um zu erkennen, dass sich

der Wagen nicht länger bewegte. Durch den Regen, der die Windschutzscheibe herunterströmte, versuchte ich zu sehen, wo wir uns befanden. »Wir sind beim Resort?«

Caleb ließ sich auf dem Sitz zurücksinken und warf einen Blick durchs Seitenfenster. »Und was wollen wir hier?«

Simon starrte nur weiter geradeaus. »Betty hat aufgehört, mit Oliver zu sprechen, nachdem sie an den Chione Cliffs die Nacht zusammen verbracht haben. Weil sie mit Raina schwanger geworden ist.«

»Und …?« Der Zusammenhang wollte mir nicht einleuchten.

»Laut Zaras Scrapbook lässt sie jeden Verehrer fallen, sobald sie eine Liebeserklärung bekommen hat. Danach verschwinden die Jungs üblicherweise.«

»Zara hat ein Scrapbook?«, fragte Caleb. »Ich hätte nicht gedacht, dass sie der Typ dafür ist.«

»Und jetzt«, fuhr Simon fort und ignorierte Calebs Bemerkung, »ist Paige schwanger.«

Mir wurde ganz schwach im Magen. Ich war so entschlossen gewesen, nichts von Olivers Behauptungen zu glauben, dass ich gar nicht darüber nachgedacht hatte, was es bedeutete, wenn er tatsächlich die Wahrheit sagte. »Jonathan.«

»Jonathan …«, wiederholte Caleb. »Meinst du Jonathan March? Was ist mit ihm?«

Ich schaute auf die Marina beim *Lighthouse,* wo Edelyachten verlassen auf dem unruhigen Wasser dümpelten wie Spielzeugboote. »Paige und er sind ein Paar.«

»Betty hat Oliver geliebt«, sagte Simon. »Sie wollte ihn beschützen. Deshalb hat sie ihn ignoriert, nachdem die beiden ihrem Verlangen nachgegeben hatten. Sie hätte ihn allzu leicht umbringen können, und es klingt ganz so, als wäre sein Tod besiegelt gewesen, wenn Betty nicht allein hier gelebt hätte. Zwar wollte sie niemanden töten, aber es wurde von ihr erwartet. Weil ihre Familie auf diese Weise sicherstellte, dass nie jemand herausfand, was sie wirklich sind.«

Ich starrte aus dem Fenster und fragte mich, wie ausgerechnet Simon so etwas sagen konnte. Was war mit seiner wissenschaftlichen Skepsis passiert? Mit der automatischen Überzeugung, dass übernatürliche Dinge unmöglich waren? Mit der Forderung nach handfesten Beweisen?

»Also müssen wir mit Jonathan reden und ihn vor Paige warnen, bevor ihm etwas geschieht.« Caleb klang resigniert.

»Nein, ich kenne Paige«, sagte ich mit einem Kopfschütteln. »Selbst wenn ihre Großmutter – mal hypothetisch gesprochen, in einer anderen Realität – von mörderischen Meerjungfrauen abstammt, dann hat Paige von diesem Genpool nicht viel abgekriegt. Oder zumindest weiß sie nichts von ihren Jagdinstinkten. Dafür ist sie zu nett, zu unschuldig. Außerdem habe ich sie zusammen mit Jonathan gesehen, und sie ist total verrückt nach ihm. Nie im Leben würde sie ihm etwas antun.«

Simon betrachtete mich. »Was ist mit Zara? Oder Raina?«

Mir schoss das Blut in die Wangen. Er meinte es ernst.

»Was soll ich Jonathan sagen?«, fragte Caleb. »Wie erklärt man jemandem … so eine Sache?«

Simon drehte sich zu seinem Bruder um. »Du erklärst ihm gar nichts. Wir wollen ja nicht, dass er Angst bekommt und womöglich anfängt, Paige auszufragen. Wer weiß, was sie an Raina weitererzählen würde. Und die drei misstrauisch zu machen ist schließlich das Letzte, was wir wollen.«

»Also soll ich einfach nur nachschauen, ob er okay ist? Mich überzeugen, dass es ihn noch gibt und er hoffentlich kein bisschen lächelt?«

»So ungefähr. Außerdem kannst du versuchen, mehr über Paige und die Beziehung der beiden herauszufinden. Ihr habt doch zusammen gearbeitet, oder? Also sollte das nicht zu ungewöhnlich wirken.«

Caleb gab ein Geräusch von sich, das halb wie ein Lachen, halb wie ein Seufzen klang. »Klar. Kein bisschen ungewöhnlich.«

Er schwieg einen langen Moment, und ich dachte, er würde die Sache vielleicht noch einmal überdenken. Wie groß war schon die Wahrscheinlichkeit, dass sich ihre Vermutung als wahr erwies? Aber dann öffnete Caleb die Tür und sprang aus dem Wagen. Ich sah, wie er an seinem iPod und den Ohrstöpseln herumfummelte, während er durch den Regen lief.

»Du hast natürlich recht.«

Ich schaute auf seine Hand, die meine bedeckte.

»Das Ganze klingt komplett verrückt«, fuhr er fort. »Und unter normalen Umständen hätte ich Oliver für seine Zeit gedankt und alles ignoriert, was er gesagt hat. Aber an dieser Situation ist nichts normal.« Er beugte sich zu mir vor. »Denk einmal darüber nach. Vergiss Oliver, und denk nur an alles, was du gesehen hast. An die Dinge, von denen du mir erzählt hast.«

»Ja, ich habe ein paar merkwürdige Sachen gesehen«, gab ich zu, »aber trotzdem bin ich nicht bereit, euch diese Theorie abzukaufen. Unmöglich. Die Legende von den Sirenen muss in grauer Vorzeit entstanden sein, weil die Leute bestimmte Phänomene nicht erklären oder vorhersagen konnten. Wie das Wetter zum Beispiel – früher wusste man noch nicht, wie der Mond, die Sonne und die Meere sich gegenseitig beeinflussen und dass dadurch auf natürliche Weise extreme Bedingungen entstehen können, bei denen Leute das Leben verlieren. Sirenen waren Phantasieprodukte, mit denen man etwas erklärte, das sonst unverständlich war.« Ich drückte seine Hand. »Aber du weißt es besser als die Leute damals. Du kennst dich mit dem Wetter aus und kannst erklären, warum bestimmte Dinge passieren.«

»Vanessa, du warst doch die letzten Wochen dabei, als ich vergeblich nach einer Erklärung gesucht habe. Was hier vor sich geht, bricht alle Regeln der Naturwissenschaft.«

»Was ist mit Justine?«, fragte ich. »Sie passt nicht ins Schema. Erstens, weil sie nicht männlich war, und zweitens, weil sie nicht gelächelt hat, als sie gefunden wurde.«

»Ich glaube, sie hat Zara im Weg gestanden. Aus irgendeinem Grund hatte sie sich völlig auf Caleb versteift, und als er nicht so reagierte, wie sie gerne wollte, hat sie das Hindernis beiseitegeräumt.«

Ich starrte ihn an, und meine Frustration verwandelte sich in Besorgnis. Als lebenslange Memme, die an alle Formen von nächtlichem Horror glaubte, hätte ich mich eigentlich viel eher auf solche unlogischen, irrationalen Theorien einlassen müssen. Simon dagegen war der Wissenschaftsfanatiker, der lebende Wetterkanal. Wie konnte es angehen, dass ich hier die Rolle der Skeptikerin übernahm?

»Du weißt irgendetwas.« Erst als ich es aussprach, wurde es plötzlich sonnenklar. Ich beugte den Kopf, um ihm in die Augen zu sehen. »Das stimmt doch, oder? Du weißt etwas, das du mir nicht verraten hast. Deshalb ergibt das Ganze für dich Sinn.«

Er schaute zur Seite.

»Simon.« Ich drückte seine Hand fester, als er sie wegziehen wollte. »Erzähl es mir. Du musst mich nicht schonen, ich kann damit umgehen.« Geduldig sah ich zu, wie er wortlos in den Regen starrte.

»Es geht um gestern«, sagte er schließlich.

»Gestern ... in Springfield?«

Er nickte. »Im Wald. Als wir die beiden auf den Felsen gesehen haben.«

Ich blickte zu Boden. Vielleicht meinte Simon nicht denselben Moment, aber jedenfalls konnte ich mich problemlos erinnern, wie er Zara angestarrt hatte, als habe er vorher nicht gewusst, was Schönheit war … und als habe er mich total vergessen, obwohl ich direkt neben ihm stand.

»Zuerst konnte ich an nichts anderes denken als an Caleb. Ich habe mir Sorgen gemacht, ob und in welchem Zustand wir ihn finden würden. Als ich dann seinen Pulli an dem toten Baum hängen sah wie ein perverses Schnitzeljagdzeichen, ist mir fast der Kopf explodiert vor Angst, und ich wurde unglaublich wütend. Ich rannte in Zaras Richtung, und dabei dachte ich nur daran, was ich ihr ins Gesicht schreien und mit ihr anstellen würde. Als wir die Bäume an der Lichtung erreichten, wollte ich geradewegs auf sie losgehen.«

Ich wartete. »Okay, was ist also passiert?«

»Kann ich nicht sagen. Rein körperlich war ich immer noch auf Angriff eingestellt, aber in meinem Kopf …«

»Das ist schon in Ordnung, Simon«, sagte ich. »In deinem Kopf … was?«

»Vanessa, du musst das verstehen. Ich hatte keine Kontrolle darüber und keine Ahnung, was mit mir passierte … tatsächlich war ich mir nur vage bewusst, *dass* etwas mit mir passierte.« Er holte angestrengt Luft. »Aber als ich die beiden dort auf dem Felsen sah, wollte ich nicht mehr auf Zara losgehen … sondern auf Caleb.«

Mein Herz zog sich zusammen. »Du hattest einen emotionalen Aussetzer. Alles war zu viel für dich, und da bist du von deinen widersprüchlichen Gefühlen überwältigt worden.«

»Nein, das war es nicht.«

Er klang so ernst, dass ich keine Wahl hatte, als zumindest

zu glauben, dass er es glaubte. »Aber wieso?«, fragte ich. »Warum wolltest du Caleb etwas tun?«

Er ließ den Kopf hängen, und er war so zerknirscht, als wolle er sich im Voraus dafür entschuldigen, was er gleich sagen würde. »Weil ich eifersüchtig war.«

Ich sackte gegen die Sitzlehne.

»Kaum hatte ich sie gesehen, verlor alles andere völlig an Bedeutung. Der Wald, die Suche nach Caleb, die ganzen letzten Wochen …«

»Auch ich?«, erriet ich und starrte durch die Windschutzscheibe.

»Ich konnte nichts wahrnehmen außer ihr«, sagte er mit brüchiger Stimme. »Vanessa, sie hat sich so angestrengt. Sie hat alles versucht, damit ich auf sie reagiere. Und was diese Wesen tun können … die Wirkung ist unglaublich stark. Man kann es nicht wirklich als Gesang oder überhaupt als Klang bezeichnen. Es hat keine Ähnlichkeit mit dem, was wir als Kinder in Märchenbüchern über Nixenmusik gelesen haben.«

Ich schaute ihn an und hörte das Blut in meinen Ohren rauschen. »Sondern?«

Er dachte einen Moment nach. »Stell dir vor, du lässt dich auf dem See treiben. Du liegst auf dem Rücken, und das Wasser umspült dich, füllt deine Ohren für einen Moment und gibt sie dann wieder frei. Abwechselnd hörst du klar und deutlich, was um dich herum geschieht, und dann ist wieder alles gedämpft. Es fühlt sich beinahe an, als würdest du zwischen zwei verschiedenen Welten schweben.«

Ich wusste genau, wovon er sprach. Selbst vor meinem Unfall hatten mich die Momente nervös gemacht, wenn ich die Klänge über Wasser nicht mehr wahrnahm.

»Ungefähr so musst du es dir vorstellen. Als würde man an der Oberfläche treiben und dann langsam, ganz sanft in die

Tiefe gezogen werden. Man fühlt sich sinken, kann es nicht aufhalten, und da es so ein angenehmer Zustand ist, versucht man es gar nicht erst. Als würde man einfach aufgeben und sich vom Wasser hinabziehen lassen, bis man nichts anderes mehr hört.«

»Konntest du Zara sehen? Während du in ihrem Bann warst?«

»Ja. Aber sie war verändert. Alles hat anders ausgesehen ... das Licht wirkte gleichzeitig weicher und strahlender, als seien wir von Millionen Spiegeln umgeben, zwischen denen die Sonnenstrahlen hin und her geworfen wurden, bis der ganze Wald von einem weißen leuchtenden Nebel erfüllt war.«

»Okay«, sagte ich und versuchte, mich anzuhören wie eine hilfsbereite, platonische Freundin, »das klingt zwar ziemlich verrückt, aber ich vertraue darauf, dass du schon weißt, was du gesehen und gehört hast. Also, wenn es tatsächlich solche Dinge –«

»Vanessa.«

Ich schloss die Augen. Eigentlich hatte ich doch nur wissen wollen, was in Wahrheit mit Justine geschehen war und was sie in den Monaten vor ihrem Tod getrieben hatte. Ich hatte nach Antworten gesucht, um ihren selbstmörderischen Sprung zu verstehen und um dann mit meinem Leben weitermachen zu können. Wie war ich dadurch in diesen Schlamassel geraten?

»Vanessa«, sagte er wieder und strich mir eine Haarsträhne aus der Stirn hinters Ohr.

»Simon ... bitte. Ich komme schon damit klar. Das ist ziemlich viel auf einmal, aber ich komme klar.«

»Ich konnte fliehen. Willst du nicht wissen, wieso?«

Ich begann, den Kopf zu schütteln, aber seine Hand auf meinem Kinn ließ mich innehalten.

»Deinetwegen.«

Ich hob den Blick.

»Ihr erster Versuch, mich zu kontrollieren, endete für einen kurzen Moment, als ich deine Stimme hörte. Gerade lang genug, um dir zuzurufen, dass du Caleb nachlaufen solltest, und um mich auf Zara zu stürzen. Weil du gesprochen hattest, konnte ich mich aus dem Sog lösen. Und dann, als ich mit ihr allein war und sie alles in ihrer Macht Stehende tat, damit ich ihr gehorchte und ihr zum Auto folgte, hörte ich dich wieder.«

»Aber ich war doch gar nicht da. Nicht mal in der Nähe.«

»Ich weiß.« Sein Gesicht näherte sich meinem, und seine Stimme wurde ganz sanft. »Vanessa, was gestern Nacht zwischen uns passiert ist – dabei ging es um mehr als um diese paar Stunden.«

Ich betrachtete forschend sein Gesicht und war hin- und hergerissen zwischen dem Wunsch, er solle aufhören oder mir absolut alles erzählen.

»In den ganzen Jahren, die deine Familie nach Winter Harbor gekommen ist, konnte ich es immer kaum erwarten, dich in den Sommerferien wiederzusehen. Von Anfang an haben wir uns stundenlang unterhalten können, über Bücher, Filme, Justine und Caleb … oder über nichts von Bedeutung. Es fühlte sich immer so leicht an, so vertraut, weißt du?«

Ich nickte. Das Gleiche hatte ich auch oft gedacht.

»Aber dann vor ein paar Jahren hat sich alles verändert.« Er schaute mich an. »Weißt du noch, was wir eigentlich an dem Abend tun wollten, als du deinen Schwimmunfall hattest?«

»Ja natürlich. Es war schließlich Donnerstag. Also Drive-in-Kino mit Eiscreme.«

»Genau. Aber du bist nicht gekommen … weil du im Krankenhaus lagst.«

»Wo ich dann Besuch von dir und Caleb bekam, und ihr habt einen Laptop und einen Stapel DVDs mitgebracht.«

Er senkte den Blick. »Weißt du noch, welchen Film wir geguckt haben?«

»›Schlaflos in Seattle‹. Aus Rücksicht auf meinen Zustand war Caleb bereit, eine romantische Komödie zu schauen.«

»Siehst du, das wusste ich nicht. Weil ich nämlich kein einziges Mal auf den Bildschirm geschaut habe. Ich konnte meinen Blick nicht von dir losreißen. Justine saß auf deinem Bett, mit dem Laptop auf dem Schoß, Caleb hatte sich einen Stuhl neben sie gezogen und –«

»Du hast auf der Fensterbank gehockt«, sagte ich. »Auf der anderen Seite des Zimmers, weil dir heiß war und du beim Ventilator bleiben wolltest.«

»Mir war nicht heiß, ich hatte Panik. Nie zuvor habe ich solche Angst um jemanden gehabt.«

Ich versuchte, ihn mir vorzustellen, wie er mich zwei Stunden lang durch den Raum beobachtet hatte. Für mich war die Ablenkung gerade richtig gekommen, denn sonst hätte ich nur darüber nachgegrübelt, was geschehen war. Deshalb war ich zu sehr in den Film vertieft gewesen, um Simon näher zu beachten. »Aber mir ging es gut. Sie haben mich nur zur Beobachtung im Krankenhaus behalten.«

»Vanessa … du warst vierunddreißig Minuten unter Wasser. Du hättest eigentlich nicht überleben dürfen. Erst da wurde mir klar, wie verloren ich mich dann gefühlt hätte.«

Ich streckte die Hand aus, um die Träne fortzuwischen, die ihm über die Wange lief. Er nahm meine Hand, beugte sich näher zu mir, und ich hoffte auf einen Kuss, der mir bewies, dass seine Worte und die gestrige Nacht wirklich wahr und kein Ausrutscher gewesen waren. Eine Sekunde lang glaubte ich, er würde es tatsächlich tun … aber dann presste er seine Lippen stattdessen auf meine Stirn.

»Tut mir leid«, flüsterte er. »Tut mir so leid, dass Zara mich unter Kontrolle bringen konnte. Das ist der Punkt, von dem du nichts wusstest, und der Grund, warum ich Olivers Geschichte glaube.« Er lehnte sich zurück, um mich anschauen zu können. »Ich will nicht behaupten, dass hinter dem Ganzen nicht noch mehr steckt. Wir haben keine Erklärung für das Wetter, und wir kennen die Gründe nicht, warum Zara und ihre Familie sich so verhalten. Aber ich werde alles tun, was in meiner Macht steht, um mehr herauszufinden. Bis wir genug wissen, um sie stoppen zu können.«

Bevor ich antworten konnte, wurde die Hintertür aufgerissen und ließ eine regennasse Windböe herein.

»Was ist passiert?« Simons Gesicht wurde hart. »Was hat Jonathan gesagt?«

Caleb ließ sich auf die Rückbank fallen und atmete schwer. Das Haar klebte ihm am Kopf, die Kleidung am Körper, und Regenwasser tropfte von seinem Gesicht, aber er schien das alles nicht zu merken.

»Jonathan hat gar nichts gesagt. Seit drei Tagen hat ihn niemand mehr gesehen.«

Kapitel 19

»Magst du Blaubeeren?«

Ich stand in der Küchentür und schaute staunend in den Raum. Unser Tisch war mit geöffneten Packungen übersät, Brot, Schinken und Pfannkuchenteig bedeckten die Zeitungen darunter, und eine dünne Mehlschicht war auf dem gesamten Küchentresen verteilt, der ansonsten voller Schüsseln und Kochutensilien stand. Eierschalen lagen auf dem Fußboden und ließen Reste klarer Flüssigkeit ins Linoleum sickern.

»Ich kann mich nicht erinnern«, sagte Mom, als ich nicht antwortete. »Ich kann mich einfach nicht erinnern, ob du Blaubeeren magst und Erdbeeren schrecklich findest oder umgekehrt. Oder vielleicht magst du beides?« Sie schaute wild um sich, als wäre die Antwort in einem der Mehlhäufchen zu finden. »Wieso kann ich mich nicht erinnern?«

Wahrscheinlich deshalb, weil sie seit zehn Jahren in der Küche nichts heiß gemacht hatte außer Frühstückskaffee. »Ich mag alle Beeren«, antwortete ich und behielt meine Theorie für mich.

Sie seufzte. »Gott sei Dank. Ich hatte schon angefangen, mich zu fragen, ob du vielleicht eine Allergie hast, und das zu vergessen hätte ich mir wirklich nicht verzeihen können.«

»Mom … was ist hier los?«

»Was soll los sein?« Sie wandte sich wieder ihrer Rührschüssel zu. »Du hast gestern Abend kaum etwas gegessen. Ich dachte, vielleicht bist du hungrig.«

Normales Mom-Verhalten war das nicht. Auch wenn sie vor zehn Jahren das letzte Mal Pause von der Arbeit gemacht und persönlich ein Ei aufgeschlagen hatte, war das kein Grund, so hektisch und angespannt zu wirken. Außerdem war sie die ordentlichste Ordnungsfanatikerin, die ich kannte. Hätte sie wirklich nur Frühstück gemacht, weil ich vielleicht Hunger haben könnte, dann wäre sie zwischendurch mit Putzen beschäftigt gewesen.

Ich erriet, was das Problem war, doch wenn ich sie direkt fragte, würde ich keine Antwort bekommen. Also setzte ich mich an den Küchentisch und zog den *Winter Harbor Herald* unter einem Brotlaib hervor.

Ich musste einen Hustenanfall vortäuschen, um mein erschrockenes Keuchen zu überdecken. An sich hatte ich ja gewusst, wie die Schlagzeile lauten würde, aber mit dieser Überschrift hatte ich nicht gerechnet: *Vier weitere Ertrunkene in Winter Harbor. Bürgermeister verhängt Notstand.*

Ich überflog den Artikel und war einen Moment lang erleichtert, dass es sich bei keinem der Opfer um Jonathan handelte.

»Mom … was hältst du davon, das Kochen seinzulassen und stattdessen in einem Restaurant frühstücken zu gehen?«

Sie drehte sich zu mir um. »In einem Restaurant?«

»Du warst zu lange hier im Haus eingesperrt. Ein Tapetenwechsel würde dir guttun.«

Sie strahlte mich an, als hätte ich vorgeschlagen, schnurstracks nach Boston zurückzukehren. Ich unterdrückte den Anflug von schlechtem Gewissen wegen dieses Täuschungsmanövers. Seit zwei Tagen hatte ich nach einer Methode gesucht, mehr über ihre Verbindung zu Raina zu erfahren, ohne direkt fragen zu müssen, ob und woher die beiden sich kannten. Ich wollte es nicht riskieren, Mom noch mehr aufzuregen, oder ihr einen Grund geben, mich in ihren BMW zu verfrachten und abzubrausen. Doch abgesehen von der Idee, beiläufig Rainas Namen zu erwähnen und zu sehen, wie Mom reagierte, war mir nichts Unauffälliges eingefallen … bis jetzt.

»Wir könnten zu *Bettys Fischerhaus* gehen«, sagte ich und beobachtete ihren Gesichtsausdruck. »Das Restaurant mit der Hummersuppe beim Hafen?«

»Was für eine nette Idee. Da waren wir schon seit Ewigkeiten nicht mehr.« Sie küsste mich auf die Wange, als sie durch die Küchentür kam. »Vielen Dank für diesen Vorschlag.«

Während der Fahrt dachte ich darüber nach, dass ich so etwas noch vor kurzer Zeit nie gemacht hätte. Unsere Beziehung funktionierte nicht auf diese Weise. Wir wussten schließlich kaum, was wir miteinander reden sollten. Sie und Justine hatten sich immer über Kleidung und Schminktipps unterhalten können, und sie waren sogar einmal im Monat zusammen shoppen oder in die Sauna gegangen. Da ich mich für nichts davon interessierte, hatte ich mich immer ausgeklinkt und lieber mit Dad einen Film geguckt oder gelesen. Das Frühstück im Fischerhaus würde das allererste Mal sein, dass wir beide allein etwas unternahmen.

Normalerweise hätte ich mich deshalb nervös auf langes Schweigen oder angestrengten Small Talk eingestellt, aber diesmal machte mir der Gedanke nichts aus. Ich fühlte mich selbstbewusster, seit Simon und ich die Nacht miteinander verbracht hatten, und sein Geständnis im Auto beim *Lighthouse Resort* hatte dieses Gefühl noch verstärkt. Letzten Abend hatte ich sogar einschlafen können, ohne den Fernseher anzustellen. Simon war so etwas wie mein Nachtlicht geworden; selbst wenn er nicht bei mir war, erleuchtete er meine Welt, so dass ich mich nicht länger zu fürchten brauchte.

Und wenn er mit Caleb vom Bates College zurückkehrte, wo sie Recherchen über Meerjungfrauen, Sirenen und mögliche Abwehrmaßnahmen anstellten, dann würde ich ihm deutlich meine Dankbarkeit zeigen.

»Nicht viel los bei denen, was?«, kommentierte Mom, als wir zehn Minuten später auf den nur mäßig besetzten Parkplatz einbogen.

Ich schaute mich überrascht um. Garrett stand nicht an seinem üblichen Posten, um nach Reservierungen zu fragen. Die neuesten Todesfälle hatten entweder dazu geführt, dass mehr Leute fluchtartig den Ort verlassen hatten, oder sie hatten sich in ihren Ferienhäusern verschanzt, um der Gefahr zu entgehen.

Ich warf unauffällige Seitenblicke auf Mom, als wir den Parkplatz überquerten und ins Fischerhaus eintraten. Schließlich hatte ich gehofft, dass sie bei Rainas Familienrestaurant eine Reaktion zeigen würde, aber falls Erinnerungen bei ihr geweckt wurden, verbarg sie es gut.

»Du bist ziemlich beliebt hier«, stellte sie fest, als wir uns gesetzt hatten und nacheinander die Empfangsdame, eine Hilfskraft und ein Kellner gekommen waren, um hallo zu sagen.

»Ich habe mich mit Paige Marchand angefreundet«, erzählte ich und schaute von der Speisekarte hoch, um ihr Gesicht zu betrachten. »Ihrer Familie gehört das Fischerhaus, und ich habe beim Kellnern ausgeholfen. Dadurch kenne ich die meisten vom Personal.«

»Oh, Schätzchen«, sagte sie lächelnd mit geneigtem Kopf, »ich bin so froh, dass du hier Freunde gefunden hast.«

Ich nickte und schaute zurück auf die Karte. Anscheinend musste ich doch ganz direkt Rainas Namen erwähnen.

»Weißt du, das war immer die Strategie deiner Schwester, um mit allem fertig zu werden.«

Ich blickte auf.

»Sie war ganz vernarrt in dich, aber trotzdem war es nicht immer leicht für sie. Deshalb benahm sie sich so extrovertiert, hatte so viele Freundinnen und Verehrer. Sie litt unter einem fast zwanghaften Bedürfnis, gemocht zu werden … von so vielen Leuten wie möglich.«

Ich schüttelte den Kopf und vergaß für einen Moment, warum ich Mom hergebracht hatte. »Was war nicht leicht für sie? Und was meinst du mit ›ein zwanghaftes Bedürfnis‹, gemocht zu werden‹?«

»Kann ich Ihnen etwas bringen?«

Ich ließ die Speisekarte fallen und umklammerte meinen Schädel. Einerseits hatte ich gehofft, dass Zara heute arbeitete – solange sie im Fischerhaus war, konnte sie nicht woanders sein und fragwürdige Dinge anstellen –, aber ich war zu abgelenkt gewesen, um nach ihr Ausschau zu halten. Jetzt stand sie direkt an unserem Tisch, hielt einen Schreibblock in der Hand und lächelte wie eine ganz normale Kellnerin, die ganz normale Gäste bedient.

»Hallo, Zara.« Ich zwang mich, meinen Kopf loszulassen, um Mom nicht zu beunruhigen.

»Vanessa«, sagte sie gleichmütig.

»Mom«, brachte ich hervor und schaffte es, trotz des stechenden Schmerzes nicht zusammenzuzucken. »Darf ich dir Zara Marchand vorstellen? Sie ist die Schwester von Paige.«

»Oh!« Mom hielt Zara die Hand entgegen. »Sehr erfreut, dich kennenzulernen. Ich habe gerade zu Vanessa gesagt, wie froh ich bin, dass sie ein paar neue Freunde gefunden hat. Unsere Familie hatte diesen Sommer eine schwere Zeit, wie man sich vorstellen kann, und –«

»Wir nehmen Rührei mit Toast und Kaffee«, sagte ich.

Mom schaute mich verwundert an.

»Kommt sofort.« Zaras Silberaugen glitzerten, als sie unsere Speisekarten einsammelte.

»Sorry«, sagte ich, sowie sie verschwunden war. »Ich habe ziemlichen Hunger.«

Mom zog die Brauen zusammen, widersprach aber nicht.

»Also, was hast du gerade gemeint? Wieso hatte Justine es nicht leicht?« Auch solche Fragen hätte ich noch vor ein paar Tagen nicht gestellt. Ich wäre nie auf die Idee gekommen, dass Mom mehr über Justine wissen konnte als ich, und hätte ihre Bemerkung ohne näheres Nachdenken ignoriert. Davon abgesehen, hatten meine Fragen den Zweck, das Gespräch in Gang zu halten, damit sie sich entspannte und vielleicht etwas über Raina fallenließ.

Sie stützte sich mit verschränkten Armen auf den Tisch und beugte sich vor. »Vanessa, Darling ... du bist eine ungewöhnlich schöne junge Dame.«

Ich begann, abwehrend den Kopf zu schütteln.

»Doch, das bist du.« Sie legte eine Hand auf meine. »Ich weiß, dir ist dein Aussehen nicht bewusst. War es nie. Das hat Justine vermutlich noch mehr in den Wahnsinn getrieben als die Tatsache, dass jeder dich als Erstes bemerkte und sie erst als Zweites.«

»Mom, sei mir nicht böse ... aber du redest Blödsinn. Justine sah umwerfend aus. Jeder hat sie auf Händen getragen. Sie hatte mehr Freunde, Freundinnen und Dates als die meisten Leute in ihrem ganzen Leben.«

»Und dafür hat sie sich enorm angestrengt.«

Ich ließ meine Hand aus ihrer gleiten und lehnte mich zurück.

»Als ihr beide noch klein wart, habe ich euch jeden Tag in den Kombikinderwagen gesetzt und bin mit euch durch den Stadtpark spaziert. Und jeden Tag hat mich bestimmt ein

Dutzend Leute angesprochen, um mir zu erzählen, was für wunderhübsche Töchter ich habe.«

»Töchter«, wiederholte ich.

»Ja, Justine war auch eine kleine Schönheit.« Sie machte eine bedeutungsvolle Pause. »Aber angeschaut haben sie alle nur dich.«

»Okay, ich war also ein niedliches Baby«, sagte ich und übte mich in Geduld. »Justine war damals noch zu jung, um so etwas zu bemerken oder sich um die Meinung der Leute zu scheren, und als wir älter wurden, hat sich unser Beliebtheitsgrad umgekehrt.«

Mom schien ihre nächsten Worte mit Bedacht zu wählen. »Erinnerst du dich noch an den Valentinstag, als du in der sechsten Klasse warst und Justine in der siebten? Ihr beide seid mit einer Lunchbox voller Grußkarten nach Hause gekommen.«

»Kann schon sein«, meinte ich vage.

»Und kannst du erraten, wie viele Karten Justine bekommen hat?«

»Zehn? Zwanzig?«

»Dreiunddreißig.«

»Siehst du?«, sagte ich mit einem eigenartigen Gefühl von Triumph. »So viele hätten gar nicht in meine Lunchbox gepasst.«

»Aber nur zwölf davon waren für Justine«, sagte Mom. »Sie kamen von ihren Freundinnen.«

»Und?«, fragte ich, denn sie schaute mich an, als müsse ich wissen, worüber sie sprach.

»Die Jungs in ihrer Klasse hatten dich gesehen, als ich euch beide zur Schule brachte. Viele haben sofort für dich geschwärmt und Justine die Valentinskarten für dich mitgegeben.«

»Daran erinnere ich mich nicht.«

»Nein, ich weiß. Du hast dir nie etwas dabei gedacht – weder damals noch später, als sich ähnliche Situationen häuften. Dir fiel es nicht auf, wenn Jungs mit dir flirteten oder sich mit Justine anfreundeten, weil sie hofften, dadurch an dich heranzukommen.«

»Aber ich hatte bisher kein einziges Date.« Das stimmte immer noch, trotz der Sache mit Simon.

»Schon, aber das lag nicht daran, dass niemand mit dir ausgehen wollte.«

»Mom«, sagte ich ganz ruhig. »Justines liebstes Hobby war Wildwasser-Rafting, sie hat sich nachts aus dem Haus geschlichen, jede Menge Jungs geküsst und sich vor nichts und niemandem gefürchtet. Genau das haben alle an ihr geliebt. Mich eingeschlossen.«

»Ja, alle diese Dinge hat sie getan. Und zwar, weil sie als deine Schwester das Gefühl hatte, die Leute würden sie nur dann bemerken, wenn sie sich unglaublich anstrengte. Zwar hat sie mit deinem Vater und mir weniger oft darüber geredet, als sie älter wurde, aber uns war trotzdem immer klar, warum sie sich so benahm. Also haben wir unser Bestes getan, ihr Halt zu geben und sie wissen zu lassen, dass sie geliebt wird.«

»Falls das wirklich stimmt«, erwiderte ich ungläubig, »warum hat sie sich dann immer solche Mühe gegeben, mich zu beschützen, mir zu helfen, mir die Furcht vor all den Dingen zu nehmen, die mir Angst machten? Wenn es so schwer war, als meine Schwester zu leben, dann hätte sie doch wohl verbittert und eifersüchtig sein müssen? Wieso waren wir keine Rivalinnen, sondern beste Freundinnen?«

»Weil du immer so ein unschuldiges, bescheidenes Kind warst. Ihr war klar, dass du keine Ahnung hattest, was alle in dir sahen.« Sie senkte den Blick. Ihr mit Lipgloss nachgemalter Mund öffnete sich, als wolle sie noch etwas hinzufügen … doch am Ende blieb sie stumm.

»Worauf willst du hinaus?« Ich musste mich bemühen, meine Stimme ruhig zu halten. »Was soll mir das alles sagen?«

»Vanessa, deine Schwester war wunderhübsch, klug, witzig, abenteuerlustig und aufregend.« Ihre Augen waren feucht, als sie mich anschaute. »Aber gleichzeitig fällt mir niemand ein, der weniger Selbstvertrauen hatte als sie. Und ich glaube, deshalb hat sie es getan. Aus diesem Grund ist sie mitten in der Nacht von einer Klippe gesprungen, obwohl die Umstände nicht gefährlicher hätten sein können.«

Ich starrte sie an. Wenn Mom damit recht hatte, dann war nicht Zara verantwortlich für Justines Tod.

Sondern ich.

»Nun ja«, sagte sie seufzend, »lass dir davon nicht dieses wunderbare Frühstück verderben. Wir haben bloß noch nie darüber gesprochen, was passiert ist, und deshalb –«

Sie brach ab, als ich das Blatt Papier vor ihr auf den Tisch legte. Ich sah ihre Augen von dem grünen Post-it-Zettel am Rand zu den neun Worten in der Mitte wandern.

»Was ist das?«, fragte sie, und ihr pinkfarbener Lippenstift schien dunkler zu werden, als ihr Gesicht die Farbe verlor.

»Justines Bewerbungsaufsatz«, sagte ich mit klopfendem Herzen. Ich hatte ihn die ganze Zeit in meinem Portemonnaie herumgetragen, seit ich ihn von der Pinnwand genommen hatte. »Zu der Frage: Wer bin ich, und wer will ich später werden.«

Sie schaute mich verwirrt an. »Was soll … Wie hast du …«

»Justine hatte nicht vor, nach Dartmouth zu gehen. Sie hat sich nicht mal beworben.«

Mein Magen rumorte, als ihr neue Tränen in die Augen schossen, und einen Moment lang spürte ich beinahe Bedauern. Abgesehen von Justines Tod, war diese Nachricht wohl die schlimmste, mit der man Mom konfrontieren konnte. Aber sie hatte mir gerade mehr oder weniger vorgeworfen, Justine das Leben verbittert und sie schließlich in den Abgrund gestoßen zu haben. Deshalb wollte ich ihr beweisen, dass sie Justine weniger gut kannte, als sie sich einbildete.

»Ich verstehe das nicht«, sagte sie und konnte den Blick nicht von dem Zettel abwenden. »Sie hat doch gesagt, sie sei angenommen worden. Sie hat das Dartmouth-Shirt getragen und den Regenschirm benutzt. Wir haben ihr das Sparkonto für ihre Ausbildung überschrieben, als sie achtzehn wurde, und sie hat sofort die Anzahlung ans College überwiesen.«

»Hast du jemals einen Bankauszug gesehen?«, fragte ich leise. »Oder einen Rückscheck von Dartmouth?«

»Bestimmt … oder vielleicht auch nicht. Mir kommt es schon so lange her vor. Ich kann mich nicht mehr erinnern. Aber ich weiß, dass ich damals gerade furchtbar viel Arbeit hatte, und Justine war so aufgeregt, also habe ich einfach angenommen …« Sie schüttelte den Kopf und blickte mich an. »Warum hätte sie lügen sollen?«

Ich runzelte die Stirn, und während ihr die Tränen langsam über die Wangen liefen, antwortete ich: »Da bin ich nicht sicher.« Kurz spielte ich mit dem Gedanken, ihr zu erklären, dass ich in Wahrheit nach Winter Harbor zurückgekehrt war, um genau das herauszufinden. Doch dann entschied ich mich dagegen. Ich wollte keine hitzige Diskussion über Caleb herausfordern oder Fragen ausweichen, die ich nicht beantworten konnte. Außerdem sah sie fast so am Boden zerstört aus wie vor wenigen Wochen beim Besuch der Polizeibeamten, die uns die schreckliche Nachricht überbracht hatten. Deshalb wollte ich jetzt doch nichts mehr sagen, wodurch sie sich noch schlechter gefühlt hätte.

Ich schaute durch den Saal und war überrascht, als an einem Tisch voller nicht mehr ganz junger Männer lautes Gelächter ausbrach. Unser bizarres Gespräch hatte mich so abgelenkt, dass ich ganz vergessen hatte, wo wir uns befanden und warum.

»Hier kommt das Frühstück: Rührei, Toast und zwei Tassen Kaffee.«

Ich drehte mich um, wobei ich feststellte, dass es meinem Kopf blendend ging.

»Kann ich sonst noch etwas bringen?«

Raina. Sie stand an unserem Tisch und hatte den Blick nur auf mich geheftet, während sie augenscheinlich mit uns beiden sprach. Heute trug sie ein kurzes grünes Sommerkleid, das ihre Sonnenbräune zur Geltung brachte – und ihre Kurven.

»Hallo Mrs … Miss Marchand«, sagte ich mit einem schnellen Seitenblick zu Mom. Sie war von Justines leerem Aufsatzformular noch immer so geschockt, dass sie den dampfenden Essensteller vor sich gar nicht bemerkte. »Was tun Sie denn hier?«

»Das Restaurant gehört mir«, sagte sie, und ihr falsches Lächeln wurde breiter. »Warum sollte ich nicht hier sein?«

»Stimmt. Klar. Sorry.« Ihre silbernen Augen schienen tödliche Laserstrahlen auf mich abzuschießen, und ich musste den Kopf abwenden. Dabei stellte ich fest, dass die Männergruppe am anderen Tisch aufgehört hatte zu lachen und Raina wie in Trance anstarrte.

»Wie geht's Paige?«, fragte ich.

»Besser denn je.«

Mom schien Rainas Anwesenheit noch immer nicht bemerkt zu haben. »Mom«, sagte ich laut wie zu einer Schwerhörigen, »das hier ist Raina, die Mutter von Paige.«

Ich hielt den Atem an, als sie den Kopf hob.

»Wie schön, dass unsere Töchter zueinander gefunden haben«, erklärte sie und schaute gleich wieder nach unten auf das Blatt Papier.

Raina lächelte mich noch immer an. »Ist das alles?«

Mit brennenden Wangen nickte ich.

»Ich werde Paige deine Grüße ausrichten«, bemerkte sie noch über die Schulter, als sie sich auf den Weg durch den Saal machte. »Oh, und kommt auf jeden Fall zu unserem Stand beim *Ersten Lighthouse-Wellness-Resort-Lichterfest!* Das wird eine echte Sensation.«

»Mom«, flüsterte ich, als Raina in die Küche verschwunden war. »Das eben war Raina Marchand.«

Nichts.

»Mom«, versuchte ich es noch einmal und deckte den Zettel mit der Hand zu, so dass sie Justines Worte nicht sehen konnte.

Sie hob den Blick.

»Raina Marchand«, wiederholte ich. »Die Mutter von Paige und Zara, die Tochter von Betty. Ich spreche von der Betty, die vor fünfzig Jahren dieses Restaurant gegründet hat.«

»Und?«

»Kennst du sie nicht?« Ich hörte das Blut in meinen Ohren rauschen, als ich auf ihre Antwort wartete.

»Tut mir leid, Vanessa«, sagte sie schließlich mit müder Stimme. »Ich habe diese Frau noch nie im Leben gesehen.«

Kapitel 20

»Sie will zur Versammlung der Handelskammer?«, fragte Caleb später am selben Abend.

Ich las das Schild, das an der Eingangstür des Highschool-Gebäudes baumelte, und schaute mich um. Der Parkplatz stand voller Wagen.

»Wer hätte gedacht, dass Raina so engagiert ist?«, meinte Simon.

»Ist sie nicht«, sagte Caleb. »Monty hat mir erzählt, dass Betty vor ihrem Unfall keine einzige Sitzung ausgelassen hat. Als sie dann das Haus nicht mehr verlassen konnte, dachten alle, Raina würde ihren Platz einnehmen. Aber sie ist nie gekommen.«

»Vielleicht will sie nur den Schein wahren«, gab ich zu bedenken. »Um unerwünschte Aufmerksamkeit abzulenken.«

»Oder vielleicht sucht sie die Stadt nach einem nächsten Opfer ab.« Bei Simons Blick zuckte Caleb nur mit den Schultern. »Das war ein Scherz. Na ja, hoffentlich.«

Ich drückte den Türgriff nach unten. Simon hielt mich auf, indem er eine Hand auf meine Knie legte. »Solche Versammlungen können Stunden dauern«, sagte er. »Warum fahren wir nicht erst nach Hause und machen mit unseren Recherchen weiter? Wir können später zurückkommen und ihr folgen, wenn sie aufbricht.«

»Du hast doch gehört, was Caleb gesagt hat. Raina ist

nicht ohne Grund hier. Ich will wissen, was sie da drinnen macht.«

Bevor er weitere Einwände erheben konnte, stieg ich aus dem Wagen. Mir gefiel es nicht, mich mit Simon zu streiten, aber wir hatten schon zwei Stunden vor *Bettys Fischerhaus* verbummelt, bis Raina herausgekommen war, und dann war sie so schnell in Richtung der Highschool losgebraust, dass wir sie fast verloren hätten. Nur mit Mühe war es uns gelungen, ihren Range Rover im Blick zu behalten und gleichzeitig so viel Abstand zu lassen, dass sie uns nicht bemerkte. Nach ihrem seltsamen Benehmen im Restaurant und Moms Beteuerung, Raina nicht zu kennen, war ich nun entschlossen herauszufinden, was immer ich konnte.

Ich eilte ins Schulgebäude und stellte mit einem Blick über die Schulter fest, dass Simon und Caleb mir nachgeeilt kamen. Das Geräusch von lautem Stimmengewirr führte mich zur Versammlung. Der Saal war so voll, dass es keine Sitzplätze mehr gab. Ich manövrierte mich durch die stehende Menge, bis ich gute Sicht auf das Podium hatte.

»Was tut Mark denn hier?«, fragte Simon und drängelte sich neben mich.

Er nickte nach vorn, und dort saß Calebs Kumpel vom Surferstrand in der allerersten Reihe, neben dem einzigen leeren Stuhl im Saal.

»Einen guten Abend wünsche ich euch allen.«

Raina stand am Rednerpult. Sie hatte sich umgezogen, bevor sie das Restaurant verließ, und trug nun ein seidiges weißes Kleid mit Spaghettiträgern, das ihre wohlgeformten, sonnengebräunten Arme betonte. Ihr Haar war zu einem lockeren Pferdeschwanz gebunden, und ein Hauch von Mascara ließ ihre Augen glänzen. Ihr Aussehen verfehlte seine Wirkung nicht, und die Menge war still geworden, sobald Raina zu sprechen begonnen hatte.

»Vielen Dank, dass ihr alle so kurzfristig hergekommen seid, um das *Erste Lighthouse-Wellness-Resort-Lichterfest* zu besprechen. Mir ist klar, wie schwer es euch fallen muss, jetzt ans Feiern zu denken, nachdem Winter Harbor erst kürzlich von mehreren Tragödien heimgesucht wurde – unter anderem dem Tod von Paul Carsons, der als wichtigster Geldgeber des *Lighthouse Resorts* auch das Festival verlässlich unterstützt hat.«

Sie machte eine Kunstpause. Ich folgte Simons Blick zur vordersten Stuhlreihe, wo nun Caleb saß und leise auf Mark einredete.

»Doch gerade wegen dieser Tragödien«, fuhr Raina fort, »ist es wichtiger denn je, dass wir als Gemeinschaft zusammenhalten. Unsere Gäste brauchen in dieser dunklen Zeit unsere Unterstützung.«

»Welche Gäste?«, rief eine Frau von hinten.

»Ich habe Umsatzverluste von achtzig Prozent«, fügte eine andere hinzu. »Die meisten Touristen sind schon abgereist, und der Rest ist zu verängstigt, um sich nach draußen zu wagen.«

»Genau das zu ändern ist unsere Aufgabe«, antwortete Raina. »Aus diesem Grund sind wir heute hier. Unser Festivalausschuss hat sich mächtig ins Zeug gelegt und Ideen gesammelt, um wieder Gäste in die Stadt zu bringen. Zusätzlich zu den aufregenden Jahrmarktsattraktionen und Aktivitäten gibt es viele Methoden, mit denen ihr als Geschäftsinhaber das Festival attraktiver machen könnt. Deshalb möchte ich euch nun bitten, euch jeweils einem Mitglied des Ausschusses anzuschließen, um diese Ideen zu diskutieren. Von Verlosungsaktionen bis zu kostenlosen Probierhäppchen ... es gibt viele Möglichkeiten, wie sich Gäste und Käufer gewinnen lassen.«

»Bin gleich zurück«, flüsterte Simon mir zu.

Ich griff nach seiner Hand, aber er war schon verschwunden. Auf den Zehenspitzen stehend, sah ich mich um, doch die Menschenmenge stand zu dicht gedrängt.

»Bitte gebt uns außerdem eine ungefähre Schätzung, wie viele Gäste gewöhnlich an euren Stand kommen«, setzte Raina hinzu. »Und schreibt zehn Personen auf, die ihr persönlich ansprechen und mitbringen werdet.«

»Was ist, wenn wir gar nicht so viele kennen, die kommen wollen?«, fragte die Frau mit den achtzig Prozent Umsatzverlusten.

Rainas Silberaugen wurden schmal, bevor sie lächelnd antwortete: »Tust du aber.«

Stühle quietschten über den Linoleumboden, als die Zuhörer aufstanden und sich in kleine Gruppen aufteilten. Ich benutzte die Unruhe, um mich suchend durch die Menge zu bewegen. Zuerst hatte ich Simon aus den Augen verloren, jetzt auch noch Caleb und Mark. Als ich die vorderste Reihe erreichte, waren ihre Plätze leer. Ich versicherte mich, dass Raina von dem um sie versammelten Grüppchen abgelenkt war, und stellte mich auf einen Stuhl, um besser sehen zu können.

Sofort wurde mir vor Schmerz fast schwarz vor Augen. Die Migräne fühlte sich an wie eine Schraubzwinge, die meine Schädeldecke zerquetschte. Meine Knie gaben nach, und ich musste die Stuhllehne packen, um nicht zu fallen.

»Henry, Alan, Clifton: geht mit Dominique.«

Der Zara-Effekt.

»Thomas, Greg, Malcolm: geht mit Sabine.«

Ich schwankte zur Rückseite des Raums und lehnte mich gegen die Wand. Dort wartete ich, bis der Schmerz so weit abgestumpft war, dass ich die Augen wieder öffnen konnte, ohne mich sofort zu krümmen. Ich ließ meinen Blick durch die Menge schweifen. Simon, Caleb und Mark waren noch immer nicht zu entdecken, aber da Zara zwischen den Leuten herumtänzelte, Anweisungen gab, Gespräche aufschnappte und in einem dicken Notizbuch kritzelte, waren die Jungs wohl sicherer, wo immer sie stecken mochten.

Ich näherte mich Raina, wobei ich mich an der Wand hielt und darauf achtete, nicht in Blickrichtung ihrer Tochter zu geraten. Raina stand mit den wenigen weiblichen Teilnehmerinnen zusammen, von denen anscheinend mehr Fragen und Einwände kamen als von den Männern. Nachdem ich so viele Feriensommer in Winter Harbor verbracht hatte, erkannte ich fast jeden im Raum ... außer die Mitglieder des Festivalausschusses. Sie waren alle weiblich, unterschiedlich alt, manche groß, andere klein, manche blond, andere brünett. Keine von ihnen sah so umwerfend aus wie Raina, aber trotzdem wurden sie von den um sie versammelten Männern mit gebannter Aufmerksamkeit betrachtet.

»Ich verstehe eure Bedenken«, sagte Raina gerade zu der kleinen Frauenschar, als ich in Hörweite kam. »Was diesen Sommer passiert ist ... einfach unvorstellbar! Aber wir müssen jetzt zusammenhalten und stark sein.« Sie senkte die Stimme. »Um ehrlich zu sein, wissen wir doch alle, dass es dabei nur auf uns ankommt. Wenn wir die Sache unseren Männern überlassen, dann stecken alle nur den Kopf in den Sand und warten darauf, dass der Sturm vorüberzieht. Aber eine Gemeinschaft lässt sich nicht heilen, indem man die Hände in den Schoß legt.«

Raina hatte keinen Mann, und ihre Kommentare über die Ehe ließen stark vermuten, dass sie auch keinen wollte. Aber das schien den Frauen egal zu sein. Ihnen gefiel der Gedanke, Stärke zu zeigen und gebraucht zu werden.

Ich ging weiter nach links und duckte mich schnell hinter Malcolm, den Besitzer des *Squeezed,* als Zara von ihrem Notizbuch aufsah. Sie schaute sich im Raum um und beugte sich dann zu der blonden Frau namens Sabine vor. Malcolm rutschte auf seinem Stuhl hin und her und versperrte mir den Blick. Als ich wieder etwas sehen konnte, war Zara verschwunden.

Ich wollte mich gerade auf der Suche nach ihr durch die Menge schieben, da fiel mir ihr Notizbuch ins Auge. Sie hatte es an Sabine weitergegeben, die darin blätterte, so dass ich den Einband erkennen konnte.

Er war aus weißem Leder und trug die Inschrift »La vie en rose«.

Ich holte mein Handy aus der Jeanstasche, änderte die Richtung und bewegte mich auf den Tisch mit Erfrischungen zu. Als Erstes versuchte ich, Simon zu erreichen, dann Caleb, dann noch einmal Simon. Als ich immer nur die Mailbox bekam, schickte ich Simon stattdessen eine SMS.

Z ist hier. Hol C. Treff beim Auto in 2 Min.

Ich füllte eine Tasse mit Kaffee, schnappte mir eine Handvoll Servietten und eilte zurück zu Sabines Gruppe. Das Hämmern in meinem Kopf wurde mit jedem Schritt stärker. Ich manövrierte zwischen Stühlen hindurch, bis ich vor Malcolm stand, der in Sabines unmittelbarer Nähe saß und sie anstarrte.

Mit einem künstlichen Lächeln fragte ich: »Malcolm?«, und hoffte, dass ich eher aufgeregt als nervös klang. »Malcolm Donohue?«

Er versuchte, an mir vorbeizuschauen, aber ich stellte mich so, dass ich ihm den Blick versperrte.

»Ihnen gehört doch das *Squeezed,* oder?«

»Ja«, antwortete er widerwillig und lehnte sich auf seinem Stuhl zurück. »Was kann ich für dich tun?«

»Oh, Sie haben schon so viel für mich getan! Ihr Melone-Guave-Smoothie ist das Beste, was ich in meinem Leben getrunken habe!«

»Wie nett. Danke. Aber könntest du jetzt bitte –«

»Ihr wisst, wovon ich rede, stimmt's?« Ich nickte Tommy und Greg, den Besitzern des Musik- und Kleintierladens zu. »Bei ihm gibt es das beste Frühstück an der Ostküste.«

»Entschuldige«, sagte eine sanfte Stimme direkt hinter mir.

Ich fuhr herum, wobei sich mein Fuß in einer Lederhandtasche auf dem Fußboden verhakte, mich aus dem Gleichgewicht brachte ... und den heißen Kaffee aus meiner Tasse zielsicher in Sabines Schoß landen ließ.

»Oh, tut mir so leid!«, keuchte ich, als sie mit einem spitzen Schrei aufsprang. »Wie ungeschickt von mir. Lassen Sie mich helfen.«

»Schon gut«, sagte Malcolm und schob mich beiseite, als ich Sabines nasses Knie abzutupfen begann. »Das sollte erst mit kaltem Wasser eingeweicht werden. Bestimmt wollen Sie sich dieses wunderhübsche Kleid nicht ruinieren.«

Er hatte recht, das Kleid war wirklich wunderhübsch: sonnengelb mit einem langen, weiten Rock, der hinter ihr herflatterte, als sie an Malcoms Arm davonrauschte. Außerdem war es ihr offenbar wichtiger als Zaras Tagebuch, das sie fallen lassen hatte und das nun in einer dunkelbraunen Pfütze auf dem Fußboden lag.

Während Tommy und Greg hinter den beiden hereilten, kniete ich nieder, wischte den Kaffee vom Einband und steckte mir das Buch unter den Pulli in die Jeans. Dann begann ich, die Pfütze mit den Servietten aufzuwischen. »Ich hole noch ein paar Papierhandtücher aus der Damentoilette«, sagte ich laut, falls Raina durch meinen nicht ganz zufälligen Unfall aufmerksam geworden war.

Ich verschwand in den Korridor und rannte los.

Die Migräne wurde heftiger. Weiße Funken tanzten vor meinen Augen, so dass ich kaum sehen konnte, wohin ich ging. Nachdem ich dreimal in eine Sackgasse geraten und vor verschlossenen Klassenzimmern gelandet war, fand ich endlich den Haupteingang und riss die Tür auf. Wir hatten das Auto ganz hinten auf dem Parkplatz abgestellt. Hätten Simon und Caleb es vor mir erreicht, wären sie sicher auf die Idee gekommen, mich abzuholen, um unseren Rückzug zu beschleunigen. Doch niemand wartete auf mich. Ich begann, noch schneller durch die Dunkelheit zu rennen.

»Ich habe dich so vermisst.«

Hinter einem Kleinbus verborgen, blieb ich stehen. Simons Kombi parkte zwei Reihen weiter, so dass ich ihn von hier aus nicht sehen konnte … aber ich hörte Zaras verführerische Stimme, als wäre sie direkt neben mir.

»Winter Harbor war ohne dich nicht mehr dasselbe. Ich war nicht mehr dieselbe.«

Die Migräne wurde nebensächlich, als mein Herz sich schmerzhaft zusammenkrampfte. Sie hatte ihn gefunden. Sie hatte Caleb gefunden. Mein Blick suchte den Parkplatz ab, und ich betete darum, Simon irgendwo zu entdecken. Vielleicht lief er schon auf mich zu oder versteckte sich ebenfalls hinter einem Wagen, um den richtigen Moment zum Eingreifen abzuwarten.

»Ich habe dein Lächeln vermisst … und dein Lachen …«

Eine neue Migräneattacke durchfuhr meinen Schädel. Ich kauerte mich hin und presste die Stirn gegen die Knie.

»… und die Art, wie deine Brille auf die Nasenspitze rutscht, wenn du liest.«

Mir stockte der Atem.

Caleb trug keine Brille.

Ich ignorierte den Schmerz, sprang auf und pirschte mich den Kleinbus entlang. Hinten angekommen, schaute ich um die Ecke.

»Wahrscheinlich hast du es nicht bemerkt … aber ich war schon lange an dir interessiert.«

Die beiden wurden vom fahlen Licht einer Straßenlaterne beleuchtet. Zara hatte sich an den Kombi gelehnt und die Arme hinter sich verschränkt. Mit zurückgelegtem Kopf schaute sie zu Simon hoch, der passiv vor ihr stand.

»Ich habe auf dich gewartet«, sagte sie, »und gehofft, dass du mich eines Tages bemerken würdest.«

»Ich habe dich durchaus bemerkt«, erwiderte Simon mit angestrengter Stimme. Er trat auf sie zu, wobei seine Füße sich so langsam und schwerfällig bewegten, als trügen sie Bleigewichte. Zara rührte sich nicht, bis er stehen blieb und ihre beiden Körper nur noch Zentimeter voneinander getrennt waren. Da griff sie nach Simon, hielt seine Fleecejacke mit einer Hand am Brustteil fest und zog ihn zu sich heran.

»Nicht«, flüsterte ich. »Bitte … nicht.«

»Du ahnst ja gar nicht, wie froh mich das macht«, sagte sie, nahm seine beiden Hände und plazierte sie auf ihren Hüften.

Simons Kopf ruckte hoch, als ihre Brust sich an seine presste. Seine Finger griffen fester zu, und Zara lächelte.

»Du hast doch keine Freundin, oder?«, fragte sie nah bei seinem Ohr. »Ich möchte niemandem im Wege sein …«

»Vanessa!«

Ich bemerkte die Stimme hinter mir kaum.

»Tu was!«

Ihre Lippen berührten seinen Hals. Er keuchte.

Ich taumelte hinter den schützenden Kleinbus zurück, als habe ich einen Schlag in den Magen erhalten. Mein Blick landete auf Caleb, der in der nächsten Reihe hinter einem alten Van kauerte. Er umklammerte seinen iPod und zitterte am ganzen Körper.

»Bitte«, zischte er mir zu, während ihm die Tränen übers Gesicht liefen. »Tu was, damit sie aufhört.«

Mir war ebenfalls zum Heulen zumute, und ich wusste kaum, was mehr schmerzte: mein Kopf oder mein Herz.

Nessa … denk an den Wald …

Ich kniff die Augen zusammen, als könne ich so das Bild verscheuchen, das Justines Stimme hatte entstehen lassen. Die Szene im Wald. Ich erinnerte mich gut, wie leicht sich Simon von Zara hatte einfangen lassen, obwohl ich direkt neben ihm gestanden hatte.

Sprich mit ihm …

»Lass uns zusammen irgendwo hinfahren, okay?«

Meine Augen sprangen auf. Ich hörte Schritte, das Öffnen und Schließen einer Tür, dann einen startenden Motor.

»Simon!«, schrie ich und rannte um den Kleinbus herum auf seinen Wagen zu. »Simon!«

Der Kombi fuhr aus der Parklücke, steuerte auf die Ausfahrt zu und beschleunigte. Obwohl ich ebenfalls schneller wurde, wusste ich, dass ich ihn nicht mehr erreichen würde. Also bog ich nach links ab und sprintete über den Wiesenstreifen, der den Parkplatz von der Straße trennte.

Gleich darauf war ich auf dem Plattenweg und warf mich vorwärts auf die Fahrbahn. Ich schloss die Augen, schützte das Gesicht mit den Armen und wartete auf den Aufprall … aber der Kombi machte eine Vollbremsung und kam Zentimeter vor meinem Schienbein zum Stehen.

»Simon!« Ich trommelte mit der Hand auf die Motorhaube, während ich zur Fahrerseite lief. Dort riss ich am Türgriff, aber die Zentralverriegelung war eingeschaltet. »Hey, Simon!« Ich zwang mich, ein Lächeln aufzusetzen, als er mich verwirrt durch das geschlossene Fenster ansah. »Du wärest fast ohne mich abgefahren.«

Zara beugte sich über die Mittelkonsole, legte eine Hand auf Simons Bein und flüsterte ihm ins Ohr.

»Simon.« Ich klopfte heftig ans Fenster. »Bitte, mach die Tür auf.«

Er drehte sich zu Zara um. Es war, als könne er mich gar nicht hören.

Ich hämmerte mit der Faust gegen die Scheibe. Als er mich noch immer ignorierte, wirbelte ich herum und rannte zum Straßenrand. Dort raffte ich so viele Steine zusammen, wie meine Hände tragen konnten, lief zurück zum Wagen und schmiss sie nacheinander gegen das Heckfenster. Beim vierten Versuch bildete sich ein Riss. Beim fünften splitterte ein Stück Glas heraus, das kaum größer als ein Eiswürfel war.

»Simon!«, schrie ich durch die winzige Öffnung. »Ich bin's, Vanessa.«

Er erstarrte. »Verschwinde!«

Mein Herz wurde schwer. »Simon, bitte –«

»Verschwinde aus meinem Wagen!«

Ich trat einen Schritt zurück, als er Zara von sich stieß. Er riss die Tür auf, marschierte zur Beifahrerseite und zerrte Zara heraus.

»Baby, was soll denn –«

»Du wirst drinnen in der Schule gebraucht, Zara«, forderte ich laut, damit meine Stimme ihre übertönte. »Am besten gehst du jetzt.«

Sie drehte sich zu mir um. Die Brise ließ ihr pinkfarbenes Röckchen wehen. »Vanessa«, sagte sie, und der Klang stach mir wie Messerklingen ins Trommelfell.

Ich antwortete nicht. Mir fiel es schon schwer genug, ihrem Blick standzuhalten.

»Dein Loverboy ist echt süß«, meinte sie und trat von Simon weg. »Zwar nicht gerade treu … aber süß.«

Ich verharrte an meinem Platz, als sie auf die Rückseite des Wagens zukam und mir so nah war, dass ich ihr Vanilleparfüm riechen konnte. Sie beugte sich zu mir vor, lächelte und flüsterte ein einziges Wort.

»Buh.«

Simons Arme fingen mich auf, als mir die Knie versagten.

»Caleb«, warnte ich ihn, da Zara über die Wiese in Richtung der Autos davonstöckelte. »Er ist immer noch auf dem Parkplatz.«

Simon sprang in den Wagen, um ihn auf dem Seitenstreifen abzustellen, kletterte schnell wieder heraus und nahm meine Hand. Zusammen eilten wir Zara in die Dunkelheit nach. Wir behielten sie im Auge, ohne ihr allzu nahe zu kommen. Einmal blieb sie stehen und neigte den Kopf, als würde sie auf etwas lauschen. Aber gleich darauf ging sie weiter und verschwand im Schulgebäude.

»Ich habe wirklich versucht, ihn zu warnen.«

Simon und ich fuhren herum. Caleb stand hinter uns und hielt noch immer seinen iPod umklammert. Sein Gesicht glänzte feucht, und auf seinem Shirt waren dunkle Schweißflecken.

»Ich habe ihm erklärt, was sie ist«, sagte er, »und was sie tut.«

Simon warf mir einen Blick zu, dann ging er zu seinem Bruder. »Wem, Caleb? Wem hast du das erklärt?«

Sein Gesicht fiel in sich zusammen, und neue Tränen liefen ihm über die Wangen. »Mark«, flüsterte er. »Er hat gesagt, gestern Nacht haben sie sich geliebt.«

Kapitel 21

»Keine Antwort.« Caleb ließ sein Handy zuschnappen und warf es auf den Tisch.

»In den Online-News steht nichts«, sagte Simon und schloss sein Notebook.

»Der Himmel ist so blau wie noch nie in diesem Sommer.« Ich nickte in Richtung des Fensters. »Vielleicht hat er auf dich gehört und ist davongekommen.«

Mit einem Stirnrunzeln wandte Caleb sich Zaras Tagebuch zu. Seit wir gestern Abend zurückgekehrt waren, hatte er seine Zeit abwechselnd damit verbracht, mit Hilfe eines Wörterbuchs an einer Übersetzung zu arbeiten und Mark anzurufen. Davon hatte ich jedoch nichts mitbekommen, denn ich war direkt in unser Ferienhaus gegangen, anstatt noch bei den Carmichaels zu bleiben.

Moms Anwesenheit dort hatte mir eine gute Ausrede geliefert. Ich verstand zwar, dass Simon keine Kontrolle darüber hatte, wie er auf Zara reagierte, aber genauso wenig konnte ich nun meine Gefühle kontrollieren: Ich hatte mich in Simons Nähe die ganze Zeit beklommen gefühlt und die erste Gelegenheit genutzt, um Abstand zu gewinnen und mit der Szene auf dem Parkplatz fertig zu werden.

Beim Aufwachen am Morgen war mir dann immerhin eines klargeworden: Ich vermisste ihn. Also hatte ich mir nur die Zeit genommen, einen Teller Müsli herunterzuschlingen und zu duschen, bevor ich zum Nachbarhaus gerannt war.

»Sie erwähnt ihn hier nirgendwo«, sagte Caleb und blätterte durch das Tagebuch. »Sein Name taucht kein einziges Mal auf.«

»Wen erwähnt sie denn sonst?«, fragte ich.

»Tja, mich. Ihre Gefühle waren anscheinend echt. Zumindest hat sie das selbst geglaubt. Sie wollte nicht einmal ihre Magie benutzen – oder wie man ihre Fähigkeiten sonst nennen soll –, aber als ich nicht gleich nachgab, war sie der Meinung, sie hätte keine Wahl.« Er warf einen Blick in sein Notizheft. »Außer mir kommen jede Menge Frauennamen vor: Betty, Raina, Brigitte, Marie, Eugenie, Isabelle, Josephine, Dominique, Sabine.«

»Dominique und Sabine waren gestern Abend bei dem Treffen«, sagte ich. »Sie gehören zum Planungskomitee für das Lichterfest.«

Caleb notierte sich diese Information. »Außerdem gibt es massenhaft Einträge über Paige. Mit dem Übersetzen bin ich noch nicht sehr weit gekommen, aber ihr Name taucht jedenfalls öfter auf als jeder andere. Jonathan wird auch erwähnt.«

»Was hat Zara gestern aufgeschrieben?«, fragte ich. »Während der Versammlung?«

Caleb blätterte ein paar Seiten weiter. »Sieht für mich wie eine Art Anwesenheitsliste aus. Zara hat alle aufgeschrieben, die gestern da waren. Ein paar Namen sagen mir nichts, aber jedenfalls sind es nur Männer – die Frauen hat sie weggelassen.«

»Raina hat alle Anwesenden dazu aufgerufen, zehn Personen zu nennen, die sie persönlich zum Festival mitbringen wollen. Um die Menschen der Stadt in diesen dunklen Zeiten zusammenzuschweißen, wie sie es nannte.«

Caleb schaute Simon an. »Wir sollten die Polizei benachrichtigen.«

»Und was sollen wir denen sagen?«, fragte Simon. »Willst du erklären, dass eine große Gruppe mörderischer Seejungfrauen drauf und dran ist, beim *Ersten Lighthouse-Wellness-Resort-Lichterfest* die Stadt zu entvölkern?«

»Genau«, sagte Caleb.

»Wir haben keine Beweise«, konterte Simon. »Ich gebe ja zu, dass die Marchands etwas planen, aber solange wir nicht genauer wissen, worum es geht, können wir nichts dagegen tun.«

Ein Handy summte. Caleb schnappte sich seins vom Tisch und ließ es gleich darauf enttäuscht wieder fallen.

»Bin gleich zurück«, sagte Simon und verschwand mit seinem Handy im Wohnzimmer.

Während Caleb sich wieder dem Tagebuch zuwandte, stand ich auf und goss mir ein Glas Orangensaft ein. Zurück an meinem Platz, zog ich den *Herald* von letzter Woche zu mir heran und tat so, als würde ich lesen.

»Glaub mir, du musst dir wirklich keine Sorgen machen«, erklärte Caleb, ohne aufzuschauen.

Ich nagte an meiner Lippe und blätterte die Seite um. Wieso sollte ich besorgt sein?

»Justine hat immer gesagt, ihr beiden wäret das perfekte Paar«, meinte er eine Minute später.

Ich starrte auf die Schlagzeile, ohne sie zu sehen. Das hatte sie wirklich gesagt? Wann? Und warum hatte sie es mir gegenüber nie erwähnt? »Ich vermisse sie«, flüsterte ich.

Er schwieg einen Moment. »Ja, ich weiß. Geht mir genauso.«

»Ich habe gute Neuigkeiten«, sagte Simon, der zurück in die Küche kam. »Beaker ist bereit loszulegen.«

»Beaker?«, fragte ich.

»Spitzname für Dr. Beakman, meinen Professor und Mentor. Ich bin ihm am Bates College über den Weg gelaufen und habe von meinen Wetterdaten erzählt. Da hat er sich gleich entschieden, nach Winter Habor zu kommen, um eigene Forschungen anzustellen. Er wohnt bei einem Freund am anderen Ende der Stadt.«

»Der Typ hat vor 'ner Million Jahren den Nobelpreis bekommen«, erklärte Caleb. »Ging um molekulare Fusion oder so.«

»Er hat den Nobelpreis gekriegt, und jetzt unterrichtet er am Bates College die Anfänger?«, fragte ich.

»Genau, nach zwanzig Jahren am Forschungsinstitut in Princeton. Wir sind so etwas wie sein vorgezogener Ruhestand.« Simon faltete eine große Landkarte auseinander und breitete sie auf dem Tisch aus.

»Willst du ihm erzählen, was wir über die Marchands wissen?«, fragte Caleb.

»Nein, nur was wir über ihre Opfer wissen.« Simons Finger wanderte eine dünne farbige Linie entlang, die von roten Punkten unterbrochen wurde. »Das hier sind die Stellen, wo man sie gefunden hat. Alle an der Küste, direkt am Wasser.«

»Und ziemlich nah zusammen«, stellte ich fest.

»Sehr nah. Zu Winter Harbor gehören über dreißig Kilometer Küstenlinie, aber die angeschwemmten Toten befanden sich kaum mehr als einen Kilometer auseinander. Die wenigen Opfer, die man weiter südlich entdeckt hat, sind laut der Polizeiberichte auch länger im Wasser gewesen. Wenn man also die Strömungen und Gezeiten bedenkt, lässt sich ein gemeinsamer Ausgangspunkt weiter nördlich vermuten.«

»Die Chione Cliffs«, sagte ich, den Blick auf Justines roten Punkt geheftet.

»Bei den Stürmen der letzten Zeit hat sich die Strömung immer auf die gleiche Weise verhalten«, bestätigte Simon. »Direkt bei der Bucht am Kliff ist sie am stärksten, führt Richtung Süden und verliert sich ungefähr drei Kilometer weiter die Küste hinunter.«

»Also heißt das, sie sind alle am selben Ort gestorben?«, fragte Caleb. »Im Strudel am Fuße der Klippen?«

»Vollständig sicher bin ich nicht ... aber ja, so lautet meine Theorie.«

»Oliver hat gesagt, dass Betty dort am liebsten geschwommen ist, weil das Wasser bei den Chione Cliffs so tief ist wie nirgends sonst«, erinnerte ich die beiden. »Aber vielleicht gab es ja noch einen zusätzlichen Grund.«

»Okay«, kam Simon auf das ursprüngliche Thema zurück, »jedenfalls hat Beaker gesagt, wir könnten jederzeit vorbeikommen. Ich bin dafür, dass wir sofort gehen. Das Lichterfest beginnt in achtundvierzig Stunden, und wenn die Marchands wirklich etwas geplant haben, bleibt uns nicht viel Zeit.«

»Na ja«, sagte ich mit klopfendem Herzen, »ich glaube, am besten bleibe ich bei Mom. Sie hat sich noch nicht ganz davon erholt, was ich ihr über Justine und die Collegebewerbungen erzählt habe, also sollte ich wohl ein bisschen Zeit mit ihr verbringen, damit sie nicht ausflippt.«

Simon wandte sich mir zu. »Es ist sicherer, wenn wir zusammenbleiben.«

»Ich warte auf der Veranda«, erklärte Caleb nach einer kurzen Pause. Er sammelte Zaras Tagebuch, das Notizheft und den iPod vom Tisch ein und verschwand nach draußen.

Ich starrte auf die Landkarte und fühlte mich seltsam nervös. »Tut mir leid, es ist nur –«

»... wegen gestern Abend?«, fragte er besorgt. »Wir haben

über die Sache auf dem Parkplatz bisher nicht gesprochen. Um ehrlich zu sein, weiß ich nicht einmal, was eigentlich passiert ist. Eben noch bin ich durchs Schulgebäude gerannt, um Caleb und Mark zu finden, und plötzlich sitze ich in meinem Auto und schubse Zara von mir weg.«

»Es geht nicht um gestern Abend«, sagte ich, ohne ihm in die Augen schauen zu können. »Du weißt doch, wie meine Mom sich aufregen kann. Ich will nur, dass sie mich lange genug bleiben lässt, damit wir zu Ende bringen, was wir angefangen haben.«

Die folgende Stille war bleiern schwer und angefüllt mit allem, was wir nicht aussprachen, weil uns die richtigen Worte fehlten. Als Simon schließlich sprach, klang er traurig.

»Tut mir leid«, sagte er. »Ich entschuldige mich für alles, was ich gestern gesagt oder getan habe, aber das war nicht wirklich ich. Bitte, glaub mir, ich könnte dich nie verletzen, Vanessa.«

»Das weiß ich.« Eigentlich wollte ich fragen, warum er die Trance diesmal nicht hatte brechen können, indem er an mich dachte und sich meine Stimme vorstellte, so wie vorher im Wald. Aber ich schwieg.

Simon trat auf mich zu, legte eine Hand unter mein Kinn und hob sanft mein Gesicht, bis unsere Blicke sich trafen. Mein Puls raste, aber mein Körper entspannte sich bei seiner Berührung. Als sich Simons Lippen auf meine pressten, begann sich der letzte Abend wie ein schlechter Traum zu verflüchtigen.

Jedenfalls so lange, bis er meine Hüften umfasste und seine Hände ihren Griff verstärkten. Denn da sah ich wieder vor mir, wie seine Finger sich in ihren pinkfarbenen Rock gekrallt hatten.

Ich trat zurück. »Du solltest los.«

Seine Arme hingen in der Luft, noch immer nach mir ausgestreckt. »Vanessa, was –«

»Uns bleibt nicht viel Zeit. Genau wie du gesagt hast. Und meine Mom ist vermutlich längst aufgestanden und fragt sich, wo ich stecke.« Ich ging rückwärts auf die Tür zu. »Aber schick mir bitte eine SMS mit der Adresse, wo dein Prof wohnt. Ich will wissen, wo du bist. Und ruf mich an, wenn ihr bei ihm angekommen seid.«

»Bis später dann, Vanessa!«, rief Caleb mir nach, als ich die Verandatreppe heruntereilte.

Zurück in unserem Ferienhaus, stellte ich mich hinter die Küchentür und schaute unauffällig durch den schmalen Spalt zwischen Vorhang und Fensterglas. Ich hielt den Atem an, als Simon und Caleb in den Kombi stiegen und die Auffahrt entlang zur Straße fuhren. Sobald der Wagen abgebogen war und meinem Blick entschwand, schrieb ich meiner noch immer schlafenden Mutter eine Notiz und machte mich selbst auf den Weg.

Bald darauf stand ich vorm Haus der Marchands und hielt einen Wäschekorb im Arm, den ich mit Wegwerfwindeln, Schnullern und Strampelanzügen aus dem Supermarkt gefüllt hatte. Zwar war es ein bisschen früh für eine spontane Babyparty, aber etwas Besseres war mir nicht eingefallen, um wieder in das Haus zu gelangen.

Ich schaute auf mein Handy und war beruhigt, als ich Simons Nachrichten las. Er und Caleb waren beim Professor angekommen und in Sicherheit. Ich überlegte, ob ich zurücksimsen und ihm vorsichtshalber mitteilen sollte, wo ich mich befand, aber dann steckte ich das Handy zurück in die Jeanstasche. Simon würde nur alles stehen und liegen lassen und mir hinterherfahren. Für so was hatten wir keine Zeit. Er musste seinen Job erledigen und ich meinen.

Also klingelte ich an der Tür und wartete.

Nichts. Niemand reagierte, keine Schritte näherten sich der Tür. Ich versuchte, durch die Fenster beim Eingang zu schauen, aber innen waren dicke blaue Vorhänge vorgezogen. Als ich ein Stück zurückging, stellte ich fest, dass beide Autos beim Haus geparkt standen.

Also klingelte ich noch einmal und klopfte energisch. Noch immer kam keine Reaktion. Da griff ich nach dem Türknauf und drehte ihn vorsichtig herum.

Das Wohnzimmer drinnen war dunkel. Auf der Fahrt hierher hatte sich der Himmel mit Regenwolken bedeckt, und das restliche Tageslicht wurde von den dicken Gardinen verschluckt, die vor den hohen Fenstern zugezogen waren. Das einzige Licht stammte von den Kerzenhaltern, die in einer langen Reihe die Treppe säumten. Kaum war ich in den Raum getreten, musste ich nach einem Strampelanzug aus dem Korb greifen und ihn mir auf Mund und Nase pressen, denn die Luft war erstickend. Sie roch nach Salzwasser, Meeralgen und einer unerfreulichen Mischung, die mich an leere Krebsschalen, verrottenden Tintenfisch und gestrandete sterbende Wale erinnerte.

Während die Luft sich erdrückend um mich schloss, sich in meine Kleidung hängte und meine Haut entlangkroch, eilte ich auf die Treppe zu. Der Geruch wurde stärker, je höher ich kam, und oben angelangt, hämmerte der Schmerz in meinem Kopf, und mein Magen drehte sich fast um.

Ich marschierte weiter den Flur entlang und verlangsamte meinen Schritt nicht, bis ich vor Paiges geschlossener Tür stand und von der anderen Seite gedämpfte Laute hörte.

Den Strampelanzug noch immer ans Gesicht gedrückt, stellte ich den Korb auf den Boden und lehnte mich gegen die Tür. Ich hielt den Atem an, als ich lauschte, doch die Geräusche waren mir fremd: wellenförmig auf- und abschwellende, höher und tiefer werdende Klänge, die sich weder wie Musik noch wie eine Sprache anhörten. Sie schienen von verschiedenen Stellen zu kommen.

Ich klopfte vorsichtig gegen die Tür. Als niemand reagierte, öffnete ich sie einen Spalt und lugte hinein.

Auch hier waren die Vorhänge geschlossen, und der Salzgeruch war noch extremer. Die Decken, in die Paige bei meinem letzten Besuch eingehüllt gewesen war, lagen in einem Haufen auf dem Boden. Die seltsamen Klänge kamen aus dem Badezimmer und nahmen an Lautstärke zu.

Ich schlich durch den Raum, wobei ich mich neben der Badezimmertür hielt, damit mich von drinnen niemand sehen konnte. Als ich angekommen war, drückte ich mich bäuchlings an die Wand und reckte den Hals zur Seite, bis ich mit dem linken Auge durch die Türöffnung spähen konnte.

Grauer, salziger Nebel erfüllte das Bad. Dämmrige Lichtwolken umgaben die Kerzen, die überall im Raum aufgestellt waren – auf dem Waschbecken, dem Fußboden, den Glasregalen an der Wand. Eine Ecke des Zimmers, wo sich die Badewanne befand, leuchtete besonders hell, obwohl gerade dort keine Kerzen standen.

Raina und Zara saßen auf dem Rand der Wanne und hatten mir den Rücken zugedreht. Raina hielt eine dünne, elfenbeinweiße Hand in ihrem Schoß umklammert. Die Finger bebten, als würde der zugehörige Körper im Wasser von elektrischen Stößen geschüttelt.

Ich wollte wegschauen, aber konnte es nicht. Mein Blick wanderte von der weißen Hand einen glatten, entblößten Arm entlang bis zu Paiges Gesicht.

Sie lag nackt in der Wanne. Ihr Körper zuckte so heftig, dass ihr Kopf gegen die Kachelwand schlug und Wasser auf die Fliesen spritzte. Seltsame, unmenschliche Geräusche drangen aus ihrem Mund. Ihr angeschwollener Bauch ragte aus dem Wasser empor, aufgebläht von dem neuen Leben darin.

Trotzdem hatte sie noch nie so schön ausgesehen.

Ihre cremeweiße Haut schimmerte, ihre Wangen waren gerötet, das nasse Haar war rabenschwarz und fiel ihr über die nackten Schultern auf die Brust. Die silberblauen Augen strahlten in einem weißen Licht, starr aufgerissen verbreiteten sie einen unirdischen, kühlen Glanz im Raum. Paige sah sich selbst kaum noch ähnlich – ja, sie wirkte nicht einmal menschlich –, aber ihre Schönheit war so atemberaubend, dass sie all die umgebende Dunkelheit auszulöschen schien.

Ich konnte meinen Blick nicht von ihren strahlenden Augen lösen, die nach oben auf die Decke gerichtet waren. Mein ganzer Körper sehnte sich danach, ihr nahe zu sein, wurde unwiderstehlich angezogen, und ich musste den Türrahmen packen, um dem Drang nicht nachzugeben. Schmerz pulste in meinem Kopf, aber ich merkte es kaum.

Die Trance wurde unterbrochen, als das Handy in meiner Jeanstasche vibrierte. Ich warf einen letzten Blick auf Paige, und während ich von der Tür zurückwich, kam es mir vor, als hätte ich sie bisher nie wirklich gesehen.

Im Flur angekommen, schnappte ich mir den Wäschekorb und las Simons SMS, während ich zur Treppe lief: *C hatte recht. Das Festival ist eine Falle. Z hat alles aufgeschrieben. Ruf mich an, sobald du kannst.*

Ich klickte die SMS weg und war hin- und hergerissen zwischen dem Wunsch, aus dem Haus zu fliehen, und dem Wissen, dass sich hier die einzige Person befand, die mir sagen konnte, wie sich die Katastrophe noch aufhalten ließ.

Ich entschied, dass ein paar zusätzliche Minuten kein allzu großes Risiko waren, und rannte an der Treppe vorbei zu

Bettys Zimmer. Vor der Tür hielt ich an und warf einen Blick zurück auf den Flur. Bei Paige rührte sich nichts. Erst einmal beruhigt, klopfte ich leise an Bettys Tür und trat ein.

»Hallo?«, flüsterte ich und schloss die Tür hinter mir. »Tut mir leid, wenn ich störe, aber –«

Ich blieb wie angewurzelt stehen, als ich den leeren Sessel sah. Der Kamin, in dem bisher immer ein helles Feuer gebrannt hatte, war unbenutzt. Die Vorhänge waren dicht zugezogen, genau wie im Wohnzimmer und bei Paige.

Es war so dunkel, dass ich Betty fast übersehen hätte. Sie ruhte in ihrem Bett am anderen Ende des Raumes. Ihr zierlicher, zerbrechlicher Körper lag ganz still. Entweder hatte sie mich trotz ihrer überscharfen Sinne nicht gehört oder war zu schwach, um zu reagieren.

»Betty?«, flüsterte ich und ging auf sie zu.

Sie sah aus, als sei sie in einigen Tagen um Jahre gealtert. Ihr kräftiges graues Haar war dünn geworden, und ausgefallene Strähnen bedeckten das Kopfkissen. Die Falten in ihrem Gesicht hatten sich vertieft, die Haut war bräunlich grau vertrocknet und schuppte sich, so dass die Decke und der rote Morgenmantel wie von weißem Konfetti bedeckt schienen. Ihre Brust hob sich in großen Abständen, wenn sie um Atem kämpfte. Ohne diese kaum merkliche Bewegung hätte ich sie für tot gehalten.

Ich sank auf den Sessel, der neben das Bett gerückt stand. Dabei landete ich auf etwas Hartem. Die Person, die als Letztes hier gesessen hatte, wollte Betty vermutlich von den Schmerzen ablenken, indem sie ihr etwas vorlas. Oder der Sinn war gewesen, Betty noch mehr zu quälen.

Obenauf lagen ein gutes Dutzend Ausgaben des *Winter Harbor Herald,* sowohl neuere mit den Artikeln über Paul Carsons, Charles Spinnaker und die anderen Opfer als auch ältere bis zurück ins Jahr 1985. Einige erkannte ich wieder, weil Simon und ich sie in der Bibliothek durchgeblättert hatten.

Unter den Zeitungen lag ein Buch … ein Scrapbook. Es sah ähnlich aus wie Zaras, war aber dicker und offensichtlich einige Jahre älter, denn der Stoffeinband hatte die Farbe verloren, und die zarte Spitzenverzierung war gelblich angelaufen.

Ich legte es mir auf den Schoß und warf einen Blick zur Tür. Da sich nichts rührte, schlug ich Rainas Scrapbook auf und las. Es war in Kapitel unterteilt, und jedes beschrieb das Leben und die Taten einer anderen Sirene. Ihr Netzwerk erstreckte sich weit über die Familie Marchand und den Wohnsitz in Winter Harbor hinaus. Beim Blättern sah ich Generationen von Frauen, alle wunderschön und alle mit den gleichen silberblauen Augen, die in den alten Schwarzweißfotos genauso überirdisch zu strahlen schienen wie in den neueren Farbaufnahmen. Es gab alte und junge Sirenen, ein abgebildetes Mädchen war bestimmt kaum älter als Paige. Souvenirs wie bei Zara fand ich nicht, sondern alles war mit Hilfe von Fotos und Zeitungssausschnitten dokumentiert. Vieles davon stammte aus anderen Küstenstädtchen in Maine, doch die Ortsnamen reichten bis nach Kanada.

Ich hätte Stunden so sitzen können, riss mich aber zusammen und blätterte schneller. Gerade hatte ich ein ganzes Bündel Seiten auf einmal genommen, um mehrere Jahre nach vorn zu springen, als graue Finger nach dem Scrapbook griffen.

Ich starrte Bettys Hand an. Hautschuppen rieselten auf die Seiten.

Eine Wolke ranzig salziger Luft blies mir ins Gesicht, und ich schaute auf. Betty hatte mir den Kopf zugewandt. Ihre Augen waren nur schmale Schlitze, und das Licht in den wolkigen Pupillen war fast erloschen.

»Was ist, Betty?«, fragte ich leise. »Was kann ich tun?«

Sie öffnete die spröden Lippen, um zu sprechen, aber es kam kein Laut heraus, nur ein weiterer erstickender Lufthauch. Dem Geruch nach befand sich ihr Körper innen in einem ähnlichen Zustand wie außen.

›… sie erklärte mir, dass sie nicht deshalb so viel Zeit im Meer verbrachte, weil es ihr gefiel, sondern weil sie das Schwimmen im Salzwasser brauchte …‹

Ich holte scharf Atem, als mir Olivers Worte durch den Kopf hallten.

›… sie sei körperlich davon abhängig, sich mehrmals am Tag ins Salzwasser zu begeben, anderenfalls könnte sie nicht atmen …‹

Ich starrte Betty an, ihre ausgetrocknete Haut und das dünne Haar. Sie lag im Sterben. Und zwar, weil sie nicht genug Luft zum Atmen bekam.

Ich legte das Scrapbook neben ihr aufs Bett und rannte ins Badezimmer. Dort drehte ich den Hahn an der Wanne auf und durchwühlte die Schränke und Fächer nach etwas, das ich mit Wasser tränken konnte. Ich zerrte Handtücher aus den Regalen und warf sie in die Badewanne. Der salzige Fischgeruch löste einen Würgereiz aus, aber ich unterdrückte ihn, krempelte die Ärmel hoch und drückte die Handtücher tiefer unter Wasser, bis sie vollgesogen waren.

Als ich zurückkehrte, waren Bettys Augen wieder geschlossen. Ich hielt die nassen Handtücher an meine Brust gedrückt und spürte kaum, wie mir das kalte Salzwasser durch die Kleidung drang. Vorsichtig nahm ich die Decke, die ihr bis unters Kinn gezogen war, nahm sie ab und ließ sie zu Boden fallen. Der samtige, purpurne Morgenmantel sah jetzt viel zu groß für Betty aus. Ich knotete den Gürtel auf und enthüllte ihren zerbrechlichen Körper.

Er steckte in ihrem knallroten Lieblingsbadeanzug.

Ihre Rippen dehnten den Stoff aus, als sie zu atmen versuchte. Ich begann, Betty mit den nassen Handtüchern zu bedecken, von den Füßen bis zur Brust. Bei den Schultern angekommen, zog ich den Morgenmantel von ihren Armen und arbeitete mich weiter nach oben. Als nur noch ihr Gesicht herausschaute, sank ich zurück auf den Sessel und wartete.

Zuerst kehrte die Farbe in ihre Wangen zurück. Die aschgraue Haut wurde erst blassweiß und dann rosa, die tiefen Falten verschwanden, die Lippen wurden voller. Nach ein paar Minuten hob und senkte sich ihre Brust zum ersten vollen Atemzug.

Während Betty langsam wieder zu Kräften kam, nahm ich das Scrapbook und schlug die letzten Seiten auf. Dort waren Todesanzeigen eingeklebt wie Hochzeitsfotos: Charles Spinnaker, Aaron Newberg, William O'Dell, Donald Jeffries, Tom Connelly. Als ich die letzten vier erreichte, die gestern in der Schlagzeile des *Herald* aufgetaucht waren, blätterte ich wieder zurück. Raina war in ihrem Scrapbook sehr gründlich gewesen, aber zwei Opfer fehlten. Es überraschte mich nicht, dass Justine dazugehörte – schließlich war Zara für ihren Tod verantwortlich gewesen –, aber verblüfft stellte ich fest, dass auch einer der Männer nicht auftauchte. Ein Bericht über ihn war immerhin in dem Zeitungsstapel gewesen, den ich vom Sessel geräumt hatte, und man hatte seine Leiche gleich nach Justines gefunden. Zwar hatte ich keine Ahnung, was für Regeln für diese perverse Form des Scrapbookings galten, aber es war doch anzunehmen, dass das erste Opfer einer Mordserie spezielle Aufmerksamkeit verdiente – vielleicht ein paar Extraseiten mit Glitter und bunten Stickern.

Aber Paul Carsons hatte keinen Glitter bekommen. Er war völlig übergangen worden.

Ich blätterte bis ganz ans Ende des Buches, und mein Magen verkrampfte sich bei den leeren weißen Seiten, die darauf warteten, mit Opfern gefüllt zu werden. Vielleicht hatte Raina sich einfach noch nicht entschieden, wie sie Paul Carsons verewigen wollte. Möglich, dass sie weitere Zeitungsartikel und Fotos sammelte oder dass sie ein Buch extra für ihn anlegen wollte oder –

Ich war froh über die Unterbrechung, als Betty neben mir leise stöhnte.

»Betty«, sagte ich und drückte das Buch an meine Brust, um mich zu ihr vorzubeugen. »Ich bin es, Vanessa. Gibt es etwas, das ich dringend wissen muss?«

Ihr Kopf drehte sich in meine Richtung, und ihre Stimme war kaum mehr als ein Flüstern. »Neunzehn ... hundert ... dreiundneunzig.« Eine Hand schlüpfte unter einem Handtuch hervor und strich über den Einband des Scrapbooks.

Schnell blätterte ich und übersprang Jahrzehnte voller Verführung und Verderben. Als ich 1993 erreichte, blieb mein Blick am Foto einer lächelnden Frau hängen. Sie hatte langes Haar, trug eine Bluse mit Puffärmeln und dazu einen roten Rock, der bis zum Boden reichte. Ich konnte mich nicht erinnern, sie schon einmal gesehen zu haben, aber trotzdem wirkte sie seltsam bekannt.

»Charlotte Bleu«, las ich laut den Text unter dem Bild. »Von der kanadischen Abstammungslinie Nenuphar, wurde 34 J. alt und starb am 17. 11. 1993 bei der Geburt ihres Kindes.«

Ich starrte auf das Datum, bevor ich mich dazu bringen konnte, den Rest der Seite anzuschauen. Als ich bei dem Bild in der unteren rechten Ecke landete, wo sich Charlotte an einen glücklichen, ahnungslosen Mann gehängt hatte, knallte ich das Scrapbook zu und schmiss es auf den Boden. Mein Herz hämmerte wie wild, während ich auf das Buch starrte und fast erwartete, dass es sich von selbst aufschlagen, zum Jahr 1993 blättern und mich zwingen würde, der Wahrheit erneut ins Gesicht zu sehen.

Ich hatte noch immer keine Ahnung, wer Charlotte Bleu war. Aber der glückliche, ahnungslose Mann an ihrer Seite war mit seiner gebeugten Riesengestalt und der wirren Haarmähne absolut unverkennbar.

Big Papa.

Kapitel 22

Ich war taub für alles um mich herum, für das Prasseln des Regens auf dem Wagendach und das Quietschen der Scheibenwischer. Ich hörte weder die Reifen über den Asphalt brausen noch den Wind vorbeizischen. Auch nicht die Musik im Radio oder das Handy, das auf dem Beifahrersitz vibrierte. Ich hörte nicht, wie das Blut in meinen Ohren rauschte, wie ich in kurzen Stößen atmete, und ganz besonders hörte ich die hundert wirren Gedanken und Fragen nicht, die mir durch den Kopf schossen. Ich war taub für alles andere, denn ich horchte nur nach Justines Stimme.

Das Handy summte wieder, aber ich ignorierte es. Keine Ahnung, wie lange ich schon herumfuhr, und der Anruf konnte nur von Mom oder Simon stammen, die wissen wollten, ob mit mir alles in Ordnung war. Darauf konnte ich ihnen jetzt nicht antworten. Wenn es stimmte, was im Scrapbook stand, wenn Big Papa nicht der war, für den ich ihn immer gehalten hatte … wenn ich selbst nicht die Person war, für die ich mich immer gehalten hatte … dann würde nie wieder alles in Ordnung sein. Weder für mich noch für sie.

»Sag es«, flüsterte ich und umklammerte das Steuerrad so fest, dass sich meine Fingernägel in die Handflächen bohrten. »Sag es schon.« Aber sie schwieg. Sie weigerte sich zu sagen, was ich von ihr hören wollte und so dringend brauchte.

Ich trat hart aufs Gaspedal. Die beleuchteten Fenster der

Restaurants und Läden leuchteten schwach durch die Dunkelheit, und ich fuhr noch schneller, bevor der pechschwarze Himmel das letzte Licht verschlingen konnte. Wohin ich auf dem Weg war oder ob ich überhaupt ein Ziel hatte, darüber dachte ich nicht nach. Ich hatte mich einfach nur auf den Fahrersitz geworfen, den Motor angelassen, und seitdem führten meine Hände und Füße ein Eigenleben.

»Bitte«, bettelte ich in Gedanken, als der Wagen in den Burton Drive abbog, »das kann einfach nicht wahr sein. Sag mir, dass es nicht wahr ist.«

Ich blieb in der Auffahrt stehen und starrte unser Ferienhaus an, das abwechselnd verschwommen und glasklar zu sehen war, wenn die Scheibenwischer das Wasser fortschoben. Da Justine immer noch stumm blieb, stellte ich den Motor aus und stieg aus dem Wagen. Ich ging durch den Vorgarten, am Haus entlang und dann geradewegs weiter. Der Regen war so stark, dass mir das Haar und die Kleider sofort an der Haut klebten, aber das fühlte ich kaum. Ich bemerkte nur unterbewusst, dass der BMW fehlte, was bedeutete, Mom war nicht zu Hause.

Meine Hände griffen nach dem Ruderboot, bevor ich verstand, wohin meine Füße mich geführt hatten. Ich zog es aus dem Schuppen und durch das rutschige, nasse Gras bis zum Seeufer. Dort stieß ich das Boot ins Wasser, schob es hinaus und folgte hinterher. Ich spürte die Kälte nicht, die durch meine Schuhe drang, meine Knöchel umspülte und dann meine Beine hinaufwanderte. So tief war ich seit zwei Jahren nicht mehr ins Wasser gegangen, und ich begriff selbst nicht, was ich hier tat. Eigentlich hätte ich auf dem Highway sein sollen, fort von Winter Harbor, fort von der Küste, dem Meer und den Seen, fort von der Wahrheit, die ich nicht glauben wollte und doch nicht leugnen konnte.

Als das Wasser meine Oberschenkel erreicht hatte, watete

ich zur Längsseite des Bootes und zog mich hinein. Zuerst ruderte ich langsam, doch nachdem meine Hände den richtigen Halt an den Rudern gefunden hatten, schoss ich durchs Wasser, als sei es nichts als pure Luft. Ich steuerte vom Ufer fort, ohne mich nach unserem Haus oder dem der Carmichaels umzuschauen. Weiter und weiter ruderte ich vom Ufer fort. Justines Lieblingsstelle war schon immer der Punkt gewesen, wo der See die größte Tiefe hatte. Dort waren wir auch gewesen, als Big Papa das Foto geknipst hatte, das in der Mitte von Justines Pinnwand steckte.

Als ich fast angekommen war, holte ich die Ruder ein und ließ das Boot treiben. Ich zog meinen durchnässten Pulli aus und krempelte meine Hosenbeine hoch. Obwohl meine Haut schon völlig ausgekühlt war, spürte ich die Regentropfen kälter werden und die Lufttemperatur sinken. Ich war die einzige Person, die bei diesem Wetter draußen war, saß hier in meinem ärmellosen Top, hochgekrempelter Jeans und Flipflops, als sei es ein strahlender Sommertag.

Mit zurückgelegtem Kopf starrte ich in den Himmel und war dankbar für den eiskalten Regen, der mir übers Gesicht lief.

»Tut mir leid«, sagte ich. Der Regen prasselte so ohrenbetäubend auf das Wasser, dass ich mich selbst nicht hören konnte, also versuchte ich es noch einmal mit lauterer Stimme. »Tut mir leid! Okay? Es tut mir schrecklich leid, dass du fort bist und ich noch immer hier und dass wir beide nicht zusammen sein können. Aber ich brauche dich genau wie früher, damit du mir sagst, dass meine Ängste nicht wahr sind und ich so tun kann, als wäre die Welt bald wieder in Ordnung.«

Inzwischen schrie ich aus voller Kehle, aber sie schien mich nicht zu hören. Oder sie tat es doch und wusste nur nicht, was sie sagen sollte. Vielleicht hatte sie zugeschaut, als ich das Foto von Big Papa und Charlotte Bleu entdeckt hatte, und nun glaubte sie, alles hätte gar keinen Sinn gehabt. Ihr ganzes Leben hatte sie damit verbracht, mich zu beschützen und über mich zu wachen, und nun brauchte sie das endlich nicht mehr zu tun. Schließlich wusste sie jetzt, dass wir gar nicht die Schwestern waren, für die wir uns gehalten hatten. »Bitte«, sagte ich und war mir kaum bewusst, dass warme Tränen sich mit dem Regen auf meinem Gesicht mischten. »Bitte, Justine. Ich schaffe das nicht allein. Weil ich nicht so stark bin wie du. Ich habe es mir zwar eingebildet – nur für ein paar Tage –, aber ich habe mich geirrt.«

Nach der Nacht mit Simon hatte ich tatsächlich begonnen zu glauben, dass mehr in mir steckte, als ich mir immer zugetraut hatte: Ich brauchte keine Angst vor der Dunkelheit zu haben. Ich konnte mich gegen Mom durchsetzen. Ich konnte sogar ins Wasser waten und mich nicht davor fürchten, in die Tiefe zu tauchen, wo das Licht erlosch und Stimmen zu einem fernen Flüstern verklangen … und wo ich mich heimischer fühlte als an Land.

»Justine«, sagte ich ein letztes Mal mit hängendem Kopf. »Bitte.«

Es hatte keinen Sinn, sich etwas vorzumachen. Ich wollte zwar nicht glauben, dass Big Papa – mein Big Papa – untreu gewesen war, aber es erklärte einfach alles. Nun war klar, warum Mom und ich uns weder ähnlich sahen noch gleiche Interessen hatten, warum sie sich für Abendkleider und VIP-Gartenpartys begeisterte, während ich Jeans trug und mich in Büchern vergrub. Meine Abstammung erklärte die natürliche, sofortige Sympathie zwischen Paige und mir und wahrscheinlich auch die Migräneattacken, die ich jedes Mal in Zaras Nähe bekam. Sie erklärte, warum Simon sich einbildete, etwas für mich zu fühlen, denn jemand von seiner Intelligenz hätte sich wohl kaum in ein Mädchen mit so vielen Ticks und Phobien verliebt. Meine übernatürliche Herkunft war vermutlich dafür verantwortlich, dass ich Justine aus dem Jenseits hören konnte. Und falls Moms Behauptung stimmte, dass Justine immer hatte kämpfen müssen, um die Aufmerksamkeit von mir auf sich zu ziehen, dann kannte ich jetzt auch dafür den Grund.

Nicht zuletzt war es eine Erklärung für die Geschehnisse vor zwei Jahren, die ich immer verdrängt, aber nie vergessen hatte, als ich unter Wasser die anderen Sirenen hatte hören können.

Der Himmel wurde schwärzer, und die Wolken zogen sich immer tiefer über dem See zusammen. Mein Körper bewegte sich wie zuvor aus eigenem Antrieb, und ohne nachzudenken, rutschte ich von der schmalen Sitzbank, sank auf die Knie und beugte mich aus dem Boot. Ich hielt mich mit den Händen an der Bootskante fest und starrte auf den See nur Zentimeter unter mir. Die Oberfläche wurde vom Regen aufgewühlt, und doch sah ich es so deutlich, als würde die Sonne am Himmel strahlen und als sei das Wasser eisglatt.

Ich sah meine Augen. Bisher hatte ich sie immer für eine Mischung aus Grün und Blau gehalten, aber nun – vielleicht weil ich genauer hinschaute oder weil sich durch die Umstände auch meine Wahrnehmung geändert hatte – entdeckte ich den silbernen Schimmer in ihnen.

Ich beugte mich dichter an mein verschwimmendes Spiegelbild, streckte erst eine Hand und dann die zweite aus. Meine Fingerspitzen berührten das Wasser, und ich schloss die Augen. Die Tränen liefen schneller, während das Wasser meine Fingerknöchel, meine Handflächen, meine Unterarme umspülte.

»Tut mir leid«, flüsterte ich, und das Wasser umschloss meine Ellbogen, meine Oberarme, meine Schultern. »Es tut mir so furchtbar leid.«

»Vanessa!«

Ich erstarrte.

»Vanessa!«

Verwirrt fuhr ich empor und versuchte, mit schmalen Augen durch den Regen zu schauen. Ein anderes Boot kam auf mich zu … so schnell, als würde es gegen eine unsichtbare Zeituhr anrudern. Ich drehte mich um und griff nach den Rudern, die ich auf dem Boden abgelegt hatte.

»Bleib, wo du bist!«

In meiner Panik kam ich mit den rutschigen Holzgriffen nicht zurecht. Die Ruder platschten ohne große Wirkung im Wasser herum, und obwohl sich meine Arme schneller bewegten als bei meiner Hinfahrt, hatte ich keine Chance gegen einen Ruderer vom Bates-College-Team. Für jeden Meter, den ich zurücklegte, schafften die Brüder gleich zwei.

»Halt an!« Ich holte meine Ruder ein und krabbelte hastig zum Ende des Bootes. »Bleib da. Bitte.«

»Alles wird gut, Vanessa.« Caleb lehnte sich über die Bordwand und streckte den Arm nach meinem Boot aus. »Du bist in Sicherheit.«

Ich tauchte die Hände ins Wasser und versuchte, mit Hundepaddeln zu entkommen, aber mein Boot wurde festgehalten und dümpelte nur auf und ab. »Komm nicht rüber, Caleb.« Erneut brannten mir Tränen in den Augen. »Bitte … bleib einfach, wo du bist.«

Ich stieß einen Schrei aus, als zwei starke Arme meine Taille umfingen und mich vom Rand zurückzogen. Vergeblich zerrte ich an Simons Fingern und versuchte, sie von meinem Körper zu lösen. »Simon«, schluchzte ich. »Bitte. Lass mich gehen.«

Er zog mich so nah heran, dass mein Rücken gegen seine Brust gedrückt war. Ich schloss die Augen und wünschte mir verzweifelt, ich könnte dem Instinkt nachgeben, in seinen Armen dahinzuschmelzen und die Wärme und Sicherheit zu genießen, die er mir gab. Aber das war nicht länger möglich, sosehr ich mich auch dafür hasste.

»Sie hatte Angst.«

Ich schaute auf. Caleb hielt den Rand meines Bootes mit beiden Händen umklammert, so dass die Bordwände aneinander scheuerten. »Justine, meine ich«, fuhr er fort und hob die Stimme, um über den Regen hinweg gehört zu werden. »Deshalb hat sie sich nicht in Dartmouth beworben. Oder an einer anderen Uni. Sie hatte zu viel Angst.«

Ich schüttelte den Kopf.

»Bevor ich dir den Rest erzähle«, sagte Caleb, »sollst du wissen, dass sie dich geliebt hat. Sie hat dich mehr geliebt als sonst etwas auf der Welt und hätte alles für dich getan. Dazu gehörte auch, sich furchtlos zu benehmen, damit du dich weiterhin auf sie stützen konntest. Justine wollte nicht, dass ich dir davon erzähle, aber jetzt solltest du es wissen, finde ich. Du hast die Wahrheit verdient. Das kann dir helfen, alles zu verstehen.«

Nun würde ich also endlich die Dinge erfahren, für die ich zurück nach Winter Harbor gekommen war, aber ich war nicht sicher, wie ich mich bei dem Gedanken fühlen sollte. »Wovor hatte sie denn Angst?«, fragte ich schließlich.

Caleb schaute Simon an, der ihm zunickte. »An dem Tag, als du deinen Schwimmunfall hattest … weißt du noch, warum du ins Meer gegangen bist?«

»Justine hat mich herausgefordert.« Genau wie mein Körper vorher ein Eigenleben entwickelt hatte, schienen jetzt die Worte aus meinem Mund zu kommen, bevor ich mir über sie Gedanken machen konnte.

»Justine hat dich herausgefordert«, wiederholte er, als wolle er so erreichen, dass ich wirklich darüber nachdachte.

»Aber der Unfall war meine eigene Schuld«, sagte ich schnell mit klopfendem Herzen. »Sie hatte nur einen Scherz gemacht, wollte mich damit aufziehen. Sie war nicht auf die Idee gekommen, dass ich wirklich ins Meer laufen würde.«

»Vielleicht hat sie es als Scherz gesagt, aber ein Teil von ihr meinte es ernst.«

Ich versuchte, mich aufzusetzen, doch Simons Arme hielten mich zurück. »Du weißt ja nicht, was du redest. Justine hat mich immer beschützt und sich um mich gesorgt. Nie hätte sie mich absichtlich in Gefahr gebracht.«

»Vanessa«, entgegnete Caleb sanft, »was ich dir jetzt sage, hat sie mir selbst erzählt.«

Sein Blick ruhte auf mir, und ich erinnerte mich, dass Justine ihn geliebt hatte. In den Monaten – vielleicht sogar Jahren – vor ihrem Tod hatte sie ihm mehr vertraut als irgendjemandem sonst. »Okay, sprich weiter.«

Caleb senkte den Blick und holte tief Atem. »Justine hat dich geliebt, aber gleichzeitig war sie sehr, sehr eifersüchtig auf dich.«

Ich biss mir auf die Lippe, um nicht zu protestieren. Er war nun die zweite Person, die mir von Justines Eifersucht erzählte, und wem sollte ich glauben, wenn nicht Caleb? Außerdem war es einfacher, diese Tatsache zu akzeptieren, nachdem ich nun wusste, wer … oder was … ich wirklich war.

»Solange sie sich erinnern konnte, wollte jeder dich näher kennenlernen. Verwandte, Nachbarn, Lehrer, Klassenkameraden. Du hast es kaum bemerkt, und deshalb hat sie dir auch nie davon erzählt, aber es hat sie völlig wahnsinnig gemacht. Um damit fertig zu werden, hat sie alles Mögliche angestellt, um beachtet sie werden. Sie war in Sportteams, in hundert verschiedenen Clubs und hat ständig Bestnoten geschrieben. Sie hat versucht, sich mit jedermann anzufreunden. Als sie alt genug war, hatte sie Dates mit einer Riesenmenge Jungs.«

Ich hob den Blick und runzelte die Brauen.

»Ja, ich wusste davon. Und ich kannte auch ihre Gründe. Mir hat es nichts ausgemacht – schließlich wusste ich, dass Justine für sie nicht das Gleiche empfand wie für mich –, aber es tat mir furchtbar leid, dass sie so weit gehen musste, um sich wichtig zu fühlen.«

Als hätte Justine es nötig gehabt, tausend verschiedene Jungs zu küssen oder mit dem Fallschirm aus Flugzeugen zu springen, um wichtig zu sein! Sie war es doch immer gewesen.

»Das alles hat sie nicht getan, damit du dich schlechter fühlst, sondern damit sie sich besser fühlt. Wie schon gesagt, sie hätte einfach alles für dich getan. Sie wollte dich bestimmt nie verletzen.«

»Okay, und welcher Teil von ihr hat es dann ernst gemeint, als sie mich ins Wasser geschickt hat?«

Er schwieg einen Moment. »Weißt du noch, wessen Idee es damals war, ein Picknick am Strand zu machen?«

»Nein«, antwortete ich ehrlich. »Ich erinnere mich an fast gar nichts mehr«, fügte ich weniger ehrlich hinzu.

»Justine hat mir erzählt, dass sie lieber ins Kino wollte, aber du hast für ein Picknick gestimmt. Kaum hattest du die Idee vorgeschlagen, fing deine Mom mit Broteschmieren an, und dein Dad packte Brettspiele zusammen. Als Justine weiter aufs Kino bestand, haben beide sie ignoriert.«

»Aber ich habe nicht immer eine Vorzugsbehandlung bekommen«, sagte ich. »Justine hat sich mit Mom viel besser verstanden als ich. Und Dad war auch ganz verrückt nach ihr.«

»Kann schon sein, jedenfalls war Justine ziemlich sauer. Sie wusste, dass du keine Schuld hattest, aber trotzdem fühlte sie sich ungerecht behandelt. Als sie gestichelt hat, ob du dich ins Meer traust, wusste sie genau, wie gefährlich das war ... und aus diesem Grund konnte sie sich auch nie verzeihen, dass du die Herausforderung angenommen hast und in den Wellen verschwunden bist.«

»Ich habe es doch geschafft!«, protestierte ich so energisch, als könnte ich Justine immer noch von ihrer Unschuld überzeugen. »Die Strömung hat mich zwar in die Tiefe gezogen, aber alles ist gut ausgegangen.«

»Vanessa ... du warst vierunddreißig Minuten unter Wasser, bevor die Rettungssanitäter dich erreicht hatten.«

Ich sackte zurück.

»Es ist ein echtes Wunder, dass du überlebt hast.«

So konnte man es wohl auch nennen.

»Das hat sie nie ganz abschütteln können«, fuhr Caleb fort, »dass du fast ertrunken wärest, weil sie einen Moment lang schwach geworden ist. Danach hat sie sich noch mehr in die Vorstellung hineingesteigert, immer abenteuerlustig, kontaktfreudig, beschützerisch und erfolgreich sein zu müssen. Vor allem ging es ihr weiter darum, Aufmerksamkeit zu bekommen – die sie nach dem Unfall noch mehr brauchte als vorher –, aber gleichzeitig wollte sie auch die beste Schwester, Tochter, Schülerin und Freundin sein, die man sich denken konnte. Justine hat immer ein schlechtes Gewissen mit sich herumgeschleppt, weil all die Leute, die dich anhimmelten, durch ihre Schuld fast ohne dich hätten leben müssen.«

Ich versuchte, mir eine Justine vorzustellen, die keinen anderen Antrieb für alles gehabt hatte als Schuldgefühle und die Sucht, gemocht zu werden. »Okay, und als es dann an der Zeit war, sich fürs College zu bewerben ...«

»Da wählte sie Dartmouth«, sagte er. »Harvard, Yale,

Brown. Die ganzen Eliteschulen, und alles nur für eure Mom.«

»Aber der Aufsatz?«, hakte ich nach.

»Justine stellte fest, dass sie ihn nicht schreiben konnte. Nachdem sie so lange und so hart daran gearbeitet hatte, andere Leute zu beeindrucken, wusste sie überhaupt nicht mehr, wer sie war oder was sie mit ihrem Leben anfangen wollte.«

Ich neigte den Kopf zur Seite und schaute ihn an. »Bis auf eine Ausnahme?«, schlug ich vor.

Er starrte aufs Wasser.

»Sie wollte mit dir zusammen sein«, stellte ich fest.

Er nickte und schaute auf. »Ja, und ich wollte mit Justine zusammen sein. Mehr als alles andere auf der Welt.«

Diesmal versuchte ich nicht, meine Hand fortzuziehen, als Simon danach griff.

»Aber alte Gewohnheiten legt man schwer ab, und sie wusste, dass eure Mom ausgeflippt wäre, wenn Justine plötzlich verkündet hätte, sie wolle ihre Ausbildung abbrechen, um sich einem Typen aus Winter Harbor an den Hals zu schmeißen.«

»Justine hatte Glück, jemanden wie dich gefunden zu haben.«

»Na ja, ich weiß nicht recht ... aber ich habe daran gearbeitet, eine bessere Partie zu werden. Weil ich Justine nicht verlieren wollte, habe ich alles getan, was ich konnte, um eure Mom zufriedenzustellen. Ich habe meinen Job bei Monty für einen beim *Lighthouse* aufgegeben«, sagte er und warf einen Blick auf Simon, »um mehr Geld zu verdienen und meine Zeit mit Businessleuten anstatt mit Fischern zu verbringen. So schwer ist mir noch nie etwas gefallen. Ich habe es nicht einmal geschafft, Monty davon zu erzählen. Mir war klar, dass er versuchen würde, mir die Sache auszureden, und das wollte ich nicht.« Er brauchte einen Moment, bis er fortfuhr: »Als die Schule wieder begann, strengte ich mich viel mehr an und nahm sogar an der Zulassungsprüfung fürs College teil, was ich eigentlich nie vorgehabt hatte.«

»Was ist mit dem Geschäftsessen, das du mit den *Lighthouse*-Leuten hattest?«, fragte Simon. »Mark hat erzählt, du wolltest sie überreden, Winter Harbor in Ruhe zu lassen.«

»Ja, bevor ich den Job im *Lighthouse* bekommen habe. Zu dem Zeitpunkt dachte ich noch, Justine und ich könnten vielleicht eines Tages in Winter Harbor wohnen. Ihr wisst ja, wie ich an dem Ganzen hier hänge. Deshalb habe ich darum gekämpft, dass alles so erhalten bleibt, wie es ist.« Er seufzte. »Na ja, aber als Justines Schulabschluss näher kam, hat sie sich stattdessen nach anderen Möglichkeiten umgeschaut.«

»Was denn für Möglichkeiten?«, fragte ich.

»Im September musste sie ja irgendwohin, und das College wäre es schließlich nicht geworden. Also hat sie über Kalifornien, Washington, Oregon oder Vancouver nachgedacht. Sie meinte, wir sollten möglichst weit weg, damit sie nicht einfach zurück nach Boston fahren konnte, wann immer sie ein schlechtes Gewissen bekam.«

»Für sie war es einfacher, ein paar tausend Meilen von uns wegzuziehen, als die Wahrheit über dich und Dartmouth zu sagen?«

Er schaute mich an, als ob ich das begreifen sollte. »Sie hatte Angst.«

Okay, das sollte ich wirklich begreifen. Schließlich war ich an Angst gewöhnt. Wenn ich nachts zu Bett ging, dann wusste ich, dass im Schatten keine Monster lauerten, aber das hatte mich nie davon abgehalten, auf ihre Attacke zu warten, sobald das Licht erlosch. Und aus Maine abzuhauen passte zu Justines Überzeugung, dass man Furcht am besten besiegte, indem man so tat, als sei die Ursache gar nicht vorhanden. Sie brauchte sich nicht länger davor zu fürchten, eine Enttäuschung für uns zu sein, wenn sie so tat, als hätten wir aufgehört zu existieren.

»Justine hat mich versprechen lassen, dass ich es niemandem verraten würde«, sagte Caleb. »Sie war überzeugt, alle würden uns für verrückt halten oder uns Vorwürfe machen, und das wollte sie sich nicht anhören. So bestand keine Gefahr, dass man uns unsere Pläne ausreden konnte.«

»Aber wenn sie das alles geplant hatte«, meinte ich und spulte ein paar Wochen vor, »wieso ist sie dann mitten in der Nacht von den Chione Cliffs gesprungen?«

»Zuerst habe ich das auch nicht verstanden«, erwiderte Caleb. »Okay, nach eurem Abendessen war sie ganz schön wütend. Eure Mom hat ihr wohl eine Rede über Verantwortung und Schulkarriere gehalten und wusste außerdem über mich Bescheid.«

Ich war froh, dass der Regen noch immer fiel und meine glühenden Wangen verbarg. Kein Wunder, dass Justine so in Rage gewesen war – nachdem sie Jahre damit verbracht hatte, mich zu beschützen, war ich ihr in den Rücken gefallen und hatte ihr wichtigstes Geheimnis verraten.

»Zuerst sind wir nach Boston gefahren. Sie meinte, da könnten wir eine Weile unterschlüpfen, bis wir entschieden hätten, wohin es als Nächstes gehen sollte.«

Damit war das Badehandtuch erklärt, das ich am Tag des Begräbnisses zerknüllt hinter ihrer Tür gefunden hatte.

»Aber kaum waren wir angekommen, wollte sie plötzlich wieder umdrehen und nach Winter Harbor zurückkehren. Sie war ganz besessen von dem Gedanken und wollte … oder konnte … mir keine Erklärung geben. Es war schon spät, und ich schlug vor, erst am nächsten Morgen zu fahren, doch sie bestand darauf, wir müssten sofort aufbrechen.« Er starrte aufs Wasser, das in kleinen Wellen gegen die Bootsrümpfe plätscherte. »Also sind wir losgefahren. Zurück in Winter Harbor, wollte sie auf der Stelle zu den Chione Cliffs.« Er schaute mich an. »Damals habe ich es nicht verstanden. Ich dachte, sie müsse sich damit etwas beweisen oder wollte ihre aufgestaute Wut loswerden. Aber jetzt ist mir klar, was wirklich geschehen ist.«

Ich folgte seinem Blick und sah Simon über die Schulter an. »Was meint er?«

Simon setzte sich mir gegenüber. »Weißt du noch, als Justine und Caleb rückwärts von den Klippen gesprungen sind und Justine sich das Bein verletzt hat?«

Ich nickte.

»In Zaras Tagebuch steht, die Bucht bei den Chione Cliffs ist so etwas wie die Höhle des Löwen. Das Wasser dort ist anders, nicht wie hier im See oder draußen im Meer. Es ist angefüllt mit der Essenz der Sirenen. Dort treffen sie sich, schwimmen zusammen, bekommen ihre Kinder, einige leben sogar ständig dort. Die Chione Cliffs sind der Ort, wohin sie ihre Opfer locken. Er gibt ihnen auch die Kraft, das Wetter zu kontrollieren. Und als Justine sich den Schnitt am Bein geholt hat – vielleicht hat eine der Sirenen nachgeholfen, oder es war wirklich nur ein scharfkantiger Felsen –, da ist dieses Wasser in ihren Blutkreislauf eingedrungen.«

»Von dem Moment an war alles zu spät«, vervollständigte ich seinen Gedanken.

»Sie haben Justine zurückgerufen«, bestätigte Simon. »Sobald sie das Sirenenwasser im Körper hatte, war sie ihnen ausgeliefert.«

»Deshalb ist sie gesprungen«, sagte Caleb leise. »Nicht weil sie wütend auf dich oder eure Eltern war, sondern weil sie ihr keine Wahl ließen.«

Jetzt hatte ich meine Antwort und wusste, was ich hatte wissen wollen.

Ich schaute von ihm fort in Richtung unseres Hauses. Die auf den See gerichteten Fenster waren alle dunkel. Es sah so leer aus, so einsam.

»Es gibt aber auch gute Neuigkeiten«, sagte Caleb nach einer Minute vorsichtig.

Ich drehte mich um und sah, wie Caleb eine kleine Metallflasche aus Simons Rucksack zog. Er drehte den Deckel auf, und eine dünne Nebelwolke kräuselte sich in den Himmel. Nachdem die Brüder einen Blick gewechselt hatten, hielt Caleb das Fläschchen über den Bootsrand und kippte eine winzige Portion durchsichtiger Flüssigkeit ins Wasser.

Ich klammerte mich an Simon fest, als das Boot einen scharfen Ruck machte und dann aufhörte, sich zu bewegen. Der Regen prasselte weiter auf den See nieder und ließ kleine Wellen ans Ufer klatschen, aber mein Boot rührte sich nicht. Genauso wenig wie Calebs. Meine Füße auf den dünnen Holzplanken wurden zunehmend kälter. Mit angehaltenem Atem lehnte ich mich in Simons Armen nach vorn, um über den Rand zu schauen.

»Wir stecken in Eis«, stieß ich hervor, und mein Atem gefror zu einer weißen Wolke. Eben noch waren unsere Boote dümpelnd aneinandergeprallt, und nun wurden sie von einem soliden weißen Block an Ort und Stelle gehalten.

»Wir müssen sie mit ihren eigenen Waffen schlagen«, erklärte Simon mit unbewegter Stimme. »Mit Hilfe der Wissenschaft können wir tun, was selbst Mutter Natur im tiefsten Winter nicht vermag.«

Ich drehte mich zu ihm um und wusste schon, was er als Nächstes sagen würde.

»Wir müssen das Meer von Winter Harbor einfrieren.«

Kapitel 23

Jonathan Marsh, 17 J., und Mark Hamilton, 16 J., wurden ertrunken am südlichen Anlegesteg von Beacon Beach gefunden. Damit starben schon zwölf Personen bei einer Reihe unerklärlicher, plötzlicher Stürme, die Winter Harbor seit vier Wochen heimsuchen.« Caleb ließ die Zeitung sinken und starrte aus dem Fenster.

»Tut mir so leid, Cal«, sagte Simon nach einem Moment. »Du hast getan, was du konntest.«

»Denk daran, wie viele Leben du gerettet hast«, sagte ich und hatte Tränen in den Augen, die nicht nur den beiden getöteten Jungen, sondern auch Paige galten. »Weil Zara so sehr darauf aus war, dich zu bekommen, hat sie sich wochenlang kein anderes Opfer gesucht.«

Caleb antwortete nicht. Ich warf einen Blick auf die Uhr und dann auf Simon. Noch schien die Sonne am Himmel, aber es war nur eine Frage der Zeit, bis die ersten Gewitterwolken angerollt kamen.

»Du musst es nicht tun«, sagte Simon. »Bestimmt fällt uns eine andere Lösung ein.«

»Eine andere Lösung gibt es nicht«, sagte Caleb. Er warf den *Herald* neben sich auf die Rückbank und stieg aus dem Wagen.

»Hey«, sagte Simon, als ich nach dem Türgriff fasste. »Alles okay mit dir?«

Ich betrachtete seine Hand auf meinem Arm. Auf eine

weitere Lüge kam es jetzt auch nicht mehr an. »Ich arbeite daran«, sagte ich.

Wir liefen Caleb hinterher, der bereits die Eingangstreppe der Marchands hinaufstürmte. Furcht schnürte mir die Kehle zu, obwohl ich wusste, dass Raina und Zara fort waren; wir hatten gegenüber von *Bettys Fischerhaus* auf ihre Ankunft gewartet und waren dann mit Vollgas zu ihrem Haus gefahren.

Drinnen waren noch immer alle Fenster verhängt, und selbst die Wandleuchter an der Treppe brannten nicht. Das einzige Licht stammte von dem hellen Strahl, der durch die Eingangstür fiel. Was mir Hoffnung machte, war die angenehmere Luft hier drinnen, denn es roch zwar noch nach Feuchtigkeit und Salz, aber nicht mehr nach Verwesung.

Ich führte die beiden durchs Wohnzimmer. Simon wollte nach meiner Hand greifen, als wir die Treppe hinaufgingen, doch ich tat so, als würde ich es nicht bemerken, und stieg schnell die Stufen empor. Heute war vermutlich der letzte Tag, den wir zusammen verbrachten, und ich wollte nicht alles noch schwerer machen.

»Hier entlang«, sagte ich und steuerte am Ende des Flures auf das Zimmer von Paige zu. Vor ihrer Tür blieb ich stehen und lauschte.

Stille.

Ich schüttelte das ungebetene Bild ab, wie Paige krampfhaft zuckend in der Badewanne gelegen hatte, und öffnete die Tür.

»Wow«, sagte Caleb.

»Bist du sicher, dass wir hier richtig sind?«, fragte Simon.

Ich drehte mich langsam nach allen Seiten um. Paiges ganzer Besitz – ihr Bett, ihre Kleidung, Bücher, Bilder – waren verschwunden. Die Wände waren rosa angemalt. Statt der weißen Vorhänge gab es nun pinkfarbene Jalousien.

In der Mitte des Zimmers, unter einem Mobile aus plüschigen Seesternen, stand eine kleine Wiege.

Diesmal ließ ich es zu, dass Simon meine Hand ergriff. Sonst hätte ich mich nicht vom Fleck bewegen können.

»Wahrscheinlich hat sie nur die Zimmer gewechselt«, sagte Caleb, als wir in den Flur zurückkehrten. »Schließlich war sie bei den heutigen Plänen ihrer Familie nicht vorgesehen.«

So hatte es in Zaras Tagebuch gestanden. Doch der letzte Eintrag war drei Tage alt – weil ich zu dem Zeitpunkt das Buch bei der Versammlung stibitzt hatte. Gut möglich, dass sich ihre Pläne inzwischen geändert hatten. Im Haus gab es jemanden, der vielleicht darüber Bescheid wusste.

Vor Bettys Tür angelangt, hielt ich den Atem an und hob die Hand zum Klopfen.

»Komm herein, Vanessa.«

Ich wechselte einen Blick mit Simon, dann öffnete ich die Tür.

Bei meinem letzten Besuch hatte Betty im Bett gelegen und nach Atem gerungen. Ich wusste nicht, womit ich diesmal rechnen musste. Daher war ich unendlich erleichtert, als ich sie nicht nur lebend vorfand, sondern sogar voll angezogen auf ihrem Diwan.

»Ich habe auf dich gewartet«, sagte sie und stand auf. Sie kam durch den Raum auf uns zu, wobei sie geschickt den Tischen und Stühlen auswich.

»Heißt das, Sie wissen, was vor sich geht?«, fragte ich vorsichtig.

»Lange wusste ich es nicht«, antwortete Betty, »aber jetzt schon. Raina hat versucht, es vor mir zu verbergen. Als meine Kräfte noch stärker waren, hat sie ihre Gedanken sorgfältig abgeschirmt und alles getan, um mich im Dunkeln zu lassen. Aber dann wurde ich schwächer, und ihre Wachsamkeit ließ nach, weil sie überzeugt war, dass ich sie nicht länger hören konnte. Glücklicherweise habe ich mich dank deiner Hilfe genug erholt, um ihre Pläne zu erlauschen.«

»Was haben Sie erfahren?«, fragte Simon.

»Vieles wisst ihr ja bereits. Heute Abend wird das Morden beginnen und erst dann enden, wenn jemand sie aufhält ... und dazu braucht ihr mich.«

»Wie haben Sie herausbekommen, was wir ...?«, setzte Caleb an und verstummte.

»Ich werde tun, was immer nötig ist«, fuhr sie fort.

»Sind Sie sicher, dass Ihre Kraft ausreicht?«, fragte ich. »Als ich Sie das letzte Mal gesehen habe –«

»Seitdem bin ich stärker geworden. Und im Wasser werde ich noch mehr zu Kräften kommen.«

Ich warf einen Blick auf Simon, der mich besorgt ansah. Bettys Zustand war offenbar schlimmer, als er sich vorgestellt hatte.

»Meine Augen brauche ich nicht«, sagte sie plötzlich und richtete ihre überwölkten Pupillen auf Caleb. »Meine übrigen Sinne machen das Sehen unnötig.«

»Ich habe doch gar nichts gesagt«, wehrte er hastig mit rotem Kopf ab und schaute uns an, als wartete er auf Zustimmung.

Als Betty sich zum Gehen wandte, fragte ich schnell: »Wissen Sie vielleicht, wo Paige ist? Wir wollten sie mitnehmen, aber in ihrem Zimmer haben wir sie nicht gefunden.«

Sie blieb in der offenen Tür stehen, ohne sich umzudrehen. »Paige ist sehr krank. Die Schwangerschaft könnte sie umbringen, wenn wir ihr nicht helfen.«

»L'épuration du sang«, sagte Betty, als wir zurück in den Ort fuhren.

»Was bedeutet das?«, fragte ich.

»Läuterung oder Reinigung des Blutes«, übersetzte Caleb und schaute fragend Betty an, die neben ihm auf der Rückbank saß.

»Die Fähigkeiten einer Sirene sind von Geburt an vorhanden, bleiben aber die ersten Jahre ihres Lebens inaktiv. Erst wenn sie herangewachsen und im gebärfähigen Alter ist, bringt man sie zur Zeremonie der Reinigung unter Wasser. Während dieses Wandlungsprozesses wird alle Flüssigkeit in ihren menschlichen Zellen durch Meerwasser ersetzt. Von da an ist es für uns lebensnotwendig, regelmäßig im Salzwasser zu baden und es zu trinken. Raina, Zara und ich würden austrocknen und sterben, wenn wir nicht ständig die Flüssigkeit in unseren Körpern auffrischen würden.«

»Das ist vor ein paar Tagen mit Ihnen passiert?«, fragte ich.

»Ja, genau. Schon zwei Jahre lang hat Raina mir gerade genug gegeben, damit ich von einem Tag auf den anderen überleben konnte. Mein Körper war so schwach, dass auch meine Sinne verwirrt wurden und meine Wahrnehmung litt. Dadurch habe ich tatsächlich erst bemerkt, wie ausgetrocknet ich war, als du mir geholfen hast. Seitdem habe ich ihre Gedanken belauscht.«

Ich spürte Simons Blick auf mir ruhen. Zwar hatte ich ihm erzählt, dass ich bei den Marchands gewesen war, um nach Paige zu sehen, und dabei auch mit Betty gesprochen hatte … aber einen großen Teil hatte ich ausgelassen.

»Warum sollte Raina so etwas tun?«, wollte Caleb wissen.

»Meine Tochter war immer fasziniert von dem in ihr steckenden Potential, von der Macht der Sirenen. Sie wusste, dass ich mein Leben geändert hatte, um das Leben anderer zu schützen, doch sie war neugierig. Ich hoffte, das läge nur daran, dass sie selbst nie miterlebt hatte, wie zerstörerisch unsere Kräfte sind … Aber nun weiß ich nicht mehr, was ich denken soll.« Sie brach einen Moment ab. »Jedenfalls hat Raina meinen Unfall genutzt, um Vorteil aus meinem Zustand zu ziehen. Seitdem hat sie dafür gesorgt, dass ich schwach genug blieb, um sie nicht von der Erforschung ihrer Kräfte abhalten zu können.«

»Was ist mit Paige?«, fragte ich. »Sie geht nicht jeden Tag ins Meer, und trotzdem hat sie keine Probleme.«

»Sirenen brauchen den ständigen Flüssigkeitsaustausch erst nach der Reinigung. Bei Zara war der Zeitpunkt kurz nach meinem Unfall. Raina wollte sich zuerst auf sie konzentrieren – ihr beibringen, wie sie ihre Schönheit einsetzen konnte, die durch die Wandlung noch gesteigert war, und Zara bei der Entwicklung ihrer Kräfte helfen. Danach hätte sie sich um Paige gekümmert, deren Zeremonie diesen Sommer anstand … aber unglücklicherweise ist sie vorher schwanger geworden. Deshalb geht es ihr so schlecht. Ihr Körper ist noch nicht dafür ausgerüstet, dem Baby zu geben, was es braucht. Aus diesem Grund ist sie krank geworden.«

»Wir kommen näher«, sagte Caleb plötzlich, sackte im Sitz zusammen und stopfte sich die iPod-Stöpsel in die Ohren.

Ich spürte Zaras Gegenwart ebenfalls, aber ließ mir nichts anmerken. »Zara war in Caleb verschossen«, erklärte ich Betty, während wir in einen Weg einbogen, der parallel zur Hauptstraße verlief. »Sie hat versucht, ihn zu bekommen, aber er –«

»Liebte Justine«, vervollständigte Betty mit sanfter Stimme. »Ich weiß.«

Wir stellten den Wagen hinter einer Baumreihe ab, die sich am Ende des Parkplatzes befand. Ein paar hundert Meter entfernt beim Fischerhaus standen Louis und einige Kellner an einem Stand und schenkten Suppe aus. Eine Menschenmenge hatte sich um sie versammelt.

»Paige ist drinnen«, sagte Betty und neigte den Kopf lauschend in Richtung des Restaurants. »Sie ist allein. Niemand hat ihr gesagt, was für heute geplant ist. Sie wird euch nicht gleich glauben und Fragen stellen. Gebt ihr eure Beweise und erzählt, was ihr gerade von mir erfahren habt. Wenn es gar nicht anders geht, erzählt ihr auch von Jonathan.«

»Vielleicht sollten Sie mitkommen«, schlug Caleb vor. »Ihrer Großmutter würde sie auf jeden Fall glauben, oder?«

»Das geht nicht«, erwiderte Betty. »Bisher wissen sie nicht, dass ich hier bin, weil niemand nach meiner Anwesenheit lauscht. Sie glauben, ich sei immer noch in meinem Zimmer und zu schwach, um mich zu rühren. Wenn sie mich bemerken – oder jemand sie auf mich aufmerksam macht –, dann wird ihnen sofort klar sein, dass etwas nicht stimmt.«

»Meint ihr wirklich, dass sie es schafft?«, fragte Caleb, als wir über den Parkplatz gingen.

»Wir haben wohl kaum eine Wahl«, antwortete Simon. »Beaker hat gesagt, damit die Flüssigkeit den maximalen Effekt hat, muss die Kettenreaktion genau an der Stelle beginnen, wo die Wettermanipulation ihren Ursprung hat. Kennst du vielleicht sonst jemanden, der eine Meile unter Wasser schwimmen kann, ohne Atemluft zu brauchen?«

In der Tat kannte er zumindest eine weitere Person, aber das sprach ich nicht laut aus.

Wir setzten unseren Weg fort und verbrachten die nächste Dreiviertelstunde, indem wir zwischen den Touristen durch die Straßen spazierten und den Marchands auswichen. Wie jedes Jahr beim Lichterfest war Winter Harbor voller Marktstände, in denen Händler aus ganz Neuengland handgemachte Waren jeder Art anpriesen: Schmuck, Lebensmittel, Möbelstücke, Patchworkteppiche.

Die Besucher verbrachten den Tag mit Essen und Shoppen, und abends gab es Live-Musik und ein Feuerwerk über dem Wasser. Aber der Höhepunkt kam gleich nach Sonnenuntergang. Zur Erinnerung an Winter Harbors frühere Zeiten als Fischerdörfchen wurden gleichzeitig alle Lampen gelöscht – in den Läden und Restaurants, in den Schiffen auf dem Meer – und durch Hunderte von Kerzen und Laternen ersetzt. Der warme Schein hüllte den ganzen Ort in ein weiches Licht und ließ den Hafen wie einen Sternenhimmel aussehen.

»Ich sollte jetzt gehen«, sagte Caleb, als wir die Marina erreicht hatten. Schon brach graue Dämmerung herein, die Wolken ballten sich zusammen und sanken tiefer auf das Wasser zu. »Um Zara auf Trab zu halten. Ich habe mein Handy, falls ich euch brauche oder ihr mich.«

Je mehr Zeit ich mit Caleb verbrachte, desto klarer wurde mir, warum Justine ihn geliebt hatte, und es tat mir für sie beide von Herzen leid. Als ich ihn nun aufbrechen sah, wirkte er so entschlossen und zielbewusst. Man sah ihm an, wie froh er war, wenigstens eine Kleinigkeit tun zu können, um es denen heimzuzahlen, die Justine und ihm die Zukunft geraubt hatten. Ich wünschte, Mom hätte ihn in diesem Moment sehen können, denn selbst ihr wäre es schwergefallen, nicht beeindruckt zu sein.

»Betty will um 23.50 Uhr zum Meeresgrund tauchen«, sagte Simon. »Also sollte Zara ungefähr zehn Minuten vorher im Wasser sein.«

»23.40 Uhr. Ist notiert«, bestätigte Caleb. Er verstopfte sich die Ohren, setzte große gepolsterte Kopfhörer auf und stellte die Musik so laut, dass ich sie in zwei Metern Entfernung hören konnte.

Ich griff nach seiner Hand, als er losgehen wollte, und umarmte ihn fest. »Danke«, flüsterte ich in seine Schulter hinein. »Danke für alles, was du tust. Und dafür, dass du immer für Justine da warst, wenn sie dich brauchte, und –«

»Ist schon okay«, sagte er und umarmte mich ebenfalls. »Wenn man jemanden so liebt wie ich deine Schwester, dann gibt es nichts, wozu man nicht fähig ist.«

Deine Schwester. Die Worte wirbelten mir durch den Kopf, als er mich losließ und, ohne zurückzuschauen, in der Menge verschwand.

»Ihm wird doch nichts passieren, oder?«, fragte ich und schaute Caleb nach.

»Ich glaube nicht, dass wir ihn aufhalten könnten, selbst wenn wir es versuchen wollten«, meinte Simon.

Ich nickte. Ob er damit recht hatte, wusste ich zwar nicht, aber auf jeden Fall war es jetzt zu spät. Über uns verdunkelte sich der Himmel von Grau zu Schwarz, und erste Tropfen fielen.

»Er hat recht, weißt du?«

Ich fühlte den Regen auf meinem Gesicht kaum, als ich mich Simon zuwandte.

»Wenn man jemanden so sehr liebt«, sagte er, legte die Arme um meine Taille und zog mich sanft an sich, »dann würde man alles tun, um sie zu beschützen. Und um dafür zu sorgen, dass sie glücklich ist.«

Ich schaute zu Boden, als er sein Gesicht meinem näherte. Weil es falsch war und das unvermeidliche Ende nur noch schmerzhafter machen würde.

»Vanessa«, flüsterte er, so dass sein warmer Atem meine Lippen berührte. »Was immer heute Abend passiert, vorher sollst du wissen, dass ... Ich möchte, dass du weißt, wie ich –«

»Sorry«, sagte ich, wich zurück und griff nach dem Handy in meiner Jeanstasche. Ich war froh, dass ich den Klingelton trotz meines hämmernden Herzschlags gehört hatte. Tatsächlich war ich so dankbar, unterbrochen worden zu sein, bevor Simon etwas Unwiderrufliches sagen konnte, dass ich nicht auf die Anrufernummer schaute, bevor ich mich meldete.

»Vanessa? Oh, Gott sei Dank.«

»Dad. Hallo.« Ich schloss die Augen, als ich seine Stimme hörte. Wir hatten nicht mehr miteinander gesprochen, seit ich ihn in Rainas Scrapbook mit Charlotte gesehen hatte.

»Ist bei euch alles okay? Deine Mutter hat sich Sorgen um dich gemacht, und das letzte Mal am Telefon hat sie gar nicht wie sie selbst geklungen. Was dazu führt, dass ich mir jetzt Sorgen um euch beide mache.«

»Alles bestens«, erklärte ich und hoffte, dass man meiner Stimme die Verwirrung und Enttäuschung nicht anhörte. »Wir sind beide noch in der Eingewöhnungsphase ... aber uns geht es gut.«

Er zögerte. »Tut mir leid, dass ich mich nicht intensiver um dich gekümmert habe. Das wäre wohl besser gewesen, aber ich wollte dir Freiraum geben und dir Zeit lassen, bis die ersten Wunden verheilt sind.«

»Ja, danke«, sagte ich und drehte mich von Simon weg. Es war so dunkel, dass er vermutlich nicht sehen konnte, wie meine Wangen vor Verlegenheit brannten, aber auf jeden Fall wollte ich besorgte Fragen vermeiden. »Ich stecke hier gerade mitten in etwas drin. Können wir später reden?«

»Natürlich. Klar. Dazu haben wir morgen genug Zeit. Ich komme mit dem Zug und bin gerade rechtzeitig zum Mittagessen da.«

Ich versuchte mir vorzustellen, wie die Welt morgen Mittag aussehen würde. Wo würde ich sein, und welche Wendung hätte mein Leben genommen? Es überstieg meine Vorstellungskraft. »Klingt prima. Gute Reise.«

»Oh, und Vanessa?«, sagte er hastig. »Ich habe dich lieb. Vergiss das nicht.«

Ich blinzelte, um die Tränen zurückzuhalten, und hätte gerne das Gleiche gesagt. »Bis bald.«

Auf vieles war ich vorbereitet gewesen, wenn ich das erste Mal mit Big Papa sprach, auf Schmerz, Verwirrung und sogar Zorn, aber ich hatte nicht erwartet, dass ein stärkeres Gefühl die anderen überlagern würde: Trauer.

»Wir sollten los«, schlug Simon sanft vor, als ich das Gespräch beendet hatte.

Ich nickte, nahm seine Hand und hielt sie ganz fest, während wir uns im Zickzack durch die Gruppen von Familien und Kindern bewegten. Irgendwann würde ich loslassen müssen, aber noch war ich nicht dazu bereit.

Einfach nur in seiner Nähe zu sein beruhigte mich, und ich konnte mich bald wieder auf unsere Aufgabe konzentrieren. Als wir das Fischerhaus erreichten, waren Louis und der größte Teil der Bedienung damit beschäftigt, Suppe und Sandwiches an eine lange Schlange von Kunden auszugeben. Sie bemerkten nicht, dass Simon und ich hinter ihrem Stand entlangspazierten und durch die Hintertür des Restaurants schlüpften.

Wir entdeckten Paige im großen Saal, wo sie auf einem Stuhl mit Fensterblick saß. Sie hatte uns den Rücken zugekehrt, und erst als ich neben ihr stand, stellte ich fest, dass sie die Augen geschlossen hatte.

»Paige?«, fragte ich leise.

Sie riss die Augen auf und fuhr auf dem Stuhl empor, wobei sie mit beiden Händen ihren Bauch umklammerte. »Vanessa. Was tust du denn hier?«

Ich versuchte, mir meine Besorgnis nicht anmerken zu lassen. Selbst in dem dämmrigen Licht konnte ich sehen, dass ihre Augen weißfleckig waren, ihre Haut vor Schweiß glänzte und ihre Hände zitterten. In der Badewanne hatte sie zwar nicht gesund ausgesehen, aber dennoch atemberaubend schön. Jetzt, nur zwei Tage später, schien sie kaum genug Energie zu haben, um wach zu bleiben und nicht ohnmächtig vom Stuhl zu fallen.

»Ich habe schon eine Weile nichts von dir gehört«, erwiderte ich, »und wollte nachschauen, ob alles okay ist.«

»Ja, ich weiß. Tut mir leid«, sagte sie und warf einen Blick über die Schulter zur Eingangstür. »Die letzten Tage waren ziemlich heftig.«

Ich schaute Simon an, und er nickte mir zu. Nachdem ich seine Hand losgelassen hatte, setzte ich mich auf den leeren Stuhl neben Paige. »Wie fühlst du dich?«

Sie lehnte sich zurück und schenkte mir ein schwaches Lächeln. »Grässlich.«

Ich zögerte einen Moment, denn die nächste Frage wollte ich am liebsten nicht stellen. »Ist Jonathan gekommen, um dich zu besuchen?«

»Schon länger nicht mehr.« Sie schaute zu Boden. »Raina hat ihm gesagt, dass ich mich nicht gut genug fühle, um zu telefonieren oder Besuch zu haben.«

Was bedeutete, sie wusste noch nicht Bescheid. »Paige«, fragte ich leise, »in welchem Monat bist du?«

Sie versuchte zu lächeln. »Erst in der fünften Woche. Ja, ich weiß – mein Bauch ist riesig. Raina sagt, das liegt an all dem Salzwasser, das ich getrunken habe. Bei ihr war es ganz genauso, als …«

»… sie selbst schwanger war?«, vollendete ich den Satz. Ich betrachtete ihren Bauch, der sich rund wie eine Melone vorwölbte. »Warst du beim Arzt?«

»Nein. Raina hat uns beide auch zu Hause zur Welt gebracht, mit Bettys Hilfe, und ich werde mein Baby zu Hause mit Rainas Hilfe bekommen.«

»Aber du bist erst in der fünften Woche und siehst aus, als seien es schon fünf Monate gewesen. Findest du es nicht merkwürdig, dass deine Mutter keinen Arzt überprüfen lässt, ob alles okay ist?«

»Ein bisschen«, gab sie zu. »Ich würde sogar selbst fahren, nur haben Raina und Zara mich regelrecht unter Hausarrest gestellt. Und ich bin so müde. Ich schaffe es nicht einmal, allein nach unten zu gehen, um zu telefonieren.«

Fast war ich in Versuchung, mir Paige zu schnappen und sie sofort ins Krankenhaus zu bringen, aber ich zwang mich, sitzen zu bleiben. »Würdest du dir das hier bitte mal anschauen?«

Ihre Hand bebte, als sie die Papiere entgegennahm, die ich aus meiner Handtasche gezogen hatte. »Was soll das sein?«, fragte sie, während sie langsam die Zeitungsartikel und Fotos durchblätterte.

»Xavier Cooper, Max Hawkins, John Martinson«, zählte ich die Namen der jungen Männer auf, deren Bilder sie jeweils betrachtete.

Sie schaute zu mir hoch. »Zaras Verehrer?«

»Nicht ganz«, antwortete ich und holte einen weiteren Papierstapel hervor.

Sie nahm ihn entgegen und studierte die Fotos und Zeitungssausschnitte von den Männern in Rainas Scrapbook. »Davon kenne ich keinen Einzigen.«

»Nein, aber deine Mutter kannte sie. Und ihre Freundinnen.«

Während Paige weiterblätterte, schaute ich über die Schulter durch die Fenster der Vorderfront. Draußen war der Regen stärker geworden, und die Leute verbargen sich unter Wetterjacken und Schirmen. Einige eilten schon zurück zu ihren Autos. Die heranrückende Gewitterfront sorgte wohl dafür, dass die Nähe zum Wasser sie nervös machte.

»Paige«, sagte ich und wandte mich wieder zu ihr um.

»Was ich dir jetzt erzähle, wird bestimmt nicht leicht für dich. Außerdem hast du wahrhaftig schon genug Sorgen … aber noch größere Probleme wirst du bekommen, wenn ich dir nicht alles sage, was wir herausgefunden haben. Ganz zu schweigen vom Rest der Stadt.« Durch das Fenster auf der Hafenseite sah ich, dass der Himmel pechschwarz wurde und der Wind das Wasser aufpeitschte. Winzige goldene Lichtpunkte hüpften in der Dunkelheit herum wie Glühwürmchen in einem Glas, als die Schiffe zu ihren Anlegestellen zurückkehrten.

Paiges Atem ging schneller. »Was immer du mir erzählen willst, beeil dich. Z kann jede Minute wieder hier sein.«

»Paige … Zara kommt nicht zurück. Sie ist mit Caleb Carmichael zusammen.«

»Was?« Sie schüttelte den Kopf. »Aber sie hat doch gesagt –«

»Raina und Zara haben dir eine Menge gesagt, was nicht stimmt, und noch mehr haben sie dir verschwiegen.«

Der erste Blitz zuckte über den Himmel. Paige fuhr zusammen und hielt sich den Bauch.

»Nachdem Betty ihren Schwimmunfall hatte«, erklärte ich schnell, »hat deine Mutter sie im Haus eingesperrt, damit sie sich nicht erholen konnte. Zumindest nicht vollständig. Raina wollte sie schwächen, um sicherzugehen, dass Betty nicht versuchen würde, ihr in die Quere zu kommen.«

»Ihr in die Quere kommen?« Sie presste die Hände gegen ihren schmerzenden Unterleib. »Wobei denn?«

»Bei Xavier Cooper. Max Hawkins. Alex Smith.«

Sie öffnete den Mund, um zu protestieren.

»Du hast gesagt, Zara habe vor zwei Jahren damit angefangen, auf ›Dates‹ zu gehen«, warf ich schnell ein. »Bettys Unfall war auch vor zwei Jahren. Aber ich wette, der Unfall kam zuerst.«

Sie klappte den Mund wieder zu, ohne mir zu widersprechen.

»Die beiden mussten warten, bis Betty aus dem Weg war. Erst als sie nicht mehr die Kraft hatte, allein für sich selbst zu sorgen, konnte die jüngere Generation die Kontrolle übernehmen und endlich tun, wozu sie … geboren war.«

»Soll heißen? Vielleicht ein Restaurant leiten und Touristen bedienen? Das ist es nämlich, was die beiden tun.«

»Stimmt, doch außerdem bringen sie Männer dazu, sie zu lieben. Oder sich zumindest einzubilden, sie wären verliebt.«

»Vanessa«, sagte sie und holte angestrengt Luft. »Mir ist klar, dass Z schon eine Menge Jungs hatte, aber sie sieht umwerfend gut aus. Natürlich verlieben sich die Männer in sie.«

»Das liegt nicht nur an ihrem Aussehen. Sondern daran, wer … oder was … sie ist. Ich meine, was beide sind«, ich hielt kurz inne, »und du auch.«

Sie starrte mich an. »Ich sollte Raina holen«, sagte sie und begann aufzustehen.

»Sie gehören zum Sirenenvolk«, erklärte ich mit lauter werdender Stimme. »Wie diese Wasserfrauen, von denen man in der Schule gelesen hat, nur dass sie real sind. Sie verwirren den Männern den Verstand, locken sie hinaus aufs Meer und töten sie. Das ist mit jedem von Zaras Freunden passiert … sie sind nicht einfach nur nach Hause gefahren, weil ihnen das Herz gebrochen wurde. Die Männer, die diesen Sommer gestorben sind, haben das gleiche Schicksal erlitten. Und heute Abend wird es wieder passieren, wenn wir nichts dagegen tun.«

»Vanessa, meine Schwester mag ja ein echtes Biest sein, aber deshalb ist sie noch lange keine –«

»Ich weiß, wie verrückt das klingt. Total durchgeknallt. Aber denk mal darüber nach.« Ich schaute hinter mich, als der Donner die Glasvasen auf den Tischen klirren ließ. »Vor ihrem Unfall ist Betty jeden Tag stundenlang schwimmen gewesen. Raina ist mehrmals täglich im Wasser. Seit zwei Jahren hält sich Zara immer öfter im Meer auf. Ihr alle nehmt Salzbäder.«

»Du bist doch in unserem Haus gewesen. Es ist alt und steht mit den Grundmauern schon fast im Ozean. So funktionieren die alten Wasserleitungen eben.«

Ich beugte mich zu ihr vor. »Wenn es dir in den letzten Wochen schlechtging, hat Raina dich Meerwasser trinken lassen. Und es hat geholfen, oder nicht? Du hast dich hinterher besser gefühlt?«

Sie nickte zögernd.

»Es gibt einen Wandlungsprozess, den Sirenen in einem bestimmten Alter durchlaufen … normalerweise wenn sie erwachsen genug sind, um Kinder bekommen zu können. Bei Zara wurde es wegen Betty hinausgezögert.«

»Und was ist mit mir?«, fragte sie und blickte auf ihren Bauch hinunter.

»Du bist schwanger geworden«, sagte ich. »Obwohl dein Körper noch nicht bereit dafür war. Deswegen hat es dich so krank gemacht.«

Sie schaute mich an, dann ließ sie ihren Blick zum Hafen wandern.

Die nächsten Worte wählte ich sorgfältig. »Es gibt da noch eine letzte Sache, die du wissen solltest.«

Sie blickte zuerst mich und dann die Zeitung an, die ich ihr entgegenhielt. »Jonathan?«, flüsterte sie, als sie die Schlagzeile erblickte.

»Tut mir so leid, Paige«, sagte ich sanft.

»Das braucht es nicht«, antwortete sie mit bestimmter, lauter werdender Stimme. »Damit ist jemand anderer gemeint. Nicht mein Jonathan.«

Ich schluckte. »Doch, dein Jonathan. Raina wusste, wie sehr du an ihm hängst, und sie wollte nicht, dass deine Gefühle im Wege sind, wenn –«

»Vanessa, hör auf!«, rief sie mit brechender Stimme. Sie schob die Zeitung weg und umklammerte ihren Bauch. »Hör einfach auf, okay? Bitte. Ich will davon nichts mehr hören.«

Mir klopfte das Herz bis zum Halse, als sie leise zu weinen begann. Ich schaute zu Simon auf, der einmal kurz nickte. Mir war klar, dass wir nicht viel Zeit hatten, also legte ich eine Hand auf ihre und versuchte, sie erneut zu überzeugen. »Tut mir leid. Wirklich. Mir ist klar, wie unglaublich sich das anhört, aber trotzdem ist jedes Wort wahr. Nach allem, was wir durch Betty und Zaras Tagebuch –«

»Zaras Tagebuch?« Ihre Augen sprühten Funken, als ihr Kopf zu mir hochruckte. »Was tust du mit –«

»Justine Sands war meine Schwester.«

Ihr Gesicht wurde ernst und traurig. Sie wusste, von wem ich sprach.

»Sie ist gestorben, weil sie zur falschen Zeit am falschen Ort ins Meer gesprungen ist. Sie ist ertrunken, weil die Sirenen sie dort unter Wasser gezogen haben. Ja, ich habe Zaras Tagebuch gelesen, das gebe ich zu. Denn ich habe versucht, mehr herauszufinden.« Ich holte das Buch aus der Handtasche und hielt es Paige entgegen. »Meine Schwester hatte keine Gelegenheit mehr, mir zu erzählen, was ihr wichtig war. Bei Zara ist das anders. Denn was deine Schwester dir erzählen müsste, wenn du ihr wirklich am Herzen liegen würdest … das steht alles hier drin.«

Sie nahm das Buch entgegen. Es war dicker als zuvor, weil es nun auch die von Caleb übersetzten Seiten enthielt.

Gerade hatte Paige es aufgeschlagen, als der Saal dunkel wurde.

Ich wirbelte zu Simon herum, aber konnte ihn nicht sehen. Ich sah überhaupt nichts. Bei den früheren Lichterfesten war dies der Moment gewesen, wenn statt der elektrischen Beleuchtung überall Kerzen und Laternen aufflammten. Doch jetzt blieb der Himmel draußen finster.

»Alles ist gut«, flüsterte Simon und legte mir die Hände auf die Schultern. »Ich bin hier.«

Regen und Wind ließen um uns herum das Glas in den Fenstern klirren. Die Scheibe hinter Paige bekam einen Riss, als ein großes Stück Eis dagegenflog.

Der Regen hatte sich in Hagel verwandelt. Und uns lief die Zeit davon.

Ich tastete nach meinem Handy. Meine Finger zitterten so sehr, dass es mir zweimal wegrutschte, bevor ich es aus der Tasche ziehen und aufklappen konnte.

Vom Display kam gerade genug Licht, um Paige zu sehen, die reglos am Fenster zum Hafen stand.

Schweigend stellte ich mich neben sie.

Blitze durchzuckten die Dunkelheit wie Feuerwerk. Silbernes, scharfkantiges Licht schnitt den Himmel in schwarze Streifen. Doch im Gegensatz zu den Blitzen zuckten die silbernen Strahlen nicht aus den Wolken herunter.

Sie schossen aus dem Meer nach oben.

Schimmernde Lichtsäulen nahmen im Wasser Gestalt an. Simons warmer Körper in meinem Rücken ließ mich das Schauspiel ruhiger betrachten, als ich es für möglich gehalten hätte. Weibliche Gestalten tauchten aus der Tiefe auf, und mit ihnen durchbrachen weitere Silberstrahlen das aufgewühlte Hafenwasser. Inzwischen hatten acht von ihnen die Oberfläche erreicht, und nach den aufschimmernden Lichtwolken in der Tiefe zu urteilen, würden weitere folgen.

Christabel.

Mir stockte der Atem. Die fremde Stimme in meinem Kopf hatte nicht Justine gehört.

»Christabel.«

Ruckartig wandte Paige mir das Gesicht zu. »Was hast du gesagt?«

Ich schaute sie an. »Christabel.«

Ihr Gesicht wurde leichenblass. »Ich habe niemandem erzählt, wie mein Baby heißen soll. Keiner einzigen Person.«

»Das brauchtest du auch nicht«, erklärte ich mit einem traurigen kleinen Lächeln. »Betty hat es in deinen Gedanken gehört.«

Kapitel 24

Eine halbe Stunde später waren wir auf dem Weg zur Bergküste hinter Winter Harbor.

Ich betrachtete Simon, der mit dem Gesicht so nah an der Windschutzscheibe hing, dass sein Kinn über das Lenkrad ragte. Dann glitt mein Blick zum Tachometer. Der Volvo fuhr weit über hundert und vibrierte von der ungewohnten Anstrengung. »Vielleicht sollten wir ein bisschen langsamer werden«, schlug ich vor. »Die Sicht ist eine Katastrophe, und die Straßen sind glatt.«

»Kein Problem«, beteuerte Simon. »Im Winter ist Autofahren hier immer so.«

»Allerdings haben wir Sommer«, erinnerte uns Paige von der Rückbank. »Sogar Hochsommer, und trotzdem tobt ein Hagelsturm.«

Ich blickte zwischen den Sitzen hindurch. Paiges Atem ging unnatürlich schnell. Wann immer zwischen dem Ein- und Ausatmen eine Pause entstand, hielt Betty ihr eine Flasche mit schlammig grünem Meerwasser an die bebenden Lippen.

»Ich verstehe das nicht«, keuchte Paige einen Moment später. »Wieso jetzt? Wenn alles stimmt, was ihr gesagt habt, wieso ist es nicht früher passiert? Vor einem Jahr oder zwei oder sogar fünf?«

Während der Fahrt hatte Betty ihrer Enkelin die gleichen Dinge erzählt wie vorher uns. Nun hatte Paige eine Frage gestellt, zu der wir selbst noch keine Zeit gehabt hatten, und so wartete ich gespannt auf Bettys Antwort.

»Deine Mutter hat ein furchtbar kaltes Herz«, sagte Betty und strich Paige über die Stirn. »Aber auch sie ist nicht ganz immun gegen menschliche Wärme. Raina war im Restaurant, als Paul Carsons dort das erste Mal zu Gast war, und sie ist ihm sofort verfallen.«

»Paul Carsons?«, fragte Paige. »Der Mann, der als Erster ertrunken ist? Was ist passiert?«

»Er hat ihre Liebe nicht erwidert. Immerhin war er verheiratet und hatte kleine Kinder. Zwar fühlte er sich von ihr angezogen – dagegen kann sich kein Mann wehren, auf den sie ein Auge geworfen hat –, aber seine Familie hat er mehr geliebt.« Betty wandte sich nach vorne. »Tut mir leid, wenn ich so direkt bin, aber diplomatischer lässt es sich nicht ausdrücken, fürchte ich.«

»Was willst du damit sagen?«, fragte Paige kaum hörbar.

Betty wandte sich wieder ihrer Enkelin zu und begann, sanft ihren Bauch zu massieren, als wolle sie den Aufruhr darin besänftigen. »Sobald Raina klarwurde, dass sie Paul Carsons nicht bekommen würde … da hat sie dafür gesorgt, dass auch keine andere Frau ihn haben kann.«

Paige stöhnte, aber es war schwer zu beurteilen, ob Bettys Geschichte der Grund war oder die zunehmenden Schmerzen. »Was ist mit den Übrigen? Als er tot war, wieso mussten noch andere Männer sterben?«

»Deine Mutter war trotz ihrer Kälte nicht immun gegen die Liebe und genauso wenig gegen die Gefühle, die auf ein gebrochenes Herz folgen. Sie war tief verletzt. Und zornig. Sie suchte sich andere Männer wie Paul Carsons – gutaussehende, reiche, mächtige Männer – und verpasste ihnen eine Lektion, die sie nicht vergessen würden.«

Ich wandte den Blick vom Autospiegel ab, als Betty ihre

Enkelin auf die Wange küsste und sie in die Arme nahm. Würde ich morgen noch jemanden haben, der sich genauso um mich kümmerte, wenn ich verängstigt, verletzt oder verstört war?

»Also, was sollen wir tun?«, seufzte Paige ein paar Minuten später. »Wie können wir sie aufhalten?«

Betty schaut mich an, und ich schaute Simon an. Da er nicht antwortete, nahm ich die Sporttasche, die zwischen meinen Füßen am Boden stand.

Paiges Augen wurden groß, als sie den Metallkanister sah.

»Das hier ist eine extrem wirksame Kombination aus Trockeneis, Flüssigstickstoff und chemischen Katalysatoren«, erklärte ich. »Man könnte es eine Bombe mit Wintereffekt nennen. Einer von Simons Professoren hat bei seinen Forschungen zum Klimawandel mit einem Prototyp experimentiert, und als Simon ihm die Lage erklärt und um Hilfe gebeten hat, war Dr. Beakman bereit, ihm die Flüssigkeit herzustellen. Wenn seine Berechnungen stimmen, müssen wir sie nur an den richtigen Platz bringen, dort wird Simon die Kettenreaktion in Gang setzen ... und dann wird das Meer von Winter Harbor zum ersten Mal vollständig zufrieren, so dass alles Leben unter dem Eis eingeschlossen ist.«

Sie starrte mich an. »Aber was geschieht mit Raina und Zara, wenn –«

Ich öffnete schon den Mund, um ihr zu erklären, warum sie beide unter Wasser sein mussten, wenn wir die Bombe betätigten. Doch in diesem Moment ruckte sie zurück, so dass ihre Schultern gegen die Lehne prallten.

Schnell zog ich eine weitere Plastikflasche voll Meerwasser aus der Tasche und reichte sie Betty. Paige hatte schon fünf davon getrunken. Das Wasser schien ihre Schmerzen zu lindern, aber die Abstände zwischen den Anfällen wurden immer kürzer. Wir hatten geglaubt, zehn Liter würden ausreichen, bis wir alles hinter uns hatten und sie ins Krankenhaus bringen konnten, doch schon jetzt war nur noch die Hälfte übrig. Was bedeutete, wir mussten auch deshalb so schnell wie möglich das Meer erreichen, damit sie genug von ihrem Lebenselexier zu trinken bekam.

»Nein, ist schon okay«, sagte ich, als Simon langsamer fuhr. »Du hast recht, wir müssen uns beeilen. Geh nicht vom Gas.«

»Tue ich gar nicht.«

Sein Blick ruhte auf dem Tachometer, dessen Zeiger sank, obwohl Simon das Gaspedal durchgedrückt hatte und der Motor vor Anstrengung jaulte.

»Der Hagel ist schuld«, meinte Simon. »Inzwischen fällt so viel davon, dass die Straße mit Eissplittern übersät ist. Die Reifen bekommen keinen Halt.«

Mein Puls raste, als der Tachozeiger erst auf sechzig, dann auf dreißig sank, bis er schließlich bei null landete.

Nur zwei Meilen von dem Pfad entfernt, der zu den Chione Cliffs führte, stieß der Volvo ein letztes Jaulen aus und begann rückwärtszurollen. Simon brachte ihn am Straßenrand zum Stehen.

»Schaffen wir die Strecke zu Fuß?«, erkundigte ich mich.

Er schwieg, denn natürlich hatten wir keine Chance, rechtzeitig zu kommen … es war schon nach elf. Für zwei Meilen auf dieser steilen Straße hätten wir selbst bei perfektem Wetter mindestens eine halbe Stunde gebraucht, und dann folgte noch der Wanderpfad auf dem Berg.

»Was ist mit Caleb?«, fragte ich. »Euer Kombi hat Vierradantrieb. Vielleicht kann er –«

Bevor ich zu Ende gesprochen hatte, schnappte sich Simon sein Handy aus dem Becherhalter und wählte. Aber gleich darauf legte er wieder auf. »Keine Antwort.«

»Vielleicht Oliver? Oder Beaker?«

Er versuchte es bei beiden und hatte genauso wenig Erfolg.

»O Gott … o Gott …« Paige krümmte sich auf der Rückbank.

›Wie jede rüstige alte Lady wird sie leicht müde, besonders bergauf.‹

»Kann ich es mal versuchen?«, fragte ich abrupt, während die Erinnerung an Dads Stimme meinen Magen Purzelbäume schlagen ließ. »Ich meine, das Auto zum Fahren bringen?«

»Wozu?«, fragte Simon. »Der Hagel wird immer schlimmer. Es hat absolut keinen Sinn, dass du –«

»Mir ist was eingefallen. Eine Sache, die Dad mir über sein Auto erzählt hat, bevor ich in Boston gestartet bin. Vielleicht funktioniert es nicht, aber jedenfalls ist es einen Versuch wert.«

Simon betrachtete mich mit einem Gesichtsausdruck, in dem sich Frustration, Verwirrung und Sorge mischten. Zuerst dachte ich, er würde erneut protestieren, aber dann drückte er den Türgriff herunter und stieg aus. Ich krabbelte über die Mittelkonsole und hatte gerade den Fahrersitz erreicht, als er auf der Beifahrerseite wieder einstieg. Nachdem er sich angeschnallt hatte, drehte ich den Zündschlüssel und legte den Gang ein.

»Rückwärts«, keuchte Paige. »Wir rollen rückwärts.«

Ich trat hart auf die Bremse. Der Wagen kam rutschend zum Stehen.

»Vanessa«, meinte Simon vorsichtig, »bist du sicher …«

Ich trat kurz aufs Gas, der Wagen hüpfte regelrecht vorwärts, und die Reifen knirschten in der Hagelschicht. Fast augenblicklich begannen wir, wieder nach hinten zu rollen.

›Meine alte Dame bringt dich dahin, wo du hinmusst …‹

Ich umklammerte das Steuerrad fester und widerstand dem Drang, auf die Bremse zu treten. Stattdessen ließ ich den Wagen ein paar Sekunden rollen und drückte dann das Gaspedal nach unten – diesmal wesentlich vorsichtiger. Die Räder schlingerten ein bisschen, dann bewegten wir uns ein kleines Stück vorwärts. Sobald wir den anfänglichen Schwung verloren, tippte ich mit dem Fuß wieder aufs Pedal. Da wir bereits in der richtigen Richtung dahinschlichen, hatten die Reifen es diesmal einfacher. So bewegten wir uns stoßweise voran, indem ich immer nur vorsichtig aufs Gas trat, sobald wir fast zum Stehen kamen.

Und auf diese Weise – Zentimeter für Zentimeter, mit Dads beruhigender Stimme in meinem Hinterkopf – schaffte ich es bis zu der Stelle, wo der Wanderpfad zu den Chione Cliffs führte.

»Paige, meine Liebe, du musst hier auf uns warten«, sagte Betty, als ich den Wagen geparkt hatte.

»Auf euch warten?«, keuchte Paige. »Was meinst du damit? Wohin gehst du?«

»Sie sammeln sich auf dem Meeresboden«, erklärte Betty sanft. »Der Flüssigkeitsbehälter wird nicht schnell genug so tief nach unten sinken. Jemand muss ihn dort hinbringen. Ich hatte geplant, dass du mit uns kommst und mit Simon am Ufer wartest, aber dein Zustand ist schlimmer, als ich dachte. Um wieder gesund zu werden, musst du jetzt im Auto bleiben, dich schonen und viel trinken. Ich komme zurück, sobald ich kann, das verspreche ich dir.«

»Großmutter«, sagte Paige streng, auch wenn sie dabei nach Luft ringen musste. »Das kann nicht dein Ernst sein. Muss ich dich daran erinnern, dass du blind bist? Wie willst du die anderen am Meeresboden finden?«

Während Betty leise, nah an ihrem Ohr, auf sie einredete,

betrachtete ich Simon. Er starrte durch die eisverkrustete Windschutzscheibe und hatte die Lippen zusammengepresst.

»Ich will nicht, dass du gehst«, sagte er nach einem Moment.

Mir wurde das Herz schwer. Er meinte natürlich das Hier und Jetzt, aber ich dachte daran, was morgen sein würde. »Wir hatten uns doch geeinigt, dass jemand Betty begleiten muss. Caleb ist bei Zara, und du hast den Job, die Wetterbedingungen an der Basis zu überwachen.«

»Mir ist klar, was wir besprochen haben ... aber Vanessa, falls dir etwas passiert ...«

»Hier.« Ich griff in meine Manteltasche und holte ein kleines Aufnahmegerät heraus.

Er betrachtete erst mich, dann das Gerät.

»Das gehört meinem Dad. Ich habe es im Ferienhaus gefunden und mich aufgenommen, wie ich bestimmt tausendmal deinen Namen sage. Kann ja nicht schaden ... nur für den Fall der Fälle.«

Er runzelte die Stirn, aber nahm das Gerät.

Danach sagten wir nichts mehr. Er sammelte die Ausrüstung zusammen, während ich Paige in Decken hüllte, die Tasche mit den Salzwasserflaschen in Reichweite plazierte und mich von ihr verabschiedete. Stumm begannen wir, den Pfad entlangzumarschieren, und die einzigen Geräusche stammten von unseren knirschenden Schritten und vom Hagel, der über uns aufs Blätterdach prasselte.

Zwanzig Minuten nachdem wir die Autostraße verlassen hatten, erreichten wir die Weggabelung. Am liebsten wäre ich einfach mit Betty weitergegangen und hätte nur nebenbei über die Schulter gewinkt, während wir links zum Klippenrand abbogen und Simon rechts zum Strandstreifen am Wasser, aber ich schaffte es nicht. Mein Verstand befahl mir zu laufen, aber meine Füße standen still. Hinter mir blieb Simon ebenfalls stehen.

»Ich setze mich kurz hin und ruhe mich aus«, sagte Betty leise und drückte meine Hand. Sie war die ganze Zeit vor uns hergegangen, als sei es taghell, als seien ihre Augen perfekt und ihr Körper in bestem Zustand. Mir war klar, dass sie nur eine Pause machte, weil sie meinte, dass Simon und ich die Zeit brauchten.

Sie hockte sich auf einen Felsen ein paar Meter entfernt, und ich wartete darauf, dass Simon etwas sagen würde. Als er es nicht tat, drehte ich mich fragend zu ihm um. Ein warmes Gefühl durchströmte mich bei seinem Anblick. Er zitterte in seiner sommerlichen Fleecejacke und sah mich an, als könne er sich nur mühsam davon abhalten, mich in die Arme zu schließen und vor allem zu beschützen, der Kälte und dem Wind, dem Regen und dem Hagel, der Vergangenheit und der Zukunft.

»Wann immer du bereit bist …«

Ich spürte, wie sich meine Augen mit Tränen füllten.

»Wann immer du bereit bist … oder vielleicht auch nie … das ist völlig okay.«

Ich nickte, und die Tränen liefen mir heiß über die eiskalten Wangen. Die gleichen Worte hatte er gesagt, als wir das letzte Mal zusammen oben auf dem Kliff gestanden hatten und ich mich nicht getraut hatte zu springen. Selbst jetzt, nach allem, was passiert war, ließ er mir noch die Wahl, umzudrehen und den Pfad wieder hinunterzugehen. Er würde in jedem Fall zu mir halten.

Plötzlich wollte ich ihm alles erzählen, was ich herausgefunden hatte – über Big Papa, meine Mutter und mich selbst. Ich wollte ihn wissen lassen, dass es keine Rolle spielte, weil meine Gefühle für ihn nichts mit Kontrolle, Macht oder Ego zu tun hatten, sondern einfach nur mit ihm. Und mit mir.

Und damit, dass ich in seiner Gegenwart die Dunkelheit nicht mehr fürchtete, sondern erkannt hatte, dass in ihr jedes kleine Licht umso heller strahlte.

Doch Simon sprach, bevor ich die richtigen Worte fand.

»Ich liebe dich, Vanessa, und ich werde auf dich warten.«

Ich blickte ihn geradewegs an, ging auf ihn zu und hob den Kopf, so dass ich seinen warmen Atem auf meinen Lippen spürte. »Sei vorsichtig«, flüsterte ich.

In diesem Moment wünschte ich mir nur, ihn küssen zu können und zu spüren, wie sich sein Mund beruhigend gegen meinen drückte. Doch ich wehrte das Gefühl ab, nahm die Sporttasche entgegen, die er mir reichte, und begann, den Bergpfad hinaufzusteigen.

Zuerst konnte ich noch hören, wie der Hagel unter seinen Stiefeln knirschte, während er auf dem anderen Weg verschwand. Doch seine Schritte verklangen rasch, als die Distanz zwischen uns zunahm, und bald waren Betty und ich ganz allein bei tiefer Nacht im tiefen Wald. Meine einzige Beruhigung war, dass ich mir diesmal keine Gedanken über Monster oder Spukgestalten zu machen brauchte, die uns folgten und darauf lauerten, uns im passenden Moment vom Pfad zu zerren.

Denn zur Abwechslung wusste ich genau, wo die Monster steckten. Wir marschierten direkt auf sie zu.

Kapitel 25

Ich spürte sie, bevor ich sie sah. Diesmal wusste ich, warum sich mein Schädel in ihrer Nähe immer anfühlte, als würde er gleich in eine Million Splitter explodieren. Weil es durch meine Abstammung zwischen Zara Marchand und mir eine Art von Verbindung gab.

Ich knipste die Taschenlampe aus, bevor ich das Ende des Pfads erreichte. Auch so konnte ich Zara und Caleb sehen, denn sie waren von dem silbernen Licht umhüllt, das aus dem Meer heraufstrahlte. Gemeinsam standen sie am Klippenrand und blickten einander an. Zara trug ein langes rotes Sommerkleid, das ihr nass am Körper klebte. Die schwarze Haarmähne fiel ihr ungezähmt über den Rücken, und sie starrte Caleb schwärmerisch an.

Sie sagte etwas, und er lächelte. Sie zitterte, und er rieb ihr die nackten Arme warm, wie er es zuvor so oft für Justine getan hatte. Dann zog er sie näher an sich, umfing ihre Taille mit den Armen und drückte das Gesicht in ihr Haar, während sie ihren Kopf an seine Brust legte. Die beiden sahen aus wie jedes Liebespaar, das alles um sich herum vergessen hatte.

Unser Plan bestand darin, Zara glauben zu lassen, dass Caleb ihre Gefühle endlich erwiderte. So wollte er sie zum richtigen Zeitpunkt oben auf die Klippen bringen, und anscheinend hatte es funktioniert. Ich konnte nur hoffen, dass Caleb nicht wirklich so gebannt von ihr war, dass er aufgehört hatte, seine Umgebung zu bemerken.

Ein Blick auf die Uhr sagte mir, dass wir 23.36 Uhr hatten. In vier Minuten sollte es losgehen.

»Sie hört uns nicht«, flüsterte Betty neben mir. »Zara weiß nicht, dass wir hier sind.«

In meinem Schädel pochte es, während ich die beiden betrachtete, aber diesmal war der Schmerz anders als sonst, weniger extrem. Vielleicht war der Grund, dass wir uns diesmal absichtlich in ihrer Nähe befanden. Wir waren die Jäger, und sie war die Beute.

Zwei Minuten verstrichen. 23.38 Uhr.

Nun befand sich das Paar nur noch Zentimeter entfernt vom Klippenrand.

Ich hielt den Atem an, als Zara den Kopf wendete und auf den Pfad hinter sich schaute. Das heraufstrahlende Silberlicht vom Meer reichte nicht bis zu dem Gebüsch, in dem wir uns verbargen … aber trotzdem schienen Zaras Augen mich direkt anzublicken.

»Alles ist gut, Zara.«

Ich duckte mich tiefer in den Schatten, als Betty auf das Felsplateau trat.

Zara warf einen Blick auf Caleb, dann wandte sie sich ihrer Großmutter zu. »Betty? Wie bist du –? Ich dachte, du bist –«

»Zu schwach zum Gehen?« Das weiße Kleid flatterte um Bettys nackte Knöchel, als sie sich weiter auf den Felsrand zubewegte. »Das war ich auch.«

Mit jedem Schritt, den Betty näher kam, wich Zara weiter zurück.

»Du liebst ihn, nicht wahr?«

Zara hielt ruckartig an. Hinter ihr stand Caleb und beobachtete die Szene.

Ich warf einen Blick auf die Uhr. 23.39 Uhr.

»Er liebt dich auch.«

Mein Kopf ruckte hoch, als Betty ihn auffordernd anstarrte.

»Das stimmt doch, oder? Du würdest einfach alles für Zara tun, nicht wahr?«

Sein Blick huschte in Richtung des Wanderpfads. Konnte er mich sehen? Brauchte er meine Hilfe? Oder hoffte er nur, dass ich nicht allzu verletzt sein würde, wenn er nun aussprach, was Betty von ihm hören wollte?

»Ich …« Seine Stimme versagte, als er näher an Zara herantrat. »Jeder weiß, dass ich …«

Das Herz schlug mir bis zum Halse. Er schaffte es nicht. Caleb konnte die drei Worte zu niemand anderem als Justine sagen.

»Schon gut«, unterbrach Betty und improvisierte hastig, als das Licht in Zaras Augen erlosch und ihr Blick vor Schmerz dunkel wurde. »Du kannst ihn trotzdem lieben, Zara. Du musst ihm nicht weh tun.«

Zara öffnete den Mund, um zu widersprechen, aber dann schloss sie ihn wieder.

»Du musst nicht das gleiche Leben führen wie Raina.« Inzwischen stand Betty kaum einen Meter von ihr entfernt. »Du kannst leben und lieben, ohne jemandem etwas zuleide zu tun.«

»Tut mir leid, Grandma«, sagte Zara mit brüchiger Stimme. »Ich habe dich lieb, und … es tut mir leid.«

Ich hielt den Atem an, als Betty noch näher zu den beiden trat. Dann rannte ich los, denn ich erkannte, was gleich geschehen würde.

Doch ich kam zu spät. Betty warf sich auf Zara, als diese gleichzeitig nach Caleb griff … und dann stürzte Zara von der Klippe und riss ihre Großmutter mit sich in die Tiefe.

»Vanessa«, keuchte Caleb. Er starrte auf den Felsrand und

zitterte am ganzen Körper. »Tut mir so leid ... ich konnte einfach nicht. Ich hatte vor, ihr zu sagen, was sie hören wollte, aber ...«

»Ist okay.« Ich ließ die Sporttasche auf den Boden fallen und begann, meine Jacke auszuziehen. »Du musst dich nicht entschuldigen.«

»Aber Betty sollte den Explosionsbehälter an den Meeresgrund bringen, und jetzt ist keine Zeit mehr, und wie sollen wir –« Er brach ab. »Was machst du da?«

Ich zerrte mir den Pulli über den Kopf und schlüpfte aus den Turnschuhen. Nur mit Jeans und T-Shirt bekleidet, öffnete ich die Sporttasche und nahm den Metallkanister heraus.

»Vanessa, lass das. Du kannst doch nicht –«

»Caleb, du hast selbst gehört, was Simon und Dr. Beakman gesagt haben. Die Bombe muss genau an der Stelle zur Explosion gebracht werden, wo die Wettermanipulation ihren Ursprung hat. Dort wird sie nicht von selbst hinkommen. Also muss jemand sie nach unten bringen.«

»Genau ... jemand mit extrem seltsamen, übernatürlichen Fähigkeiten.«

Ich antwortete nicht, sondern zog mir die breiten Trageriemen des Kanisters über die Schultern und den Gürtel um die Taille.

»Vanessa«, sagte er noch einmal und trat auf mich zu. »Lass mich gehen. Ich werde den Kanister so weit runterbringen wie möglich und ihn dann von selbst sinken lassen. Mehr können wir nicht tun.«

»Nimm mir das nicht übel, aber die Wellen da unten überstehst du keine zehn Sekunden.«

»Und wieso glaubst du, dass du mehr Chancen hast?«

Ich schaute ihn an. »Wegen vierunddreißig Minuten.«

Er wollte protestieren, aber ich schnitt ihm das Wort ab.

»Vor zwei Jahren war ich ganze vierunddreißig Minuten unter Wasser. Und mir ist nichts passiert.«

»Aber –«

»Ich muss es tun, Caleb«, beharrte ich mit leiser, fester Stimme. »Nach allem, was ich Betty verdanke, muss ich es wenigstens versuchen.«

Er schüttelte den Kopf, aber widersprach nicht länger.

»Paige ist im Auto«, sagte ich und umarmte ihn kurz. »Ihr geht es sehr schlecht, und sie muss ins Krankenhaus. Würdest du –«

»Natürlich.« Er drückte mich noch einmal fest, bevor er mich losließ. »Bitte sei vorsichtig.«

Ich sah ihm nach, als er ging, dann trat ich an die Felskante. Das Licht war jetzt so blendend, dass ich nicht bis nach unten schauen konnte.

›Simon sieht diesen Sommer ganz anders aus, findest du nicht? Älter. Richtig süß.‹

Als die salzige Gischt mir aus fünfzehn Metern Tiefe ins Gesicht sprühte, wo die Wellen gegen den Fels brandeten, schloss ich die Augen und sah Justine vor mir. Ich bildete mir nicht ein, dass sie leibhaftig bei mir war und mir aufmunternde Worte zuflüsterte. Ich bildete mir gar nichts mehr ein. Stattdessen sah ich sie ganz einfach so, wie ich sie in Erinnerung hatte: wie sie mir, als ich noch klein war, einen Schutzwall aus Kissen und Kuscheltieren ums Bett aufbaute; wie wir auf der Hintertreppe zusammen unter einer Decke hockten und Eierpunsch tranken; wie wir in unserem roten Boot angelten; wie sie von den Chione Cliffs sprang. Ich sah ihr Lächeln und ihre strahlend blauen Augen. Ich sah Justine so, wie ich sie immer gekannt hatte. Meine Justine.

Mit einem seltsamen Gefühl von Frieden, als hätten die vergangenen zwei Jahre nur auf diesen Moment zugeführt, holte ich tief Atem … und sprang.

Ich prallte hart auf das Wasser. Wellen überrollten mich, und die Strömung rauschte so dröhnend an mir vorbei, dass es wie das Donnern einer U-Bahn klang. Das Wasser war über und unter mir von Licht durchflutet, also hatte ich keine Ahnung, in welche Richtung ich mich bewegte. Hilflos strampelte ich mit Armen und Beinen und hörte erst auf, als mir klarwurde, dass ich den Atem anhielt und meine Lungen kurz vorm Explodieren waren. Strömungswirbel zerrten mich hierhin und dorthin, nach einer guten Minute unter Wasser war ich höchstens ein paar Meter vorwärtsgekommen ... und nun gaben meine Lungenflügel auf.

Der Moment war gekommen.

Der Druck in meiner Brust arbeitete sich meinen Hals empor, Luft füllte meine Mundhöhle und drückte gegen meine zugepressten Lippen, bis sie nachgaben und einige Sauerstoffblasen ins Meer entließen. Sofort strömte mir Salzwasser in die Nase, mein ganzes Gesicht brannte, und meine Kehle schnürte sich zu. Reflexartig versuchte ich, den Rest von Atemluft in meinen Lungen zu behalten.

Ich sah, wie die Meeresoberfläche sich weiter entfernte. Ich dachte an Mom, Big Papa und Justine. An Caleb und Paige. An Betty, Raina und Zara. Ich dachte an Simon und hoffte, dass er weiter glaubte, seine Gefühle für mich seien real, und an ihnen festhielt, was auch immer als Nächstes passieren mochte.

Dann öffnete ich die Lippen. Meerwasser strömte mir in den Mund, und mein ganzer Körper wurde davon geschüttelt. Ich presste die Hände auf meine brennende Brust und betete darum, einen schnellen Tod zu finden, damit die Dunkelheit – oder das Licht – den Schmerz und alles andere mit sich fortwaschen konnten. Denn es war unerträglich. Es war zu viel und dauerte zu lange. Ich wollte nur noch, dass es aufhörte ... dass alles endlich aufhörte.

Und dann hörte es auf. Meine Lungen gaben nach. Mein Körperinneres wurde so kalt wie das Meer um mich herum. Der Schmerz verschwand.

Meine Brust hob und senkte sich. Meine Handflächen spürten noch immer einen Herzschlag.

Ich war am Leben – und genau wie vor zwei Jahren atmete ich unter Wasser.

Ein Blick auf meine Uhr sagte mir, dass es zehn Minuten vor Mitternacht war.

Ich tauchte tiefer, fort von der Meeresoberfläche. Die Strömung zerrte noch immer an mir, aber jetzt schnitten meine Arme und Beine mit Leichtigkeit durch sie hindurch. Meine Muskeln fühlten sich gestärkt, mein ganzer Körper wie mit frischer Energie aufgeladen. Das Tauchen fiel mir so leicht wie ein Spaziergang im Park. Die einzige körperliche Herausforderung war das Licht, das mich umgab und immer blendender wurde, je tiefer ich kam. Die Augen zu schließen half dagegen nicht im Geringsten.

Ich begann mich zu fragen, ob ich rechtzeitig merken würde, dass der Meeresboden näher kam, ehe ich mit den Händen auf den Sand prallte. Doch dann begann sich das Wasser um mich herum zu verändern. Es schien dünner zu werden, sich unmerklich zu verflüchtigen ... jede Bewegung hörte auf, und ich schwebte reglos darin. Es war, als würde ich an einem windstillen Tag auf der Oberfläche des Lake Kantaka treiben. Ich öffnete die Augen, um nach der Ursache zu schauen, aber machte sie sofort wieder zu und wandte schützend mein Gesicht ab.

Ich war an eine Art Barriere gelangt. Direkt unter mir brannte das Licht glühend weiß und schien sich zu einer dünnen, ausgedehnten Membranwand verdichtet zu haben. Hineinzublicken war so, als würde man direkt in die Sonne starren.

Ich holte tief Luft und streckte die Arme in Richtung des Lichts. Meine Lider flogen auf, als ich mit den Fingerspitzen die Wand berührte – es fühlte sich an, als hätte ich mit beiden Händen einen Blitz gepackt. Die Energie war atemberaubend, und wie von einem elektrischen Schock gelähmt, konnte ich nur hilflos mit ansehen, wie ich von dem Licht eingesogen wurde.

Normalerweise wäre ich vor Angst fast gestorben, hätte dagegen angekämpft, mich gekrümmt und gezappelt und krampfhaft versucht, außer Reichweite zu schwimmen. Das alles wäre vermutlich auch passiert, doch Simons Gegenwart hielt mich zurück. Er schien überall um mich herum zu sein. Ich sah ihn, wie er neben mir auf dem Kliff hockte, im Boot auf mich zuruderte oder am Beacon Beach auf mich wartete, während ich vom Fels kletterte. Wir saßen zusammen auf dem Küchenfußboden, und er zog mich auf seinen Schoß. Er umarmte mich, küsste mich, berührte mich überall. Ich konnte ihn spüren, als wäre er tatsächlich da, und es fühlte sich so gut an – fast so perfekt wie die Realität –, dass ich nur denken konnte: Wenn dies das Ende ist, wenn ich für immer in dem Licht zwischen den Welten gefangen bleibe, dann soll es mir recht sein. Das ist okay.

Doch schließlich verblasste das Licht. Zwar war das Meer noch immer erleuchtet, aber es blendete nicht länger, und ich konnte meine Umgebung erkennen. Ich war durch die Wand hindurch auf den Sandboden zugetrieben, wo Dutzende von schimmernden Gestalten sich zu einem Kreis versammelt hatten. Sie waren von hohen Felsblöcken umgeben, und ich wechselte schnell die Richtung, um mich hinter einem davon zu verbergen.

Als ich sicher war, dass sie mich nicht mehr sehen konnten, griff ich nach dem Kanister auf meinem Rücken. Ich wollte einen Blick auf das angebrachte Thermometer werfen, um zu sehen, wie weit die Temperatur bereits gesunken war. Wenn sich das Wasser nahe am Gefrierpunkt befand, würde Simon an Bord der *Barbara Ann* als Signal einen Knopf drücken. Wir kannten den Zeitplan der Sirenen, und unserer musste damit übereinstimmen.

Ich erstarrte, als meine Hände nur Wasser fanden.

Der Behälter war nicht mehr da. Anscheinend hatte ich ihn verloren, oder er war beim Durchqueren der leuchtenden Barriere fortgerissen worden.

Ich versuchte, nicht in Panik zu geraten, und blickte auf die Uhr. 23.54 Uhr. Mir blieben sechs Minuten, um den Kanister zu finden, ihn zu aktivieren und eine ganze Meile zurück zur Oberfläche zu schwimmen.

Ich schaute mich auf dem Meeresboden um und sah Betty und Zara, die in dem Kreis standen, als hätten sie die ganze Zeit vorgehabt, daran teilzunehmen. Die Sirenen schienen zu warten; ihre glitzernden Augen wanderten immer wieder nach oben zu der Lichtwand.

Sie warteten auf die Männer. Auf die nächsten Opfer.

Ein hoher singender Ton stieg aus dem Kreis auf. Er begann leise, aber nahm stetig an Lautstärke zu, als würde jemand eine Stereoanlage aufdrehen. Mein Herz begann, wie wild zu klopfen, als eine einzelne Wasserfrau sich aus der Gruppe löste. Ich konnte ihr Gesicht nicht sehen, trotzdem erkannte ich sie sofort.

Raina. Obwohl ihr Mund geschlossen war, gab sie einen gleichbleibenden hohen Ton von sich, bei dem die anderen im Zirkel den Blick senkten und sogar das Wasser um sie herum ihr Platz zu machen schien.

Dann begannen auch die übrigen Sirenen, mit geschlossenen Mündern zu singen. Die süßen Töne flossen zu einer lieblichen, einlullenden Melodie zusammen.

Laut meiner Uhr war es vier vor zwölf.

Ich wartete, bis sich alle ganz auf das Zentrum des Kreises konzentrierten, dann huschte ich zu einer anderen Felsgruppe. Mein Blick suchte zwischen den turmhoch aufragenden Steinen nach einem metallischen Glitzern oder einer Lichtreflexion in den dunklen Spalten und Öffnungen.

Nichts. Die einzige Helligkeit stammte von der Barriere und von dem Sirenenzirkel darunter.

Dort, Nessa …

Ich riss die Augen auf, als Justines Stimme erklang.

Schau nach oben …

Die anderen konnten sie ebenfalls hören. Ihr Singen verstummte, sobald Justine das erste Wort gesprochen hatte.

Ich schoss aus meinem Felsversteck hervor. Der Behälter kam durch die Lichtwand nach unten getrudelt, und Raina schwamm bereits darauf zu. Meine Arme und Beine trieben mich mit Höchstgeschwindigkeit durch das Wasser. Da bemerkte mich eine der Sirenen am Meeresboden und stieß einen schrillen Alarmton aus, der meinen Kopf wie ein Axthieb traf. Der Schmerz war tausendmal schlimmer als alles, was ich in Zaras Nähe gespürt hatte. Meine Beine erstarrten mitten in der Bewegung, und meine Hände krallten sich um meinen Schädel. Ich versuchte eine weitere Schwimmbewegung, doch da fiel eine zweite Sirene in das Heulen ein, so dass der Warnton lauter und die Schmerzen noch schlimmer wurden. Mir gelang es, die Augen offen zu halten und nach oben zu schauen, während ich selbst zu Boden sank. Dort sah ich Raina, die sich dem Behälter näherte und die ganze Lichtbarriere zum Wabern brachte.

Sie kamen. Sie kamen auf mich zu, und ich konnte nicht einmal den kleinsten Muskel rühren.

Das Geräusch schwoll weiter an. Ich fiel mit dem Kopf voran in den Zirkel hinein und bemerkte kaum, wie sich das

Licht verfinsterte. Als ich federnd im Sand landete, war es vollständig dunkel geworden.

Es war dunkel, und die Monster kamen.

Ich versuchte mich aufzurappeln, als etwas scharf an meiner Hand ruckte. Unsanft wurde ich vom Boden gehoben und wirbelnd durch das Wasser gezogen. Wir bewegten uns so schnell, dass ich kaum wusste, wo oben und unten war.

Aber ich versuchte nicht, mich zu wehren oder loszureißen. Es spielte keine Rolle mehr. Ich hoffte nur, dass Justine mit mir sprechen und mir helfen würde.

Bleib hier!

Mir schwirrte der Kopf, als meine Füße aufsetzten. Die Sirenen hatten mit ihrem Alarmgeheul aufgehört und wieder zu singen begonnen. Ein sanftes Leuchten ging von ihrem Kreis aus, strahlte aus ihren Augen und erinnerte an das Nachtlicht in meinem Kinderzimmer. Es war hell genug, damit ich sehen konnte, dass ich auf einem Felsvorsprung hoch über ihrem Kreis stand und dass weitere Wasserfrauen von oben herabgeschwebt kamen. Sie trieben eine Gruppe verwirrter, glücklicher Männer in kurzen Hosen und T-Shirts vor sich her.

Die Männer befanden sich eine Meile unter der Meeresoberfläche, aber sie waren quicklebendig … jedenfalls noch.

Plötzlich wirbelte das Wasser um mich herum auf, meine Arme wurden hochgehoben, und ein schweres Gewicht schwebte herunter, um auf meinen Schultern und meinem Rücken zu landen.

Ich versuchte, das Gesicht der Sirene zu erkennen, aber im Gegensatz zu den anderen blieben ihre Silberaugen lichtlos, so dass ich nichts sah. Dann kam eine zweite Wasserfrau auf uns zugeschossen. Ihr Blick durchschnitt den Ozean wie ein Leuchtfeuer den schwarzen Nachthimmel.

Als die Helligkeit zunahm, riss ich überrascht die Augen auf. Die Sirene an meiner Seite war Zara. Sie sah anders aus als sonst – traurig statt zornig, verängstigt statt bedrohlich –, dennoch war es ohne Zweifel Zara.

Kaum hatte ich sie entdeckt, war sie auch schon verschwunden, sauste an den näher kommenden Sirenen vorbei und auf den Kreis zu. Die Scheinwerferaugen änderten die Richtung, als die zweite Wasserfrau ihr nachjagte.

Ich tastete mit beiden Händen nach meinem Rücken, auf dem es plötzlich vibrierte.

Der Kanister. Zara hatte mir die chemische Bombe gebracht. Laut Professor Beakman sollte ein Kontrollpaneel an der Seite des Behälters vibrieren, wenn das Wasser durch Simons Hilfe kalt genug für die Detonation geworden war. Ich schaute auf den Zirkel hinunter. Die Sirenen waren ganz gebannt vom Anblick der auf sie zuschwebenden Männer. Mir wurde das Herz schwer, als ich sah, wie die Opfer den Wasserfrauen in die Arme fielen, die sie hier heruntergelockt hatten. Der Behälter vibrierte wieder. Ich schloss die Augen, dachte an Simon, der an der Oberfläche auf unsere Rückkehr wartete … und stieß mich vom Felsen ab.

Hoch über dem Sirenenkreis schwamm ich auf sein Zentrum zu. Als ich mich direkt über den Männern befand, griff ich nach hinten. Meine Finger fummelten einen Moment herum, bis ich den Griff fand, mit dem ich den Kanister von meinem Rücken lösen konnte. Während die Sirenen weiterhin auf die Männer einsangen, wurde deren Lächeln immer breiter, und ich stellte mir ihre eingefrorenen Gesichter vor, die immer noch diesen Ausdruck trugen – die gleichen erstarrten Mienen wie bei den vorherigen Opfern, nur dass ihr Tod diesmal einen anderen Grund haben würde.

Sing, Vanessa …

Ich fuhr zurück, als hätte ich einen Schlag in den Magen

erhalten. Als ich nach unten schaute, stellte ich fest, dass jede Sirene sich einen Mann gesucht hatte, auf den sie sich konzentrierte ... jede bis auf eine.

Du musst singen ...

Betty. Anscheinend hörten die anderen sie nicht. Bisher hatte jedenfalls keine bemerkt, dass sie zu mir hochblickte, während ich über dem Kreis trieb. Ich aber konnte Bettys Stimme in meinem Kopf klar und deutlich wahrnehmen.

Was sollte das heißen: »Du musst singen«? Was denn? Und wie? Würde ich nicht nur unerwünschte Aufmerksamkeit erregen?

Noch kannst du sie retten ...

Und dann hörte ich es. Einen weichen, hellen Ton, der anschwoll und zu einer Million Klänge und Noten explodierte, laut und leise, kurz und lang, hoch und tief. Sie hallten zwischen den Felsen wider und wurden vom Sand zurückgeworfen. Sie hüllten alle hier unten in der Meerestiefe ein, als würden vielen Stimmen gleichzeitig singen, ein ganzer Chor aus Wasserfrauen ... doch in Wirklichkeit sang nur eine Einzige.

Ich.

Und als die aus dem Bann befreiten Männer nach oben flohen und die Sirenen auf mich zuschwärmten, drückte ich den Knopf, der das Meer von Winter Harbor zum ersten Mal in Eis verwandeln würde.

Ein silberner Lichtstrahl schoss vom Boden hoch, aber mit einem Beinschlag war ich den Scheinwerferaugen entkommen und tauchte auf die Oberfläche zu. Der Kanister trieb irgendwo unter mir. Ich verfolgte nicht, wo er landen würde, und ich schaute auch nicht zurück, um festzustellen, ob die Sirenen noch hinter mir herjagten.

Später, nachdem man uns aus dem Meer gefischt und ins Krankenhaus gebracht hatte, versuchte ich, Simon von diesem letzten Moment zu erzählen. Wie der Gesang angeschwollen und dann verstummt war. Wie das Eis sich in Windeseile ausgebreitet hatte und das Wasser um mich herum sich knisternd in Kristall verwandelte. Wie ich mit aller Kraft nach oben schwamm, bis das Eis meine Beine erreichte und ich mich nicht länger bewegen konnte.

Aber damals, in dem Moment, als der Kanister explodierte und eine frostige Silberwolke auf uns zuraste, nahm ich nur eines wirklich wahr, nämlich dass ich lächelte. Winter Harbor gefror mitten im Juli … und ich lächelte über das ganze Gesicht.

Kapitel 26

»Du brauchst keine Angst zu haben«, sagte Dad und hielt Mom bei den Händen.

»Hab ich gar nicht.«

»Du zitterst aber.«

»Kein Wunder, schließlich bin ich kurz davor, mir den Arm zu brechen oder das Bein, den Rücken, den Hals, den –«

»Wunderbar.«

Sie stellte ihre Beschwerden lange genug ein, um Dad anzugrinsen.

»Du bist wunderbar, mein Schatz.«

Ich schaute zur Seite, als er sich zu ihr herunterbeugte und sie nun schon zum vierten Mal küsste, seit die beiden sich aufs Eis gewagt hatten. Eine Woche war es her, dass ich aus dem Krankenhaus entlassen worden war, um mich in unserem Ferienhaus auszukurieren, und wenn meine Eltern nicht gerade damit beschäftigt waren, nach mir zu sehen, mir Tee zu bringen oder mich in eine weitere Decke zu hüllen, dann küssten und kuschelten und flirteten sie. Der Verlust von Justine hatte sie auseinanderdriften lassen, aber anscheinend hatte der Schock, nun beinahe auch mich zu verlieren, Gefühle wieder aufflammen lassen, die ich in ihren ganzen Ehejahren nicht gesehen hatte. Es war irgendwie nett … auch wenn ich nicht recht wusste, was ich davon halten sollte.

»Ich hab dich«, sagte Dad und legte ihr die Hände um die Taille. »Und ich lasse dich so schnell nicht los.«

»Vanessa«, rief Mom über die Schulter, »wenn du mich um Hilfe schreien hörst, weil ich lang hingeschlagen bin, und der Rettungsschwimmer nichts mitbekommt –«

»Dann sorge ich dafür, dass du mit Schlitten und Blaulicht abtransportiert wirst«, versprach ich.

»Bei dir so weit alles okay, Kleines?«, fragte Dad. »Du rufst doch, wenn du was brauchst?«

Ich nickte, obwohl ich bestimmt nichts brauchen würde, denn Simon kam gerade den Pier entlang auf mich zu.

Die beiden wagten sich weiter aufs Eis, und ich beobachtete sie. Dad stand sicher auf seinen Schlittschuhen, aber Moms Knöchel bogen sich wie labberige Spaghetti. Ich war froh, dass der Rettungsschwimmer noch immer Wache hielt, selbst nachdem das Meer zugefroren war. Von seinem Hochsitz aus überblickte er das Eis in langer Trainingshose, Daunenjacke, Handschuhen und Wollmütze anstelle seiner üblichen Badehose und dem Shirt mit Winter-Harbor-Logo.

Er war nicht als Einziger für Schneewetter gekleidet, denn zwar hatte es zwei Wochen lang wolkenlosen Himmel gegeben – seit dem Tag, als ich von den Chione Cliffs gesprungen war –, aber die Temperaturen waren immer noch nicht wieder über den Nullpunkt gestiegen. Simons chemischer Bombencocktail zusammen mit den Wettermanipulationen der Sirenen hatte dazu geführt, dass Winter Harbor seinem Namen nun endlich alle Ehre machte … wenn auch mitten im Sommer. Die Luft wärmte sich langsam wieder auf, aber Simon war der Meinung, dass die Eisdecke vermutlich erst im Frühherbst ganz geschmolzen sein würde. Während also in anderen Orten an der Küste von Maine die Bewohner und Urlauber fröhlich mit dem Schwimmen und Segeln fortfuhren, hatten in Winter Harbor alle ihre wärmste Kleidung rausgeholt und sich aufs zugefrorene Meer begeben.

Ich selbst war noch nicht aufs Eis gegangen und würde vermutlich auch weiter darauf verzichten, aber es war nett, hier am Strand zu sitzen und den Leuten beim Schlittschuhlaufen und Eishockeyspielen zuzuschauen. Manche versuchten es sogar (erfolglos) mit Eisangeln. Wenn man mich fragte, wäre es vielleicht gar nicht so schlecht gewesen, einen auf ewig eingefrorenen Hafen und nie endenden Winter zu haben. Zwar war es schwer vorstellbar, dass beim Auftauen irgendetwas, das sich unter dem Eis befunden hatte, lebendig wieder auftauchte, aber trotzdem fühlte ich mich jedes Mal beruhigt, wenn ich aufs Meer schaute und dort eine feste, undurchdringliche Schicht sah.

»Ich will dich ja nicht in Panik versetzen«, bemerkte Simon und setzte sich neben mich auf die Bank. »Schließlich hast du schon einiges durchgemacht. Aber ich glaube, deine Mutter hat tatsächlich angefangen zu lächeln.«

Ich lachte. »Ein weiteres Beispiel dafür, dass plötzlich das Unmögliche möglich geworden ist. Sie hat sich sogar für den Rest des Sommers freigenommen.«

Er hielt mir ein eingewickeltes Sandwich und einen Pappbecher entgegen. »Zu Ehren deines ersten Tages hier draußen: ein Hot-Dog-Brötchen mit Rührei und Käse sowie die plötzlich enorm populäre heiße Schokolade von *Harbor Homefries*. Ich dachte mir, für Melone-Guave-Smoothies ist es noch ein bisschen zu kalt.«

»Perfekt«, sagte ich und nahm das Frühstück entgegen. »Vielen Dank.«

Wir aßen eine Weile, ohne zu reden. Im Gegensatz zu dem ersten Mal, als wir diesen Sommer zusammen gefrühstückt hatten – im Kombi auf der Suche nach Caleb –, machte mich die Stille nicht nervös. Nachdem wir so viel gemeinsam durchgestanden hatten, war es zur Abwechslung ganz angenehm, einfach nur still nebeneinanderzusitzen.

»Ich habe heute Morgen im Krankenhaus vorbeigeschaut«, sagte er schließlich.

Ich nickte. Er hatte die Sirenenopfer jeden Tag besucht und war abends immer vorbeigekommen, um mir unter den wachsamen Blicken meiner Eltern einen kurzen Lagebericht zu geben.

»Den Männern geht es besser. Sie schlafen immer noch sehr viel, aber die Ärzte sagen, im Wachzustand sind sie inzwischen ansprechbar.«

Ich schaute ihn an. »Was passiert ist, haben sie aber immer noch nicht erzählt?«

Er schüttelte den Kopf. »Anscheinend erinnert sich keiner von ihnen. Die Ärzte machen das verrückte Wetter für ihren Zustand verantwortlich, genau wie für den ganzen Rest.«

Ich schaute in Richtung des Hafens. »Man sollte denken, dass diese Erklärung den Leuten auf Dauer ein bisschen zu dünn vorkommt.«

»Vermutlich ist es einfacher, alles aufs Wetter zu schieben, als sich mit noch mehr Fragen herumzuschlagen, die sie nicht beantworten können.«

»Und niemandem kommt es seltsam vor, dass der Himmel nach Wochen voller Dauerregen und Gewitterstürmen plötzlich nur noch blau ist?«

»Das Ganze hat so abrupt aufgehört, wie es angefangen hat. Die Wissenschaftler und Meteorologen haben es als eine unerklärliche Laune der Natur abgehakt. Vielleicht werden sie irgendwann tiefer nach den Ursachen graben.«

»Zum Beispiel weil Simon Carmichael, das junge Forschergenie, sie auf das Thema bringt?« Ich lächelte ihn an.

»Nein, ich denke, meine Reagenzgläser lasse ich erst mal im Schrank. Vielleicht wechsele ich sogar mein Hauptfach, studiere lieber Literatur oder Theater oder sonst eine Kulturwissenschaft, wenn ich zurück ans College gehe.«

Ich hob die Augenbrauen. Das nahm ich ihm keine Sekunde lang ab.

»Jedenfalls«, fuhr er mit gedämpfter Stimme fort, »hatten die Männer extrem viel Glück. Die Ärzte sind der Meinung, dass sie höchstens zwei Minuten unter Wasser waren, bevor das Meer zufror. Zwar müssen sie noch eine Weile unter medizinischer Beobachtung bleiben, aber es geht ihnen jeden Tag besser.«

»Das ist gut zu hören.« Es hatte mich sehr überrascht zu erfahren, dass man alle Männer, die von den Sirenen in die Tiefe gelockt worden waren, dicht unter der Oberfläche gefunden hatte. Drei von ihnen hatte Captain Monty beim Aufbohren des Eises sogar eher entdeckt als mich. Er sagte, wir hätten uns alle in verschiedenen Tiefen befunden, aber unser eingefrorenes Lächeln sei genau das gleiche gewesen.

Mich hatte man als Erstes aus dem Krankenhaus entlassen. Die Ärzte und das Pflegepersonal nannten mich ihr »medizinisches Wunder«, denn obwohl wir alle die gleichen körperlichen Strapazen hinter uns hatten, erholte ich mich sehr viel schneller als der Rest. Selbst Simon hatte dafür keine Erklärung.

Ich schon. Aber bisher hatte ich sie ihm nicht verraten.

»Paige ist auch über den Damm«, fuhr er fort. »Zwar ist sie noch immer am Boden zerstört, weil sie Jonathan und das Baby verloren hat, aber ihr Zustand bessert sich.«

Beim Gedanken an Paige wurde mir ganz flau im Magen. Wir hatten nicht mehr miteinander gesprochen, also wusste ich nicht, wie sie sich wirklich fühlte. Simon sagte, die Ärzte hätten alles getan, was in ihrer Macht stand, aber natürlich wäre kein ausgebildeter Mediziner auf die Idee gekommen, das Baby am Leben zu erhalten, indem man den winzigen Körper mit Salzwasser-Infusionen behandelte. Und zu diesem Zeitpunkt war Paige schon bewusstlos gewesen. Ihr Körper hatte durch die Dauerbelastung versagt, bevor Caleb sie im Eiltempo zur Notaufnahme bringen konnte.

»Betty geht es auch gut?«, wollte ich ein paar Minuten später wissen.

»Sie behauptet, dass sie sich seit Jahren nicht mehr so fit gefühlt hat. Ihrer Enkelin rückt sie nicht von der Seite, und die meiste Zeit ist auch Oliver dabei.«

»Ich bin froh, dass sie einander haben. Paige wird beide brauchen.«

Er nickte und schaute mich an. »Mir ist immer noch nicht klar, wie du das schaffen konntest.«

Ich konzentrierte mich auf den Dampf, der von meiner heißen Schokolade aufstieg.

»Ich meine, wie du ohne Neoprenanzug oder Sauerstofftank überlebt hast ... und dass du überhaupt gesprungen bist, trotz allem, was du über die Chione Cliffs wusstest.«

Ich hielt den Atem an und wartete auf die logische Schlussfolgerung, so wie jedes Mal, wenn Simon in den vergangenen zwei Wochen auf dieses Thema gekommen war. Aus wissenschaftlicher Sicht hätte ich nicht überleben sollen. Aber entweder vernebelten seine Gefühle ihm den Verstand, oder ich beeinflusste ihn unbewusst mit meinen Kräften, um ihn im Dunkeln zu lassen, denn bisher hatte Simon es nicht geschafft, eins und eins zusammenzuzählen. Und darüber war ich jeden Tag aufs Neue erleichtert.

»Ich musste einfach springen«, sagte ich wie immer. »Zum Glück ist der Kanister ganz von selbst tiefer gesunken, als wir dachten. Und Betty hat dir ja schon erzählt, dass sie das Wasser zufrieren hörte, bevor die anderen Sirenen etwas bemerkt haben, und rechtzeitig zurück nach oben geschwommen ist. Wir hatten jede Menge Glück.«

Ich starrte auf den Hafen hinaus und war so beschäftigt mit der Sorge, er könnte die Wahrheit erfahren, dass ich auf seine nächste Frage nicht vorbereitet war.

»Wie geht es dir?«, erkundigte er sich sanft.

»Super«, erwiderte ich mit übertrieben fröhlicher Stimme. »Ich durfte zum ersten Mal raus, das ist ein gutes Zeichen, oder nicht?«

Er wartete darauf, dass ich weitersprach.

»Ich werde schnell müde«, gab ich zu, »und schlafe mehr, als ich eigentlich möchte. Mein Brustkorb schmerzt manchmal so sehr, dass ich nach Luft schnappe, und beim Aufwachen habe ich Kopfschmerzen. Aber mir geht es jeden Tag besser.«

Er warf einen Blick aufs Meer, wo Mom und Dad ein paar Meter entfernt über das Eis schlitterten, und setzte sich zu mir auf die Bank.

Mein Atem stockte einen Moment. So nah waren wir uns nicht mehr gewesen, seit wir an der Weggabelung bei den Chione Cliffs gestanden hatten. Mein Körper sehnte sich schmerzhaft nach seiner Berührung. Ich wollte die Arme um ihn werfen, seinen Mund küssen und seine warme Haut spüren. Seit ich im Krankenhaus zum ersten Mal die Augen aufgeschlagen hatte, war meine Phantasie damit beschäftigt gewesen. Aber so nah durfte ich ihm nicht mehr kommen. Es wäre falsch gewesen.

»Vanessa … ich gehe nicht weg. Mir ist klar, dass hier im Moment einiges seltsam läuft, aber du sollst wissen, dass ich für dich da bin. Ich will mit dir zusammen sein. Wann immer du dafür bereit bist.«

Ich drehte mich zu ihm um. »… oder vielleicht auch nie?«

Er antwortete nicht sofort. »Wenn du meinst, dass es so am besten ist, dann ja. Aber ich will dich nicht verlieren.«

Forschend blickte ich ihn an. Ich wollte Simon auch nicht verlieren. Zwar hätte ich mir gerne das Gegenteil eingeredet, doch die bloße Andeutung war mir schon schwer genug gefallen.

Überraschung … ich war von der Klippe gesprungen und hatte überlebt, aber die Angst hatte ich nicht besiegt. Noch immer tat ich gerne so, als seien die Dinge nicht, wie sie waren. Vielleicht griff ich sogar öfter zu dieser Taktik als früher. Bisher hatte ich Dad nicht auf Charlotte Bleu angesprochen und tat so, als sei er immer noch mein geliebter Big Papa, der kein Wässerchen trüben konnte. Ich tat so, als sei Mom meine richtige Mutter und als seien wir eine heile Familie, obwohl wir Justine verloren hatten. Ich tat so, als sei es völlig in Ordnung, hier mit Simon zu sitzen. Und wenn wir später tatsächlich allein waren (und unsere Zweisamkeit nicht nur aus einer Sitzbank in Sichtweite meiner Eltern bestand), dann würde ich so tun, als sei auch das in Ordnung. Vor allem aber redete ich mir ein, dass ich immer noch ich selbst war – die langweilige, durchschnittliche Vanessa Sands –, anstatt zu akzeptieren, wer und was ich in Wirklichkeit war.

Ich hatte mich von den Chione Cliffs gestürzt und meiner vermeintlich größten Furcht ins Auge gesehen, doch dafür gab es jetzt neue Gründe, sich zu fürchten. Mein Körper war seit jener Nacht nicht mehr derselbe, und es erschreckte mich, was er nun für Bedürfnisse hatte. Dazu kam, was Simon und ich vor drei Wochen miteinander getan hatten und wie die Konsequenzen nun aussehen mochten.

Mehr als alles andere jedoch fürchtete ich, ihn zu verlieren, falls er die Wahrheit erfuhr.

Ich stellte den Becher mit heißer Schokolade zwischen

uns auf die Bank, griff in die Manteltasche und holte eine kleine Packung weißes Pulver heraus.

»Zusätzliche Vitamine«, erklärte ich und konnte mich einen weiteren Moment lang an der Normalität festklammern, während ich das Meersalz in die Schokolade rieseln sah wie Regen auf einen eisfreien Hafen. »Hilft gegen die Atemnot.«

Danksagung

Mein besonderer Dank gilt Rebecca Sherman für ihre Ratschläge, ihre Geduld und ihr besonderes Talent, Träume wahr werden zu lassen; Regina Griffin dafür, dass sie mich so freundlich in die Egmont-Familie eingeführt hat; Ty King, weil er der erste Fan meines Sirenenbuches war; sowie meinen Freunden und meiner Familie, ohne deren Begeisterungsfähigkeit und Unterstützung die Geschichten in meinem Kopf wahrscheinlich nie erzählt worden wären.

Ich bin ein echtes Glückskind.